跨度小说文库

Kuadu Fiction Series

跨度小说文库
Kuadu Fiction Series

风雨九龟湖系列之四

看谁更好

公常平 著

中国文史出版社

1

一向低调的邓远航走进九龟湖农场场委书记的办公室，成为这办公室的主人，也掩饰不住脸上流露出的那些许得意的神情，还不由自主地哼起了“今日痛饮庆功酒”的京剧片段。桌上的电话响了，他也没去接，仍然一边哼着调子，一边看着书柜里的书籍。

他不接电话是他认为这时的电话不大可能是找他的电话，因为他刚入主此室，现在来电话肯定还是找前任丁书记的，因而，起初他并不想接这电话。后来这电话铃声停了又响，他才一边哼着京剧，一边走过去看来电显示。一看是家里电话，他才一边仍哼着“今日痛饮庆功酒”，一边拿起话筒。

妻子黄洁青听到电话里传来丈夫哼京剧的声音，便觉得这个电话打得非常及时。丈夫被任命为场委书记后，一脸的喜色、满耳的贺声。黄洁青自然也为丈夫被提拔而高兴，认为他终于走上了一个能充分展示他才华的舞台了，她相信他在这个舞台上一定会有优异的表现。但高兴之余，她觉得应该给丈夫说几句提醒的话，让他冷静对待大家的溢美之词，千万不要飘飘然，被膨胀的欲望架到半空中。昨晚她就想跟他说了，因为他喝得醉醺醺地回来，说了也没用，决定待他第一天以书记的身份上班，让他在书记办公室接到的第一个电话就是她打来的清醒剂，这样会让他记得更牢，因而此时她便把电话打到了书记办公室。

黄洁青在电话里一开口就连笑带刺地说：“哎呀，当了书记了什么都能喽，没几天就会有人喊你歌唱家了。”

邓远航听了哈哈笑着回老婆说：“我说你呀，跟老公这样开玩笑可以，跟场委书记就不能这么随便喽。呵呵呵……”

老公虽然是笑着说这话的，但黄洁青还是从中听出了老公的得意之情，她担心老公被这种心态绑架后会做出令人遗憾的事来，便想说几句警示他的话，还未及开口，电话那边又传来了老公的声音：“平时你智商很高的，怎么今天我的权力上去了，你的智商却下来了呢？”

听了老公这句话，黄洁青越发害怕老公会得“权力综合征”。她知道得了“权力综合征”的人会以为自己处在一个高原上，看自己十分高大，看别人非常渺小，还会认为自己身上有了一个强大的磁场，美言、美食、美色、美钞……一切美的东西都会吸附到他的身上。黄洁青正想着，老公的话又从电话里传来：“我说的话那么幽默，你怎么不笑呢？你说你是智商下降了吧？”

黄洁青这下连讽带刺地说：“我知道，智商是与权力的大小成正比的，权力大智商就高，就像你这样的场委书记；权力小智商就低，就像我们这些小公务员。权力大小与眼界大小成反比呢，权力大了看一切都小了呢，不信，你推开窗户看看你身后的九龟湖，你当书记后，九龟湖变成一个小水塘了呢。远航，权力还与许多东西有比例关系呢，电话里说不清，等你下班回来跟你慢慢探讨。拜拜。”黄洁青一口气说了这么一通，也不管老公什么反应，说完便挂了电话。

妻子的这通话让邓远航有点心凉。他想：妻子比他小七八岁，对他一直是很崇拜的，他登上这个高位，她应该为他高兴，多说些赞扬鼓励的话，怎么说出这么些刺耳刺心的话呢？邓远航感到有点郁闷，便索性照妻子说的去推开办公室的后窗，眺望九龟湖。

九龟湖水依然碧波荡漾，远处的龟岛仍旧郁郁苍苍，湖上的行船或逆流而上，或顺水而下，没有一刻停留，并没有因为他当上了九龟湖农场场委书记而有任何改变。邓远航凝望着九龟湖，回味着妻子的话，才知道妻子不是说九龟湖小了，而是说他大了，说他被权力膨胀大了。想到这儿，邓远航不禁打了一个寒战，当了九龟湖农场场委书记，自己确实有一些自鸣得意了，真这样下去，发展到得意忘形，离栽跟头就不远了。望着九龟湖上来回穿梭忙碌的船只，邓远航顿时感到一种前所未有的压力，这个压力不是书记的权力而是历史的重任。他知道上级党委让他一名党员、一名党员领导干部走进这个办公室，不是让他在这儿居高临下看九龟湖风光的，而是要他把九龟湖湖区人民团结在九龟湖农场这条大船上，同舟共济，一起为九龟人民群众做事，让九龟这条大船驶得更稳、更快，让九龟大船上的人民更风光。

他转身坐到办公桌前，往场委书记这把椅子上一坐，他的思绪犹如那九龟湖水向前翻腾起来。他知道自己这样一个不通人情世故、不得过且过的人从一个“知青”一路走来，坐上这么重要的位置十分不易。能走上这个位置，此时此刻他想要感谢很多人。要感谢上级党委的信任，感谢他们没计较他性格上的弱点，决然把九龟的担子压给了他。怎么去感谢？邓远航在笔记本上写道："只能拿今后几年九龟发展的速度和质量去感谢！"要感谢九龟人民对他的认可，尤其是在组织考察他以及在对他进行任职公示期间没有一人去上访，没有一封关于他的"人民来信"。这又怎么去感谢？他在笔记本上又写下："让九龟群众更富裕、更幸福！"

还要感谢的是史书记和后来的丁和全书记，他们在他人生的重要节点上助他一臂之力，把他一个不跑不送、不吹不拍的人推上了九龟湖农场场委办公室主任的位置，而且从此后对他尽力培养，强化锻炼，使他在八九年的时间内，仕途一帆风顺，从场委办主任一直做到场委宣传部长、场委副书记、场长，直至现在走上了九龟湖农场场委书记的岗位。当上书记后，他觉得对他们两位前任书记最好的感谢就是继承他们的事业，把九龟建设得更加文明繁荣。因而，此时他坐在九龟湖农场场委书记的办公室里，脑中一直翻腾着的是如何不辜负两位前任书记的心愿和九龟人民的期望，不折不扣地完成上级党委交给他的光荣任务。

然而在楼下一间办公室里的钟玉保却另有一番心事。此前在仕途上一直走在邓远航前边的他，在中途却走了一段小弯路，落在了邓远航的后边。在他任九龟湖农场场委副书记将要转九龟农场场长时，场部大楼、宾馆新楼两项工程受贿案事发，牵涉到他，幸亏他忙得快，在组织采取措施前主动到史书记那儿坦白并退了赃款，受了处分，降了级，由场委副书记调外场任宣传部长。就在大家认为他的政治前途就此画上句号时，他又通过汤厅长的关系，使自己咸鱼翻身，回调至九龟任副书记，在邓远航任九龟湖农场场委书记时，他也登上了场长的宝座。虽然终于戴上了场长的官帽，但跨进场长办公室，他还是摇了摇头，嘴里还不由自主地轻轻地吐出一句"迟了，迟来的场长"。坐到场长的椅子上，他左右看了几遍胯下的椅子后，摇了摇头又自语："旧了，太旧了。"

他心想：若是四年前进这个办公室，这椅子一定是崭新的呢。四年前的那个事是谁抖出来的呢？而且抖得那么精准，是在省农垦来考察，将要任他为场长期间抖出来的。这么毒怪的手段，在九龟除了他，还有谁呢？想到这儿，他向楼顶扫了一眼，那上边一层便是场委书记邓远航的办公室。虽然上下两个办公室的面积、结构都是一样的，但他感到在人家脚底下，被人家踩着总是非常不爽。娘的，从尿尿和烂泥开始他就一直在我脚下,被我压着,现在翻到了我上边,领导我,我这个心怎甘呢? 钟玉保想着这些,心里像压着块大石头似的气喘不过来。他从场长的椅子上站起来,走到北墙边推开窗户,见到九龟湖上南来北往的行船,心里忽然舒畅多了。他想:我这场长跟他那书记就如这九龟湖里行驶的两条船,可以并帮行,可以同向行,也可以逆向行,全看他怎样待我了。

"场长观湖景呢啊?"钟玉保正想着,一个人边说边走了进来。钟玉保见是他,心里又升起了一团火气。

2

来人不是别人,正是使他在仕途上拐了个弯的秃子王石基。

王石基凑到钟玉保身边说:"场长,不光我给你祝贺,你看九龟湖也给你祝贺呢。"

不提"祝贺"钟玉保气还发不出来,一提"祝贺",钟玉保像打开了阀门的煤气管道,气直往外冲。他心想,不是你这个秃驴在检察院把我交出来,今天坐在上边书记办公室的应该是我,而不是他邓远航! 那时不是我忙得快点儿提前到省里找了汤厅长,不是我提前把钱退到史书记那儿,那我到现在还在坐大牢呢。想到这儿,他脱口骂道:"你个秃驴,你还有脸来祝贺呢啊?"

听钟场长这么骂,王石基知道钟场长还是因几年前场部大楼工程的事对他耿耿于怀,因而他并没生气,而是从口袋里掏出一包烟拆开抽出一支,直接塞到钟玉保的嘴里,然后摸出打火机边给钟场长点烟边说:"这个是新产品,场长尝尝看,味道怎么样?"

"就你晓得新产品,这个'九龟至尊'烟我不晓得比你早抽多少天了。我现在是场部一把手哎,九龟多少亿在我手里呢,你个千把万的瓦匠头子抖什么抖!"钟玉保向窗外吐了口烟雾说。

"哎呀,我的场长哎,我一个小瓦匠哪能在你面前抖呢? 看来,这种烟还是适合你抽的。"王石基一边说一边拉开包的拉链,从里边拿出两条"九龟至尊"香烟,略微在钟玉保面前亮了一下,然后把两条香烟放进旁边的柜子里,关柜门时一边故意把柜门关得很响一边自语道:"柜子还空着呢,下次我负责把它装满。"做完说完又回到钟玉保旁边。

钟玉保装着没看见没听见王石基刚才的那些勾当，一边抽烟一边说："秃子啊，你不要以为你抽这种烟了不得，我告诉你，你一个瓦匠头子还不配抽这种烟呢。我敢肯定，你这个也不是买来的，你根本不晓得这种烟值几个钱。"

王石基心里说道：烟是我买的，我怎能不晓得它的价钱呢？说我不配抽这种烟，你才不配抽这种烟呢，你一个月才拿几个钱？你还告诉我呢！我告诉你噢，你一个月三千来元工资还买不到这两条烟呢！但他嘴上哪敢这么说？他只敢说："场长就是英明，一眼就看出我的问题了。我真不晓得它值几个钱哪。"

"不晓得吧？我告诉你，一千八百八十八元一条！你个瓦匠头子抽得起啊？"钟玉保说完把手上的烟头从后窗扔到了楼下。

王石基连忙又往场长嘴里塞上一支，一边点一边说："场长要是抽得惯，我保证供应，明儿个就把你那柜子装满。"

这时，钟玉保才把眼睛转向王石基，盯他一会儿后轻声说："你又想害我啊？"

"哪敢哪？打死我也不敢啦！场长你不要老揭上次那块伤疤了，上次我是第一回进那个里头，没经验，水平又低，三划两绕，话就被他们套出来了。这回不管怎么弄，我绝对不会再吐一个字，打死我也不说。再说了，现在纪委、检察院查案子烟酒都不算账了，我们同学之间条把烟的人情来往没的事的哎。"

钟玉保又把视线转向九龟湖，盯着乌云下的两条船语气和缓地说："秃子啊，我不是老揭你的伤疤，我是警告你不要在同一个地方再弄个伤疤。你的嘴要……"钟玉保的话还没讲完，突然"咔嚓"一声响雷在上空炸开，九龟湖上一道闪电直上直下，直对着在湖上顺流而下的那艘船的船头，船头压向水里，激起一层层浪滚向两岸翻腾。钟玉保心里一惊：这才是初春啦，这么早打这么个炸雷是吉还是凶呢？那闪电击中的那条船是书记的船还是场长的船呢？钟玉保站在窗前正想着那个雷电，天上已泼下了大雨，他赶紧关上窗子坐到场长的椅子上。王石基也随之坐到他对面的沙发上。

钟玉保坐在那儿心里还有点怦怦然，他拿起桌上的烟，点上一支，抽了两口，然后对王石基说："哎，秃子啊，你跟我是什么交情，这几十年下来，你还不清楚吗？我们之间还需要这些烟啊酒的来往吗？秃子啊，我跟你讲，我现在是一场之长，我在这个位置上坐一天就要为九龟人民做一天事，而且要干大事，要让九龟来个翻天覆地的变化。秃子啊，我跟你说心里话，我做场长后只对你有一条要求，你必须给我办到！”

见场长对自己提要求，王石基心中窃喜，场长哎，就怕你没的要求啊，只要你有要求，哪怕是半条，我就可以把你场长的权力玩得滴溜溜地转了。这会儿他没有喜形于色，而是身子前倾，把光头伸到钟玉保的办公桌上，摆出一副非常虔诚的面容说：“场长，你瞧得起我，不要说一条要求，就是一百条、一万条要求，我都百分之百、分毫不差地给你办到！”

“也没那么多，多了你也受不了，就唯一的一条。”钟玉保弹了一下烟灰说。

“受得了，受得了。场长尽管说。”王石基仍脖子伸多长的像是要把头送给钟玉保宰割似的。

钟玉保看着王石基伸过来的锃亮的秃头，用左手在他的头顶上做了一个“薅”的动作，然后说：“我的要求是什么啊？我的要求就是到时候我要拔你的头发，你要痛痛快快地给我拔！不要到时护疼，一毛不拔！”

王石基下意识地把头往回缩了一下说：“你看场长，我这头就是个笑料，给你们开了几十年玩笑了。行，只要场长开心，我愿意把这二斤半的头交给你。”

“你真是个泥瓦匠出身，我这么明白的话你都不能理解，跟你说话真费劲。我不是跟你开玩笑，我一个堂堂的场长跟你个泥瓦匠开这种玩笑不是有失我的身份啦？我是跟你说真的，我是说，我在为九龟人民干大事时，需要你出点小钱支持时，你不能跟个铁公鸡似的一毛不拔。”钟玉保说着又用左手伸向王石基做了个“薅”的动作。

听了这话，王石基心里乐开了花。小钱好啊，你拿小钱，我就可以得大钱！他连忙又伸出头去：“场长，我头上毛少，十分珍贵，但只要你要，拔哪根都行，就是拔得精光，我也在所不惜！我保证忠于场长，你场长指到哪里，我打到哪里，万死不辞！”

钟玉保摆摆手说：“好了，不要说那么多表忠心的话了，忠不忠看行动，到时我会考验你的。”

王石基立即站起来说：“随时听从场长调遣，随时接受场长考验。”停了一下，他又把身子前倾带着协商的口气说：“场长，你给我提了要求，我们小民百姓能不能给你提个要求？”

钟玉保一边把烟屁股插在烟灰缸里一边说:“照说不误!”

“晚上,我安排给你祝贺下子。”王石基低声说。

“行啊,你安排吧。”钟玉保回道。

“你看叫哪几个陪你呢？还喊几个老同学?”王石基想把邓远航书记喊去,但他吃不准钟玉保是否愿意,便小心地问道。

“可以,你把光武、兴国几个喊住,晚上我们这几个在一起叙叙,小范围的,其他人就算了。这样吧,我打个电话给光武,看他有没有时间。他现在直接受邓书记领导,有时也身不由己。”钟玉保边说边拨起了电话。

3

洪光武找了个借口推掉了王石基给大舅老爷安排的祝贺宴,他不想让邓远航把他与大舅老爷当成是一个小集团的,因而尽量避免参加他们的活动,以打消邓远航对他的疑虑。

他在这次九龟湖农场场委、场部领导班子的调整中,虽然从宣传部长兼办公室主任的位置上提到了场委副书记的位置,但他对这次场委班子的调整还是很不满意。晚上这会儿,他来到酒厂二凤的宿舍与二凤约会,正流露着这种不满呢。

他斜躺在二凤的床上说:“省农垦对九龟太不负责,简直是乱点鸳鸯谱,闭起眼睛搭班子。”

在一旁削苹果的二凤,将手上的苹果切了一小半递给洪光武,然后自己咬了一口手上的半个苹果,在嘴里咀嚼了一会儿后不紧不慢地说:“你呀从一个‘小要饭的’,也当到副书记了,又分管党建、精神文明,权力不得了,可以喽,不要再这山看着那山高,看到人家邓老师当一把手就眼红。”

洪光武三口两口把小半个苹果吃掉,然后从床上坐起来对二凤说:“你们女人都是麻雀眼,就看到眼尖上一点儿活食,根本看不到活食后边的利害。小要饭的,小要饭的怎么啦？我告诉你,我还感谢那要饭的经历呢。正是那段要饭的经历让我跑百家院、吃千家饭、识万人面,才练就了我今天的一双火眼金睛,什么人朝我面前一站,我就知道他是什么料,什么事往我眼前一过,我就知道它是什么貌。我告诉你,全九龟没有人超过我这双眼睛的。”

“哎哟喂，笑死我了，屁股撅得比天还高呢。我看啦，全九龟没有比你这双眼睛更红的噢。”二凤一边笑一边说一边坐到洪光武旁边。

“你不要笑，我跟你说真的呢。你不知道，我打六几年从省城到九龟要饭开始，到现在三十多年，我一直是在他们后边的，这次让我当副书记我非常满意。我真不是为我鸣不平，我是为……”

没待洪光武把话说完，二凤抢着说：“那你是为你大舅老爷鸣不平？以前他一直是在邓老师上面的，现在被邓老师压住了，你不满？”

洪光武一边向后躺，一边顺势扳倒二凤，让她压到自己身上，然后说：“说实话，他们两个就跟我们两个一样，谁压住谁都一样，哪个在上面都行。从某种意义上说，邓在钟上面倒是正道，就像我们现在一样。哈哈哈……”洪光武边说边使劲一翻，一下又翻到了二凤的上面。

二凤把他推开，自己坐起来说：“去去去，就晓得拿我开玩笑。那照你这么说，我们九龟农场的领导班子不是安排得很顺吗？你还发什么牢骚呢？”

“说你是麻雀眼还是抬举你呢。我告诉你，省农垦领导也有这双麻雀眼呢。不是吹的，我要是省农垦领导，绝对不会做这种没脑子的事，这么配九龟班子的。这样配是绝对、绝对不行的！这是对九龟的事业不负责！是对九龟二十多万人民不负责哎！”洪光武也坐起来说。

“你这就把我说糊涂了。刚才还说他们都能做呢，现在怎么又说绝对不行啦？不是头脑发热了吧？”二凤说着用手去摸洪光武的脑门。

洪光武推开二凤的手说：“我头脑发热啊？他省农垦领导头脑才发热呢！你不想想，他们两个是在一起共事的人吗？两人一个针尖、一个麦芒，几十年就这么走过来的。再说，我那个大舅老爷是给邓远航当副手的人吗？以前，邓远航一直跟他当副手，他还给人家脚下使绊子呢，何况现在完全反过来呢？我那大舅老爷能服吗？他不服，九龟湖农场场委发展的思路、目标在场部怎么落实呢？这些得不到落实，九龟社会还有什么进步？面貌有什么改变呢？”

“了不得，到底是读《资本论》的，我还真没想到这问题呢。就你这脑袋瓜，我看这场长应该让你做，你跟邓老师配合一定配合得呱呱叫。”二凤夸道。

洪光武得意地标榜：“那就是绝配，那就是九龟人民的福分，我们俩肯定能把九龟搞成全省的先进。我告诉你，我从做小要饭那时就跟远航配合得很好，几十年都这样，没有变。虽然我大舅老爷跟他不和，但我从不支持大舅老爷，我照样支持远航。你说这样天生的一对搭档到哪里去找？唉，可惜省农垦没人有你这种眼光，让一对冤家当了正副班长。你给我把话记住，我今天在这儿说的，只要他们两个在九龟共同主政一天，九龟干群就一天不得安宁，九龟面貌就一天不得改变。”说到这儿，洪光武用右手把二凤的头搂过来，脸贴着她的脸继续说道：“我告诉你，明天两套班子会上，他邓远航说什么话我现在就可以讲给你听，你信不信？”

二凤扭过头去，瞪大眼睛看着洪光武说：“啊？你还有这个本事呢啊？那你不是比老街上的瞎子钱半仙还神吗？你说给我听，瞧瞧他会说什么话。”

洪光武顺势在二凤的脸颊上吻了一下说：“他说什么啊？他肯定先用几句口号说出他重新定的九龟发展思路，然后要求大家围绕他的新思路团结团结再团结，奋斗奋斗再奋斗！”

二凤的头被洪光武箍住，很不自在，便掰开他的手，起身一边去拿水瓶给他杯子里加水，一边笑着对他说：“你真让我崇拜得五体投地，我以后不信老街上的瞎子钱半仙了，就信你这个洪半仙吧。”

洪光武见二凤说这话又听到她那笑声有点心虚，觉得是在讽刺他，便说道：“你不得了，你现在水平可以了，不但会用成语了，还会讽刺人了。”

二凤见他说出这样的酸话，晓得他把自己的话理解错了，生怕把他得罪了，使自己失去这座靠山，那刚盘下来的九龟酒厂就难兴旺了。于是，她赶忙坐到他旁边抱着他的头吻了一下，然后虔诚地说：“我的菩萨妈妈，你这是哪里的话哎？我崇拜你还崇拜不过来呢，哪里敢讽刺你呢？我是真从心里仰慕你哎，我们九龟的大理论家哎。真的，我还有问题要请教你呢。”

洪光武见她很真诚，便坐正身子跷起二郎腿，摇着脚尖，展开笑容得意地说：“哎呀，你把我感动死了。行，你有什么问题尽管提，我今天就专门为你这一个学生上课，带研究生。”

二凤见洪光武摆出一副师长的架势，便真的提问了：“我就是闹不清楚，你们这些当领导的，为什么每次提到一个新位置上，都要把前任的东西推翻，自己重新提出一套呢？”

“哎呀，不简单不简单，你真不是一般的女流之辈啊。”洪光武惊呼。

这下该二凤心虚了，她知道洪光武一向自傲自己的水平，常常以指教的口吻跟她交谈，他之所以与她相好，是馋她的容貌，他和她在一起厮缠这几年，除了夸赞她的美丽以外，很少有其他的赞誉，今天竟然说她“不是一般的女流之辈”，这让她感到惊异，因而她小心地问道：“是不是我提这个问题太没水平，很可笑？是不是我……”

洪光武打断她的话说：“不，太有水平了。你能提出这个问题，就足以说明你就是一个当领导的料。”

4

刚才说她“不是一般的女流之辈”已经让二凤很吃惊了，现在又说她是“一个当领导的料”，这让她感到一阵惊喜，但她又吃不准洪光武这话是真心话还是玩笑话，便问道：“我？当领导的料？我连一个招待所小副所长都没当好，我还能当什么领导？你不是讽刺我吧？”

“这么多年，别人不了解我，你不了解我吗？我是会运用讽刺这个武器，但我用这个武器只对别人，从来没对过你啊。”洪光武说。

“那你说，我能当什么领导？”二凤的官瘾在几年前因同钟玉保一个案子被撤掉副所长职务后就没有了，这下又被洪光武撩拨了起来。

“你能当场委办主任！”洪光武随即答道。

二凤听他这一说，感到就像迎头一盆冷水把她刚点燃的官火给浇灭了。她心想，你这完完全全是捉弄我的，你要说我能当个“商业办副主任、妇联副主席”之类的，我还信以为真，你说我能当“场委办主任”那真是黑夜里舞斧头，瞎侃一通。想到这儿，她说：“洪书记，你笑谝人也不能这样笑谝啊，你叫我当‘场委办主任’，我就是把九龟湖当墨水都喝到肚里，我也写不出你们那个材料啊。”

“不得了，你能说出这种语言来，你这场委办主任更加能当。‘把九龟湖当墨水喝到肚里’，这种语言真不是一般水平的人能说出来的。这么好的语言水平不做办公室主任，哪个能做？再说把九龟湖喝到你肚里，你就成了什么人啦？九龟农场的场母啊！场母，办公室主任不能当，谁能当？”洪光武一边拍拍二凤的肚子一边笑着说。

二凤说：“我是九龟农场的场母，那你不就是九龟农场的场父了吗？”

待止住笑，二凤又说："玩笑归玩笑，办公室主任我还是真不能当，真能当这个办公室主任的，还是小凤，她肚里的墨水比我多。"

"哎，这你就说错了。办公室主任这个职位，不是这个人肚里有墨水就能做的，关键看这个人有没有协调能力。不错，小凤肚里的墨水是比你强，但在协调能力上她不如你，我坚信你能当好场委办主任。"洪光武认真地说。

洪光武这席话又让官瘾之火在二凤的胸中燃烧起来，她决心抓住这个机会，让面前这个分管党务的副书记帮她过一把官瘾。因而她就势搂住洪光武说："老公，那你帮我安排这个职务，我保证一辈子待你好。"

"你这话里有两点错误：第一点，我以前就跟你说过了，不能喊我老公，以后不能再犯类似的错误；第二点，我虽然是分管党务，但不分管干部，要当场委办主任，得找邓远航才行。"洪光武严肃地说。

"那你也不能推啊！你找邓书记总比我找有用啊！"二凤有点不快地说。

洪光武知道自己有本领把这个事挑起来，但他既不想也没能力把她这个事搞定，因而他不想再在这个事上跟她纠缠下去，便把话题又引到了原点："我不是推，我会帮你去找的，但你叫小凤帮你去找邓书记比我更得劲呢。好了，这个不是急的事，得慢慢来。我们绕这么大个弯子，你刚才的问题我还没回答呢。我现在正式回答你的问题。你刚才问：为什么新领导要推翻前任的东西重新搞一套？为什么啊，我告诉你，两点：这些人在现世为的是显示自己的能力最好、最强，在来世为的是把自己的碑立得最大、最高。"

"'这些人'？是什么人？你说得太深奥了。"二凤说。

洪光武像讲课一样地继续给二凤讲道："'这些人'，就是九龟的一把手书记，远的不说，就说撤县建场以来的，有刘书记、方书记、史书记、丁书记四任，这四任，个个都是一当上书记就把前任的发展思路放到一边，也不说他们的不好，只是另起炉灶提出自己新的发展思路，把职工代表大会通过的发展规划拿来，再花大钱请高校、科研院所进行重新修编，完全变成他自己的东西。我告诉你，我们的思路就是一直在思考的路，我们的规划就是永远在轨道上跑着画，没有一个书记不是这样代代相传的。他邓远航是场委办主任出身，又自恃水平高，明天的会上，他一定会提出自己的一套奋斗目标和发展思路来，绝对不会例外的。"

第二天下午，邓远航主持召开上任后的第一次场委扩大会。他说道："这是我们九龟湖农场新班子召开的第一次扩大会，目的就是进一步解放思想，统一认识，开拓创新，加快发展，经过几年的努力使我场社会、经济有大的发展，城乡面貌有大的变化。今天就是请各位领导就我们九龟今后的发展谈谈自己的见解，各抒己见，共谋良策。好，下面请大家发言。发言顺序先分场、部门，然后两套班子领导。好，从石龟分场董书记开始，你是老书记，一定会有很多想法，你先带个头。"

昨天通知开会时，董兴国就想好了，这次会上他一言不发，你邓远航有本事你把九龟搞上去，我反正不准备为你死一个脑细胞。这些年他一直是胸中愤懑，腹中不平。九龟的场委书记，他最感激的是方书记，是他把他从一个小科长培养为石龟分场书记，因而，至今逢年过节他还不时地给方书记送些烟酒、土特产之类的礼物，平时还隔三岔五地邀方书记到石龟弄点好酒喝喝。对此后的两任场委书记，他是来一个拍一个，走一个骂一个。为什么？他以为后来的史书记、丁书记也会同方书记一样以烟酒开路，让自己加入那个圈子，他就可以飞黄腾达了，哪知史书记、丁书记非常正派，他们不吃他那一套，所以，他这个会钻营不会干事的人不说提拔，连个窝都没动一下，真同九龟大堤上的千年石龟一样在石龟分场一蹲就不动了。这会儿，邓远航接任书记，董兴国本以为跟邓书记在场委办一起共过事，邓书记会给他一些机会，但又想到他邓远航品行与前两任书记也差不多，难以攻破，再加上他平时追随钟玉保，怠慢邓远航，也便觉得在邓书记手里仍然只是一只动不了的石龟，因而，这次场委班子变动，他决定采取"四不"策略，对邓书记是不即不离，对工作追求是不前不后，就这么朝前混。

这会儿邓书记点名叫他发言，而且叫第一个发言，这让他有点不知所措了。但毕竟是分场的老书记，他通过调整话筒掩饰一下慌乱后，很快就镇定下来了。他想：哪个不喜欢听顺耳的话呢？他邓远航再正派，再不喜欢拉帮结派搞小圈子，我说几句好听的话他总该听着吧。于是他敲了几下话筒便开口说道："盼星星，盼月亮，终于盼来了书记邓远航。"

会场里一阵轻笑，怎么这样露骨地拍马屁？

董兴国抬头扫了一下会场说："大家不要笑，要不是省农垦的英明决定，果断调整我们九龟湖农场场委领导班子，那我们哭的日子在后头呢。"

会场里又是一片噪声。

“你们不要议论，我说的是真话，一点不吓唬人。我来帮你们回顾一下我们九龟这些年发展的情况，让你们心服口服。”董兴国说到这儿停了一下。他想，大家对他的开场白有反应，但不是正常反应，似乎负面的反应多些，这样再讲下去似乎不受欢迎，我得看看台上人的反应，如果台上人也是这种反感的神情，我的讲话就到此为止，如果他们表情正常，我就继续往下说，决定权在台上，尤其是邓远航和钟玉保，他们高兴，九龟才高兴。于是他端起茶杯一边装着喝茶，一边抬眼向主席台上望。

5

董兴国朝台上一望，顿时信心倍增。台上，钟玉保、洪光武对着他点头微笑，邓远航、何主席等表情正常。于是，他放下茶杯便放开讲了起来：“我们九龟以方书记调走的那年为分水岭，前后两重天。之前，九龟的绝大部分经济指标在省农垦是数一数二的，而方书记调走之后，我们九龟是烧着的香，一节一节地往下掉，掉到今年成了省农垦倒数了。问题出在哪里？我看主要是思路不清，目标不明，措施不实；选人不准，用人不公，干部没劲；发展不力，财政吃紧，群众不富。这种状况，你们说我们二十多万九龟人民不急吗？不盼吗？我们盼望着有个人赶快出来改变这个状况啊！这个人就是我们的邓书记啊！我就说到这儿，不到之处请大家批评指正。”

董兴国的话一结束，没待主持人邓书记讲话，钟玉保便抢着说：“好，你这个头儿开得好。就是要找出我们的问题，我们的病根，才能对症下药。”

对董兴国的发言，邓远航并不满意。他觉得他开始说的那些吹捧的话太肉麻，让人浑身起鸡皮疙瘩，后来贬低前两任史书记、丁书记的话又太阴损，让人直想吐。他想提醒董兴国几句，但考虑到如果对第一个发言的就加以纠正，那既会影响后边人发言的积极性，又会让后边人根据你主持人的示意讲你喜欢听的话，不能畅所欲言，那就失去了这次会议的意义，因而，他便一直让他讲下去，并没有打断他。这会儿见钟玉保对董兴国的发言做了肯定的评价，便感到此时如果不说几句，今天的会就可能偏离主题了。

于是，邓远航接着钟玉保的话说道："对，钟场长说得很好，我赞成，我们就是要把问题找出来，对症下药。总体上说，九龟这些年，纵向比，发展是比较快的，变化也是很大的；横向比，我们与兄弟场有差距。今天这个会就是请大家献计献策，既要找出问题所在，更要提出解决问题的路子和办法。好，下边继续顺着发言。"

与会人员一个接一个发言，大家都根据自己平时的观察和思考，诚心诚意地在为九龟的发展出谋划策，都迫切希望九龟的发展能更快些、更好些。会议一直开到下午六点还没结束，下班时间早过了，还有纪委书记侯鸣放、副书记洪光武、场长钟玉保、书记邓远航四人没发言。

这时，邓远航说："我反对开长会，但今天的会特殊，大家再坚持一下，待余下的几位发言结束即散会，以后也尽量不拖会，不开长会。后边几位领导发言时也要精练些，就不要展开来讲了，前边讲过的就不讲了。好，请侯书记发言。"

侯鸣放发言说："节省时间，我简单地说两点：一点是刚才有人说方书记那任是最好的时期，我认为现在还不好做结论，我要说的是，九龟的水分正是从那个时候开始的，且越压越多，以致后来两任书记不得不逐年消化。这期间，谁发展快谁发展慢不言自明。第二点是我不主张换一任书记就提一串新口号，叫广大干群无所适从，且造成大量浪费。我们现在所要做的是在前任的基础上完善提高，在抓落实上下功夫。我表个态，我们纪委今后的主要任务就是监督党的方针、政策、路线、纪律和场委的决策部署在我场是否得到贯彻落实！没有了！"

会场响起一阵掌声。

听了侯鸣放这一席话，洪光武颇有意见。他想：他表面上不说否定方书记，但他这话里明摆着贬低方书记嘛，更重要的是他不主张提新口号，那我们这新场委还叫什么新场委，充其量是穿新鞋走老路嘛，还有邓书记今天要真不提几句新口号，那我昨晚在二凤面前预测性的"讲话"，不就全成了牛皮了吗？不行，不能让邓远航被他牵着鼻子走，我得提醒邓远航。因而，待掌声一落，洪光武就开始讲话了："掌声说明了大家对鸣放书记讲话的认可，确实，话不多，含义深刻。对我们九龟前任领导功过是非我不做评论，那自有历史和群众去评判。我这里就鸣放书记发言中的一个问题谈一谈个人的观点，这就是提新口号的问题。鸣放书记反对提新的口号，我的观点恰恰相反，我认为必须提出新的口号。马克思主义告诉我们,一个好的口号可以抵得上十个师的战斗力。口号就是旗帜,就是灯塔,就是集结号,它可以把全场人民召集到场委的大旗下,团结在以远航同志为书记的场委周围。一个新班子的成立,如果没有新的口号,全场干群就无所适从,如果没有新的口号,就会不明方向。因此,我坚决主张我们九龟新的场委班子必须要有自己新的奋斗目标、新的工作思路,这关系到我们新场委举什么旗、走什么路的大问题。我相信我们新场委班子有这个水平提出激动人心、催人奋进、凝聚力量的响亮口号。”

其实,刚才侯鸣放的意见,邓远航是很赞成的。他想,确实九龟的水分是在方书记那时弄出来的,以致给后任的工作带来很大的麻烦。接任的书记要是挤水分,既得罪前任领导又使自己处于落后的境地,要不挤水分,就这样一任一任地跟着蹚浑水,那到一定的时候,九龟的经济将难以运转。他在心里已决定在他这一任要像前两任一样,逐年消化水分,至少不能再增加。要做到这一点,首先涉及的就是要不要提新口号的问题。关于这个问题他昨天就想好了,这次新上任,他不打算提更新的口号。不是提不出来,事实上他在场委办主任的位置上,他就为场委草拟过不少年度的以及中长期的口号,他完全有这个能力和智慧想出那么几句话,关键是有了新口号,一些分场和部门就会放弃此前的行程,在新口号下重新起步,不仅会造成极大的浪费,还会助长一些人弄虚作假。而光武现在说的这一通话就是引导与会人员等着听他邓远航提出的新口号。

邓远航正想着,钟玉保发言了。他吹捧说:“哎呀,到底是读过《资本论》的噢,不服气不行,看问题还真没有光武站得这么高的,我非常支持他的观点。我们新场委班子必须提出一整套的奋斗目标、工作思路。大家想想,一个新上任的村支书还说出个三句半来呢,我们堂堂的场委要不提出个什么说法来,不是显得我们这些人太没水平了吗?”

听了钟玉保的这番话,邓远航感到既好笑又可气。好笑的是他竟然用“读过《资本论》”的话来赞扬洪光武,其实现在提到洪光武读《资本论》,他自己都不好意思,因为这带有讽刺意味。那还是二十多年前插队那时的事呢。那时,洪光武在龟岛插队劳动,到田里插秧,到场头打谷,无论到哪里他都带着他那本《资本论》,也不见他认真读过,也不知他用过多少。唯一记得他用《资本论》的是邓远航与钟玉保在“工分挂帅”问题辩论的时候,邓远航叫他读《资本论》,用马列主义的观点驳斥钟玉保。那时洪光武还没有跟钟玉保妹妹谈恋爱,他完全站在邓远航一边,也不管

《资本论》里有没有他嘴上说出的那些支持邓远航的话，他只是非常配合、十分认真地“读”出《资本论》某某页、某某页的“内容”，驳得钟玉保哑口无言。后来洪光武自已也承认自己对《资本论》只读个皮毛，确实是一知半解。现在有人在他面前提《资本论》，他都感到羞愧。今天钟玉保以此来夸赞他，邓远航自然感到好笑。可气的是，钟玉保后面的几句话像是在逼他提出新口号，让他处于尴尬的境地。他完全没有打算提新口号，因而头脑里一点影子都没有，马上最后总结时怎么办？当着全场这些头头脑脑，到底提不提几句新的口号？如果提，不经过上下讨论，不深思熟虑怎么行？

6

其实，在知道自己任场长那时，钟玉保就已经在考虑提新口号的事了。他知道他们这个新班子在一起至少得干个两三年，提出的新口号将统领今后数年的工作，弄得好，既会得到上级领导的赏识，又会在九龟历史上留下浓浓的一笔。因而他想到的是他要拥有九龟新口号的知识产权，当然最后决定权是他邓远航的，但是他必须用自己的口号去影响他，到最后即使不全用他的原话，也至少用他的骨架，使他成为九龟新口号的共同构想者。

因而，此时他迫不及待地要抢着把自己和秘书斟酌了几天的新口号提出来：“其实提出个新口号来不是什么难事。口号，最最关键的是说起来朗朗上口，看起来容易记住，最好就像群众平时说的顺口溜。这几天我绞尽脑汁，倒思考了一个，不妨说出来，供大家参考，你们办公室的注意记录噢。我想的口号很简单，四句话，就是：‘九龟人民宏图展，一年当作两年干。两年财政翻一番，重筑农垦第一山。’”

钟玉保的四句话没说完，会场里就开始有嘈杂声了。有“呵呵”的笑声，也有窃窃的议论声。

有的说：“还蛮押韵的嘛。”

有的说：“标标准准的顺口溜。”

还有的说：“大跃进。”

也有的说：“哎，三岁伢子挑一百斤个担子，书又没读多少，充什么能呢。”

坐在台上的邓远航听旁边的钟玉保场长要说出他想了几天的新口号，起初还拿起笔准备记呢，等他听完不但一个字没记，还差点跟着大家一起笑出来。邓远航觉得他一个场长提出这样的口号，就好像他还停留在龟岛当大队支书那个时候一样的，这口号高调门、低水平，就像他那时的身份。如何对待他提出的口号呢？

邓远航正思考着，钟玉保又发声了：“你们笑什么笑？我这口号提得不好啊？董兴国！你也笑，你笑我这口号提得不如你啊？”

董兴国立即在下面喊道：“场长，我没笑啊。我是咂嘴，是啧啧称赞哪。我是称赞这口号提得好，提得响亮，符合我们九龟的实际，能催人奋进。”

钟玉保接着董兴国的话继续说道：“呆家伙，你还不要说，我这口号就是有力量，就是一种催人奋进的力量。我们九龟这些年落后，缺的确确实实就是这一股力量。说实话，我也不瞒，我的文化水平不高，在文字表述上不如你们，但我这口号提的是一口气、一种精神，是勇往直前、永争第一的精神，这种精神是我们现在的九龟最需要的。而且又押韵又好记，是实实在在的群众语言。好，我就说到这块。归总一条，新班子要有新气象，要亮出我们的三板斧。好，不啰唆了，好歹最后由远航同志定。”

对钟玉保提出的九龟人要有一种“勇往直前、永争第一”的精神，邓远航是赞成的，但对他提出的那四句顺口溜似的口号，邓远航只能是一笑置之了。然而，他转念一想，这“一笑置之”虽简单明了，又不费多少口舌，却不符合自己现在的身份。省农垦领导跟他进行任前谈话时，就提醒他在班子中要尊重同志，要有容人的量，团结班子所有成员，共同把九龟的工作搞好。如果新班子的第一次委员扩大会上，书记就对场长的发言流露出不屑，没有正面的评价，与会同志不仅会看出今天会上书记、场长间的裂痕，而且还会在今后的日子里看到钟玉保将这个裂痕不断扩大。

因此，本来邓远航在总结中不想对钟玉保的发言予以评价的，最后还是改变初衷，说了几句评价的话：“刚才，大家都做了很好的发言，提出了许多建设性的意见，这些意见，我在下面的发言和今后的工作中都会加以吸收消化，这里不一一点评了。从大家的发言中，我们可以看出，在座的每一个人都有一个共同的想法，这就是：一定要让九龟发展得更快更好。许多领导同志的心情还非常迫切，显示出像钟场长所提的‘一年当作两年干，重筑农垦第一山’的那种力争第一、永攀高峰的精神，我十分赞赏。我们在座的领导同志如果每个人都有这种精神，我相信我们九龟人一定会创出一流的业绩。”

说到这儿，邓远航瞥了一下身旁的钟玉保，见他眉开眼笑的样子便接着说道：“下边，我也跟大家一样做个发言，谈谈对几个问题的看法，就是‘三个怎么看’。第一个‘怎么看’是，对九龟这些年的发展怎么看。一句话，我们不要妄自菲薄，要看到我们的进步和发展。这里我不多说城乡的变化，这些大家都看得到，我只说几个数字，八年前，我们的人均GDP、人均财力、农民人均收入在全省农垦系统分别排在第十二位、十五位、九位，现在分别是五位、六位、四位，从这个进步看，这八年的成绩不言自明。”邓远航在这里为什么要说八年前呢？原来八年前是方书记与史书记交接的结点，也是他邓远航任场委办主任、场委委员、进场委班子的时间点。从他接触的九龟湖农场四任书记看，他最看不上的正是方书记，他这样做比较，不但是让大家晓得这八年在史书记、丁书记任上的发展，而且要让大家看到这一时期比方书记执掌九龟时要快很多。”

邓远航向会场扫了一眼继续说道：“当然，我们与兄弟农场比仍然有不少差距，在一些方面还落在后面。这些差距和落后的方面的改变，正是我们九龟新班子义不容辞的责任。这就涉及了‘第二个怎么看’。就是对‘书记一动，河工重弄’怎么看。

“前任的‘河工’，也是全场干群出力流汗的结果，也必有它一定的功效，后任没有必要把它推倒重来。照我看，那些干‘书记一动，河工重弄’傻事的人，无非就是不惜劳民伤财，用‘河工’为自己立一块纪念碑而已，想到的是自己，不值得提倡。我们提倡的是一任接一任、一代接一代地把九龟的‘河工’弄好。话说回来了，我们九龟虽然是书记动了，建立了新班子，但是我们还是老成员。我们新班子这些人绝大多数都是老班子成员，先前九龟的目标思路，也是我们一起研究确定的，因而没有必要，也不应该全盘否认前任的东西，而另起炉灶，另搞一套。我们需要的是进一步完善、落实前任的东西，沿着前任的脚步朝前走。如果要提新口号、新思路，待形势有所变化或到后年场委换届时再说。因而我们今后几年的奋斗目标仍然是到2010年初步建成现代化农场。那么，我们新班子是不是就可以不动脑筋、不费力气，不有所作为了？不是，绝对不是！我们新班子不仅要带领全场干群有所作为，而且要有大作为。这就要转到第三个

‘怎么看’了。

“第三个‘怎么看’，就是对‘新官上任三把火’怎么看。新官上任应该有点火，但不是发火的‘火’，也不是妒火的‘火’，而是烈火的‘火’，热火的‘火’，就是干工作满腔热情，为九龟的发展赴汤蹈火。我今天所要讲的‘三把火’是‘三个转变’，就是转变作风、转变机制、转变职能。转变作风，就是从我开始人人抓落实，从上到下一竿子插到底，不成不罢休。转变机制，一是成立发展审批中心，把所有有权审批的公章集中到一处盖，本场无权的也由该中心统一到上级审批，不需要当事人自己跑腿；二是成立场委督查室，专门督查场委、场部各项任务的落实情况；三是成立四个招商局，分别由两位场委委员和两位副场长负责，每月三分之二时间在外招商。这三个机构人员可以自荐，也请大家推荐。”

听到这些，台上台下的参会人员心里都盘算开了。

7

邓远航建立几个机构的话引起了台下一些人的小声议论：

“实在，绝对实在。”

“这是真抓发展。”

“想的是好，只是把那么多公章归到一块也不是件容易的事。”

“外出招商是苦交易，得有激励政策才行。”

台下的干部议论，台上的几位领导也在想着各自的心事。

侯鸣放心想：远航书记这些措施很好，如有必要我在场委中第一个报名外出招商，坚决支持他的决定。

洪光武想道：老朋友啊，老朋友，你怎么想得起来先拿我们这些场委开刀，把我们推上第一线的呢？你第一次讲话不按套路来，不提新目标、新口号、新思路，这就不说了，那你也不能说出这种违背领导管理规则的话来呀？我们这些领导都是指挥人家干的哎，怎么能把我们推上第一线呢？看不懂，看不懂。想到这儿他还不由自主地摇了几下头。

钟玉保心里早沉不住气了，他在心里说：你全说空话哎，部门负责人都不肯外出招商了，还叫场委、副场长出去呢，做梦喝酒，想得美呢。

邓远航并不知晓台上几位领导同志心里所想什么，他只是待下边议论停下后继续讲道："大家现在不要讨论，这些人员是将来优先提拔的对象，也是优先向上推荐场级领导的对象，大家有想法会后到组织部或我这儿自荐、推荐，包括场委办主任的人选，都可以来推荐。我接着刚才的思路说——第三把火，转变职能，就是所有部门一切工作都要为发展服务，尤其是三个部门：经济发展局，专门负责本地企业的技术改造，盘大盘强，这个由钟场长负责；商贸局，专门负责外来企业的帮办服务工作，这个由光武同志负责；企业局，专门负责本场职工创业办公司、办企业的帮办服务，这个我来负责。这里的'专门负责'什么意思啊？就是原来的事少做或者不做，所有人都一门心思忙这三个任务。好，我今天就讲这些，我希望我们不仅仅就是这'三把火'，后续还应该有更多把火，我更希望我们的'火'不是一闪而过，而是要一直烧下去，旺下去，持之以恒，长期保持旺盛的革命热情，让九龟持续发展下去，永不止步！"

散会后，洪光武来到邓远航的办公室。他一跨进门就赞不绝口地说道："今天的会真是一次成功的大会、胜利的大会，整个过程都给人一种焕然一新的感觉，特别是你老兄的'三个怎么看'的重要讲话，既生动易懂，又充满了马克思主义辩证法，堪称全场领导干部学习的典范，一定会成为指导我们九龟农场干群前进的纲领性文件。"洪光武口上这么说，可是心里并不服。他心里想的是：作为一位场委书记，他老兄的讲话很土很直白，没有引经据典，更没有上升到马克思主义理论的高度，其根源是缺乏《资本论》的理论基础，在这一点上他是远远地落在后面了。

"哈哈哈……"邓远航一阵大笑。

洪光武见邓远航大笑，不知他这笑是听了刚才那些话而高兴的笑，还是厌恶的笑，因而他一边从喉咙里也跟着笑了两声，一边用一种疑惑的眼光看着邓远航说："我只不过是把刚才与会人员的心声说给你听听，要是我评价，那比他们的心声高几倍呢。"

"哈哈哈……"邓远航又一阵大笑说，"我突然想到三十年前你到我们石龟分场要饭的事。"

洪光武脸上带点红晕惊奇地问："这全场人民大喜的日子，你怎么想起我那痛苦的童年？"

邓远航感到有点刺痛洪光武了，便赶紧解释说："对不起，不好意思，我不是想勾起你痛苦的记忆，我是想说明一个道理。"

"说明道理？要饭是痛苦的，还有什么道理？"洪光武越加狐疑。

“不说了,不说了,不说过去的事了。”邓远航摇摇手说。

“不行不行,邓书记,你不晓得我这个人好钻研啊?你摆着个道理不说,我这个脑子怎么歇得下来啊?”

“真想听啊?”

“洗耳恭听!”

“其实道理很简单。你要饭时,是弱者,你为了要到饭,站在人家门口,向那些大爷大妈说尽了好话,为的是得到一口饭吃。”邓远航看着洪光武说。

“这倒也是,当小要饭的倒练了我一张蜜糖嘴。那时拿着个碗往人家门口一站,就开始不住地用最尊贵的称呼叫人家,不停地用最好听的语言赞美人家,不然人家不给饭啦。可你今天提这个能说明什么呢?”洪光武仍然不解地问。

邓远航没有回答他的问题,而是说:“是啊,你不说好话人家不给饭,可是我们今天什么关系?难道你不给我说好话,你会没有饭吃?光武,我们几十年交往下来了,谁几斤几两,你没的数,还是我没的数?”

听到邓远航这些话,洪光武的脸一下全红了,嗫嚅了几下,没有说出什么。

邓远航见他尴尬的样子,便又说道:“你要是诚心支持我,你就要多提醒我,多给我找问题、提建议。我倒想听你说说我今天的讲话有什么问题。”

洪光武回过神来说:“问题倒也没发现,只是有几个不明白的想向你请教请教。”

“你看,还有点老味道。我们之间还用‘请教’吗?有什么话都要真说出来,既不要添枝加叶、粉饰加彩,也不要截留克扣、说半句留半句。”邓远航说。

“那是肯定的,我这脾气你是了解的。你下午的讲话真的很好,我这话一点虚假都没有,全是真话、心里话。要说问题,那真是拿个放大镜都找不到。我只是水平不够,有两处不明白的地方想问问清楚。”洪光武说到这儿停下来向邓远航看了看。他想:人都是说得好听,什么不需要别人说溢美之词,叫人家找问题提意见,可你要真是一句好话没有,都是批评和指责,他邓远航就是个圣人,他的脸也挂不住哎,他的心也是肉做的,保不准会给你小鞋穿哎,所以啊,不能瞎说啊,还是婉转一点、淡化一点。想到这儿,他见邓远航点了点头,便继续说道:“第一个不明白的,就是不明白你为什么不提出新的口号。你要知道,现在九龟的班子中我们龟岛的知青是主流。你提出新口号就是代表我们龟岛知青向全场人民发出的宣言,也可了却我们当年在龟岛激扬文字、指点江山的雄心壮志啊。再普通、再没文化的新官上任,都要提出自己的口号。雁过留声,人过留名。一个场委书记总要在历史上留下些什么啊。你就是自己不愿留,也要为我们这些在龟岛战斗过的插队知青留点什么吧?我不明白你为什么不提新口号!”洪光武越说越激动,以至于讲最后几句话时脸上的肌肉和右眼都在跳个不停。

邓远航见洪光武情绪有点上扬,不知他为什么在“提新口号”上如此执着、如此亢奋,便没有立即接他的话茬。

洪光武见邓远航没有回应,以为是自己过激的情绪让他不高兴了,便赶忙又说:“你看我这人一说心里话就激动,你要是不便说,我以后再请教吧。”

8

邓远航见洪光武误解了自己一息的沉默,便立即接着他的话说:“光武啊,会上我已讲了,现在‘书记一动,河工重弄’的现象太严重,发展到现在是‘规划重弄、道路重弄、市场重弄、办公大楼重弄、开发区重弄’,这么多‘重弄’,可能会给这一任领导留下些什么,后人会说‘这个是某某书记弄的,那个是某某书记弄的’,似乎把这些书记与那些钢筋混凝土刻到了一起,磨灭不掉了,但是这些‘重弄’的背后给财政、给老百姓带来的是什么?带来的是瞎折腾,带来的是穷浪费。几千万的大楼,才建成几年就拆了,上亿的道路,还没通车就废了,把纳税人的钱往水里撂,让老百姓的汗水白白地流,我不忍心做,也不愿意做。”

“你这样说,我就理解了,对那折腾、浪费我也是反对的。”洪光武附和道。

邓远航接着说:“再说,我们这任新班子本来就是上任班子的成员,上任场委的奋斗目标、工作思路也都是经过我们讨论后确定的,现在的形势没有变化,我们就没有必要去玩文字游戏,偏要提一个新的口号出来。党把我们这些党员放在这个岗位上，是要我们围绕既定目标，即原来的2010年初步建成现代化农场的目标集中精力抓落实、抓开拓、抓实干，而绝不要把精力轰轰烈烈地花在热热闹闹的无用功上。"

洪光武的心已平静下来，恢复了原样。邓远航的话一停，他就接着说道："哎呀，你这样一说，我心里就开朗了，真比我读几页《资本论》还管用呢。"

邓远航开玩笑说："古人有'半部《论语》治天下'，你就用半部《资本论》治九龟嘛。"

"不要笑话我了。我还有第二个不明白，就是现在省农垦要求我们精简机构，控制编制，你怎么又设机构又增加人员呢？这不是公开与上级的精神唱对台戏吗？我担心有人又抓住你的把柄，利用这点告你哎。"洪光武担心地说。

邓远航哈哈一笑说："把柄？有人这辈子都在抓我把柄，不是也没抓到吗？"

洪光武知道邓远航这里说的"有人"是指谁，为了不让邓远航把他跟这个"有人"挂上钩，他连忙撇清说："他那个不是出于公心，也就是闭着眼睛瞎抓，我是坚决反对他的。不过既然有这么个人一直盯着你，你还是小心为妙，防着点为好，不要公然地跟上面精神发生冲突。"

"谢谢你的提醒，我只会与上级精神保持一致，而不会与之冲突的。刚才会上说的几个机构，不是常设机构，主要是原有部门转变职能，机构中的人员，也不增加总编制，而是从现有人员中抽调。"邓远航解释说。

"各部门单位都喊忙死了，人手不够，都说要进人指标，哪里还有人给你抽调呢？"洪光武问道。

"你认为他们喊的都是真的吗？"邓远航反问道。

"不说全部是真的，至少有一部分是真的吧？"洪光武答道。

邓远航说："你说对了，一部分是真的，那还有一部分就是假的，把那些在人浮于事中假忙、瞎忙的人抽调过来就足够了。实际上，我们国家改革开放已有二十四五年了，经过这么多年的发展，我国经济、文化、社会等各方面都已发生了翻天覆地的变化，而与之相匹配的行政管理机构的职能也早已发生了变化。有的部门一些职能减弱了甚至消失了，有的部门一些职能扩大、增加了，而我们却不知觉，还仍死守住原来的模式不变，能赢吗？当然，作为一个农场，我们不能擅自增减机构和编制，但我们可以在不动总盘子的前提下，尽量改变现有行政模式中不适应九龟当前形势的部分，使我们九龟的经济、文化、社会发展得更快、更好。”

“哎呀！高，实在是高！太高明了！我读了大半辈子《资本论》也没你看得这么清、这么高，看来这《资本论》我是不能再读了。远航，你给我推荐一下，读什么书才能达到你这样的高度呢？”洪光武一边显出非常诚恳的样子一边竭尽吹捧之能事。

邓远航听出洪光武又在说过誉的话了，但他又不好老是盯住他这一死穴不放，只要自己对自己几斤几两有数就行，犯不着在两人场合下光戳他的脊梁，因而他说道：“哎，这跟读不读《资本论》没有关系噢。《资本论》你还要读，只是不要图记住其中的只言片语，而是要学其中的观察事物、分析事物的方法。”

洪光武正要张嘴再给邓远航说几句好听的，手机响了。他从裤子口袋里掏出手机打开盖子一看，是大舅老爷钟玉保场长的号码，便不想接。他心里有数，这个时候打电话给他，肯定是叫他去吃晚饭。这个大舅老爷也真是的，昨晚他们几人才在一起喝酒，今天又聚一起了，还偏要把我喊去。这种事要是让邓远航知道了，会让他觉得他们子舅俩在搞小团体，因而，他一边任手机狂叫不予接听，一边对邓远航说：“你看，下班时间到了，老婆喊回去吃晚饭呢。正好外边又来这么多人等着跟你汇报思想呢，前客让后客，我靠着你办公室，可随时请示。来，你们来，你们来。”洪光武一边招手让门外的人进来，一边拿着手机退出了邓远航的办公室。

从邓远航办公室出来，洪光武直接来到了小蔡酒楼，走进二楼小厅，里面已高朋满座了。

“光武来了，开席吧。兴国你做东的，你说话。”钟玉保开口道。

“老大，你折我寿啊？就是我做东，我的钱不全是你场长的啊？老大，我们这些人都是鞍前马后跟你跑的，今天都是来跟你祝贺的，还是老大你宣布开席。”石龟分场书记董兴国站起来说。

听董兴国说这话，洪光武这才满桌子看了一下。确实不假，桌上十一个人，他本人、董兴国、王石基与钟玉保不是亲戚就是同学，其余七人，有两个分场书记、三个分场长、两个局长，都是钟玉保圈里的人，平时都是常在一起打牌喝酒的，还个个喊钟玉保“老大”。过去，洪光武有时也参加他们的活动，参加时的心情也很正常，也跟他们一起敬酒、一起闹酒，但今天参加他们这个活动心里却有些许不安。他怕被人贴上他是钟玉保的人的标签。因而，他想：此处不能久留，不能久处这个小圈子中，得跟他们保持一定的距离。于是，还没等钟玉保开口，他先说道：“场长，你就不要谦让了，于公于私，你都当之无愧。你宣布吧，我马上还要跑个场子。”

听洪光武说要跑场子，钟玉保倒不急于宣布开席了。他心里纳闷：是不是上级来了领导，邓远航叫光武去陪而瞒着他呢？因而他问道：“是不是邓书记叫你去陪上面的大领导啊？”

洪光武并不是另外真有饭桌，只是以“跑场子”为借口想中途离开他们这个圈子，现在大舅老爷顶起真来问还真不好回答呢。邓书记还在办公室与其他人谈话，并没有安排他陪客，自然不能借他的名，但要说场里其他人请他洪光武吃饭，而不请他钟场长吃饭，那第二天那个“请吃的人”就能受大舅老爷一顿剋，弄得人家下不了台。与其这样，还不如简单点，就假邓书记的名，他不好去对证。于是，他接着大舅老爷的话“嗯”了一声，但使他没想到的是这简单的一“嗯”却燎起了钟玉保的心头之火。

9

钟玉保知道洪光武下面要跑的场子是邓书记的场子就极为不高兴，再加上邓远航接待上级来人告诉光武这个副书记而不让他这个场长出面，更让他恼火。洪光武的“嗯”刚一吐出，他就冲着洪光武说：“那你还来做什么？来摆谱啊？来跟我们炫耀你跟场委书记一起吃饭，一起陪上级大领导啊？你现在就走，省得一晚上跑几个场子把身体喝坏了，走，走，走！”

桌上的人见钟场长对自己的妹婿都这么刻薄，都不敢吱声。洪光武从在石龟分场做“小要饭的”开始，到在龟岛插队，就一直被钟玉保欺负，后来他与钟玉保妹妹恋爱结婚，再加上他父亲平反到省高院复职，钟玉保有求于他，他才基本结束那段屈辱的历史。但令他没想到的是，这么多年过去了，这大舅老爷又旧病复发，竟然当着这么多下属的面让他难堪。他此时真想一甩手离开席位而去，但他还是忍住了。他知道这甩手一走就预示着跟大舅老爷决裂，这一决裂又预示着他的政治生涯中多了一个在背后捣捣戳戳的人。洪光武犹豫了，他心里明白，这么多年来他一直在背后捣戳邓远航，不是邓远航大脑发达、身板硬朗早被他戳得稀烂了。在今后的日子里，他要是像捣戳邓远航一样地捣戳我，我这身板能顶得住他几戳？不能，不能为赌一时之气凭空为自己增加一个背后打冷枪的。那要是就这样忍气吞声，那我这个副书记在这些下属面前还有什么尊严可讲呢？也不行。干脆这样，给他来个虚晃一枪。于是他先用手拽了一下旁边的王石基，然后慢慢地站了起来。

他为什么不猛地站起来以显示对钟玉保的抗议和反抗，而是慢慢地站起来？这个动作他是考虑得很周全的，他站起来做出要走的样子就是对大舅老爷的反击，他慢慢地站起来是为了给王石基一些考虑的时间。

王石基还真领会了洪光武的意思，他见洪光武站了起来随即也跟着站起来，一边用双手搭住洪光武的双肩一边说："书记、书记，场长说了玩的，我们都听出来了，你们是子舅还听不出来嘛。坐下坐下。"

"是啊，老大说了玩的，我晓得他不是针对你的，他是指桑骂槐哎，我们谁跟谁啊？就是老大说几句，他是刀子嘴豆腐心，都是为我们好哎，我们要理解支持老大啊。"董兴国也劝说道。

钟玉保见洪光武竟然能站起来想走，这是他所没想到的。他心想：这个"小要饭的"在他面前什么时候这么硬气过的？没有过，看来不给他个下马威，他还不晓得我这个场长比他个小副书记大半级呢。他正要发作时见洪光武已被王石基按坐下来了，心想也不能把他打闷了，他毕竟还是自己的妹夫，何况他老子还一直在帮自己的忙呢。于是，就顺着董兴国的话说道："兴国说得对，我这个人是大老粗，脾气直，话说得不好，有时还骂人，但我不是骂你们，我是指猪骂狗，我是为你们好。你们看着，只要你们好好跟我干，我保证把你们都提拔上来。好，开席，来，喝酒。"

酒席刚开始时大家还比较拘谨，几杯酒下肚，精神来了，话也多起来了。

董兴国先开口道："幸亏今天这酒味儿浓，要不然今天一天就淡而无味了。"

王石基没参加下午的会议，他不明白董书记这话说的是什么意思，便说道："董书记，你这话叫人听起来怎么像一群鸭子往九龟湖里跳，扑通扑通（不通不通），叫我们泥腿子听不懂啊？什么意思？是不是今儿个厨师盐放少了？"

"你就是婆婆妈妈的，就晓得个油盐酱醋，我告诉你，我说的是我们九龟政治生活的大事。"董兴国说。

“什么大事？这么讲究？”王石基又问。

“唉，跟你这个瓦匠头子喝喝酒还可以，谈政治就是不放酱油的猪脚掌——白蹄(白提)。我是说下午开会没味儿，味同嚼蜡，不但一点儿新意没有，还没有一点儿号召力。”董兴国说。

听到这话，洪光武觉得董兴国这个人政治品德有问题，下午的会只是没提新口号，但其中的新思路、新举措还是相当高明的，你董兴国作为一个分场书记应该维护场委的威信，支持场委的决策，即使有意见也应该通过正规渠道提出，怎么能在酒桌上这样胡言乱语呢？他觉得不能让他这种态度影响其他人，必须加以引导，因而他说道：“哎，看问题不能这么看。我觉得邓书记下午提出的‘三个怎么看’以及‘三把火’非常符合九龟实际和时代精神，前后也充满了马克思主义的哲学观点，我们还是应该要好好领会、认真落实的。而且你下午也是带头喊好，使劲鼓掌的，怎么一到酒桌上就……”

钟玉保见洪光武赞扬邓远航就不高兴，就要予以反对。没待洪光武话说完，他就打断他的话说道：“领会什么？落实什么？你不要以为他叫你去陪个上级领导，就不管对不对都站到他一边，不能两杯小酒下肚，灵魂就出窍了哎。你以为你读过《资本论》，水平就比我们高，我们没读过的就什么问题也看不出来？我告诉你，我看得比你还清楚。我可以这么跟你说，他下午的讲话，一缺眼光，二缺头脑。他看不到前任的问题，这不是缺眼光是什么？看不到问题，又提不出新的口号，这不是缺头脑是什么？”

“对，就是缺钟场长这样的眼光、这样的头脑。钟场长下午提出的‘九龟人民宏图展，一年当作两年干。两年财政翻一番，重筑农垦第一山’这四句话，才是有眼光有头脑又有号召力的口号呢。自己提不出来，这样激动人心的口号为什么又不采纳呢?”董兴国趁机拍起了马屁。

洪光武心里想笑，他想：他这口号，要出自大队干部之口还可以鼓几下掌，但出于他九龟农场场长的口，那就要被人笑了，那就是“文化大革命”加“大跃进”的一个综合体。但他顾忌大舅老爷的脸面而没有把心里想的说出来，只是简要地把在邓远航那儿交流的一些话向大家说了一遍，以使大家更准确地理解下午邓远航在会上的讲话精神。

待洪光武一讲完，钟玉保就问：“那我问你，他提出增设那么多机构，一个机构增加那么多人，违不违反上级精简机构的精神?”

“不违反。机构是临时性的，不是常设机构，主要还是转变职能；编制也不增加，人员从各部门抽。”洪光武解释道。

钟玉保听了他的话觉得有理，但因他是为邓远航在辩护便说道：“拿了人家的手软，吃了人家的嘴软，他就叫你陪个客，你的心就完全是他的了。好了，我们也不想听你的了，他那边也等急了，你赶快去吧，不要上级陪不好怪罪我们。只是你们场委那边接待上也要节俭些，不要弄得太高档了，我场部这块没有那么多钱给你们报销。”

洪光武并没有下一场酒席，他只是不想在他们这个小团体里陷得太深才说有下一场的，现在既然大舅老爷赶他走，他便乐得顺水推舟告辞离开了。

待洪光武走出厅门，钟玉保对桌上的酒友说：“你们不要以为跟着书记就高贵得不得了啦。他书记管人，我场长管财，权力也不缺，再说我也是副书记，他管人也不能背着我。不信，你们想要什么位置，我去推荐，看有用没用！”

10

桌上的人听钟场长撂出这句话，个个心花怒放，恨不得立即把自己的想法告诉他，让他到组织部、到邓书记那儿推荐呢。但是酒桌上没有一个人说出自己的想法，生怕说出来让别人知道自己这个位置是钟场长去要来的。

钟玉保见没有一个人向他要位置便又说道：“你们不说话，我不晓得你们是对自己现在的位置很满意，还是认为我这个场长只能要到钱不能要到官？你们不要以为我是场长不管干部，我跟你们讲，我推荐的干部，他不同意不行，他安排的干部，不经过我同意的，非把他捣下来不可！”

大家面面相觑，仍然都不吱声，酒桌上又一阵沉默。

钟玉保着急了，他端起面前的酒杯喝完杯中酒，然后用劲把酒杯往桌上一蹾说：“你们嫌我不管干部，说话不得用哎！兴国，你难不成在石龟十几年也不想挪窝？也很满意？”

董兴国端起酒杯站起来说：“感谢场长的关心，目前我很满意，如果有不满意我再找场长。来，我们大家一起敬场长一杯，请他以后对我们多关心。”大家附和着董兴国给钟玉保敬了一杯酒。

接着大家又轮流向钟玉保敬酒，感谢他对他们的关心，一直闹到晚上近十点才收场。

酒席结束时，王石基和董兴国争着要送钟玉保回家。

王石基要送钟玉保，是想单独跟钟场长把自己儿子的事说一下。他儿子王祖房现在石龟分场任副书记，想升一级做分场场长。他本来想直接去找邓远航，但刚才听他说的那几句话，觉得找了邓远航不找他钟场长也没有用，因而，他走到钟场长面前把他扶站起来说：“钟场长，走，上我车，我送你回去。”

董兴国见王石基抢先要送钟玉保，便走过来说：“王总，你酒喝多了，自身难保了，哪还能开车啊。钟场长是全场人民的场长，安全最重要，我有驾驶员在这儿，我负责把钟场长送到家。”说着，他便把钟场长搀扶到了石龟分场的车上。

车子开到钟玉保家门口，董兴国拎着自己的包下车，先跑到车子的另一侧，打开车门，然后把钟玉保扶下车来。到钟场长家院门外时，董兴国对钟玉保说：“钟场长，刚才人多我没好说，其实我早在下面蹲够了，早想挪窝了。”

钟玉保停住脚步，站在那儿两眼直勾勾地向董兴国看了好一会儿才说：“我说你、你这个浑、浑蛋东西，肯定蹲在石龟那个油、油罐子里想把油、油喝足了，才想走呢。说，想挪、挪、挪什么窝？”

董兴国没有马上回答钟玉保的话，而是从自己包里拿出个大材料袋，撕成两半，把一半放进包里，把另一半夹在钟玉保的腋下，然后把嘴贴着钟玉保的耳朵说：“场委办主任。”说完便把钟玉保送进了院门。

第二天早上，钟玉保妻子李晓星起来开院门时看到院子地上有只纸袋，鼓鼓囊囊地躺在那儿。李晓星上去捡起来从开口处看进去，里边是钱。她把里边的钱掏出来一看，是两沓百元钞票，共两万元。她赶忙跑上二楼卧室，把钱和纸袋一股脑儿地往坐在被窝里的丈夫怀里一揣。

“钱？哪块儿来的啊？”钟玉保托着钱和纸袋望着老婆问。

“你问我，我正要问你呢。哪块儿来的啊，院子里长的！”老婆说。

“不要瞎嚼白舌头了，你呆还是我呆呀，院子里长菜还能长钱啊？你糊弄我干什么！快告诉我，是哪块儿来的，我心里好有个数。”钟玉保催促。

“你真是冤枉人,我要晓得,我还问到你啊?”老婆说。

“那就蹊跷了。”钟玉保说着把钱放到床头柜上,拿起那纸袋仔细搜寻着。纸袋只有一半,是哪个单位的大信封撕成两半留下的上边一半,这一半正面下方印有“九龟湖农场”的字样,下边标明单位的字则在另一半上。钟玉保又对着袋口朝里看,然后慢慢地把纸袋撕开。

李晓星见他这样便说道:“不相信老婆啊?看什么看啊,我早把它掏到锅朝天了,一滴水都没有了,半张钞也没的了。”

“你真是水瓶里栽树,成不了材。我像你那样见钱眼开的啊?我是看看里边有什么记号或是留言之类的,能查到这钱的来路。”钟玉保一边说一边上下正反打量着撕开的信袋。钟玉保把纸片翻来覆去找了几遍,什么也没找到,然后把那纸片一摔说:“肯定是你在家时人家送的,你现在在这块儿跟个没头苍蝇似的乱转,还把我蒙在鼓里。”

“你就这样糟蹋你老婆啊?那行,是我在家收的,我现在就把这两万块缴到场纪委去。”李晓星说着从床头柜上拿起两沓钞票就往外走。

钟玉保见状一下跳下床,鞋也没来得及穿,冲上去把老婆拉回来,夺下两沓钞票往柜上一放说:“还不承认傻呢,你真是个傻子!你这样子是不是想把你老公送进去关几年啊?”

“你才傻呢!钱缴给纪委坐牢,难不成不缴反而不坐牢?你真是酒还没醒呢,把大白天当成黑夜了。你好好想想,昨晚喝酒时有没有人给你这个纸袋子。”李晓星数落丈夫几句后又提醒他说。

“你不懂这个理,现在不跟你说这个。你不要吵了,让我想想。”钟玉保想了一会儿问:“我昨天是怎么回来的啊?”

“怎么回来的啊?走回来的!回来脸也不洗,脚也不洗,衣裳也不脱,倒到床上就睡。”

“有没有人送我回来?”钟玉保问。

“鬼影子没看到一个。”李晓星回答说。

“那是不是人家从院墙外扔进来的呢?”钟玉保继续问。

“你做梦娶媳妇尽想好事呢。哪个傻啊?钱多啊?往你家扔啊?你还不如说是从那棵梨树上掉下来的呢。真好笑。”李晓星说着自己先笑了起来。

“你不要笑,你到院子里去找一下,看还有没有其他东西。”钟玉保说。

“你真是个财迷噢,还想更多的两万呢啊?你要想再有两万就等明早上到梨树下找吧,那两万还在长着呢,你今晚对着树冲泡尿,明个早上成熟了就掉下来了。呵呵呵。”李晓星仍笑着说。

“我跟你说真的,你不要开玩笑嘛。我叫你去看看院子里还有没有其他包装物或是纸条什么的。去,找找看。”钟玉保催她说。

李晓星下楼去找了一圈又上来说:“一张纸屑都没的,什么暗示都没有。”

“噢,我想起来了,肯定是小秃子。昨晚散席时他要送我回家的。你今儿个先去银行把钱存起来,我上班后打电话问问他有什么事。”钟玉保交代。

钟玉保到办公室处理了一些事务后给王石基挂了个电话:“秃子,昨天那个钱……”

王石基一听钟场长问的是钱,忙打断他的话说:“噢,场长,这个你先不要讲,电话里也讲不清楚。这样子,我现在就到你办公室来。”

钟玉保放下电话轻蔑地说了声:死秃子,你玩什么花头精能玩得过我啊?

11

王石基在电话里听钟玉保提钱的事,开始摸不着头脑,后来很快反应过来,明白了钟玉保跟他说钱的意图。他心里有数,昨晚上在酒桌上说得已很清楚了,我儿子王祖房要当分场场长,就得请他这个场长去运作,运作就需要钱。因而,他放下电话拎起皮包就直奔钟玉保办公室。

他推开场长办公室的门,见钟场长一人在办公室独坐着,便随手关上门,还用屁股抵了一下,然后一边向钟玉保这边走一边说:“场长,你不打电话,我也准备来了。昨晚,我就决定今天一大早就到你办公室的,后来怕你早上忙就来迟了点。”说着,王石基已走到钟玉保身边。他迅速拉开皮包,掏出一只信封放到钟玉保的腿上,然后退坐到钟玉保对面的沙发上。

钟玉保任那只信封躺在自己的腿上没有动它,他知道那信封里面一定是钱。他用眼睛瞄了一下那信封,瞄完后他心里有数了,心想,家里院子里的钱肯定是这秃子的了。因为,照那鼓的程度得有两万块,这与昨天的钱一样,这秃子就喜欢二;再者,信封下边印的字是:九龟湖农场第一建筑公司,其中“九龟湖农场”几个字与家里那信袋上的字是一样的,虽然这信封比那信袋小了一圈,但长得跟弟兄一样,院子里那钱必是他的,别无他人。

真确定是他的,钟玉保倒害怕起来了。上次就是因为他这个软骨头把事情说出来,害得他跌了一跤,这次一下子送四万,也足以把人送进监狱了,难不成是邓远航安排他来陷害我,把我送去坐牢,好让他邓小二子独霸九龟?乖乖隆的咚,险些上钩。想到这儿,他不禁出了一身冷汗。

钟玉保镇静了一下,站起来从桌上的烟盒里抽出一支甩给王石基,自己也拿出一支点着后把打火机甩给王石基说:“两万两万地出手,直至事成达到目的,计划倒蛮周密的噢。”

“场长放心,事成之后还有,绝对不会叫你贴钱的。”王石基拿着香烟和打火机看着场长说。

“好,秃子,我也不跟你啰唆了,这样吧,你先下楼在车上等我,我跟你走一趟吧。”钟玉保一边说一边用手贴着王石基的后背往外推。

“跟我走?上哪块儿啊?到我食堂啊?”王石基转头问。

“你就是个酒肉朋友,整天就晓得吃喝!什么食堂啊?到我家!”钟玉保把王石基支走后,赶快给老婆拨电话,一问那两万块还在家呢,便带上刚才的两万块下楼了。

钟玉保这是做什么呢?王石基坐在自己的车上想着这个问题。想了一会儿,猛地拍了一下自己的秃头自语道:少了!嫌钱少了!真是个无底洞。他想:也好,既然他能嫌少,儿子提拔的事就肯定有把握。拍完脑袋,他立即拨通公司的电话,叫会计现在就带两万块钱到九龟路88号院前面的路口等他。

王石基开车载着钟玉保直奔九龟路88号大院。到路口拐弯时公司的会计还没到,王石基又不好停下车来等,只有先把车开到88号院门口。车停下后,他对钟玉保说:“你先进屋,我把车顺一下就来。”他是想在车上等公司会计一会儿,以便把那两万块钱拿到手再进门。

可钟玉保并没听王石基的,而是说道:“顺什么顺啊?一时间就走了,哪那么讲究啊?走,下车,快些,我还有事呢。”

王石基没法,只好随着他下车。他下车时故意放慢速度还想等那两万块的到来。他一边磨蹭一边想,今儿个的钟玉保好像不是过去的钟玉保了,过去也有心急的时候,但也没心急到不让我把车停好啊。

“你今儿个腿上灌了铁啦,磨磨叽叽的,磨叽什么啊？场长是为全场二十多万人民服务的,就陪你一个人啦？快点!”钟玉保站在院门口喊道。

鬼气啊,他今儿个吃了巴豆丸啦,这么等不及啦？不管他,先跟他进屋再说。

王石基跟进屋后,钟玉保一边把王石基那袋钱往茶几上一丢,一边说:“你在这块儿等一下。”说完便“咚咚咚”上了楼梯。

王石基以为钟玉保上楼去拿烟或茶叶,便一边向楼梯上喊,“哎,场长,我有,你不要忙了。”一边盯着茶几上的那袋钱着急:这个陈会计怎么搞的,怎么这么长时间也不来？他把两万块钱甩在这里明显是打我脸哎,说我是小气鬼哎,明摆着的意思是不在这袋子上再加一沓,他是不会为我儿子出力的。陈会计啊陈会计,你这样慢腾腾地做事不是毁了我儿子的前程嘛！我告诉你真要是因为你动作慢把我儿子的事耽误了,你就等着下岗吧。王石基想到这儿,掏出手机拨起了陈会计的手机号码。

他刚拨通“喂”了一声,钟玉保已站到他的面前。只见钟玉保手上拿着两沓人民币冲着他说:“喂什么喂啊？通通拿着走!”说完放下两沓钱,一手夺过王石基的皮包,一手拉开拉链,然后拿起茶几上的四万元钱一起塞进皮包,拉紧拉链,一只手拿起王石基的左手往上一抬,另一只手把皮包往王石基腋下一靠,放下他的左臂,让他夹住皮包,然后推着他的后背说:“老弟,走!”

那两万元还没送给他钟场长,他却倒贴我两万元,乖乖,这是什么理啊？今儿个是什么日子啊,摊上我得这么个好事？天啊,这是真的还是假的啊？我这辈子没见过这事啊！天啊,我求求你,我这脑袋也转不过来了,你显个灵给我,要是真的,你叫我头上长几根头发,要是假的,我这秃头还是秃头。想到这儿,王石基把右手往脑袋上一放,从前边摸到后边,从左边摸到右边。没有,一根头发也没有！那可以断定,他钟场长肯定不是真心把钱给我,他肯定是想钓大鱼了,他多给的两万元只是他钩上的一根小曲蛇,不知想要多大的鱼咬它呢。

“头上一根毛不得,摸什么摸啊？摸,就能长出毛来啦？也不留你坐了,我还有一大摊子事在那块儿呢。走,快走!”钟玉保催他说。

王石基一边把皮包放到茶几上,一边打量着钟玉保,一边坐下说:“场长，就是阎王，也没有像你这样催命的啊！就我们小瓦匠到你场长家，茶不喝，烟不抽，你倒让我坐下来喘口气吧？”

钟玉保想，也是，退钱归退钱，也不能连起码的礼节也不要啊。于是，他说：“就让你歇下子，但只能坐五分钟，你不晓得场部多忙呢。”

王石基坐在沙发上望着站在那里的钟玉保，还是那么高大，还是那么帅气，还是那样的笑容，没有什么不同啊。蹊跷啊，鬼啊。不对，还是有很大的不同！他平时都喊我秃子，刚才喊我“老弟”，这简直是一个天一个地啊。场长喊我“老弟”，而且是对一个叫“秃子”的人喊“老弟”，这是多尊贵的称呼啊！这就可以断定，他这个里边有勾勾机，有鬼把戏。那么，他喊我“老弟”，又多给我两万元钱，他到底想要我什么哪？女人？房子？更多的钱？王石基向钟玉保客厅四周扫了一下，一拍脑袋，想起来了，房子，他要换房，他晓得我开发的滨湖花苑里有别墅，他肯定是想要我那别墅了。乖乖，这个鱼太大了，为儿子升个小分场场长送他一套别墅划不来，你要叫我儿子当场长嘛，送套别墅给你还差不多。不行！他这两万元钱不能要。

12

王石基再三考虑不能收他的两万元钱，于是他拉开皮包的拉链，从里面拿出钟玉保的那两万元钱放到茶几上说：“这钱不是我的，我不能要你的钱，我拿你的钱丧德呢。”

钟玉保一边夺过王石基的包把两万元钱又硬塞进包里一边说：“这钱不是你的也是你的，你今儿个给我通通拿走！走，走，走，我不得时间在这块儿跟你耗了。”说着抓起王石基的膀子就往外拖。

“场长，不行，这个你还是收下，我向你保证，绝对只有我一个人晓得，再有第二个人晓得，就叫我淹死在九龟湖里。”王石基一边往后赖一边说。

“你就被淹死吧，一到检察院就屁滚尿流了，就把九龟闸提起来哗哗的了，还叫我信你啦？”钟玉保把他拖出院门口说。

王石基倚着门说：“上次是没经验，这下子随他们哪个检察院弄我，打死我也不说，哪个透露半个字，就叫我老婆伢子都淹死在九龟湖里。”

钟玉保“嘿嘿”地笑了一声说：“嗯，你巴不得老婆死了，你好换一个呢。走!”钟玉保说着把王石基拖到车旁,打开车门,把他塞进车里,关上车门。

王石基没法只好把钟玉保送回场部大楼,然后独自驾车回公司。从场部大楼开车出来,王石基感到这车特别重,方向盘特别涩,开起来费劲。他觉得奇怪,钟玉保那大块头下去了,按说这车应该轻了才是,怎么会更加重呢?难不成是皮包里的四万块?

在车上,他还是想不通,他钟玉保做了场长后怎么像变了个人似的呢?他竟然也廉洁起来了,真是想不到。他如果真廉政了,以后找他办事就难了。呸,我不相信!我看他顶多是抱窝鸡拉屎,开始是硬的,后边全是稀的。他手要不长,全九龟就找不到一个手长的了。他多给两万元钱什么意思?不是把手伸得更长,心更黑吗?这次儿子的事找他是没希望了,只能等他的手伸出了再说了。

他就这么一边开车一边想着,忽然人行道上一个人影闪过,让他心里又燃起了希望,哎,刚才怎么没想到她的呢。他赶紧掉转车头追到前边停下,下车跑到人行道上,一边从那个女人的手上拎过物品一边说:“哎呀,弟妹啊,你买这么多菜哪拎得动嘍?走,上车,我送你回去。”

买菜的不是别人,正是邓远航书记的妻子黄洁青。

黄洁青一边去拿被王石基拎过去的菜,一边说:“不重不重,我拎得动,你忙,我马上到了。”

王石基哪里肯把菜还给她,他一边一溜小跑把那包菜放到了副驾驶座上,一边又拉开后车门站到车门旁说:“你上车,我也是顺路。”

车开到黄洁青家楼下,王石基迅速下车,夹住皮包,拎起塑料袋就往楼上爬。等黄洁青开了门,他拎着菜直奔厨房,打开冰箱,一边往里边放东西,一边说:“我看这么多菜你也吃不了,我帮你放些到冰箱里。”

待黄洁青正要叫他坐下喝口茶时,他已站到门口打了个招呼就下楼了。

王石基从邓书记家出来,上车把那瘪了的皮包扔到副驾驶位上,心里感到特别的轻松,开起车子来也觉得飘飘的,先前从钟玉保家出来时的那种凝重完全消失了。他再次把车开到场部,下车便直奔三楼邓远航的办公室。他心想,你钟玉保不帮我,自有帮我的人,再说了,你场长也不管干部,我儿子提拔的事找你也没用,最后还是要由人家书记定夺,人家邓书记不像你总把个权力挂在嘴上,捏在手上,人家说能办就一定办,说不能办就不会办，绝不会在背后做什么交易，我们也有几十年的交情了，平时也没找他什么事，就儿子当分场场长这事，说大也不大，说小也不小，他会给我面子的。

但他到邓书记办公室却扑了个空，邓书记一早就与场委副书记洪光武、组织部长丁慧玲等几位同志一起下分场到石龟分场去了。

邓远航把石龟分场作为他任书记后下分场的第一站，主要考虑两点：一是石龟分场是九龟农场的经济重镇，它的经济总量在九龟除了城区它排第一，它发展任务能否完成，直接影响到全场任务能否完成，因而，他要来了解情况，帮他们解决问题，为他们打气；二是了解石龟分场两套班子的运行情况，要为石龟分场更快更好地发展配备好强有力的班子。

石龟分场书记董兴国原打算一早到钟玉保场长办公室，了结昨晚的未尽事宜的，哪知早上还没起床就接到场委办电话，叫他赶快到分场等，说邓书记一行马上到分场。他赶紧起床，早饭也没吃就下来了。就这样还来迟了，邓书记已由镇党委副书记冯庆军陪着到企业去了。

邓远航到石龟分场时，见董兴国还没到，就兵分两路，丁部长等组织部同志一路在分场等董兴国来后与镇干部分别谈话，了解石龟分场班子运行情况，他和洪光武一路直接到企业和村组，听听基层的意见。

邓远航在去企业的路上问冯庆军："小冯，你们班子这种运行体制怎么样？效率还不错吧？"

石龟分场自从蒲星凤分场长调到总场广电局后就没另配分场长，分场长由董兴国书记兼任，另配了两名副书记、三名副场长，说是强化镇党委一元化领导，减少扯皮，提高决策、办事的效率。冯庆军知道老师问的就是书记、分场长一肩挑的这种体制。从心里讲，冯庆军对这种体制不满意，至少认为有很多需要完善的地方。这会儿听书记问这个便不太好说，只说了句："就这么回事吧，差不多吧。"

"你这是什么意思？什么叫就这么回事？差不多是指什么？"邓远航追问。

"老师，你叫我说真话啊？"冯庆军小心地问。

"老师什么时候叫你说假话了？"邓远航反问。

"你这个小冯在邓书记面前不说真话，难道还要你说假话啊？说吧，不要有什么顾虑。"洪光武催促说。

"要说真话，我认为这个体制权力过于集中，监督跟不上，会出问题。

要是书记素质好,班子整体效力就高,要是书记素质差,那既会出现腐败问题,又会使班子涣散,没人肯干事。”冯庆军认真地说。

“你意思必须要有强有力的监督机制?”邓远航又问。

“嗯,否则一把手的权力太大。”冯庆军答。

“嗯,那就你看董书记是继续留任还是要另有任用?”邓远航继续问。

冯庆军因洪光武在旁边便没有直接回答邓远航的问题,而只是说:“他在石龟十五年了,时间太长了,人也干得太累了。”

“噢,我有数了。”邓远航一边思索着一边说。

很快他们已到石龟丝厂门口。虽还说是丝厂,但已完全不产丝了,现在缫丝机已全部淘汰,变成了生产汽车零部件的工厂。厂大门还是原来的大门,但厂牌子早已换成了“关爱工业集团九龟分公司”。分公司董一芬总经理和石龟日化厂的万董事长已在门口迎接他们了。

13

“哎呀,邓书记,你这么忙,才当书记就到我们这儿视察,真是对我们的鼓舞啊。”董经理一边在前边引路一边说。

“老大姐,什么视察啊?我是来听意见的。”邓远航说。

“邓书记,要说意见,我真有一肚子呢,你愿意听吗?”董一芬说。

听董一芬说这话,邓书记便就地停下,站在厂里的中心路上对董一芬说:“老大姐,我们从在龟岛插队时就一锅吃饭,一起劳动了,你看我和光武什么时候听不得不同意见啦?”

“是啊,大姐,你有什么难处尽管说。邓书记今天来就是专门听意见的,你不讲意见,他还不高兴呢。”洪光武说。

董一芬面对着邓书记说:“那好,我就说给你们听。小冯,你听了不要多心噢,我不是说你,你对我们企业还是很好的。我主要是说一些机关单位。说真的,我们这个企业既算是改制企业,又算是招商引资企业,场里明文规定不准到这些企业吃拿卡要,但是你们调查调查,哪个部门执行这个文件的?分场大大小小也有二三十个机关单位,你们问问他们哪个没来收过费、要过钱?像什么育龄妇女管理费、流动人口管理费、社会治安管理费、劳动服务费、道路建设费等几十种收费,还有什么某个新大楼落成、某个单位成立多少周年来拉赞助，每个单位还要你订多少报刊，企业辛辛苦苦赚点利润就被他们敲麦芽糖一样地一块一块地敲完了，企业不堪重负，哪块儿还有余钱去搞技术改造？”

日化厂万董事长插上来说：“还余钱搞技改呢，我好不容易从省里银行批下了四百万贷款扩大再生产，再上两条生产线，结果怎么样？几个月了，本来打算一月份土建完成，二月份设备安装完成，现在正式投产的，可是到现在一锹土还没挖呢，人家拿着钱来要货，产品出不来，把我的魂都急掉了。”

“主要卡在哪个环节上呢？”邓远航问。

“主要是哪个环节啊？书记啊，说出来你不相信，没有主要的，环环卡，没的一个部门不卡的，盖个章要把你跑死了呢。”万董事长说。

站在旁边的洪光武见邓远航脸色沉重，就想缓和一下谈话的氛围，便说道：“老万啦，你也不要说那么吓人，我看你这个算是比较典型的个案，全场没有你这么严重的。再说了，邓书记已做了安排，场里正在筹办行政服务中心，很快，老百姓办事就不要多跑腿了。”

董一芬也插上来说：“是的，洪书记说得对，我们也就这么随便说说，其实也没那么严重。”

邓远航摆摆手说：“没事的，董大姐，事实上，你们反映的问题不是你们石龟分场一家的问题，应该说，这些问题在九龟农场还是比较普遍的，如果这些问题不能尽快地解决，那九龟的发展就是一句空话。光武，这个事就由你牵头，尽快拿出方案，转变干部作风，简化办事程序，提高办事效率。另外，小冯你打个电话给场委办，叫他们通知驻场国土、工商、质监、卫生、城建、环保、公安、消防、安全等部门，下午四点在场委会议室开协调会，先把日化厂这个事解决掉。”

董一芬见邓书记交代石龟分场冯副书记打电话，起初有点奇怪，后来左右看看，才明白，场委办没有人跟邓书记一起下分场，她觉得这是洪光武的责任，他虽提为副书记了，可场委办主任的帽子他还戴着，他应该安排秘书跟邓书记下分场。于是她跟洪光武开玩笑说：“洪书记，你现在是书记、主任两顶帽子，不能光把书记帽子戴头上，把办公室主任帽子拎手上啊？”

“大姐，我没有啊。”洪光武说。

“还没有呢，你看书记下分场连个秘书都不安排，你不能叫书记成光杆司令嘞。”董一芬继续说笑。

“噢，这不能怪他，只怪还没尽快把办公室主任配起来。还没物色到人选，这是我的责任。”邓远航笑着说。

“要说人选，他们石龟的书记倒也可以。”洪光武说。

“那要是他走，就叫小凤来做书记，她能把石龟搞好。不是她做分场场长时在这儿进行企业改制，石龟早瘫了。”董一芬说。

见谈到了具体人选，邓远航并不好说什么，便岔开话题说：“走，到你们厂里转一圈儿看看吧。”

于是，董一芬带着他们一行人到几个车间转了一圈儿后把他们送出了厂门。

邓远航一行走出厂门，正要上车，一个人从路上小跑过来跟他打招呼：“你好，邓书记，到我那个小单位指导指导啊？”

邓远航抬眼一看，原来是跟他同时在石龟中学做教师的李高产。他后来也改了行，现在在石龟水利站做站长。邓远航站下与他寒暄：“哟，李站长，怎么样，现在还不错吧？”

李高产老早就想到场里去找邓远航了，想让他打打招呼，提个一官半职的，现在他当书记了，提个小副局长更是小事一桩，因而这些天他一直盘算着到场里去找他，前天他从渔民那儿弄了只八斤多重的野生甲鱼，正想拎着它去找邓书记，哪巧他就来了，看来这提拔的事十拿九稳了。这会儿他见邓远航问他情况，便大胆地把邓远航拉到一边小声地说：“书记，我在这个穷乡下能混个什么人物来啊，那些不如我的人都弄个局长、副局长当当。远航啊，我们孬好还在一起战斗过几年，我要求不高，你就让我到场水利局做个副局长，我保证任何时候、任何场合都维护你的形象，都跟你保持高度一致。”

邓远航见他这么露骨地向他要官便心有不快，想批评他几句，但考虑到现在有这样的风气，责任还在领导，也不能责怪他一个人，便说道：“高产啊，这个事也不要老放在心里磨，首先要磨的是工作，你工作做好了，群众口碑好，那些都是水到渠成的事。”

李高产知道邓远航的性格，他能说这话已经很不错了，不可能指望他拍胸脯表态的，因而他说：“行，我听你的，一定好好干。那中午到我那块儿吃个饭。我站里有个食堂，师傅烧得一手土菜，最近还逮了个近十斤的野生甲鱼，正好烧烧。”

"噢,不了,我现在还要到龟岛去,下午还有会,下次来吧。"邓远航说着上车走了。

在车上,邓远航问洪光武:"光武,刚才说叫你牵头的事,你打算怎么去解决这个难题?"

洪光武胸有成竹地说:"我看从两个方面入手,一是按照你说的,尽快建立行政服务中心,把有权的公章集中到一个大厅里,省却群众跑腿的时间;二是加强作风建设,对乱收费、乱罚款、到企业吃拿卡要的严肃查处,让那些人不敢再向企业伸手。远航,你还有什么妙计,请指教。"

"嗯,你想得很好,把这两条抓好,已经可以改变现在这种乱象了。不过,仅此还不足以完全杜绝到企业去吃拿卡要的现象。要彻底解决这个问题,必须给他来个釜底抽薪。"邓远航坚决地说。

"釜底抽薪?怎么抽?"洪光武疑惑地问。

14

"光武,你有没有想到这些部门为什么向企业伸手?"邓远航反问洪光武。

"为什么啊?还不是为了本部门的利益!"洪光武回答说。

"不能这么简单地把责任怪到部门身上。光武,你想过没有,我做场委办主任那时,办公室多少人,现在多少人?"邓远航问。

"那时总共六七个人,现在十六七个人。"洪光武说。

"对,近十年时间,人员增加了两倍还拐弯。其他部门比这还严重。增加的这些人有的有编制,有的没有编制,人员增长很快,而财政拨付的经费却增长缓慢。经费不足,这么多人要吃饭,他不把手伸向企业和老百姓还能伸向谁?人多了,都要干事,甚至于瞎干事、干劳民伤财且无用的事,你想,一个人想法子到企业、到村组去干一件事,上百个部门和事业单位的几千号人要骚扰企业和农民多少次?"邓远航分析说。

"是这个理,根子确实在这块儿。那你说的釜底抽薪就是抽人?"洪光武问。

"两个方面,一个增加,一个减少。增加,就是要增加总场财政拨付经费,我们现在给部门的经费不能还用二十多年前的标准,要根据部门的职能和物价状况予以增加，经费增加了，谁还愿意向企业和农民伸手？减少，就是减少人员，要严肃地执行编制，清理超编人员，严格控制进人。你看，现在一个局长打个招呼就可以随便安插个人进机关、进事业单位，这不仅造成场部效能的低下，也带坏了党风、政风和社会风气。这人怎么简，要慎重考虑。我想，首先立即把关口闸死，所有机关事业单位一律停止进人，任何人不得私自打招呼进人，确因工作需要一定要进人的必须经过组织人事部门统一招考，也就是凡进必考。对多余人员一律抽调到我昨天会上说的那几个机构中去，搞招商，搞服务，搞督查。你回去就召集组织、人事等几个部门研究出个方案，下周提交两套班子研究决定。”

他们来到龟岛大凤的公司时，大凤她们正在忙挂牌的事。

“怎么样？集团能按时挂牌吧？”邓远航关心地问。

“能，能，肯定的。到时，您一定得来啊。”大凤满脸带喜地说。

“一个放鸭的农民办起来的集团，多么了不起的事啊，我能不来祝贺吗？到时没有特殊情况我一定来。”邓远航说。

“有特殊情况您也得来，您不来，我们可没法接待关董啊，她可是还要来投资的噢，把大老板气走了，影响九龟发展，我的罪就大了。”大凤笑着说。

“大凤不简单了，也晓得把大老板抬出来压人了。”邓远航说。

“您就是大老板，我哪敢拿大老板压大老板啊？”大凤调皮地说。

“哎，大凤，你怎么这样叫我啊？谁教你这么叫的啊？”邓远航严肃地说。

大凤被邓书记这一说脸涨得通红，半天嘟囔了一句：“分场干部背后都这么叫你。”

“噢？都这么叫？”邓远航嗅到了在干部中存在的一种不良的习气，如果不加以引导，会在干部队伍中形成一种庸俗化的风气，但今天这场合不是讲这个问题的地方，于是，他岔开话题说：“好，不谈这个了，我今天来，主要是来看看你组建这个集团还有什么困难、什么问题。”

“有省城关董事长罩着还有什么困难啊？什么困难、什么问题都不得，一点儿都不得，到分场、场里办事，就像这东流的九龟湖水，顺利着呢。”大凤说。

在这个农民组建集团的过程中并没有哪个部门卡她、为难她，这让邓远航很高兴，因而他笑着说：“噢？那是好事，我今天来白跑一趟也是高兴的。”

“没白跑,老师,我正好有事找你呢。”大凤说。

“好啊,有事就说啊。”邓远航说。

大凤看看周边的人,欲言又止。昨天,在镇水利站的老同学刘智山拎着两瓶酒来找她,请她帮忙。

“老同学有事就说,还拎两瓶酒做什么啊?是不是有人找你要加入我们集团啊?”大凤问。

“不是不是,我、我想请你找一下邓老师。”刘智山不好意思地说。

“找邓老师?找邓老师,你叫我去做什么啊?不是吃咸鱼蘸酱油,多此一举啊?他是我老师,不是你老师啊?你自己找去。”大凤推辞说。

“老师是老师,但不一样哎。你们三胞胎是他眼中的高才生哎,你现在又是场里的创业典型,你说话有用哎。”刘智山说。

“嗯,不要给我穿高木屐子了,我还看看你什么事哪。”大凤说。

“也不是什么大事。邓老师不是当大老板了嘛,我们李站长说跟他关系好,马上要被他提到场局了,李站长一走,这里的站长就缺了,我想……我想坐这个位子。”刘智山红着脸说。

“这个啊,我不去。这些事,你趁早不要找我。”大凤回绝说。

后来,刘智山软磨硬泡、死皮赖脸地缠,缠得大凤没法,只好说:“那这样,你把酒拿走,我什么时候见到他说说看。”哪知,刘智山昨天才来的,邓书记今天就到了,也是天意吧?她正要说,见这么多人在这儿便又不说了。

洪光武看出了大凤的心事,便主动说道:“小冯,走,我们到厂区里看看。”

待洪光武他们出了门,大凤对邓远航说:“这个事又不好意思跟你说了。”

“说吧,有什么事说出来,能不能办到是另外一回事。”邓远航说。

“刘智山,他……他想当站长。”大凤也不铺垫,直截了当地把刘智山的要求说了出来,说完两眼直盯着门外,都不敢抬头看邓远航。

邓远航一听,又是要官的,便对大凤说:“大凤啊,这个事我知道了,你告诉他,叫他好好工作,有实绩,组织上会注意到他的。另外,以后你也不要为他们当二传手,做中介。你看你几十个同学呢,要是个个托你找我,你还有多少精力放到集团的事上?所以啊,这些事你不要做,你要把更多的精力放到集团的事业上，多带领群众致富，多创造典型经验，在九龟农业产业化发展上起模范引领作用。”

“嗯，老师，这个事本来我也不想说的，我也是推的，但被他硬缠得没办法了才说的。下次我保证不做这些事了。你放心，我保证把集团的事搞好，不辜负老师和关董的期望。”大凤表态说。

“大凤，不是不辜负我的期望，关键是你要对得起这片湖、这个岛，是龟岛和九龟湖养育了你、成就了你，他们都在看着你，你不能辜负他们。”邓远航怕大凤家大业大后有所松懈，便多说了几句鼓励的话。

两人正谈着，小冯进来说：“邓书记，董书记打电话来问，您是到分场吃中饭，还是就在龟岛吃中饭。”

“他们吃他们的，我们就在这儿吃工作餐。”邓书记说。

“哎呀，邓书记啊，怎么能这么简单呢？大凤，中午算我的，我来请书记喝两盅。”一个六十多岁模样的男人站在门口喊道。

听到这声音，屋里人的目光一起都集中到了他的身上。

15

邓远航看过去，这人不是黄满仓吗？还是穿着一套半旧的蓝色西装，一只裤腿卷了两道，露出里边的白袜子以及脚上的棕色皮鞋，头上的头发依然没有多少，而且还夹杂着一些白发。

邓远航心里正想着他来的意图，那黄满仓又说道：“邓书记，我老早就看出你是书记相了。你们在我这块儿插队的那时间，我就晓得你是九龟湖边上的太阳，肯定要高升的，而且是九龟塔顶上的帽子，肯定是高官（冠）。高兴，高兴。”说完，他自己先笑了起来。

洪光武见是黄满仓，头脑中立即闪现出在龟岛插队时的那个晚上。那晚上，正是这个时任大队支书的黄满仓强奸了女知青关红琴，自己和邓远航两人夜追这个强奸犯没追上，后来自己到农场里搬来父亲带队的救兵才把这个强奸犯绳之以法的。他出狱后还时常表示不服并散布一些诬蔑我们的谣言，只要九龟新换一个场委书记，他都要去上访，要求为他的强奸案平反。他今天来是不是又故意来闹场，找邓远航上访的呢？想到这儿，他对黄满仓说：“黄老板，你还是不服是不是啊？”

黄满仓听洪光武这么说，他赶紧说道：“冤枉啊，洪书记，你真是冤枉我了。我……”

没等黄满仓说完，洪光武便插上来大声说道：“黄秃子，你放屁！你冤，你问问你头上的几根头发冤不冤，当年要不是你跑得快，我早把你头上这几根头发给薅掉了，你还冤呢，你那事是铁板钉钉的事，我奉劝你，不要再到处喊冤了，你就是喊到小命没了，这事也不会改变的。”

黄满仓毕恭毕敬地听着洪副书记的训话，待洪光武说完，他又接上来说：“我说洪书记啊，你还是冤枉我了。我说你冤枉我，不是说那个事，那个事是我作的孽，我服了，我永远不喊冤了。我说你冤枉我，是说你说我又来上访申冤的，其实，我今儿个来是想问问农村一些政策的。”

听黄满仓这么一说，邓远航感到奇怪，一向对自己被判刑到处喊冤的他，今天怎么一反常态了？且听听他下文到底是什么。于是邓远航对他说：“老黄啊，今年水产生意做得怎么样啊？行情还不错吧？”

“哎呀，书记啊，你真是老百姓的贴心人，我正要问这个事，你就先提出来了，真是跟我们老百姓一条心啦。书记啊，今年的行情好着哪，行情好嘛，我也赚了些个钱，赚了些个钱呢，我就想再搞大些个，我就想问问，我想把一些养殖户归拢在一块，我负责给他们鱼苗、蟹苗，负责给他们饲料，负责收购他们的成鱼、成蟹，成立个合作社，不晓得场里允许不允许。要是不允许，我就还自己一个人干。我就想问问这个。”黄满仓边说边观察几个干部，见他们都在认真听，便一口气把话说完。

待黄满仓话一说完，洪光武立即说道：“老黄啊，你是一朝被蛇咬，十年怕井绳。成立合作社，带领群众一起富，这是好事哎，你赶快做，做好了场里还有奖励，还给你们免税。”

邓远航觉得黄满仓有这个想法是好的，但就他这个人，没有人给他指导，他会把事情搞砸了，到时很可能是没把周边的群众带富反而给群众造成损失。因而，他对黄满仓说：“老黄啊，你有这个积极性很好，场里支持你。小冯啊，这个事你负责，与场里农口部门联系一下，叫他们派人来指导，把章程规定好，把各方的利益、权力以及责任和义务规定好，帮老黄组建好合作社，指导他们按规章运行。哎，老黄，你不是有两个儿子吗？就没有一个帮你的？”

黄满仓听邓书记问到他儿子，心里一阵狂喜，真是天帮忙，人走好运九龟湖也隔不断。今天他就是为儿子的事来的。既然他书记大人主动提出这事，我就顺水推舟把儿子的事跟他说说。于是，他舔了舔舌头，又朝周边看了看，想指望洪光武他们能出去，好让他单独与邓书记谈，但洪光武他们几人都没反应，黄满仓只好向前走几步，来到邓远航身边说："书记啊，你晓得的，我儿子是有两个呢。"

没等黄满仓说下去，冯庆军打岔说："你啊，就两个儿子啊？养在外边的不算啊？"这一说，引得大家哄堂大笑。

待大家笑声止住后，黄满仓对着冯庆军说："冯书记啊，我是哪一天得罪你的啊？你在邓书记面前泼我脏水啊？我们兄弟的事日后再说，你让我把事情跟邓书记汇报一下子，好不好啊？"说完又把脸对着邓远航说："邓书记，你不要听他们瞎嚼白舌头，我是犯过错误的人，我还能不吸取教训嘛。"

"黄老板啦，你也太啰唆了，话说了一大堆，到底要说什么事还不晓得，邓书记就在这块儿听你吹牛啊？"冯庆军说。

"我的祖宗啊，我认你狠，你不要跟我瞎岔了。"黄满仓对着冯庆军说了句，接着再对着邓书记说道："邓书记，我两个儿子，一个都不像我，都是一头的黑发，长得一表人才，不像我跟个瘪三似的。两个儿子一个都不肯跟我干。大儿子高中毕业后一直在苏南打工，现在已在那边结婚生子了，又添了个孙子，孙子好玩呢啊。小儿子学了个大学文化，现在在分场工作，去年也成了家。"

"老黄啊，不怪小冯催你啊，你说这么些话，到底要跟我说什么事呢？"一直在听黄满仓讲话的邓远航也不知他要说什么。

"噢，书记啊，我要说的事就是我这小儿子哎，这个伢子优秀着呢，绝对不像我这么不懂事。"黄满仓说到这儿抬眼看了一下邓远航，见他已把眼光转向别处，便赶快切入正题说："书记啊，就是我这小儿子哎，请你多培养、多栽培，好船也要好航道，请书记看在我们一起劳过动的分儿上，提携提携他。书记啊，我就这事，没有了。"

洪光武见是要提拔的事，便先对黄满仓说："黄老板啦，你儿子这事先要找你们分场董书记，等把他提到股级干部以后再来找邓书记不迟。邓书记管大干部，你儿子还达不到邓书记管的级别呢，晓得啦？"

邓远航觉得黄满仓这些人对当干部的认识是不正确的，但他不想在这儿对他说教育的话，因为他知道，这个时候跟他说大道理他也听不下去，因而，他只是问黄满仓："你儿子叫什么名字？学的什么专业？是不是党员？”

黄满仓见邓书记问到这些，心里又是一阵狂喜，他觉得有戏，感到邓书记是诚心想帮他。因而，他赶紧答道：“书记啊，难为你帮忙啊，我儿子叫黄有令，他们同学都喊他黄司令，一看名字就是个当干部的料。他在学校入的党，学的是什么语文之类的，但他什么都懂，什么水产品他都会养，对市场行情也都通，还在报上发材料呢。”

“老黄啊，你儿子既然这么优秀，将来会有出息的，你就放心吧，他的成就肯定会超过你的。什么时候有机会我找他谈谈。”邓远航心想：既然对业务十分精通，就应该去创业，九龟一旦完成撤乡并镇的工作，那么缺的不是干部而是创业人才，因而，他想找他谈一次，就是想叫他带头创业。

“哎呀，那谢天谢地，有情后感。大凤你摆桌子，上冷盘，我去拿酒，我做东。”黄满仓说着就往门外走，走到门口却被一群人堵住了。

16

“哪里摊到你拿酒做东啊？你拿酒做东，我这个石龟分场书记脸往哪儿搁啊？再说了，我不相信你个鱼贩子还能拿得出比我好的酒啊。”董兴国说着与组织部长丁慧玲等几人一起走了进来。

黄满仓被董兴国这么一呲，心里十分不快。他心想：你酒好，你的好酒不是我送的啊？拽什么拽？但他不敢发作，因为他儿子黄有令安排在分场就是托钟玉保找他安排的，而且现在还在他手下工作，哪敢得罪他啊？因而他只得笑嘻嘻地说道：“您是大老板，我是小鱼贩子，哪敢跟你比啊？你是属火箭的，直朝天上冲，我是属乌龟的，跟在后头爬了玩的哎。”

邓远航见他们从分场赶过来，便问：“不是说好了各吃各的吗？怎么你们也跑这儿来啦？”

“分场的饭没有龟岛的饭香，我们是来靠皮蹭饭吃，书记啊，你到石龟来了，你不能不让我们跟你同甘共苦哎。”董兴国答道。

“好吧，那就一起吃工作餐吧。”邓远航说着与大家一起来到饭厅。

走进饭厅一看，满桌的菜，大盆小盘的有十多道，还放着六瓶茅台酒。邓远航觉得有点过于隆重奢华了，于是，他说道：“兴国啊，你这叫什么工作餐啊？搞得也太丰盛了。这样子，菜已做起来了，就算了，下边的菜就不准再上了,酒必须拿起来。”

“书记,你这些年虽说到石龟来了不少趟,但是一次没在石龟喝酒,这次你当书记后第一站就到石龟,我们全镇人民都感到万分荣幸。在这幸福时刻,要是一滴酒不喝,全镇人民也不答应啊。来,就开一瓶,你让我把全镇人民的心意表达下子。”董兴国边说边拿起了酒瓶。

邓远航从董兴国手里夺过酒瓶说:“兴国,你听我的,下午大家都有事,喝了酒什么事也干不成。丁部长跟你谈过了,吃过饭,我还要跟你聊聊呢。”

董兴国又拿起一瓶酒边开边嬉皮笑脸地说:“书记啊,到我们农村来,按农村的老规矩是无酒不成席,不喝酒不热闹啊。”

邓远航再次夺下董兴国手上的酒瓶严肃地说:“兴国啊,老规矩对的,我们要照着做,不合时代要求的,我们是要坚决破除。光武,下午回去就叫纪委拟个工作日中午禁止饮酒的文件,下次场委会讨论后下发。”

听了邓远航说的这些话,董兴国十分反感。他心想:你邓远航就是不如人家钟场长随和,整天板着个脸,怎么能跟群众打成一片啊,你就高高在上吧!再说了,你不喝酒就不喝酒吧,你弄个禁酒令,上边领导不来,友好市县和兄弟农场朋友不来,外地客商不来,看你九龟怎么发展!想到这儿,他忍不住说道:“耶,书记啊,我有句话不晓得该说不该说?”

“兴国啊,你什么时候这么谨慎起来啦?是不是我不让喝酒,你话也不敢说啦?”邓远航说。

“那我就说了。书记啊,我觉得禁酒令恐怕还不能发呢。”董兴国看着邓远航说道。

“怎么的啊?”邓远航问。

“你看吧,这禁酒令一出,我们可以预见,省场领导、周边市县和农场都不愿来了,外地客商不肯来了,没领导来,没客商来,九龟还怎么发展呢?我是担心这个呀,书记啊。”董兴国摆出一副忧场忧民的架势说。

听了董兴国的话,邓远航觉得有他这种认识的人不会很少的,如果不把他们的思想搞懂,禁酒令是执行不下去的,这个事在下次干部大会上要说,今天先把他说服。于是,邓远航说道:“嗯,兴国,你这种担心是很有道理的,如果我们把禁酒令发下去,不能把思想认识统一好,你这种担心就会变成现实。要消除你这种担心要从两方面入手,一个是‘禁酒令’要清楚明了,禁酒令禁的是工作日中午,晚上不禁,中午禁的也就是我们九龟农场的党员干部，里外有别；第二个是要做好宣传教育工作，要让大家知道在交朋友、招商过程中，喝酒不是决定因素，决定因素还是诚心诚意。好，今儿个不谈这个了，怎样既要把禁酒令执行好，又不影响九龟的发展，我们还要进一步研究，大家有什么高见也可以提。你看饭菜都凉了，我们吃饭吧。”

工作餐，不喝酒，大家吃饭的速度自然就很快，不到一个钟头就结束了战斗。

邓远航一放下碗筷，董兴国早把热腾腾的手巾把子递了过去：“书记，开个房间休息会儿吧？”

邓远航接过手巾擦了下手脸说：“不用了，他们在这儿坐一会儿，我们俩还到大凤办公室坐坐，随便聊聊，下午两点一个会，四点一个会。”

两人来到大凤办公室，邓远航即直入主题：“兴国，就你看，你们石龟分场班子中哪些人比较强，能独当一面的呢？”

见邓远航问这个，董兴国马上想到了分场的副书记王祖房，他爸爸王石基昨晚敬酒时刚揣给他一万元钱，这个时候自然要为他多说几句话啦。于是，他说道：“书记啊，你问这个，我们石龟就多啦。像副书记王祖房，年纪轻，有活力，能力强，水平高，再难的事交给他，百分之百完成。他还时常给敬老院、幼儿园、医院以及孤寡老人等捐款，一年就这些方面总要捐个大几万。”

“那他不但把自己工资都捐了，还要搭上老婆的工资，吃饭不成问题了吗？”邓远航问道。

董兴国在心里说：傻子，他哪里是拿自己的工资捐的噻，他捐的是他老子的钱哎。心里这么想，嘴上则说：“吃饭没的问题，他可以跟他老子靠皮哪。”

“他老子？他老子有钱？”邓远航又问。

“书记呀，你透熟的，就是王石基。”董兴国说。

“噢。”邓远航似乎悟到了什么，过去，他听说王石基在石龟做了不少工程，也许他为石龟做了不少事吧。

董兴国继续夸道：“这个小王跟他老子完全相反，他老子自私、贪财，他则把心全放在工作上，放到老百姓身上。另一个副书记冯庆军跟他就不能比了。岁数也不算太大，但老气横秋，不尊重领导，还什么事也不想干，即使干了也干不好。”董兴国心里十分清楚自己抬王贬冯的原因，不谈别的，就说逢年过节，人家王祖房总要送个万儿八千的，还外带些烟酒之类的，他冯庆军不但一毛不拔，连句好话都没的，根本不把我这个书记放在眼里。从前还好些，我说什么，他即使不赞成，他还能放在心里，现在当个小副书记了不得，什么事他都能给你说些意见，全班子的人没的哪个有他那么能挑毛拣刺的。我在领导面前不泼你污水，我还能泼哪个啊？

听董兴国这样评价冯庆军，邓远航反倒感到很欣慰。他欣慰的是冯庆军没有到处炫耀他是场委邓书记的学生，否则董兴国不会不顾情面，在他老师面前把他说得一无是处。因而，邓远航也未做评论，只是问："那你对你这两位副手的下一步使用有什么建议呢？"

17

董兴国见邓书记叫他谈建议，便把他思考了好长时间的话说了出来："书记啊，你问我这个，我就要出于公心，站在对党的事业和干部队伍负责的高度说公道话。实事求是讲，王祖房这个伢子你怎么用都合适，当分场场长、当书记，他都不会给组织丢脸。至于冯庆军呢，你不想用，就原地不动，你想用，比如调到场里，到小部门，比如场史办，可以安排他做副职，要到大部门，比如场企业局，只能让他做局长助理，就这个助理，我还担心他能不能做好呢。"

邓远航对董兴国的话未置可否，只是"嗯"了声后问："那么你自己个人有什么想法呢？"

终于提到实质问题了，董兴国有点心花怒放了。这些年来他眼看着与他同时期的、甚至于比他晚的党委书记一个个被提拔重用，而他则在石龟一蹲十数年，连个窝都没挪一下，让他心灰意懒，让他最不平的是当初邓远航、洪光武和他一起考进场委办的，现在一个是场委书记，一个是副书记，而他还是一个小科级干部，更可气的是侯鸣放比他迟进场委办的，现在也是场委委员、场纪委书记了，这些让他越想心里越不平，心里越不平就越不想做事，因而平时热衷于迎来送往，其他什么事也不想干。这会儿救星来了，看来该我有出头的日子了。但是怎么跟书记说呢？要是面前是钟玉保，那想到哪块儿直截了当地说出来就行了，但眼前是邓远航，他跟钟玉保完全不同，你要是真在他面前要做这个要做那个，他会很反感，弄不好把他说气起来，随便给你安个让你不快活的位置，因而，这次虽然是个机会，但千万不能心急，心急吃不了热粥。于是，他对邓远航说道："书记啊，我们这些人受党教育多年，平时都是为党培养人才、推荐人才，一谈到自己的个人问题啊，还真不好意思开口呢。这么着吧，书记啊，这辈子我这百儿八十斤就交给我们党了。我这个人适应性强，工业、农业都懂，办公室、纪检、组织、宣传都管过，随你把我调到哪里，我时刻听从党召唤。就是不调走，还让我继续在这儿干，我保证一如既往抓好石龟的发展，绝不辜负你的希望。"

董兴国对自己的这番表白非常满意，既让邓远航看出了他的高素质，又使邓远航知道场里两办、组纪宣哪个部门他都有优势。他简直在心里已自我夸耀起来：邓远航啊邓远航，就我这番说辞，难道你还没感到在你面前站着的是多么优秀的一个德才双全的人啦！他在心里预想着邓远航的回应，他认为邓远航会这样说："兴国啊，你越是谦让，我们越是不能让你吃亏，你放心吧，你的情操这么高尚，我们用人是一定会考虑的，不是一般地用，而是要重用！重用！"

可邓远航并不以为然，在董兴国刚才说那番话时，他已经不耐烦了，不是董兴国说的这些话有什么问题，而是这些话从董兴国嘴里说出来就可以看出问题。邓远航对董兴国不是不了解，而是了解得很透彻。这个人平时对上对下态度极不一样，对上，他头埋得很低，嘴很甜，腿很勤，且以最高礼节相待，特别是对组织部门，哪怕组织部门来个驾驶员，他都会竭尽所有热情款待；对下，他头抬得很高，话说得非常狠，手伸得十分长，下属看到他就像老鼠看到猫一样。其实，他已在石龟蹲腻了，老早就想走了。所以，邓远航知道董兴国是昧着良心说这番话的，是心口不一的，但他不想戳穿他。他想：他既然这么高调，那就让他唱下去吧。因而，他对董兴国说："兴国啊，你这样的高风亮节是我没想到，我还以为你今天话比较难谈，一定会跟我要什么位置呢，哪知根本不是这回事。这就让我感到惭愧，促使我一定要多深入基层，多跟基层同志接触，才能真正了解他们的内心世界。可以说你今天给我上了一课，你真不愧为受党教育多年的老同志啊，好，你的想法，我知道了，今天就聊到这儿。"邓远航说着走出大凤的办公室，招呼其他人上车回场区。

董兴国听完邓远航的话，望着邓远航走出去的背影，整个人都傻了。待送走邓远航一行，他立即给钟玉保挂了个电话，请他下班时在办公室等一下，他有事向他汇报。

刚才，邓远航上车把丁部长喊过来与他、洪光武三人同乘一号车回场区。他把丁部长喊上车就是想跟她谈谈用干部的问题。他先问丁部长："丁部长，今天与石龟干部接触后有什么想法啊？"

"总体感到基层干部的精神状态还是很好，绝大部分同志是想干事、会干事的。同时，感到我们基层的同志很辛苦，场委在政治上、生活上对他们应多关心。"这丁部长是从省农垦组织部调任到九龟工作的，平时与基层同志接触并不多，接触以后，她感到以前她长期坐在办公室对他们了解太少，工作也比他们轻松多了，因而，当邓远航问她想法时，她便为基层同志多说了两句。

"嗯，你这个想法很好，那就请你牵头起草一份《九龟湖农场干部管理意见》，在监督考核、提拔任用、学习提高、奖励表彰等方面做些规定，立些规矩。总体上是要有一个明确的导向，就是要把干部引导到实干苦干、开拓创新上来，引导到崇尚文明、追求崇高上来，让那些跑官要官、买官卖官的没有市场，让那些庸官懒官、劣官佞官没有市场。"邓远航一直以来就反对那些跑官买官的人，一向就反感那些托关系、找门路、请人打招呼要官的人，他认为这种现象对那些埋头苦干的人、对那些默默奉献的人极不公平，而且还严重败坏了党风、政风和社会风气，因而他非常期望自己在书记任上能改变这种状况。

洪光武马上先说道："这个好，有个规矩，大家照规矩办，省得一有位置空缺，干部就到处乱转了，有时还跑到我这块儿叫我帮忙。你有个规矩后，我们也省心，再有人找我们时，我们一推六二五，叫他去找规矩去。"

丁部长接着说："是应该制定个文件了，不能太混乱了。这个任务我来完成，邓书记你在这方面还有些什么想法呢？"

"总的想法就是目前能做到的可操作的就定下来，那些做不到的虚的、飘在空中的东西坚决不要。比如推荐干部，我们不要搞虚假的、愚弄人的推荐，不搞框子做好了叫人家往里钻的推荐。丁部长，你是省农垦组织部出来的，这些事你是清楚的。有一次，我参加你们搞的一次推荐，推荐两名副厅级干部。主持人美其名曰民主推荐，但在讲被推荐人的要求时却太露骨，把年龄、性别、学历、有什么经历、目前从事什么工作、做出过什么业绩等限得死死的，就差指名道姓了，大家向三四百人的会堂里看看，噢，就那两人，其他没有一个符合条件的。大家一阵哄堂大笑。你说这叫民主推荐吗？钩子是下面人打的，但实际是你们组织部人操纵的，而背后又是某位领导打的招呼。像这样的推荐不能反映真实情况，我们不要搞。所以，小丁啊，这个文件不是那么容易搞的噢，你一定要多动脑筋，广泛征求意见。”邓远航看似很平淡的叙述，实际上是提出了很高的要求。

“嗯，我明白了，根本的还是实事求是，不搞花架子。我尽力搞实在些吧。”丁部长说。

本来邓远航还想问问丁部长对石龟分场书记、副书记谈话情况的，因还有其他人在车上，他也就没问，便闭着眼睛在头脑里想着石龟班子配备的问题，尤其让他费心的是到底怎么安排董兴国这个老书记。

18

在邓远航头脑里想着董兴国怎么安排时，董兴国也正为自己的事着急呢。

在龟岛送走邓远航一行后，他觉得自己太傻了，怎么在他邓书记面前做那样的表态呢，现在哪里还有这样高尚的干部，现在哪个不在书记面前赤裸裸地说出自己的要求，还像我那样高调地藏着、掖着？我真傻！可他邓远航也太不讲情理，也太不关心人，他巴不得我们这些人在下边干死、累死算了呢。想到这儿，他打了个电话给钟玉保，约定下班后去找他。

离下班还有半个小时，董兴国从柜子里把昨晚带下来的半袋人民币拿出，再次放进包里。他想：这是二加二的礼，必定有“四四”如意的结果。

董兴国来到场部大楼时，大楼里厅灯、廊灯都已开亮，大楼里的工作人员已陆续下班了。他紧走几步来到钟玉保办公室门口，推开一看，钟玉保正坐在那儿边看报纸边等他呢。他心头一热，嘴里冒出一句：“还是您老大是咱哥儿们。”

钟玉保放下报纸抬起头说：“不是哥儿们，我早到饭店去陪客了，还在这儿等你哪？”

“那是那是，咱哥儿们还有什么话说啊。”董兴国一边应和着一边从包里拿出那半个信袋往钟王保面前的桌上一放，然后又说：“最近分场结算奖金，每人都有一份，您场长对石龟的贡献最大，这是给你的。”

钟玉保拿起那信袋正反仔细地翻着看了几遍，正面印有“石龟分场人民场部”的字样，又扒开一边的开口向里看了看，里边是两沓人民币。看到这些，钟玉保立即联想到早上老婆在家里院子里拾到的信袋，难不成那两万元是他董兴国的？不是！要是他董兴国的他怎么一下都不提呢？

董兴国见钟玉保拿着那信袋只是看也不收起来，心里又打起鼓来了。他钟场长以前从来都没有过这种现象啊。以前给他钱，他看都不看接过来就揣到口袋里或者包里，从来没这样对着信袋研究过啊。难不成他是嫌少了？是他当场长后出场费涨价了？但我给的也不少啊。昨天还有两万，加起来也有四万元呢！乖乖，不好！莫不是昨晚他喝多了，把昨晚那两万元忘了？乖乖，好险，幸亏我昨晚留一手，要不是两万元送去连个泡泡都不泛一下了。

确实，昨晚董兴国本来想一下子把四万元钱揣给他，让他出力帮自己把场委办主任的位置争过来的，后来见钟玉保喝醉了便多了个心眼儿，把信袋一撕两半，一边放两万，先给他两万，下次来再给他两万，只要他把两半信袋一对就晓得四万都是他一个人送的了。看来，今儿不对信袋，他钟玉保是想不起昨晚那两万元了，只有暗示提醒他一下了。

可没等董兴国开口，钟玉保则自言自语道：“如果不是秃子的，秃子为什么脸也不红地就收下了呢？”

“场长，你还不了解秃子啊，你还指望他脸红啊，他这个人别说是收你两万元，就是他抢你两万元钱，他也不会脸红的。”董兴国接着钟玉保的自语说道。

“咦，你怎么晓得他收了我两万元的啊？”钟玉保问。

董兴国见钟玉保这么问，晓得这个里头有问题了，难道是钟玉保把那两万元钱退给王石基了？想到这儿，他赶忙说：“场长，你搞错啦！那半个信袋你怎么能退给秃子呢？你看看这半个信袋，再跟那半个信袋一比，不就晓得怎么回事了嘛，你怎么不打个电话问问我哪？”

这下钟玉保才知道确实是搞错了，但他没有责怪自己，而是大骂董兴国和王石基：“我说你也是脱裤子放屁，好好的一个大信袋，你给撕成两半做什么，你是不是想把这一半送给邓远航的？还哥儿们呢，什么穷哥儿们？区区四万元还撕成两半，楼上一半，楼下一半，亏你想得起来呢，小气鬼！妈的，那个秃驴也是的，不是他的两万元，他妈的他吭都不吭一声就给收下去了，他良心被狗吃掉了。”

“场长,你消消气,这都怪我。我不是小气,你昨晚酒喝多了,我怕把四万全给你,弄丢了太可惜。这样子,秃子那两万由我负责帮你追回。”董兴国劝道。

钟玉保这才把手上的那半个信袋放到抽屉里,然后说:“我是在乎这两万元钱的人啦? 不是的哎,我是看到你们这么不争气,我心里憋气哎。好,不谈这个事了,抓紧时间说说你的事吧,我还要去陪客呢。”

“场长啊,你是老大,我就跟你直说了,我还是那个话,除了场委办主任的位子我哪块儿都不去,这个帽子我争了快十年了,那时跟邓远航就争这个帽子了。”董兴国说。

“这个事你跟邓远航提过没有?”钟玉保问。

“他今儿个倒是到石龟去了。”董兴国说。

“那你不顺便把这事先跟他提一下呢? 你提一下,我们再敲敲边鼓,事情就八九不离十了。”钟玉保说。

“还提呢,都已经搅黄了。”董兴国说。

“怎么的啊?”钟玉保问。

见场长问,董兴国就把中午与邓远航的谈话叙述了一遍,叙述完后又加上一句:“这个事只有你老大能扳过来了。”

“这个倒算你说对了,你大哥就是拽住个牛尾巴照样把牛给拽过来,何况你这个事牛头还在这儿呢。行,这事你放心,明天我就去找他说去。”钟玉保拍着胸脯说。

董兴国十分感谢:“大哥,那就谢谢你了。秃子那个两万你放心,我不但原封不动地给你追回,还要把它在秃子家生的儿子也一起还过来呢。

王秃子家的那两万元是否能生钱尚不知道,邓远航家的冰箱生钱倒是事实。

邓远航晚上散会回家,妻子黄洁青就对他说:“老公,告诉你一个特大喜讯。”

“什么喜讯?”邓远航问。

“我们家的冰箱怀胎生子啦!”黄洁青说。

邓远航上去摸摸妻子的头问:“你该不是发烧说胡话吧?”

“去,你才说胡话呢! 我告诉你,我们家冰箱今天生出四万元人民币来。”黄洁青说着去拿钱。

邓远航开玩笑地说:“那好啊,明个把我们家冰箱送给场财政局,让它多为财政生点钱,省得到处缺钱用。”

黄洁青把两袋钱递给邓远航说:“喏,拿去给财政局去,解解你的燃眉之急。”

邓远航接过两袋钱说:“真有啊? 我还以为你想钱想疯了,跟我说胡话的呢。”

“你才想钱想疯了呢,整天盘算着干部职工工资的发放,说梦话都说‘钱从哪里来,人到哪里去’,还说我呢。”黄洁青说。

“也确实是个头疼的事,社会要发展、那么多人要吃饭,都需要钱,机关人浮于事,分场要撤并,都要减人,我不把钱和人的问题搞顺当了,我们九龟的发展就只能是一句空话。”邓远航一边说一边正反翻看着那两袋钱,看了一会儿,他问妻子:“王石基到我们家来过?”

“你怎么晓得他来过?”黄洁青问。

“这钱上有他的味道。哈哈哈……”邓远航说完大笑起来。

19

“你鼻子真尖啦,钢筋混凝土的味道你都闻出来了,不是比警犬还厉害吗? 呵呵呵……”黄洁青说完也笑了起来。

“好了,不跟你开玩笑了,你讨我的便宜可以,我不会要你还债的,可你要是真讨了王石基这个便宜,那后边就等着还债吧。”邓远航拿着那两袋钱在妻子面前晃了晃说道。

“我并没有要他的钱,也没有要收他的钱,他是趁我不注意放进冰箱的。”黄洁青接着把上午王石基帮她送菜的事跟丈夫说了一遍,然后又说:“正好你们财政缺钱,就把它交给财政,还能发几个人的工资呢。”

“你现在领略到了这些开发商、瓦匠头子送钱的手法了吧? 这些人都是无孔不入的专家噢。你我都要留神喽。”邓远航说。

“那这个钱怎么办? 你去缴财政,还是我去缴财政?”黄洁青问。

“放我包里吧,明天我来处理,要么缴纪委,要么退给他。”邓远航边说边把两袋钱放进自己的包里。

“缴或退,你都要有第三个人在场噢,防止到时候说不清楚,被人倒打一耙啊。”黄洁青提醒丈夫说。

“嗯，对的。好，儿子回来了，我们吃晚饭吧。”邓远航边说边和家人一起到厨房吃晚饭。

在邓远航陪家人吃晚饭时，洪光武在二凤的宿舍正陪二凤吃方便面哪。

洪光武一边吃一边又跟二凤炫耀起来：“我告诉你，他邓远航从小就离不开我，现在他虽然当书记了，还是要我跟他一起下分场。”

“不要把人笑死了，不晓得这是贬低你啊？”二凤不以为然地说。

“哟，看不出来，你什么时候眼光这么远大啦？怎么看得出来是人家邓书记贬低我呢？他是那种人吗？”洪光武话中带刺地说。

二凤没理会他的讽刺，而是按照自己的思路继续说道：“人家邓书记不是那种人，但事实就是这样：他带你下分场，还是把你当办公室主任看的，并没有把你当副书记待。”

洪光武听二凤说这话，虽然心里不怎么舒畅，但觉得也有一点道理，细想想也还真有这么回事，他今天下去主要是看农村的工业、农业，应该喊分管农村工作的副书记陪他去，但他没有，他偏偏喊我去，是有点儿把我当办公室主任待的意思。

二凤见洪光武不吱声，便又说道：“依我看啦，你这个办公室主任帽子不扔掉，人家邓书记永远不会把你当副书记看。”

洪光武心想：这也是，你职务没丢，人家自然还会叫你做那事的啊。是应该把办公室主任这个帽子扔了，可扔给谁呢？总得有个人接啊。董兴国？不行，邓远航对他印象并不怎样。“扔给谁呢？”他想着想着，竟冒出了这一句。

“看你愁的，不是现成的人在那块儿嘛。”二凤接着他的话说。

“谁？”洪光武抬眼望着二凤问。

“我前天跟你说过的呀，小凤，她行！我这么跟你说吧，我也不跟你要什么芝麻绿豆官了，你让小凤当你那个主任就行了。”二凤说。

“我乖乖，你这个难题给我出大了，小凤当不当主任是我能决定的吗？我告诉你，权在邓远航那儿呢！”洪光武说。

“我跟你讲，你就是个虚子，哪个叫你决定的啊？我就是叫你到邓书记那儿去说，你职务太多，要把主任免掉。并且说，小凤能顶这个窝子！这些话你不能说吗？”二凤生气地说。

“好好好，就照你说的办，明天我就去跟邓远航说。”洪光武说着岔开话题，“你这个酒厂还打算办下去啊？”

“我已经住到这块儿来了，我不办，我来做什么啊？你不让我办，那你在你们大楼给我找个工作。”二凤说。

“我不是说不让你办，我是说你不一定买得过来，我听说竞争还蛮激烈的。”洪光武小心地说。

“我这是大凤她们集团出钱，我参股，然后让我经营，我们已做好了准备，哪个跟我们抬价，我们都奉陪，不把酒厂拿下不放手！你看他哪个敢跟我们竞争！”二凤说着狠话。

“我不是说这个，我是说你拿下来，等你白酒产出来，市场就变化了，白酒难销了。”洪光武又变了话题说。

“白酒市场那么好，你还说不行？你不要哄我了，你是不想让我搞这个酒厂是不是？”二凤质问道。

“不是。我是说白酒市场马上真不行了，我告诉你，邓书记叫我起草‘禁酒令’了。”洪光武告诉二凤说。

“啊？禁酒？那怎么是好？我这人命运怎么这么背的啊？”二凤焦急地说。

“你先不要急，再想想办法。”洪光武劝说。

两人沉默了一会儿，二凤说：“只有一个办法，你把那个‘禁酒令’往后拖，拖到邓书记忘掉了，不是就不发了吗？”

洪光武心想：你想得美呢，邓远航那人记性才好呢，他布置的事，他一定会查的，哪里像你们女人前说后忘的啊。但他现在又不敢跟她硬顶，只好说：“就照你说的先应付吧。”

他们俩在这儿吃方便面时，钟玉保正在小蔡酒楼陪钟玉国、蔡小花的几个客户，董兴国在他办公室谈了一会儿也随他一起来参加了。

几杯酒下肚，钟玉保又开始帮弟弟、弟媳妇拉生意了：“兴国啊，你那块儿有什么业务赶快抓紧给他们些个啊，不然就不得机会啦。”

蔡小花见钟玉保这样讲，便赶忙端着酒杯走到董兴国旁边说：“是啊，董书记，做个顺水人情，面子有，里子有，还有情有义，多好的事啊。来，我敬你一杯，明儿个我就到你那块去跑业务去。”

董兴国心想：此前我已帮你们找了不少业务了，石龟日化厂的包装印刷不是我帮你们拿下的吗？再向后说就没法说了，其实石龟分场的印刷业务基本上都是在他们“国王塑料厂”印刷的。再说，石龟场部信封、信笺、文头纸堆那么多在那儿呢，还不晓得用到哪辈子呢，这又来要业务了，如何是好？不办又如何是好？那场委办主任的位子诱人啊，就像这桌上那大碗里的红烧肉啊，不吃不行啊。想到这儿，他从那大碗里搛起一块红烧肉往嘴里一送，咀嚼了几下咽下去，端起面前的酒喝下去，然后又搛起一大块连肥带瘦的红烧肉对蔡小花说："蔡老板，我回敬你，我喝酒，你把这块肉吃下去就行。"

"董书记，我晓得了，明天不用我跑你分场，我的业务已经到手了。"蔡小花看着董兴国说。

一桌的人都用疑惑的目光看着蔡小花，心里在问：她哪儿来的这本事？

20

听蔡小花说出那么有把握的话，钟玉保心里也想：平时只晓得这朵花鬼精，哪知她还能神算呢？

董兴国则一边把手上搛的肉往蔡小花嘴边送一边说："算你猜对了，我这业务是做定了，但做多少就看你吃肉的表现了。"

"董书记，你是说，我吃多少块肉，你就给多少业务？那你说吧，这碗红烧肉抵多少业务？一百万，敢不敢？"蔡小花问。

董兴国有点心虚了，他想：她要真把这碗红烧肉吃下去，我印一百万的信封、信笺，我石龟分场用一百年也用不完啊。那我不被纪委处理，也要被人骂死了。不能，不能被这个小妖精牵着鼻子走。

钟玉保倒替蔡小花担起心来。他心想：我这么宽大的身材，这个时候看到那碗红烧肉也都要吐了，她这么细的腰，酒菜也塞得不少了，还能把这么一碗红烧肉吃下去？不能，不能为了一点业务把小命撑掉了。因而，为了保护蔡小花，他说道："这样吧，我给你们做个拦停，一块肉一万元的业务，但顶多不能超过五块肉。"

蔡小花二话没说，先吞了董兴国筷子上的肉，然后自己又搛了四块肉塞进了嘴里，回到自己位子上慢慢嚼起来。

钟玉保见蔡小花轻而易举地拿到了五万元的印刷业务，待她鼓起来的嘴慢慢瘪下去后问道："小花，我想不通啊，刚才兴国搛肉给你，你就断定业务到手了，你是从哪块儿看出来的呢？”

蔡小花打了个饱嗝后说：“他这意思不是很清楚吗？女人喜欢吃肉，他投其所好，送肉，不就是送业务吗？”

董兴国拍了一下桌子说：“不得了，你这个人绝对是个当官的料。你看她说起话来滴水不漏，跟人打交道一拍即合，我看她要外出招商肯定是手到擒来，一撒就是一网鱼，她能当招商局长。钟场长，邓书记不是叫大家推荐吗？你就把小花推荐上去，绝对合适。”

钟玉保听董兴国说这话，心里直骂董兴国：她一个小高中生能做什么局长啊？你不要光看她在九龟这地上大把大把地拿业务哎，你叫她离开九龟她能干什么啊？你妈的，尽出馊主意！你怎么不叫你老婆外出招商的啊？她外出招商我保证她一天不到晚就被狼吃掉了。

钟玉保正想着，蔡小花端着酒已站到了他的面前：“大哥，想什么心事哪？不要想过去的事了，来，我敬大哥一杯酒。”

听蔡小花说到“过去的事”，钟玉保心头一紧：不要她酒喝多了，把“过去的事”说出来，那就要好看了。因而，他赶紧端着酒杯站起来一边向她挤眼一边说：“你尽瞎说，哪块儿有那么多过去的事好想？过去的事有什么提头啊？来，大哥跟你干一杯。”

蔡小花没有喝酒，而是按着他的肩膀说：“大哥，你折我寿啊？你站起来喝，那我不是要站到桌上去喝啊。你坐这块儿喝。过去的事不提，现在的事还是可以谈的。我先干为敬。”说着喝了杯中酒，然后一边拿起钟玉保的筷子一边又说：“嗯哟喂，这个酒太辣了。大哥，我用你的筷子吃口菜，你不嫌弃我吧？”她吃完菜，把筷子放到钟玉保面前说：“大哥，你说我现在吧，小财不多但也发了些个。我现在发了财，我什么人都不羡慕我就羡慕一个人。大哥，你说我羡慕哪个？”

董兴国插嘴道：“肯定是比尔·盖茨啦，想发更多的财呗。”

蔡小花摇摇头说：“我这辈子也不想发那么多财。”

又有人说：“那肯定是钟场长啦。”

蔡小花又摇头说：“大哥官太大了，我只能是敬仰。”

“那你说是哪个？”有人问。

“小凤！我的同学，九龟的美女局长蒲星凤！”蔡小花说。

“她？”一桌子的人都有点惊讶。

她的老公钟玉国觉得不可思议，他想：你还羡慕她呢，她老公都被你抢过来了，她羡慕你还差不多，羡慕你有魅力哎。

钟玉保也不可理解：她一个离了婚的单身女人，有什么值得你羡慕嘿？

“你们想不到吧？不理解吧？我为什么羡慕一个被我打败了的女人？我跟你们讲，每次在电视上看到她坐在主席台上给她的下属训话，我就羡慕死了，我就想冲过去把她赶下台，让我坐到她那个椅子上。我看到她到哪块儿办事，不费劲人家很快就给她办了，我就羡慕死了。”蔡小花看着大家说。

钟玉保在心里想：噢，财发过了想当官了，这都是他妈的董兴国撩的。

蔡小花见钟玉保在沉思的样子，便把一只手往他肩上一搭说：“大哥，还在想过去的事呢啊？”

一只热乎乎、绵柔柔带有一股香气的手搭在钟玉保肩上，这真勾起了他和蔡小花过去的事，但听蔡小花一问，他便不敢再想，而是说：“没想，没想。不过，你说要当官，我倒要劝你几句。实话跟你说，这个鸟官不得当头，累死了不谈，骂就被人骂死了。”

“累死、骂死，我情愿。大哥，我就要过这个瘾。大哥，你帮帮我，就帮我弄个局长当当，花钱的事我来。”蔡小花一边说还一边捏他的肩膀。

“那你厂子不办啦？”钟玉保问。

“那个小厂有玉国一个人就行了，两个人窝在那块儿，也是浪费人才。”蔡小花说。

“那你问问玉国同意不同意。”钟玉保说。

看到蔡小花把手搭在大哥肩上，钟玉国心里就感到泛酸，感觉她就像个勾人的娼妇。他想发作，骂她几句，但大哥在这儿，桌上又都是合作多年的老客户，弄不好她顶起牛、耍起泼来，叫大家都下不了台。因而，他想对她的那种丑态进行斥责，但最终还是没敢，只是对她想当官的邪说表示了不满：“放着好好的事不做，要去充那个能做什么？你没听说，男人当官有人爱，女人当官就变坏啊？你去看看，哪个当官的女人不是上司的一盘下酒小菜啊？”

听丈夫钟玉国说出这样阴阳怪气的话，蔡小花从钟玉保肩上把手抬起来指着钟玉国反击道：“你浪什么浪啊？我蔡小花就是一碟小菜，就是被人吃的，凭什么只能你吃别人不能吃啊？”

钟玉国被老婆这一戗，不知说什么好，嘴里嘟囔几声什么意思也没表达出来。

蔡小花见他这样便又说道:“你看你那个窝囊样子,嘴里呜噜呜噜的,你倒把个屁放出来啊？三拳打不出个闷屁来,还管这管那呢。我问你,你那个前老婆小凤,人家做姑娘时就当官了,你还拼命地往死里追人家呢,不就是追个当官的老婆吗？噢,我现在想当官了,你倒打起耙来了,你给我交代你什么意思?”

钟玉国的嘴里只是嗫嗫嚅嚅的,什么也没敢说出来。

“你不要说了,你说也说不出个名堂来。我来问大哥。大哥,你说,你手下女当官的是不是都是你的下酒小菜?”

21

见蔡小花把矛头指到了自己头上,钟玉保在心里埋怨起弟弟钟玉国了:她要当官,你同意就说同意,不同意就说不同意,你瞎嚼那些舌头根子做什么,不是引火烧身嘛。

钟玉保正想着,蔡小花又催:“大哥,你告诉我,你有几盘下酒的菜?”

没法再回避了,钟玉保怕蔡小花再把火往他身上烧,因而只得迎合她说道:“这些风言风语的话、无凭无据的事,你们不要听外边人瞎嚼,都是捕风捉影,造谣中伤。你们也不想想怎么可能会出现那么严重的情况?要是那样,干部也不要干事了,都吃下酒菜了。”

一直严肃不吱声的几位客人这才轰的一下笑了起来。

“大家不要笑,我还要问大哥呢。大哥,那你说我能不能去当官?”蔡小花问。

“每个人都有权利当官,你怎么不能呢？能!”钟玉保答。

“那大哥,你这次帮不帮我忙?”蔡小花又问。

“你是我弟媳妇,有事我还能不帮吗？帮,肯定帮。明天就帮你找邓远航推荐去。”钟玉保说。

第二天一上班,钟玉保就把电话打到了邓远航办公室,说有些事要到他办公室跟他沟通。

洪光武正在邓远航办公室,要谈昨晚二凤托他的事,因而,邓远航在电话中对钟玉保说:“我这儿正忙着,等下我打电话给你。”

邓远航挂了电话对洪光武说:“刚才电话打岔了,光武,你继续说。”

昨晚,二凤给了他很大的压力,要他必须去推荐小凤当场委办主任,今天如果不把二凤这个任务完成,他知道二凤这个关是过不去的。当时虽答应下来了,可回家一想,这个任务是很难完成的。自己不分管干部、没有决定权这一点就不谈,光叫他到邓远航那儿推荐小凤也是很难的。场委办主任是什么角色?是在场委书记前后贴身为他服务的哎,一个男书记敢配一个女主任?他就是有十个胆他也不敢!小凤是什么角色?是九龟农场最年轻、最漂亮的女干部,是邓远航的学生、是闲言碎语中邓书记的情人哎!瓜田不纳履,李下不整冠,这样的角色邓远航敢放在身边当主任吗?他不敢用,我再去推荐,他不怀疑我与大舅老爷串通起来挖陷阱给他跳吗?那他以后还怎么能信任我呢?

夜里,洪光武辗转反侧睡不着。

老婆钟玉家见他老是回来这么迟本就不高兴,回来又不好好睡觉更是一肚子气,因而,她说道:“你哪块儿这么多费劲劳神的事啊?每天在单位工作那么晚不回来,好不容易回来了,还在床上翻啊滚的,搞得人家吃不好睡不好,你当个干部就不要人家活啦?早知这样,就不答应跟你谈恋爱了。”

男人有时就这样浑,自己可以在外胡搞,但自己老婆话中有一点移情别恋的意思他都吃醋。洪光武现在就是这样的男人,他听老婆说那话,醋意立即冒了上来:“我晓得你的心还在邓远航那块儿呢,他现在是书记,我是副书记,官没的他大,你更瞧不上我了。”

“你看你那个酸相噢,我嫌你没的他官大的啊?我是担心你整日这么不顾家地干事,这么不分昼夜地想工作,会把身体弄垮了。不行我明天去找邓书记提提意见,也要让干部有个休息的时间顾顾家噻。”钟玉家并不知道丈夫经常回来迟的真正原因,因而这么说道。

洪光武心想,你千万不能去问邓远航,你去问再问露馅了那事就大了。因而,他赶忙说道:“别别别,你不要去添乱,我刚才睡不着想的正是要去找他的事,明儿我自己去找他。”

钟玉家对丈夫的话很是不解,找邓书记对于丈夫来说不是易如反掌的事吗?怎么就搅得他睡不着觉呢?于是,她拉亮灯,侧身看着丈夫问:“你们两个人闹矛盾了?怎么找他还这么烦?你是不是在外头做了什么事瞒着老婆了?”

洪光武听老婆这一连串的问话，心里一惊，赶快结束谈话吧，再继续下去把跟二凤的事暴露出来，那皮就没的了。因而，他把老婆搂到怀里说：“怎么可能呢，绝对没有的事。有个朋友托我向邓远航推荐一个人当场委办主任，我不知该说不该说，心里想这个事才睡不着。”

“这是好事啊，你怎么不好去说呢？什么人啊？”钟玉家问。

“你不知道，这个人是个女干部。就是小凤，你认识的。”洪光武答道。

“小凤不是很好吗？我看你可以去说。”钟玉家说。

“你有所不知，外边人说他们两个是情人关系，我去一推荐，不是找骂吗？”洪光武说。

“邓远航不是那种人，他比你正派，心胸又比你宽阔，你不要自己心里有鬼就怀疑人家也会有鬼。我看你尽管去说，不要有顾虑。睡吧、睡吧，不要瞎操心了。”钟玉家说着拉灭了灯。

洪光武心想也是，我去推荐了，他邓远航用不用是另外一回事，也许他喜欢小凤，真能用她，那我也算向二凤交了一份满意的答卷了。

今天一上班，他就来到邓远航办公室谈推荐小凤的事，刚开口说一句话就被来电打断了，这会儿邓远航放下话筒问他，他便又说道：“我是说，从昨天下分场我感觉到，你必须尽快让场委办主任到位，否则许多事没人管，做起来也不顺。我这个主任职务再不免掉，全场干群都不答应了。”

“噢？有这么严重？看来是得尽快配了。光武，你有什么人选？”邓远航问。

“要说人选呢，倒有几个，但要说是最合适的只有一个。”洪光武答。

“噢？还这么玄乎？嗯，你说是哪个？”邓远航又问。

“现任广电局局长蒲星凤。”洪光武鼓足勇气说出了小凤的名字，说完后把目光从办公桌面移到了邓远航的脸上，想看看他是什么反应。

邓远航听到小凤的名字在表情上并没有什么特别的变化，倒是心里确实有点波动。其实，谁任办公室主任的问题在他心里已经想了好些天了，他头脑中的人选也有小凤一个，只是他还没有跟组织部及其他领导同志沟通，今天洪光武提出这个人选，他正好想听听其他人的意见。因而，他问：“小凤？你怎么觉得她当办公室主任最合适？”

对这个问题，洪光武昨夜就想好了怎么应付，说出的理由必须要针对他邓远航的特点，让他信服。于是他不假思索地随口说道：“办公室主任怎么配？依我看，主要是与你书记和班子其他成员的性格相配。我也实话实说，你我两个人的性格都比较内向，不擅于跟生人打交道，现在外向性很重要，如果缺了外向性，九龟也就难以发展，因而我们非常需要配一个性格比较外向、善于与外人打交道的人做办公室主任，帮助我们处理好对上对外事宜，这个方面，小凤最合适。”

“你这说得有一定道理。但是，你场委书记下分场还是招商出差，身边总不能老跟着个美女吧？”邓远航说。

22

洪光武听邓远航这么说，觉得有戏，他认为邓远航肯定心里想小凤来做办公室主任，但因有所顾忌而未做定夺，因而必须再推他一把，让他抛掉忌惮。于是，他说道：“远航，我还是喊你远航噢，我觉得喊职务俗气，这样喊亲切。我觉得吧，我们这些人思想还是不够解放，我们国家早已实现男女平等了，男同志能干的女同志也能干，难道在我们九龟还有女人不能做的事？外国女总统还不少呢，难道九龟湖农场场委办公室主任的位子就永远是男人的专利？”

“好了，你也不要这么慷慨激昂了，你千万不要再搬出《资本论》来压我。不过，你刚才讲的理论上也是没有问题的，但具体到九龟政治生活的实际上来，还是要慎重考虑的。到底怎么办，再多听听意见，到时由场委会讨论决定吧。”邓远航正说着，听外边有人敲门，便喊了声“请进”。

两人循着推门声同时向门口看，看到进来的人，两人又同时笑出了声。原来，来人不是别人，正是这两人谈论的主角小凤。

见小凤进来，洪光武便站起来告辞说：“正好，我的事谈完了，我让位了。”说着走了出去。

小凤是为大凤集团的事来找邓远航的，她一进来听到他们的笑声便猜想他们刚才是笑她的，因而，待洪光武离开后，小凤便问：“老师刚才是笑我的吧？”

邓远航知道她起疑心了，但他不想把还没决定的事透露给她，因而就回她说：“没有啊。你有什么事让我们笑的吗？”

“老师骗学生，你们刚才肯定是谈我离婚的事了。你们这些男人总是把一个女人的痛苦当笑料。”小凤说话时眼圈也红了。

邓远航知道小凤多心了,便赶忙解释说:“没有的事！老师是那种把别人的痛苦当快乐的人吗？不要多想!”

“那你们肯定谈我的事了。”小凤说。

“这倒是真的,刚才是谈到你了,但只是谈给你换岗位的事,绝对没谈之外的事。”邓远航向她透了一点大概,但没把具体事说出来。

“换岗位？难为老师还想到学生,但不晓得是轻用,还是重用呢?”小凤听说是换岗位便有了点精神,她自然是想到更高更重要的岗位上了,因而便用一句笑话来套邓远航说出具体把她安排在什么位子上。

邓远航知道她想套他的话,但他还是没具体点出,而是说:“像你这样的人,不重用也对不起你的能力啊。”

“老师笑话我,拿我咂味儿。”小凤埋怨说。

“绝对没笑话你,真是想重用你的。”邓远航说。

“绝对啊？要说绝对,那只有两个‘绝对’,就是绝对是笑话！绝对不可能重用我!”小凤说。

邓远航很诧异小凤说出这两个“绝对”,便问:“你怎么有这种想法?是不是你以为你离婚了,你的政治生命就结束了?”

“我没有这个想法,但是你有这个想法,因为你有这个想法,你不敢重用我。”小凤想被重用,但因自己的个人因素,使一些男领导不敢重用她,她知道邓书记跟其他领导不一样,但他能不能不落窠臼也还很难说,因而她便想激他一激。

小凤这样说,邓远航很奇怪,奇怪她对老师怎么这样想的,难道离婚还能改变人的智力？但他并没把这想法说出来,只是问:“你怎么这么肯定?”

“上次我就跟老师说过一个观点,就是:女领导不愿用美女,男领导不敢用美女。女领导用美女,眼球都在美女身上,女领导黯然失色,她自然不愿用;男领导用美女,绯闻都在男领导身上,他哪里还敢用美女？我敬佩你不是一般的领导,你绝对会远远超过那些一般的领导,但是在重用美女上不会超越一般,因为你一样会怕九龟人的唾沫星子。现在看来,这也是用人的一条基本规律。”小凤有点激动地说。

“你不要激动,也不要激我,我这个人不是激就能改变主意的。你刚才说的所谓的规律,有一定道理,不过它只对于一般的人是这样,在我面前它就不是规律了。因为,当我用干部时,在我眼里的干部只有德才上的高下,没有色相上的美丑。就你来说,这次能不能被重用,还要看你适合不适合某一个职位,不管动不动,到时你都要正确对待,服从组织安排。"邓远航告诫她说。

"那是肯定的,别人不支持,老师我还不支持嘛。我这样跟你说吧,随你怎么安排我,我都无条件服从。哎呀,光顾在这块儿唱高调了,把来的主要任务都忘了。我来是汇报大凤集团挂牌的事情的。"小凤说。

"昨天我在大凤那儿的,好像她没说有什么事啊。怎么?有什么困难吗?"邓远航问。

"有几个事想请示一下。一个就是你是不是确定到时去了?"小凤问。

"先这么定吧。到时省农垦没有特殊会议,就肯定去。"邓远航说。

"第二个就是大凤想搞一台晚会,请几个明星来宣传宣传,你看……"

还没等小凤说完,邓远航就打断她的话说:"这个不要搞,不要那个好看,有钱多投到生产发展上和扶贫济困上。"

小凤也不想搞晚会,因为请明星费用太大,且时间也来不及,因而她没有反对邓书记的意见,便继续请示:"那第三个,就是中午她家准备二十桌酒席够不够?"

"什么够不够啊?一桌酒席都不要安排,我们马上就要下发禁酒令了,中午本身就不准喝酒,还安排什么酒席啊?一切从简,不搞形式主义,上午八点半开始,一个半小时结束,十点钟散会,哪个不能回家吃饭啊?"邓远航说。

"那第四个,关姐这次来想落实那一百亩土地的事,怎么办?"小凤又问。

"这个好办,要等她来看,她看中哪块地再定。"邓远航说。

待小凤请示完四个问题离开书记办公室,邓远航打了个电话给钟玉保,告诉他现在有时间了,他在办公室坐等他。本来,邓远航不想给钟玉保挂电话,而是要直接到楼下钟玉保办公室去谈事的,后来一想,这是他俩各自履新后第一次在办公室谈事,不能把角色搞错了。因为钟玉保这个人跟一般人不同,如果第一次邓远航就主动到他场长办公室去谈事,他钟玉保会把自己场长角色弄忘了,反会以为自己是书记,邓远航是场长呢。因而,邓远航决定等过些日子钟玉保在头脑中固定了场长角色后再到他办公室谈事也不迟,好歹来日方长,这第一次就在这儿等他了。接着,他又给王石基挂了个电话,叫他一个小时后来一趟。刚放下电话,钟玉保就走了进来。

钟玉保坐下来便掏出烟盒拿出一支夹到嘴上,拿出打火机打着火正准备点烟又把打火机的火灭了。他把嘴上的烟拿下往烟盒里边装边说:“不好,忘了,你是不抽烟的,你这是无烟办公室,不抽了,不抽了。”

邓远航心想,看来他还是尊重书记这个位子的,以前哪里见过他把烟拿出来能再装起来的啊?没有啊!于是为了使他们的谈话氛围更融洽些,邓远航从自己抽屉里拿出一包烟,从里边抽出一支递过去说:“抽吧,没事,什么事都不是绝对的,我也陪你抽一支。”

23

两人各自点着烟后,钟玉保先开口了:“远航,我也不绕弯子了,把九龟闸一提,我就直泄了。毛主席老人家说过,路线确定之后,干部就是决定的因素了。前天的会上,九龟的路线也算是确定了,当务之急就是用人了。用什么人,也决定了新领导班子走什么路。”

邓远航点着了烟即从嘴上取下,将烟拿在手上任其自然燃烧。他平时从不抽烟,也讨厌别人在办公室、会议室等场所吸烟,今天他之所以陪钟玉保抽一支,也是为了减少钟玉保的尴尬,以给他们俩以新身份谈话创造良好的气氛。其实,邓远航从知道他和钟玉保两人搭档主政九龟工作的时候就已想好,绝不要在细小的事情上让钟玉保和外界感到他邓远航不尊重他,或是感到故意在排挤他、打击他。这会儿,他听钟玉保提到用人的事,便郑重其事地问他:“在这方面,你老兄有什么高见哪?”

“哎,我这个人,虽也上过几天学,但跟你们比也还是个大老粗,也没的什么高见、矮见,就是敲锣玩猴子,想(晌)一出是一出。我今儿想起来就今儿来说,夜里想起来,我明儿再来。”钟玉保说着停下抽了口烟。

“是哎,随便一点,随时沟通。你今天想的……”邓远航边弹烟灰便说道。

“噢,我首先想到的是你办公室的主任。你想你这么忙,不得个参谋助手是万万不行的。”钟玉保说。

钟玉保也是为推荐办公室主任来的，邓远航心想：难道他们子舅串通好了一起为小凤来说话的？小凤又是用什么本事来搬动这两员大将为她说话的呢？

钟玉保继续说道：“这办公室主任的人选非常重要，他上要通天，下要入地，必须要有较强的理论功底、丰富的基层工作经验和超强的魄力。”

听钟玉保这么说，邓远航知道他们子舅俩没有串通，小凤也没有找他，因为他开出的“丰富的基层工作经验和超强的魄力”两个条件已把小凤排除在外了，他想推荐的人多半是董兴国了。想到这儿，邓远航问：“那依你老兄看，哪个更符合你这几个条件，适合做这个办公室主任呢？”

“这个呀，确实难选。不瞒你说，我把全场的干部都拿来一个个捏过了，那真叫沙里淘金、凤毛麟角啊，符合条件有两三个，合适的只有一个，这就是石龟分场党委书记董兴国。”钟玉保说出董兴国的名字后，两眼向邓远航瞄了两下，想看看他有什么反应。

邓远航心里早已料到他推荐的人是董兴国了，因而当钟玉保说出这个名字时，他并没感到意外，而是平静地看着钟玉保，等他下面的解释。

钟玉保见邓远航没什么表情，便又说道：“这个人呢，能说会道，能写能画，里里外外一把手，上上下下都能打点，酒量又大，这能帮你解决许多问题呢。实事求是讲，他要做主任，肯定比你我做的时候都强。”

听钟玉保为董兴国美言，他很反感，他对董兴国没多少好印象，不知道这个人为什么能在石龟书记的任上把持这么多年。他在心里想道：这个人绝对不适合做办公室主任，他就是一个拍马屁的能手，如果书记身边配一个会拍马、能说好话的办公室主任，那这个书记就等着栽跟头吧！想到这儿，他直说道：“兴国是个有争议的人，有人对他评价好，有人对他评价差，你怎么会从那么多干部中把他捏出来的呢？而且，能说会道、能喝酒也并不是场委办主任的必要条件啊。”

听邓远航这么问，钟玉保觉得这个人选悬了，但是，他还想为其辩解几句。他说道：“远航啊，要不要个能喝酒的，我今儿个不跟你说，你以后会慢慢体会到。我今儿个就想说说‘有争议’这个事。其实要说争议，哪个干部没的争议啊？你我没的争议吗？有啊，而且争议还不小呢啊，我们不还是一步一步走到这重要岗位上来了吗？要我说心里话，没有争议的干部不是好干部，争议越多的干部才是越好的干部，才是越可以重用的干部。”

邓远航心想:你这是哪门子理论呢?简直是歪理邪说!邓远航本想驳斥他几句,但又觉得要真正把这个理说透也不是一句话两句话所能做到的,更何况你就是把理说透了,他也不一定理解或接受,弄不好他再跟你辩起来,那两人的这第一次会谈就将成为他们今后冲突的开始了,因而,他仍不动声色地听着钟玉保颇有气势的陈述。

钟玉保见邓远航并没有反感的意思,便继续说道:“远航啊,组织上要我和你搭班子,我们要对九龟干部负责,对九龟人民负责,对九龟的事业负责啊!我们俩思想不能保守,要敢于突破,特别是在用人上要敢于突破。”

邓远航这时有点坐不住了,他想:他这样说,倒好像他对九龟多么负责而我则不负责了,倒好像他思想多么解放而我却不解放了,而且听他那口气,完全是居高临下劝导人的口气,像是把自己的身份忘了,把角色弄反了。现在怎么回应他,告诉他,摆正位置、注意身份吗?告诉他,我思想很解放,要解放思想的是他。这样有必要吗?完全没有必要!想到这儿,邓远航说道:“那么,在用人上要有怎样的突破,你再具体说说呢。”

“具体说嘛,就是两个‘敢于’:一个就是要敢于用有争议的人,像董兴国这样的;还有一个呢,就是要敢于破格用人,不但是要敢于在破格上越级提拔,还要敢于把没有干部身份的人破格提到领导岗位上来。”钟玉保说。

“这有道理,自古我国就有‘不拘一格降人才’的传统,只要是有真才实学的,又是干部队伍急需的,破格提拔也是可以的。”邓远航说。

钟玉保见邓远航赞成自己的观点,便决定再次向前推进,寻机把蔡小花推出。因而,他说:“远航啊,也不瞒你说,我对这几年的招商引资意见是很大的。主要是钱花了不少,到最后竹篮打水一场空,商没招到,资没引到!怎么这样的?缺人哎!没的真正的招商人才哎!”

“招商实绩差,原因不少,这可算是一个方面,我们应回过头来把这几年的招商引资情况重新审视一下,然后,以场委、场部的名义重新出台九龟农场招商引资的相关政策文件。”邓远航说。

“好,这个非常及时,这个任务交给我们场部,我们来负责起草。我看这个文件的核心还是人才问题,破格选拔招商引资人才问题。远航啊,我实话跟你说,我研究过国内好多招商引资成功的案例,可以这么说,会招商的人,他不费吹灰之力就把客商招到家了,不会招商的人,他吃死了苦、花尽了钱,不是我骂他,他连一个商屁都闻不到。”钟玉保再次把话题拉回到破格提拔招商引资人才问题上。

邓远航心想:他三番五次地谈招商人才的事,难道他今天来除了推荐董兴国,还要推荐招商引资方面的人才的吗?想到这儿,邓远航便问:“那你说,会招商的人是什么样的?我们不是正要组织一支招商队伍,成立几个招商局吗?正愁没有人呢,你有什么人选可以说说嘛。”

此话正中钟王保的下怀,他心里窃喜,心想机会来了,终于踩到自己的鼓点上。于是他说道:“我也不跟你绕弯子了,我推荐的是蔡小花。”

24

尽管邓远航对钟玉保推荐的人已有心理准备,但当钟玉保说出蔡小花的名字时,他还是感到有点意外。这蔡小花不是他钟玉保现任的小弟媳吗?即使有“举贤不避亲”的古训,可你把她推荐出来招商引资,她有这个能力吗?其实,邓远航对这蔡小花是非常了解的,她与小凤三姐妹一样都是邓远航的学生,这蔡小花也是个漂亮聪明的女孩,但她开个饭馆酒店什么的还可以,但要叫她出来招商引资,邓远航还没从她身上发现有这个能力。

钟玉保接着说道:“其实这个伢子你是透熟的,她跟小凤她们同学,都是你的学生。俗话说,三岁看到老。她在做学生那个时候就是你班上最机灵的一个,经过这么多年在社会上的磨炼,她成熟得不得了了,可以这么说,今天的蔡小花就是上天专门为九龟打造的一朵招商之花。”

邓远航心想:这么夸自己的弟媳也不脸红,不觉得有些恬不知耻啊?但他没有把这意思说出来,他也没有立即否定他的推荐,因为钟玉保今天推荐两个人,那一个实际上已被他否定了,这一个再给否定掉,那他钟玉保即使今天不跳起来与他争执,那以后也会跳出来与他作对。但也不能全盘接受钟玉保的虚夸说法,这样会助长一些人不负责任地拔高一个人,把人说得白璧无瑕,或贬低一个人,把人说得一无是处,因而,他对钟玉保说:“你老兄,可不要因为她是我的学生,你就把她夸得举世无双啊。哈、哈、哈……”

见邓远航哈哈地笑了，钟玉保觉得有戏，便趁热打铁地说：“远航，你不要笑，你晓得，我这个泥腿子嘴笨，我肚里没的什么词，实际上，她的优秀要比我说的高强百倍呢。我可以毫不夸张地说，我们干部队伍中百分之九十五的人都不如她。你让她做个招商局长，她要是招不到商，拿我是问！我推荐的我负责到底，这个保证可以了吧？远航，你说行吧？”

这是要逼邓远航当场表态啊？邓远航并没有被他牵着鼻子走，他对钟玉保说：“玉保场长，你放心，你推荐的人，我记下来了，马上叫组织部去考察一下，如果确实很优秀，这不是九龟的幸事吗？九龟不用这些优秀人才而被外地用了，不是九龟的损失吗？”

钟玉保听他这么安排有点不高兴了，说了半天，那一个悬在那儿了，这一个又悬在半空中了，我孬好也是场委的二把手哎，推荐个干部就这么难吗？他想跟他发一通火，但今天还是压住了，他想不能场长、书记第一次碰头，就碰得火星冒冒的，碰得头破血流的噻。因而他压住火，但还带点气地说：“远航，我们卵子拖塘灰就在一起玩了，几十年下来了，你还不了解我吗？我是那种说虚话、说假话的人吗？你这样安排就是不相信我哎。”

邓远航听得出来，钟玉保心中有气了，但他不能因为他场长不高兴，就违反组织原则去迁就他，那以后一遇到意见相左场长就摆脸色，场长一摆脸色书记就让步，这样下去九龟湖农场场委还叫什么场委？九龟的工作还怎么开展？因而，无论是今天还是以后在原则问题上绝对不能迁就。于是，他说道：“玉保场长，这不是不相信你，这是为你我好。你想想，在九龟哪个不知道她蔡小花是书记的学生，是场长的亲戚，对这样一个特殊的人物如果不经过组织程序就破格重用，社会上对你我会怎么看？对九龟湖农场场委会怎么看？其实，你完全可以放心，她蔡小花如果真是一块金子，经过几道程序的处理，她不会被抹成石头，她只会还是块金子，而且还会越来越发光。”

听邓远航这么说，钟玉保想：也只能是这样了，用人权在他手里，跟他吵也不会把小花吵成局长，只有让他按组织程序来，同时再走走其他路子吧，好歹路没有被堵死。因而，他也就没再多说什么，便向邓远航告辞走了出来。

钟玉保刚出门就碰到了王石基，这使他想起了那信袋里的两万元钱。于是，他问：“找书记？”

“没有，书记找我。”王石基答道。

“你看你抖的。那信袋还记得啊？”钟玉保问。

“晓得晓得，我马上到你那块儿去。”王石基说着推门进了邓远航的办公室。

“大兄弟啊，你找我？”王石基一进来就套近乎，把他们小时候在一起时的称谓也用了出来。

“我还有事，也就不跟你转弯抹角的了。秃子啊，你也太损了，你把这么一沓钱放到我家冰箱里，害得我一家今天全拉肚子。”邓远航一边跟王石基开玩笑一边从包里拿出那四万元钱。

“啊？那是什么话啊？钱害你们拉肚子啦？怎么会这样？祸害真是这钱啊？”王石基吃惊地发出了一连串的疑问。

“嗯，罪魁祸首就是你这钱！你知道啊，这一张纸币上有多少细菌啊？我告诉你，这一张纸币上有三十多万个细菌。你算账秃精的，你算算看，你这四百张纸币上有多少细菌？一万多亿个细菌。你把这一万多亿个细菌放在我们家冰箱里，让它们在我们家的菜上繁殖几万亿的细菌，让中共九龟湖农场场委书记一家人在不知不觉中把这几万亿的细菌吃下去，秃子啊，我看反动派的狗特务也做不到你这么绝啊！”邓远航一边说一边把那四万元钱往王石基怀里一塞。

王石基紧张得头上的汗都冒了出来。心想：这怎么是好？从来没送过钱给他，这第一次送钱就送出这么个大祸，还落个害共产党干部的反动狗特务的名，这怎么是好？不但儿子当分场场长的事要泡汤了，我王石基将来在他面前也做不了人啦。唉，都是这钱害的，我真是昏了头，当时是怎么想到把钱放到人家冰箱里，跟人家的食物放在一起的呢？唉，当时还认为自己聪明，找到那么好的放钱的地方，没想到闯了这么个大祸！真是老鼠跌进鸡汤锅，坏了事又遭了殃。怎么是好呢？只有先赔罪！大雾天在九龟湖里行船，走到哪儿算到哪儿了。于是，他一边把那四万元钱放进自己包里，一边儿带着点颤音对邓远航说：“书记，你海量，请你多包涵。是我不好，我赔罪。这个钱脏，我带回去，我向你保证，下次一定弄些个干净的崭新的钱孝敬书记，保证书记全家安全健康。”

“呵呵呵，秃子啊，你不要做梦了，我告诉你，你可能不相信，只要从你手上拿钱给我，就没有一张会是干净的！”邓远航笑着说。

王石基伸出自己的双手正反看了几遍，然后说：“书记啊，我晓得你嫌我这是拿砖头瓦刀的手脏,但瓦刀我也多少年不拿了,我也讲卫生天天洗手了,我手就是黑些,但还是干净的。你如果再嫌,我就不碰钱,叫我公司的女会计拿钱放到袋子里,她的手又白又嫩又干净,不会有问题的。你如果还嫌,你把卡号告诉我,我直接把钱打到你卡上,这样绝对没有一个细菌,又干净又安全。”

“秃子啊,我知道你小时候穷怕了,现在有钱了也怕人家穷了。这样子,王总,马上叫办公室排个贫困户名单,你给他们去送点儿钱,解决他们的燃眉之急。这样子,你帮了人,自己也积了德。”邓远航说。

“邓书记,你笑话我呢?我这点儿小钱,哪能办那么大的事啊?”王石基装可怜地说。

“那你这点儿小钱要做什么用场呢?就为你自己?”邓远航问。

25

听邓远航问钱的用场,王石基认为是邓书记启发他说出送钱的意图,但他又把握不准,因而也就没敢把为儿子提分场场长的事说出来,也只是做了些暗示:“邓书记,过去说:人不为己,天诛地灭呢,我也不说太自私的话。我这点小钱哪里是为我自己哎,我为的是子孙哎。邓书记这个你能理解吧?”

邓远航知道他是为儿子提拔的事送钱的,但他没有给他挑明,而是从侧面提醒了他几句:“王总哎,儿孙自有儿孙福,你为他们操心,弄不好是赶鸭子上树,吃力不讨好哎。”

“那你说的,世上哪个不晓得钱是个好东西,我为他们花钱还能花出罪过来?”王石基问。

“那我就实话跟你说了,你这样为儿子花钱真花出罪过来了呢,到时候你儿子要埋怨你这个死老头子一辈子呢。”邓远航说。

“耶,邓书记,你是跟我说真的,还是跟我开玩笑?怎么把我说得跟灌了酒一样头昏昏的哎。”王石基说。

邓远航也不想跟他兜圈子了,便直说道:“跟你这么说吧,组织部正在起草个干部管理方面的文件,其中就有严禁跑官、要官、买官的内容。如果发现干部有跑官、要官、买官的现象,一律不用。所以,你……”

见邓远航说到“跑官、要官、买官”的话，王石基急了，他没待邓远航的话说完就插进来说：“耶，书记啊，你这就冤枉我啦？这个话跟我是站在小板凳上摸石龟塔，一点儿边也搭不上啊。我这个钱就是脏些个，我是送给你的哎，这算什么买官嚜？我们是什么关系啊？我们是从小在一起尿尿和烂泥、一起睡锅门口长大的哎，你现在当书记了不一定认这感情了，我这个小瓦匠还是要记住的哎。再说了，我这个小瓦匠这辈子就是拿瓦刀的命，我跟你要什么倒头官？要那个倒头官有什么倒头用啊？”

“秃子啊，你激动什么？哪个说你跑官、要官、买官啦？我跟你讲，就凭你这熊样子，你跑了看看，你把你公司搭上去，除了鸡冠、鸭倌，看你在九龟还能买到什么官？”邓远航调侃他说。

王石基“扑哧”一声笑起来说：“邓书记啊，你算把我看透了。我这辈子就是个瓦匠头子了，不过也不错了，也算是公鸡头上那块肉，大小也是个官（冠）儿了。哈哈哈……”

“好了，我还有事，没时间跟你在这儿说笑了。我还是真心诚意地跟你说一句：叫儿子好好干就行了，不要走歪门邪道，你也不要为你儿子到处跑，把这个脏钱到处送，这样反而会害了你儿子，晓得吧？”邓远航认真地说。

王石基一边把那四万元往包里塞一边不住地点头说：“晓得，晓得，我听你的，听你的。”

王石基走后，邓远航正欲出门到企业去，迎面又来了个人。

来人中等个子，上身穿着件深蓝色夹克衫，下身穿件淡蓝色牛仔裤，脸上架着副黑边眼镜，看上去约二十大几岁，手上还拎了只黑塑料袋子。

“小伙子，你找谁啊？”邓远航站在门口问。

那小伙子用食指推了下眼镜说：“邓书记，我爸说是你叫我来一趟的。”

“我叫你来的？你爸是哪个啊？”邓远航边问边引他进办公室。

“黄满仓，龟岛贩鱼的，黄满仓。”那小伙子一边跟着走进办公室一边说。

“噢，你就是黄老板的儿子黄有令。坐吧。”邓远航想起来了，昨天在龟岛他是说过叫他来一趟的。当时，他是想当面劝他带头创业的，可眼前这小伙子长得像个书生，一点也不像他父亲那五短三粗的模样，更没有一点他父亲说的“黄司令”的影子。

“邓书记,你不要抬举他了,什么黄老板啦,他就是个鱼贩子。”黄有令纠正着邓远航对他爸爸的叫法,说话中带有一种瞧不起的口气。

邓远航心想:他父亲对他很操心,到处托关系要求提拔他,可他并不领他父亲这个情,从某种程度上还带一点儿对他父亲的轻蔑,难道这黄有令对其父有怨恨?于是,他问道:“耶,怎么不是老板呢?现在不少人拎个皮包闯荡江湖也都称老板了,你父亲一年销售一二百万,也可以了,怎么不能称老板呢?”

黄有令推了一把眼镜说:“从量上来说是不小,但是从经营上来说,他用的还是过去小商小贩的那一套,更主要的是身上脱不了鱼贩子的习气,所以,也只能是个鱼贩子。”

“噢?鱼贩子是什么习气,你说给我听听。”邓远航说。

“就是苦些个钱不知道扩大再生产,建立公司,不把钱用到正事上,而是从歪门邪道流掉了。”黄有令答道。

这样看来,这小伙子对他父亲还真有不少意见呢,但话又说回来了,既然对其父有意见,那怎么他父亲叫他来找我,他又听其命来了呢?想到这儿,邓远航问道:“这我就奇怪了,看起来,你对你父亲意见蛮大的,怎么你父亲叫你来找我,你就来了呢?”

“这也不是他叫的,我自己早有这个想法了,这次又是我妈叫的,我听我妈的。这要是他叫,我还偏不听他的呢。”黄有令说。

“噢?你好像对你父亲有不小的怨气呢。”邓远航说。

“岂止是‘不小啊’,而是很多。”黄有令说。

“怎么会这样呢?”邓远航问。

“邓书记,社会上都说学好数理化,不如有个好爸爸。可我们呢,我们兄弟是背负着爸爸的耻辱长大的。我爸出事那年,我才两岁,还不晓得什么,直到上学时才晓得爸爸的影响对我们有多大。上小学时,我就是在同学的耻笑和白眼中度过的,我哥初中毕业就不肯再读书,十六岁就到外地去打工了,而我只能在读书中寻找快乐。”黄有令说着用手推了下眼镜。

邓远航看他眼睛已湿润,心想:这人啊绝不能做坏事,一旦做了坏事,伤害的人很多。就这个事上,他黄满仓害了省城知青关红琴,害得人家一个如花似玉的大姑娘背了一辈子的羞辱,至今已五十多岁了还是独身一人;同时也害了自己,断送了自己的政治前途,还失去了几年的人身自由;更令人唏嘘的是还害了自己的两个儿子,给他们身心的发展蒙上了一层挥之不去的阴影。好歹这个事已过去二十多年了，各方都已找到或创造了适合自己的生活道路，现在大家在心里留下的只有警示和教训，没有必要再去揭这个伤疤了。因而，他对黄有令说：“小黄啊，你后来能考上大学，你把这个事对你的影响降到了最低，说明你的心理是强大的。过去的事就让它过去了，你现在要继续用这强大的心理向前看，争取创出一番事业来。”

黄有令向邓远航表态说：“邓书记，我会的，我会记住你的话，靠自己的双手去为我们九龟做一些事情，干一番事业。邓书记，我老早就想来找你了，想来谈一些自己的想法。”

“噢？那你说给我听听。”邓远航说。

26

黄有令又推了一下眼镜说：“邓书记，我妈不叫我来，我也早想来找你了。找你没别的事，我就说两个想法。一个想法是，场里要关心农村的少年儿童。这两年场里搞劳务输出，农村不少壮劳力都外出打工了，眼界开阔了，收入增加了，这是好事，但是他们的子女在家跟爷爷奶奶过，心理上、学习上、生活上都需要关心，希望场里能有人管这个事。第二个想法，是一些小青年高中毕业游手好闲，不想做事，这样不但荒废了人生，还会滋生一些事情，我就想场里能否鼓励引导他们创业，让他们为九龟多做些有益的事。”

“嗯，很好。继续说。”邓远航很认真地听着。

“没有了，我来找你就是说这个。”黄有令又推了下眼镜说。

“没啦？”邓远航觉得他还没讲完似的便问了一句。

“嗯，没了，就这些，想起来我再来找你。”黄有令站起来说。

邓远航听黄有令确实没有什么话了，从心里感到这小伙子不错，绝对比他父亲高强，而且比许多干部的思想境界还高呢。不谈别的，就谈这些天与自己接触的人来说，几乎个个在交谈时，都或明说或暗示地提出要动一动位置的事，而这小伙子却不。他父亲叫他来的意图，邓远航是很清楚的，无非是到他这个在龟岛插过队的知青书记这儿要个一官半职，但他压根就没有提半个官字，只是站在九龟青少年的角度来为他们说几句话，而且肯动脑筋,敢提意见。此时,邓远航有点喜欢这个小伙子了,孺子可教,他觉得这个小伙子是个人才。本来他是想劝说他带头创业,为其他年轻人做个样子的,现在他有了新的想法,因而,他对黄有令说:“小黄啊,既然你没有事了,我有个事交代你。”

“邓书记,有什么事尽管吩咐。”黄有令仍站在那儿说。

邓远航交代道:“你是学中文的,我想请你就你刚才说的两个想法搞两个调查,就以你们石龟分场的情况为重点,把这两个问题深入探讨一下,提出你的办法和措施,形成两份调研报告交给我。怎么样?有困难吗?”

“没有,没有,保证完成。书记,那我就回去了,下午就开始调研。”黄有令说着拎着黑塑料袋开门就走了出去。

不一会儿,他又拎着黑塑料袋推门进来说:“哎哟,书记,差点忘了个事。我妈叫带只野生甲鱼给你的,说是有七八斤呢,我放这儿,我走了。”说着一边把手上的黑塑料袋放到墙角一边向外走。

“你站住。怎么又把你爸那一套学来啦?野生甲鱼,野生甲鱼,你说,九龟湖的野生甲鱼要是都捕完了,九龟湖不是就变成了死湖了吗?你们青年人要为保护九龟湖的生态多做贡献啦。这野生甲鱼,它喜欢到哪儿去,你就让它到哪儿去,我这办公室哪里是它喜欢的地方啊?拿着。”邓远航一边说一边拿起那黑塑料袋给黄有令。

“不是我爸叫的,是我妈……”黄有令站在那里不接那黑塑料袋。

邓远航把黑塑料袋硬塞到黄有令手里说:“走吧,抓紧回去搞调研。小伙子不知道送礼,我告诉你,我要的不是这甲鱼,我要的是调研报告,那是我喜欢的。”

在邓远航与黄有令谈事时,楼下钟玉保正与王石基谈事。

王石基从邓远航办公室出来心里打不到底,吃不准邓远航是会提拔他儿子,还是不会提拔他儿子。要是论交情,他和邓远航虽不是生死之交,但也是共患过难的。三十多年前,邓远航父亲被打倒,母亲坐月子又没有荤腥吃,他乘夜黑偷杀了生产队的老母猪,想把肉拿来给邓远航母亲补身体,险些被判刑。依这种交情,他邓远航应提拔他儿子,但那钱害人家一家子拉肚,而且他把钱退了回来,一张没留,从这方面看,他又不像要提拔他儿子的样子。所以,他从邓远航那儿出来便径直来到楼下钟玉保的办公室,一方面是处理钟玉保那误给的两万元钱的事,另一方面也是想为儿子再做些努力。

钟玉保一见王石基就骂了起来:“你个秃驴,现在你可以了,连我的钱也敢拿了,拿了就闷起来,一句客气话都不得,还会拿我的钱去给书记进贡了。你现在能了,乖乖不得了,大老板了,在九龟这块土地上巴结上书记就不要场长了。小秃驴,我告诉你,在九龟这地上,你就是有他书记撑腰,我也会叫你寸步难行,叫你一块地拿不到,叫你一分钱赚不到,你信不信?”

“哎,场长、场长,你小声点,外边听到以为我是来找场长吵架的呢。场长你这一大早骂我是冤枉我哎。我是先到你办公室看没有人才到三楼邓远航那块儿去的哎。再说你那两万元钱,我就是有一千个胆,我也不敢闷你场长的钱啊。我是拿回家放孵箱里孵的哎。”王石基说着朝门口看了一下,看一下还不放心,又走过去把门反锁上。

“秃子啊,你把我当呆子,能来骗我啦?你以为我能信你的鬼话,钱能变成老母鸡生钱的啊?”钟玉保说。

“场长啊,哪个要骗你是小狗。真不骗你,我实话实说,富人跟穷人什么区别啊?就是富人手里的钱全是老母鸡,越生越多,穷人手里的钱都是小公鸡,吃一个少一个,吃完就没的了。你看看你那两万元钱有没有生出钱来。”王石基一边说一边从包里拿出那四万元放到钟玉保的面前。

钟玉保用眼睛向那沓钱扫了一眼,心里迅速地默数着:一、二、三、四,四万元,然后又快速地把它们拿进抽屉里,关上抽屉后说:“秃子啊,我刚才跟你说的是玩笑话。其实你的话还是有道理的,我老早就有这个想法了。你想,这钱要是不能生出更多的钱来,那些老板、老总整天没夜的还忙什么啊?白忙啊,要是不能生出更多的钱,老百姓怎么能发家致富?九龟经济怎么能不断地增长?我告诉你,我这一任场长追求的唯一目标就是让小钱生大钱、大钱变多钱,让九龟财政的钱、老百姓手上的钱越生越多。”

“要是真这样子,那九龟二十万人民都要感谢你场长呢,家家户户过年过节时都要把你当财神供。”王石基奉承说。

“供不供,那是老百姓的自愿,我不稀罕那个。我实话实说,我们都是土生土长的九龟人,都是想为九龟干点事的。我告诉你,我当场长心大呢,我就想让九龟来个天翻地覆的大变样,让九龟的老百姓全都富起来。可惜这九龟不是我一人说了算,上面还有人罩着,有时想干事,也不是那么容易的。”钟玉保摇摇头显出无奈的样子说。

王石基知道他说的上面罩着的人是邓远航，他知道人家邓远航比他更有事业心呢，人家更想把九龟建设好、发展好，可人家并没高调地说，而是在默默地干，而你还没干就先把干不成事的理由找好了，这哪个心里没的数啊？你是不想干，不会干哪。你心里想的跟你嘴上喊的，就跟裤裆里放屁一样是两股道哎。你肚子里想的是什么只有我心知肚明哎，不信我来试他一试：“场长，你有这种想法，九龟人民不晓得多感谢你呢。场长，你让九龟人民致富，九龟人民也希望你带头致富呢。这样子，把你那四万元存我公司里，让它再生钱，包你先富。”

27

王石基说完话把手伸向钟玉保要拿四万元。

“慢，你把手拿回去，等我问你两个问题，再做定夺。我先问你，头顶上的有没有放钱在你那儿？”钟玉保问。

王石基知道他的心事，要是邓远航有钱放在我九龟建筑公司，他肯定放，要是邓远航没放，他就不一定，也可能放，也可能看一看再说。为了坚定他的决心，王石基模棱两可地说道：“场长，头顶上的是非常支持我们企业发展的啊，企业发展需要资金，你说他能不支持嘛。”

“嗯，我晓得了。我再问你，利息是多少？”钟玉保又问。

“你想要多少？”王石基反问道。

“我告诉你，前天有个老板给一分八，我都没给他钱，你是老朋友，我把钱给你是支持你，利息不要那么高，但起码要这个数噻。”钟玉保一边说一边伸出左手的一个手指和右手五个手指。

“一分五？不，太少了，我给你两分。”王石基说。

“那行，我就支持你这一回。”钟玉保说着打开中间的抽屉拿出四万元，又从左边最上边的抽屉里拿出四万元，再从左边第二个抽屉里拿出两万元一起递过去说：“一共十万元，够支持你的了。”

王石基把包塞得鼓鼓的后起身告辞说：“场长，我最后还有一句话，我保证你这钱在我那儿生钱快，我难为你让我儿子在你这儿也升得快些。呵呵。”

钟玉保一边送王石基一边说:“同生,同升。”

送走王石基,钟玉保给董兴国挂了个电话:“兴国啊,你那事我替你找过邓某人了,谈了半个多小时。”

董兴国在电话那边说:“那难为你,你辛苦了,晚上请你喝好酒。”

“光请我喝好酒还不行,恐怕还要请更大的领导呢。”钟玉保说。

“请哪个?邓吗?行啊,你帮我请一下吧。”董兴国说。

“想到哪儿去了?请我都不得用了,请他有什么倒头用啊?”钟玉保说。

“那大哥由你定吧,主给你做。”董兴国说。

“不是我定的问题哎。我跟你讲哎,你那个事还有点悬呢。”钟玉保说。

“怎么的啊?”董兴国着急地问。

“不晓得你怎么搞的,邓某人对你印象不好嘛。”钟玉保随意地说。

“印象不好?我没送他揣他,他怎么能对我印象好哪?”董兴国气呼呼地说。

“乖,场委办主任恐怕你当不成了。”钟玉保平静地说。

电话那边的董兴国顿了好一会儿才说道:“他这次办公室主任要是不让我做,我把他的锅砸了。他凭什么不让我做?他那个时候要做办公室主任时,我就是有力的竞争对手了,现在他妈的两任主任、两任书记下来了,叫他把九龟农场干部档案翻翻,哪个能比我有资格做这个办公室主任的?”

“呆伙家,不要说气话,事情没有见底,还有争取的机会,你不要着急,我不是在帮你想办法嘛。”钟玉保劝他说。

“大哥,我不是对你的,我这辈子就你这个恩人,我永远忘不了。不过那个邓某人脾气比较倔,又是个榆木脑袋。他定下来的事,一般人是改变不了的。我怕的是这点,大哥!”董兴国说。

“你看过你大哥怕过哪个的啊?他硬,我比他还硬,偏把他个头扳下来不可!这样子,这几天,你看你哪一天有时间,我陪你到省里去一趟,我就不信,这个位子能被别人抢去。”钟玉保也说了一通气话。

气话归气话,但他既然说了他还是要兑现的。就在大凤集团挂牌的前一天,他带董兴国去省城找汤厅长了。

在他们去省城时,关红琴带着几个人来到了九龟农场。他们来,一是在九龟工业园区选一百亩土地办一个分厂，二是参加明天大凤集团挂牌仪式。

下午，邓远航到省农垦开会。他叫小黄通知小凤和工业园区、国土局领导一起陪关红琴他们去看地、洽谈项目，并叫小黄也一起去参加，有事与他联系，他晚上回来陪他们吃晚饭。

这小黄是谁？正是黄满仓的小儿子黄有令。这黄有令上次得了邓远航的指令回去忙调研报告，仅用几天就把两份打印好的调研报告呈给了邓远航。他早有初稿，回去补充一些新的内容，修改两遍便送给邓远航了。邓远航看后，觉得这小伙子很有才华，便叫组织部和场委办一起去考察。考察结果也很好，就把他借用到办公室来，暂时为邓远航这一块儿服务。

看过地，小凤不主张关红琴跟工业园区、国土局去谈土地的事，她主张他们先回宾馆休息，土地的事等邓书记回来再说。可是关红琴不同意，她觉得她来投资是光明正大的事，一切按照九龟农场招商引资政策办就行了，不要再去麻烦邓远航，也许他晚上散会回来，她与工业园区的投资协议已经签好了呢。因而她便与九龟农场的几位领导一起来到国土局会议室坐下来洽谈。

待大家坐下后，关红琴直截了当地说："主任、局长，我在九龟工业园区投资一个项目这是早就定下来的事，只是土地一直没看好，现在地看好了，税费政策都有文件规定，要谈的就是这一百亩土地的收费问题，有个空间，谈好了，我们下午就签约。"

小凤怕邓远航不在，代主任、徐局长不给零地价给关总，因而，在他们说话前，她先开口说："两位领导，有话在先噢，这个项目绝对是个好项目，当时我在石龟分场做分场场长时是想把这个项目引到石龟的，我当时就是准备奖励她一百亩土地的，你们可不能瞎要价噢。"

"哟，蒲局长，听你这口气，你好像不是九龟人，倒是关总的人似的。我的美女局长哎，地价多少不是凭嘴随便说说的，是要看项目的质量和投资规模的哎。"工业园区代主任说。

"我这个机械加工项目，生产汽车零部件，投资额大概一个亿。就这种情况你们看地价应该是多少？"关总说。

"一亩一万二。"工业园区代主任说。

"代主任，你以为我不晓得我们九龟的招商政策啦？你骗得了关总，还能骗得了我啊？文件不是规定投资一个亿以上有奖励政策的吗？”小凤不平地说。

“是有这个政策，但那是对投资一个亿以上的项目，她这个投资大概一个亿，说明不到一个亿，就不能享受零地价哎。这是明文规定的，我怎么能违反呢？”工业园区代主任说。

小黄刚到邓远航身边工作，觉得领导器重他，他就要为领导两肋插刀，维护领导的权威。于是，他不管在这个场合是否该他讲话，他仍然站起来说：“代主任，有人两千万包装说成一亿零一，你给零地价，关总这个九千九百九十九，差一元钱你不给零地价，你不觉得好笑吗？”

28

这小伙子站起来说的这一番话，引起了会场里所有人的侧目。

关红琴对这个长相清秀、带点书生气的小伙子也高看一眼。这个小伙子下午一直跟着她们忙前忙后，没见他说什么话，她以为他是工业园区的工作人员，便没太注意他，现在他突然不顾这么多领导的情面站出来为她们讲话，由此关红琴很佩服他的勇气，便想打听一下这小伙子到底是干什么的。

她正要问小凤时，代主任发话了：“呔，小伙子啊，我不晓得怎么称呼你噢，我也不晓得你是关总的人还是九龟的新闻记者，但我就觉得你刚才这话说得太没水平，说句不好听的话，你这是叫一张嘴筑个水渠，随口溉。你有什么证据说两千万包装成一亿一的啊？”

坐在代主任旁边的徐局长捣捣他说：“你不晓得啊？他是邓书记这两天才选过来的大秘哎。”

“噢，拎包的啊？我以为你是哪里下来的大干部呢。那小伙子啊，我这个过来人告诉你怎么当秘书。以后学住些个，当秘书，腿要跑，手要写，眼要看，耳要听，脑要想，就是有一条，嘴不要说！晓得啊？”代主任教导他说。

国土局徐局长看黄有令的脸涨得通红，怕他们争吵起来，便赶忙打圆场说：“我说句实在话，关总这个项目绝对是个好项目。代主任啊，我说句话你不要见气噢，可以说，工业园区到目前为止没有一个项目比关总这个项目好的。所以我要说啊，土地价格不是问题，我可以保证给关总最优惠，你们也就不要为价格在这块儿争了。现在最关键的是这块地能不能给关总，这个我要请示钟场长。他已有交代，九龟出让任何一块地都必须得到他点头，否则，任何人不要想一厘地。噢，你们等下子，我这就给钟场长打电话请示下子。”说着，徐局长掏出电话走出了会议室。

刚才被代主任戗了一鼻子灰的黄有令这会儿见徐局长又要请示，他想：像这种效率还怎么招商引资？这不早把客商气跑啦？心里很不能理解，因而他又说道：“这么好的项目，在工业园区里她点哪块儿给哪块儿，还请示什么啊？九龟湖上卖水，多此一举。哪个领导像你这么不开明啊？”

又是为自己说话，关总觉得邓远航这个小秘书选得不错，她便问旁边的小凤：“这小伙子姓什么？是不是九龟人啊？”

“地地道道的九龟人，还是我们龟岛的呢。叫黄有令，他爸是石龟渔业公司的老总黄满仓。”小凤说出“黄满仓”这个名字后已经感到了不妙，自己说漏了嘴戳痛了关总的伤疤。

听到“黄满仓”三个字，关红琴顿时脸色阴沉，心中五味杂陈，痛苦尤甚：他邓远航当了书记变了！他已不把我这个大姐放在心上了，他怎么能把我一个仇人的儿子选拔到身边当秘书呢？

正在关红琴心痛之时，徐局长打完电话从外边走进来，把两手向大家一摊说：“没戏了，今儿个下午算是白忙了。关总，不好意思，这块地钟场长不同意给你，今天天晚了来不及了，明天你得重新去选地了。”

关红琴听说这话，把桌上的包一拎，二话没说，“噔噔噔”地走出了会议室。

这时，一个闪电劈下，让九龟城在关红琴眼里一闪而过，接着一个炸雷在头顶上炸开，关红琴便连跑几步上了自己的轿车。天上的雷声由近而远、由远而近，滚滚而来，隆隆而去。

会议室里的人跟着跑到楼下门口，听着天上的雷鸣，望着大雨中匆匆离去的关总，个个面面相觑，惊愕不已。

小凤最先从诧异中回过神来，她迅速冲进雨中，上了自己的车，朝关总车开的方向追去。在车上，她拨了几次关总的手机，关总都没有接听。她只好拨通了邓远航的手机，把刚才在国土局会议室里发生的一幕向他叙述了一遍，最后说：“现在她坐车走了，我也没追上，不知是她朝哪个方向走的。这事怪我，我没把关总照顾好。”

“现在不是谈责任的时候，要紧的是赶快找人。不过她也没有其他方向跑，无非是宾馆、龟岛和省城。这样子，你跟大凤联系一下，如果关总到她那儿赶快跟我们联系，然后你到宾馆等，我现在快到九龟了，正好我向省城方向朝前追一段看看，看她是不是回省城了。”邓远航向小凤做了交代，然后叫驾驶员掉头上去省城的一级公路。

邓远航坐在车上听着车外的雷声和雨声，心里想着关红琴甩手而去的原因。他分析有三个原因：首先是他没在家迎接她并且陪她去工业园区，甚至连一个场里领导都没安排去陪，就叫小凤和小黄陪，与她这个省城大老板身份不相称，有失她的面子；其次，按照小凤说，她对使用小黄很气愤，把害她的仇人之子提拔到重要岗位，她极为不满；第三，谈项目时，九龟两个部门领导没有诚意，跟她乱要地价，最后钟场长不同意那块地给她，让她极为愤慨，直接导致了她拂袖而去。看来，我们的招商软环境还有很大的提升空间，不改变不但不会引到大项目、好项目，还会把到手的项目拱手让人。

关红琴的车确实是跑在去省城的公路上，她在车上看着外边的雨柱也感到惊异，怎么今年的春雷来得这么早而且频繁？前些天刚响过春雷，才没几天又来这么一阵，且来得更多更猛。她更惊异的是今天怎么会佛然而去，连招呼都不打一声？车子越向前开，她越有歉意。刚才，在会场她是有点恨邓远航，可想到她连邓远航的面都没见到，也没听他解释半句就这样恨他、离开他，对他不公平，也不尊重。她有点想要回头了，可现在已经驶出了九龟地界还怎么好回头？干脆回到省城再说！尽管心里这么想，但嘴上还是对驾驶员喊道：“下雨天，车开这么快干什么？慢点！”喊过后，心里又后悔，跟驾驶员发什么火呢？怎么火气这么大？难道是更年期闹的？

邓远航追了二十多分钟没见关红琴的车子，车外的雨虽然已经小了，但他头脑中有了要不要再继续追下去的争执。不能再追下去的理由很充分：今天确实是省农垦开会，他不能请假，并不是他故意不陪她，而且之前已在电话中跟她沟通过，晚上赶回来陪她吃饭，明天陪她去龟岛挂牌，再陪她到她在分场的企业看看，这些她也是同意的，在这方面他没有一点过错啊。她生气应该跟他无关。更重要的是，过去在九龟就有人传关红琴是他的情人，在这漆黑的雨夜追她回来，那明天九龟的大街小巷不知道又增添多少关于他们俩的闲言碎语呢。因而,如此说,追下去对他很不利。

但从另一方面说,让他继续追下去也有实实在在的理由:“黄满仓”这三个字是她永远的痛,她因为这个事再次受到伤害,愤然离开九龟,你还有什么理由责怪人家?如果这次你不把她追回来,可以说,她可能永远再不会踏上九龟的土地了,人家不会再让你再三地戳她的伤疤了。要是出现这样的结果,那不但让关红琴永远背上伤痛的包袱,失去经过多少年努力争取到的心理平复,更重要的是让他邓远航也背负上了难以推掉的歉疚,同时也使九龟失去了一个可以参与九龟发展的实诚的老总,在九龟发展大局面前,你邓远航个人的声誉算什么?追!

29

追了有三十几分钟,邓远航见车外的雨小了,便催促驾驶员说:“雨小了,路上车少,速度可以加快点。”他想,今天就是追到省城,追到她家,也要把她追回来。

又追了二十多分钟,关红琴的车终于在邓远航的眼前出现了。邓远航叫驾驶员把车超到关红琴车前面,然后打着双闪把她的车朝路边带,靠边后两辆车一前一后都停了下来。

这时雷声已息,雨点已稀。两人同时从各自的车上下来向对方走去。走到面前,邓远航拉着关红琴的手说:“对不起,今天没有很好地陪你。”“我对不起你,叫你这么辛苦地在雷雨天里白跑这么远。”关红琴说着眼泪便下来了。

邓远航听出她说话声中带有哭腔,知道她又落泪了,便一边掏出纸巾借着车的灯光帮她擦眼泪一边说:“我不辛苦,古有萧何月夜追韩信,今有小弟雨夜追大姐,想想这也是件伟大的事、幸福的事啊。”

“什么伟大的事、幸福的事啊?追一个老太婆,哪儿来的伟大和幸福啊?你是说好听的,让我高兴的吧?”关红琴说。

“关姐,别人不知道我,你不知道我嘛。我这个人嘴笨得要死,能不把人说气起来就不错了,哪里还能把人说高兴了呢?”邓远航说。

“我没生气噢,我也没流泪,你这擦的是雨水,我到你这儿高兴着呢,哪儿来的气啊?”关红琴吐了口气说。

“我知道你没流泪,我就是帮你擦雨水的。小时候我妈老跟我们说,头发淋上雨要擦干了,不然会生虱子。走,上车吧,不然头发要生虱子了。”邓远航说着把关红琴拉向她的车。

两人上了关红琴的车后并肩坐在后排。驾驶员问:“关总,向哪儿开?”

没待关红琴说话,邓远航就抢先说:“走前边的豁口掉头,回九龟。”

“等一下。远航,现在离省城不远了,时间也不早了,你不如随我到省城住一晚,明天一大早直奔龟岛吧。”关红琴说。

“关姐,再迟也要回九龟。你想,你今晚要不在九龟宾馆出现,明天九龟人会怎么说你?我今晚要跟你在省城住,明天九龟人又会怎样说我?”邓远航说。

关红琴想想也是,两人要真到省城住一晚上,不知九龟天空中又要飘下多少闲言碎语呢。因而,她对驾驶员说了声:“回九龟。”接着又转头对邓远航说:“回去怎么向他们解释这出戏呢?弄得这么窝囊。”

这个时候哪个不要面子?邓远航知道她需要找一个合理的借口去解释她不辞而别的行为,因而便说道:“这好办,我们九龟农场边境那儿不是有一家‘九龟老鹅馆’吗?就说是我喊你驱车到那儿吃九龟老鹅的。”

理由虽然不完全令人信服,也只能掩耳盗铃,先把自己搞相信了再说。因而,她说:“也只能这样说了,那你真请我去吃老鹅啊?”

“真请!”邓远航说着打了个电话给自己的驾驶员,叫他在前边先走,到老鹅馆去安排一下。

两人沉默了一会儿,关红琴问道:“远航,一个人钱多了,或者是官做大了,性格是不是会随着发生变化?”

“也许吧,也不一定,关键要看什么人。你是不是见到什么实例了?”邓远航望着关红琴问。

“嗯,现有的两个实例,一个是我,一个是你。你看我吧,钱虽不多,但今天那脾气真不小,不知怎么就控制不住了。”关红琴说着叹了口气。

“这不怪你,放着我在那场合也会发脾气,弄不好比你发的更厉害。那是我没安排好,与你没关系。你不要说你自己了,你说说我有什么变化吧。”邓远航一边宽慰她一边把话题引到自己身上。

“你呀,变化特大,就是从做了书记后有了很大的变化。”关红琴说。

“噢?你说给我听听,我是怎么变的?”邓远航心想,没感到自己当书记前后的变化啊，她怎么说变化特大呢？也许我是身在此山不自知吧？且听她说。

“你呀，你变得有点不顾别人的感受，有点固执己见了。”关红琴说着停下向邓远航看了一眼。

“噢？那你说在哪方面？说出来，小弟即改。”邓远航诚恳地说。

“我问你，你最近是不是选了个秘书？”关红琴问。

“是啊，是从石龟分场借调上来的，才来两天。叫黄有令。”邓远航说。

“他爸是谁？”

“黄满仓。”

“还亏你知道这个名字！你把你姐仇人的儿子选到你身边工作，你是存心叫我心痛，还是叫我永远不要再来见你了？”关红琴说着扭过头去拼命地想把眼泪收回到眼睛里去。

听关红琴这么说，邓远航的心猛地紧了下子，乖，确实疏忽，没考虑到这么多。怎么跟她解释呢？他想了一会儿没想到合适的理由，便先问道：“关姐，他今天怠慢你了？哪方面没做好？”

“这都是没有的事，他做得很好，我对他本人没有怨言。”关红琴说。

邓远航又想了会儿说：“关姐，你想，他要是不姓黄，他姓蒲，是老蒲家的儿子，你反对他在我身边工作吗？”

“不反对。”关红琴说。

“所以你反对的只是他姓黄。关姐，其实每一个人在这个社会上都可能被别人伤害，只是程度不同而已。受了伤害，我们不能老沉浸在那‘伤害’中拔不出来，老是记住那个仇忘不掉，那样我们就永远得不到快乐，得不到幸福，永远沉溺在仇恨中。其实，我们应该学会宽容，伤害者既然已经受到了惩罚，付出了沉重的代价，我们就应该从阴影中走出来，重新生活。这方面，我觉得你已经做得非常出色，已经创造了自己的辉煌。”邓远航说。

“这些年，我是在走自己的路，干自己的事业，我也不是不想淡忘那件事，但一有什么触碰，心里就会泛起那个阴影。”关红琴无奈地说。

“还要有个过程，得慢慢来，我以后也要注意这些细节。不过，关姐，老子作的孽，叫儿子背负这沉重的十字架，去替老子还债，这也没有道理啊。”邓远航说。

“道理是这么讲，可你要叫我立即转弯也难啦。”关红琴说。

“那这样子吧，好歹他是借调的，再让他回去吧。”邓远航说。

“这也不必，这样既对那小伙子不公平，又让人觉得你这个书记选人用人很随意。你就暂时不要让我看到就行了，我会慢慢适应的。”关红琴说。

很快，他们来到了路边的“九龟老鹅馆”。菜上好后，四人便坐下吃红烧、白烧两盆老鹅。而此时，九龟的另两个人也正驱车来到老鹅馆门口。

30

九龟的另两个人是谁？是钟玉保和董兴国。他们下午到省城找汤厅长，汤厅长去参加省里一个会了，他们就一直在那儿等。直到快下班时，汤厅长才回到办公室。钟玉保把事情跟汤厅长一说，放下东西，晚饭也没在那儿吃，就往回赶了。

邓远航和关红琴一前一后下车进老鹅馆时，他们两人的车也刚进老鹅馆前的小广场，车的灯光正好点在前边一男一女的身上。

董兴国在车上拉了一下钟玉保说：“老大，你看前面，邓书记和关总。”

钟玉保连忙把脖子伸向前方定睛看了会儿说：“不错，是他们俩，一对野鸳鸯。中午我打电站跟他说下午去省城谈项目，他说他下午到省农垦去开会。我们实打实地如实告诉他我们到哪儿去的，他却嘴上说去开会，实际是偷鸡摸狗。”

“老大，邓某人跟那女老板真有一腿啊？”董兴国问。

“什么真有假有啊，你这话就跟问九龟湖有没有水一样，那是肯定的！在龟岛插队那时，他们俩睡过了。我跟你讲，有一天，我们其他知青都到公社开大批判会，他们俩装病没去。晚上两人在宿舍里做那事，被黄满仓发现了，结果他们反诬黄满仓强奸关红琴，害得黄满仓被双开，还坐了几年牢。”钟玉保随意地编着邓远航的瞎话。

“那这样子，钟场长，我们下去把他们俩捉住，把他们的事告到省农垦去，把他的职务撤了，让你当书记，到时候，我不是要什么位子给什么位子啊？省得这雷电忽闪的去省里求人啦。”董兴国说着就要下车去捉人。

钟玉保一把抓住他说：“人家说我冲动，你比我还冲动呢。人家两个人在老鹅馆吃老鹅违反哪一条党纪哪一条国法啦，就在这儿吃顿老鹅，你就把人家职给撤啦？你做梦呢你，不要狐狸没打到反落一身臊！”

“那怎么办啊？”董兴国问。

“这个人不是那么简单的，靠简单的头脑是玩不住他的。这个事得从长计议，我们走。”钟玉保说。

“耶，老大，怎么你当了场长，胆子变小啦？肚子饿得瘪瘪的，他来吃老鹅，我们也来吃老鹅，这怕什么啊？”董兴国问。

钟玉保套住董兴国的耳朵说了几句，然后问：“懂了吧？”

董兴国一边点头一边说：“噢，懂了懂了，还是老大高明。”董兴国夸钟玉保高明，是因为钟玉保安排他回去把在这儿看到的事传播出去，虽然不一定扳倒他，但也能让他名声扫地。

而此时钟玉保想到的则是更长远的计划，他想，一定要让董兴国当上场委办主任，确保在邓远航身边安插上他的心腹，这样就像在邓远航身边安装了窃听器、摄像机，他的什么乌七八糟的东西统统收纳其中，到时候要想扳倒他时，把这摄像机拿出来一放，都是铁证。想到这儿，钟玉保从心里发出了笑声。

第二天，九龟宾馆里就有人议论了：昨天下午，邓书记连场里会都不开，跑到省城去约会老情人去了，这哪还是个书记哎。

有人说：不光到省城约会噢，连夜还把老情人带到九龟约呢，真是不约不能已，一约约到底。

还有的说：你还不晓得呢，中途约饿了，还在九龟老鹅馆吃顿老鹅呢。吃过老鹅有劲啦，不约到今儿个天亮不罢休呢啊。平时邓书记早早来宾馆陪客人吃早饭了，你看他今儿个还起得来啊？肯定在哪个房间里晒着哪。

就在这些人胡乱议论邓远航、关红琴的时候，邓远航正和小凤一起陪关红琴他们一行驱车跑在去龟岛的路上了。

参加完大凤集团的挂牌仪式后，关红琴对邓远航说：“远航，你忙你的，我到石龟分场上的企业看一下，不要你陪，小凤陪我去就行了。”

没待邓远航说话，在一旁的董兴国先说道：“耶，你是书记的客人，又是在我的地盘上，我还能不陪嘛，走我陪你们一起去。”

邓远航说："也好，你就去陪一下，尽地主之谊吧。我正好上去，跟钟场长几个人把那块地的事商量下子，中午过来陪关总一起吃饭。"

早上邓远航就安排办公室通知钟玉保、洪光武、侯鸣放、丁慧玲以及工业园区代主任、国土局徐局长上午十点到自己办公室把几件事商量下子。

人到齐了，邓远航开门见山地说："今天请你们来商量两件事，一是关总在九龟投资的项目用地问题，二是请各位推荐一下场委办主任人选。下面先谈第一件事。"邓远航刚说到这儿，桌上的电话响了。

听到电话铃响，钟玉保心里有数了，准是汤厅长打来谈董兴国职位一事的。尽管有数，但他还是不由自主地转过头睁大眼睛向邓远航桌上的电话机望，看不清上面显示的号码，他又眯起眼睛伸长耳朵听邓远航接电话。

电话那边果然是汤厅长在说话："小邓啊，开会呢？噢，我跟你说个事，你关照一下。你那个石龟分场董书记人不错，德才兼备，你现在场委办主任位子空着，看能不能让他去干这事，我看他行，你们研究下子吧。"

邓远航只是"嗯、嗯"地听着汤厅长说事情，到最后才说了句："请领导放心，我们会考虑你的意见的。"挂了电话，邓远航心里极不舒畅，省纪委一个正厅级领导竟然能放下身架为一个科级干部来要个位子，这让他感到意外，他觉得这有失省领导的风范。同时，他又瞧不起那个去省里找人来打招呼的人，你有本事用你的人品、水平来争这个位子哎，你想靠上级领导把这个位子压给你，你首先就输了人品、官品。

大家正要发言，电话又响了。这次电话响让钟玉保有点吃不准了，难不成又有另外的人找上级领导打招呼了？乖乖不得了，这家伙要是找到比汤厅长更大的官打招呼，那要让董兴国当场委办主任的事就泡汤了。于是，他把身子又向邓远航这边歪歪，把耳朵伸得更长，想听听这电话到底是哪个打来的。

这个电话是省农垦领导打来的："远航啊，开会呢？有个事，我说你听着，能办就办，不能办以后再说，不要坏了你们的规矩。什么事呢，一早省里组织部一个领导打电话来，说你们场委办主任位子空着，这个位子也不能老空着，他推荐一个人，说你们石龟分场的一个姓董的书记非常适合这个位子，这个人到底怎么样，我也不知道，你看着办吧，适当地参考上级领导的意见。"

乖乖，我们这小农场一个小小场委办主任以前是副处级的时候还是本场安排选配的，现在降为正科级了倒成了厅管干部、省管干部了，这董兴国也太能钻了，居然能找出大官为他说话，这叫我这个做书记的怎么说？干脆，你们省厅把科级干部的人事权也收上去算了，省得叫我们左右为难，只充当个木偶。邓远航放下电话突然想起，这董兴国并没有这能耐，凭他自己是调不动这么多省场领导的，肯定有人在帮他做这事，帮他的这个人看来不是洪光武就是钟玉保了，因为在九龟只有他们跟汤厅长熟悉，而且那天钟玉保在他办公室推荐的正是董兴国。想到这儿，他分别向洪光武、钟玉保看了几眼。

洪光武没什么反应，钟玉保则赶忙把自己已经很斜的身子正了正。邓远航见此，心里已经有数了。

31

邓远航朝钟玉保看时，钟玉保赶紧缩回自己的头，坐正自己的身子。就他的这一个动作足以让邓远航认定董兴国背后的人必是他无疑了。因为他那么辛苦地侧着身子就表明他对刚才的两则电话十分关心，再加上他们两人平时就是“连子”，那肯定是他钟玉保在背后帮他了。好了，现在先不谈这个，马上谈第二个问题时有些人肯定就会现原形了。

“不好意思，刚才接电话耽误时间了。关总一百亩土地的事材料上写得很清楚，下面各位说说自己的意见。”邓远航说。

洪光武首先发言，他说：“我个人以为这是个好项目，在我们工业园落户后一定会提高我们九龟的形象，提高工业园区的档次，所以说，只要她关总看中的，哪块地都可以给她，我说的是给，也就是一分钱不要。她现在看中的这块地，并不是园区最好的地，既然她自己看中，我们就无条件地给她。没有了。”

刚才洪光武的发言，钟玉保很不满意，昨天国土局徐局长向他请示时，他就没同意给这块地，现在你说得这么爽快不是叫我难堪嘛，而且你这个头一开，跟个好头鸭子一样，它朝哪块跑，后边的鸭子还不跟着朝哪块跑啊？你要不是我妹婿，我早就骂你个狗血喷头了！

纪委书记侯鸣放接着说：“据我所知，现在园区的有些企业投资两三千万,也包装个亿元企业的头衔,欺骗场部,混个奖励零地价,像这种情况我认为要整顿。至于关总这个项目,如果实实在在能投资一个亿,我们场里为她承担一百亩土地的费用不为过,我同意。”

听了侯鸣放的话,邓远航觉得是有这种问题,应该要采取一些措施刹一刹这种风气,因而,他布置道:“嗯,鸣放提出的这个问题很重要,我也认为不能助长这个风气。这样,光武,由你任组长,成立一个领导小组,对园区现有投资项目来次过堂,对照招商政策,投资不到位的要促他们到位;确实到不了位的让他们补交土地款。嗯,其他人再说。”

丁慧玲说:“我没有意见,赞成洪书记、侯书记的意见。”

“你们两位也说说。”邓远航对着代主任、徐局长说。

代主任说:“这是个好项目,地也不是什么好地,我同意按零地价把那块地给她。”

轮到徐局长发言时,他却有点为难了。他想:按今天会场的氛围大家都同意把那块地给关总,而且看得出来,他邓书记也是同意的,按理自己顺着说不会犯政治错误的,但是,昨天请示钟场长时,他可是坚决不同意的啊。别的人不知不为过,他们尽可以顺着邓书记的意图说,而我要是也说顺水话,钟场长不要把我骂死了嘛。这真难死我了。

“徐局长,你什么意见?”邓远航再次催他发言。

挨不过去了,徐局长只得说:“我没意见,我们是办事的,虽有省市局管着,但我们在九龟这块地上,您书记、场长怎么说,我们怎么做,现在要是定下来,我下午就把红线划给她,保证雷厉风行。”

“工作效率倒是不错的,就是态度不明朗。好了,也不逼你了。下面请钟场长说说意见。”邓远航说。

钟玉保正在心里骂徐局长:你这个两面三刀的家伙,昨天我不是明确告诉你不能同意的吗?你今儿个怎么连个屁都不敢放了。邓远航叫他发言,他只好暂时放下徐局长,挺了挺身子开口发言了:“我认为这块地不好给她。”

真是语惊四座,他开口第一句话就让在座的所有人吃了一惊,大家没想到:本来一边倒的“同意”意见,到他这儿竟然给拐了一个弯,完全走向了相反方向。

邓远航虽然事先从小凤那儿知道了钟玉保的意见,估计他今天会上会说一些难过话,提出一些附加条件,但也没想到他竟这么旗帜鲜明地亮出了与大家相左的观点，不但敢不给他邓远航面子，而且敢不给所有人面子。

大家正在吃惊的时候，钟玉保接着说道："你们不要用这种眼光看着我，我不是对这个项目有意见，我跟大家一样，也认为这是个好项目，我只是不同意那块地给她，让她重选一块地。我为什么这么说，我有我的理由：我们这园区起步也有两三年了，现在有了个基本框架，也有了一些企业，但它还缺一个东西，就是三产服务。这块地前天已签给九龟建筑公司，由他们负责建园区服务工程，已经出嫁了的姑娘，你们不能叫我把她拖回来再另外嫁人吧？"

与会的人这才说着"噢""原来这样"的话松了口气。

但邓远航则完全不能同意他的说法，他认为钟玉保是在故意刁难这个项目。他的理由有两个：一个理由是园区搞三产服务区本身有规划，给关红琴的那块地虽靠近交通要道，但不是规划中的三产服务；第二个理由是园区三产服务区是一个重要的功能区，这么重要的功能区在哪块地上建、什么时候建、建多大规模、什么模式必须要经过场委扩大会集体研究决定，这个程序还没走，他竟然敢把这块地签给王石基，这多半是说谎。那怎么办？直接揭露他说谎吗？不行！在协调会上，场委书记直击场长的谎言，那无异于书记公开向场长下战书，宣布两人成为敌对双方。进行投票表决，少数服从多数？也不妥！得到多数票的支持，肯定没问题，问题是得到了支持还得不到地。他很可能表面服从多数，应承把这块地收回来给关总，但实际上却不出力，慢慢跟你拖，这一拖数月年把，把关总的投资欲望拖没了，这个项目也就黄了。就任书记后的第一次协调会竟然这么棘手，这是邓远航所没想到的。但是，不管怎么说绝不能让这第一次协调会成为一次空谈会，必须解决实际问题。在今天这个会上，面对着钟玉保这样的老对手，要达到预期目的，靠职位、靠气势是行不通的，只有靠正气、靠智慧！

钟玉保发过言后正用眼斜眯着邓远航，心里泛起一阵狂喜：叫你能，邓小二子啊，几十年下来了，都是我领导你，现在你竟然翻到我头上领导我了？我倒要看你怎么领导我？弄点小沟让你爬爬，估计你就爬不上来了。

洪光武听了大舅老爷的发言后，觉得大舅老爷这着够阴的，不应该在邓远航主持的第一次协调会上就不给人家面子。他替邓远航担心，担心他掉进大舅老爷设下的陷阱里，他要是听任大舅老爷的话，那他这第一次协调会就无果而终，他要是质疑大舅老爷的话，又势必使他这第一次协调会成为九龟党政一把手的开战吵架会。他觉得邓远航难了。

侯鸣放则在心里力挺邓远航硬起来，他钟玉保擅自把一块地批给开发商，明显违反组织原则，应该予以批评，让他自动把那块地吐出来。

邓远航知道大家都在看他，因而他在脑中一番快速思索后，很快形成了最后的意见。于是，他环视了一圈对大家说："刚才大家都做了很好的发言，对关总这个项目没有一个反对的，都很支持，对场部奖励这个项目一百亩地，大家的意见也高度一致。现在只是在具体拿哪块地上有些小的分歧。说句实在话，我们工业园区没有三产服务是个很大的缺陷，不少同志为此而焦急。钟场长急大家之所急，先选了一块地搞三产服务，我们应该学习他这种精神。"

与会人员听邓远航说到这儿都张大了嘴巴、睁开了眼睛，显出一种困惑的神情，都在头脑里打了一个很大的问号。

32

邓远航看出了大家表情的变化，他没有回答他们心中的疑问，而是继续说道："如果三产服务区建好了，一定会使我们园区跃上一个新的台阶。因而，为了能使工业园服务区发挥最佳效益，钟场长，我就这个方面再跟你沟通一下。"

钟玉保正听得有点得意的时候，听邓远航说有事与他沟通，便连忙表态："搞好服务区，这是大家的想法，在这方面，你是书记，你有什么意见我们照办。"

邓远航继续说："从长远看，我们工业园要向西扩很多，这样一扩，这块地就太偏东了，不能覆盖整个园区。因而三产服务区不能在这块地上建，必须向西移。至于场部已把这块地批给'一建'了，这个由我找王总做工作，让他把这块地退出来。大家看还有什么意见？"

洪光武、侯鸣放、丁慧玲先后表态说"这样好""没意见"，大家悬着的一颗心终于放了下来，都非常佩服邓书记的智慧，简简单单的几句话把那一百亩土地从钟场长的嘴里抠了出来，而且既让会场保持平和的气氛，又叫他钟场长无话可说。

果然钟玉保见大势已去,再硬拗也没有什么理由了,只是轻微地摇了一下头说:“那就这么办吧。”

“好,大家没意见,小黄下面没你事了,你到你们办公室去就这块地的事整理个会议纪要,这个事由光武负责落实。下面,代主任、徐局长你们也去忙吧,我们再讨论第二件事。”邓远航待这两人出去后继续说道:“下面我们推荐一下场委办主任。丁部长,你先把目前推荐的情况说一下。”

丁部长说:“自从邓书记在大会上宣布后,到目前,全场推荐或自荐办公室主任人选的有十五个人。我把这些人的情况简单地汇报一下。”

待丁部长把十五个人的情况说完后,邓远航又解释说:“新班子上任,本来应等一段时间再考虑动人的事,但办公室主任这个岗位特殊,不能老是缺在这儿,因而这次急着先把这个位子的人选定下来,其他岗位的人选待过一段时间再说。十五个人选,意见也太分散了些,今天想相对集中一下,好让组织部分头考察。下边就请大家说说自己的意见。”

待邓远航话音一落,钟玉保立即抢先发言:“我先说两句。”按顺序,他是在主持人总结前的最后一个发言者,他之所以抢先发言,是吸取了刚才的教训,怕洪光武抢先把人选一说其他人跟着附和。“我觉得办公室主任这个角色是个非常重要的角色,得有个经验丰富、善于协调、又能稳得住局面的人来做。从这些方面看,这十五个人都不错,但我觉得最合适的还是董兴国。我认为他在这十五个人中综合素质是最好的,这我们这些老九龟的都了解,我也不多说了,我相信大家看人的眼光也会跟我一样,不会看走眼的。”钟玉保说完特地看了洪光武一眼,示意他跟着发言,支持他的观点。

见大舅老爷朝自己看,洪光武自然明白他的意思,让他附和他的意见,但是他更想完成的是二凤的任务。二凤这两天又给他施加了压力,如果不把小凤弄个场委办主任,她二凤就要跟他洪光武结婚。乖乖隆的冬,这还得了吗?跟她结婚就等于跟发妻、插友钟玉家离婚,跟钟玉家离婚就等于跟大舅老爷钟玉保场长决裂!这还得了吗?哪个不晓得,在九龟天王老子都可以得罪,就是不能得罪钟家,你洪光武跟他钟家决裂,那还有皮嘛。所以洪光武权衡再三,宁肯今天会上跟大舅老爷意见相左,也不能造成与二凤结婚、与钟家决裂的局面。因而,他说道:“刚才钟场长的意见我很赞同,场委办主任确实是个非常重要的角色,董兴国也能坐这个位子。但是我想啊，选场委办主任，不光要考虑办公室主任人选的能力、品性，还要考虑场委书记的能力和品行。”

“呔，伙家，你这个是外国的新理论，还是自己凭空吹出来的啊？”钟玉保听洪光武开始的几句话时心里还蛮高兴，心想：邓小二子啊，不要看你当个场委书记，我告诉你，九龟这个班子必须听我们子舅俩的。可再往下听时，洪光武这话里有话了，他怕他再推荐出新人选出来，便赶快插话示意洪光武不要乱提。

洪光武接着钟玉保的话说：“这个呀？不是吹牛，这是目前在选人用人上最先进、最符合马克思主义原理的理论。”

“你不会再翻《资本论》给我们看吧？”侯鸣放一句话引得大家笑个不停。

洪光武并没笑，他待大家笑声低了后说：“你们不要笑，这个理论讲深一点，你们还不一定懂，这么着吧，我给你们讲个浅显的比喻你们就懂了。我跟你们讲，简单点说，这就跟选对象结婚一样。你们晓得男人找老婆、女人找老公最适合的是什么啊？”

“什么啊？脾气相符呗。”丁部长说。

“错！我告诉你们，夫妻之间最合适的是相配！就像一把钥匙配一把锁一样。因而从广义上说，能当场委办主任的人选很多，你们看，一下子就推荐了十五个，董兴国绝对也是优秀人选；但从狭义上说，能做远航为书记的领导班子办公室主任的只有一个，这个人在能力、水平、品性上，首先要跟邓书记相配。”洪光武继续说着自己的理论。

“哎，光武，你的理论有一点儿道理，但不要突出个人，过于突出个人，你的理论就狭窄了。场委办公室是这届场委的办公室，因而办公室主任绝不是某一个书记的主任。”邓远航纠正洪光武说。

“是的，是的。因而，从这个理论上讲，要我说最适合的场委办主任的人选是广电局局长蒲星凤。”洪光武说。

因为洪光武此前曾分别向邓远航、丁慧玲推荐过小凤，因而当洪光武说出蒲星凤这个名字时，他们俩并没有什么特别的反应，但事先没有心理准备的钟玉保、侯鸣放反应却比较激烈。

钟玉保听到“蒲星凤”这个名字时差点笑出来。他想：这光武真是读《资本论》读的，确确实实成了个书呆子，我又要说了，你要不是我妹婿我真要骂你个狗血喷头了，你就是瞎操哎，你不支持我的意见嘛，你也不能这么胡乱地推一个哎，男书记配个女主任，你看看远近的农场、看九龟历史上，哪朝哪代配个女人做办公室主任的啊？你真以为是给邓小二子选老婆的啊？我先不说，我看看他邓远航是什么反应？其实也不要看，我不把你光武骂个狗血喷头，他邓小二子也要把你骂个狗血喷头！

没等到邓远航骂，侯鸣放则先骂开了："洪书记啊，你早上没喝酒吧？我怎么觉得你像个醉汉子似的啊？"

"鸣放啊，你没睡醒啊？太阳晒到头顶了，你还做梦呢啊？就是哪个酒鬼一大早喝酒啊？你不懂就不要瞎说，你就看看我说的在理不在理。"洪光武说。

"我看不但不在理，而且像是在给人挖坑。"侯鸣放平静地说。

洪光武着急地问："啊？挖坑，我挖什么坑？"

"光武啊，我们关系不错，你不要见气，我就跟你直说了，你这是要陷邓书记于不义之坑中。"侯鸣放尖锐地指出。

33

洪光武一听这话急逗了，他指责说："鸣放啊，你真不愧是大鸣大放啊，上纲上线极'左'的一套又拿出来了。我们这儿谈的是选人用人，你胡扯什么坑人。你对推荐的人赞成就赞成，不赞成你再推荐别人就行了，大家都是出于好心、公心，你偏要把话说得这么难听伤人干什么啊？"

刚才，听洪光武推荐小凤做场委办主任，侯鸣放从心里感到他是在跟领导开玩笑，是设圈套给领导钻。不是明摆着的吗？你让邓书记下分场出场，到哪儿去都带着个美女，不是故意让社会上造谣说闲话吗？所以心一急就说出了那些话，这会儿听洪光武这么一说，他才感到刚才为了维护邓书记的威信，话确实说得重了些，因而，他赶忙接着洪光武的话说："对不起，对不起，刚才话说得有点急了。不过要就事论事的话，我还是认为这两个人都不适合做场委办主任。董兴国不合适，是因为他的口碑不大好，听到他不好的反映比较多；蒲星凤不合适，不合适……我只说因为她是个美女的原因不合适，我也不想深说了，这个大家都知道。如果要我推荐一个的话，我倒觉得石龟分场的副书记冯庆军比较适合。"

一直听他们几个人你来我去发言的邓远航知道侯鸣放的好意，但是他极不赞成他只用“美女”两字的理由就把人家给否定了，难道长得美也是罪过？这让他想起了小凤前些天跟他讲过“女领导不愿用美女，男领导不敢用美女”的那些话，现在看来，她说的这些观点还有不小的市场呢。在今天这个会上，他不想就这个问题做任何评论，他听完侯鸣放的发言后没带半个评价词语直接说道：“嗯，现在由十五个人选集中到三个人选上来了，看还有什么意见。”

“我补充发言，我认为可以再由三个人集中到一个人身上。”在旁边想看笑话的钟玉保再次发言。他刚才反对洪光武不支持他推荐董兴国，另推出蒲星凤，他更反对侯鸣放又推出个冯庆军。但他从刚才洪光武与侯鸣放的对话中想到了一些新的问题，也改变了自己的立场。因而，他继续说道：“刚才，他们的发言使我收获很大，我觉得吧，我们在一起工作不容易，我们应该团结一致，维护邓书记的威信。可看看我们刚才的表现，真叫人惭愧，总共三个人发言就推出三个不同人选，邓书记还夸我们从十五人集中到三人，其实是我们一人一条心，没有拧成一股绳，这叫邓书记这个书记怎么当？”

办公室里其他四个同志听钟玉保说出这些话，都感到好奇，什么时候他的姿态这么高过啊？靠窗坐的洪光武还特地把头转向窗外向天上望了一下，看看是不是天气突然转阴要下雨了。没有啊，太阳还挂在那儿呢啊。不远处是有块乌云，但那块乌云走得很慢，就是等大舅老爷话讲完了，它也赶不到太阳旁边啊。那大舅老爷今天出什么鬼啦？他转过头来用不解的眼光看着大舅老爷钟玉保。

钟玉保没理会大家的疑问继续说道：“所以，根据刚才鸣放说的原因，我愿意放弃我刚才的推荐，不再推荐董兴国同志为场委办主任人选，而根据刚才光武说的理由，我赞成光武的意见，推荐蒲星凤为场委办主任人选。”

他观点这么轻松地一变，让其他四人更为疑惑，更不可理解，大家都在头脑里搜寻，他什么时候有过这么快放弃自己意见，支持别人意见的事呢？没有啊。洪光武更是惊讶大舅老爷今天的表现，他再次看看窗外，天上依然是艳阳高照，那块乌云已避开太阳向南而去，完全没有遮挡太阳的意思，那大舅老爷今天是唱的什么戏呢？

唱的什么戏，钟玉保肚里十分清楚。他是受侯鸣放“挖坑”“陷领导于不义”“美女原因”等发言的启发而改变的，他觉得要想扳倒邓小二子，由自己取而代之,让他身边有个美女是最好的办法,所以,他才一反常态改变自己的观点,转而坚决支持小凤当场委办主任。

邓远航今天对钟玉保的表现也颇感意外,且对他这转变的真实意图不明不白,把握不透。钟玉保要是一直坚持推荐董兴国,邓远航反而有办法应对他,他改而推荐小凤,倒让邓远航有点转不过弯来了。他思考了一下也没想出如何去做小结,因而他只得说:“嗯,由三人又集中为两人了。丁部长,你什么意见?”

丁部长只是在开头简单地介绍了十五个人选的情况,还没表明自己的态度,她想把意见留到单独与邓书记碰头时再说,因而就一直没说话,这会儿邓远航点她名了,她只好说道:“我不赞成鸣放书记的观点,他这个观点明显就是大男子主义,歧视妇女。新中国建立五十多年了,改革开放二十多年了,我不知道在社会主义中国有什么岗位是女同志不能做的,在外国,总理、总统女的还做呢,难道在我们中国一个小小的场委办主任,女同志就不能做?那要照你的理论,我这个组织部长也不能做了,你纪委那个美女副书记也应该调走了。鸣放书记啊,我跟你开句玩笑,你不要生气噢。你这是典型的封建思想,歧视妇女的理论。呵呵呵……所以,就凭这一点,我赞成钟场长、洪书记的意见,推荐蒲星凤为场委办主任的人选。”

现在的意见已经比较集中,邓远航完全可以按照少数服从多数的原则让组织部先去考察小凤,但他也吃不准叫小凤任场委办主任是对还是错。从小凤个人素质来说,她是个优秀女干部,她完全胜任这个主任的角色,如果因“美女”的理由反对她担任这个职务,这对小凤这样的女干部是极不公平的。从他自己这方面讲,他愿意有这样一个才女辅佐他的工作,当他在工作中体累心累时,有她的辅助,他能神清气爽,当他遇到棘手问题心浮气躁欲发火时,看到她的柔美,他能心定神安,另外确实也有如光武所说的性格互补的情况,比如在待人接物上,我不行,而她则较强,就可以弥补平时在接待上的一些遗憾,等等之类的益处其实还有不少。但从鸣放书记说的理由看,他心里对这个事又打不到底了,确实在今后的日常工作中,一个男书记与一个女主任朝暮相处,即使你自身很硬正、很正派,不谈别的,就世俗观念的唾沫就会淹得你招架不住。不让她当,让谁当呢?董兴国是肯定不行的,尽管有好些领导为他打招呼,邓远航也是不想用他的。那冯庆军呢?一个分场副书记一下提为场委办主任,他就是能力再强,别人也会认为是我们师生关系起的作用。总的来说还是比较难定，干脆先多考察几个人再说。于是，邓远航便准备做总结。他说："刚才……"

"邓书记啊，你等一下，在你总结之前我还有几句话说下子。"钟玉保见邓远航要总结了，又赶忙插上来要再次发言。他之所以要再次发言是想为董兴国争取个好位子。他刚才弃董荐蒲是一时念起，没考虑到董兴国之前所下的功夫，尤其是在他身上和汤厅长那儿下的功夫，如果这次不把他安排好，也对不起他此前费的力气。同时，他还想起了王石基跑的腿，到他家、到他办公室也跑了好几趟，你也不能不为他的儿子说几句话。因而，刚才丁部长发言时，他就没听，就一门心思地在想怎么安排董兴国、怎么为王石基儿子说几句话，总要有个恰当的位子、合理的理由啊。他在心里费了好一番周折，把场里的部门一个个过了一遍，最后抢在邓远航总结前，终于想出了个安排的办法，因而，此时他不顾一切地插上来说道："我还有一句话，就是你场委办主任有个好人选了，我那个场办主任却成了问题。我现在那个主任也干了好几年了，提不上去，他早就要出去，这几天整天跟我说这个事，因此，我建议干脆这次'两办'主任一起动！"

34

邓远航听钟玉保说要"两办"主任一起动，觉得他是在节外生枝，此前并没叫大家推荐场办主任，你现在突然提出这个问题，人选怎么办？至少要有个推荐过程吧？

钟玉保看出了邓远航的心事，他顺着他的心事说道："要说现在临时提出这个事确实有点不符合组织原则，但这确实也是个急事，这次不提出来，下次还要开会，我们总不能整天在文山会海中生活。好歹这还不是最后的场委会，在座的都可以再推荐一个人选。"

邓远航心想：也是，他场办主任不解决，光解决场委办主任也不像话，不必要在这个问题上给他设障。因而他说："那行吧，你先推荐一个看看，你看中哪个了？"

"其实啊，我看中的是两个人，一个是你们熟悉的董兴国，一个是石龟分场年轻的副书记王祖房。一个经验丰富，一个年轻有为，两个都能胜任场办主任工作。但从我们场部目前情况看，需要一个经验丰富、方方面面能协调的人，因此呢，我只能忍痛割爱，推荐董兴国做我那办公室主任。但我们组织上对小王还要精心培养、大胆使用，敢于让他挑重担。”钟玉保巧妙地把两个人都推了出来。

其他人没再说什么意见，邓远航便布置：“这样子，刚才提到的几个人选实际上就是蒲星凤还没考察，因为组织部对石龟分场领导班子已经进行了考察，他们几人都在内，这两天，组织部安排时间对涉及的场委办、场办、广电局三个部门的领导班子进行一次考察，考察结束后确定方案，拿到场委会上研究决定。时间不早了，我还要到龟岛去陪关总。钟场长、光武，你们和关总好长时间也没见面了，一起去见个面吧。”

“好，我去。”洪光武答应道。

“哎呀，我没跟你说，我也有个客人要陪。你们去吧，代我向她问好，好歹日子长呢，以后见面的机会多呢。”钟玉保婉拒了邓远航的邀请。其实他中午并不陪客，他就是看不得她对邓远航那种信任的样子。

散会后，钟玉保觉得他是今天会上最大的胜利者，该说的都说了，且效果都不错，基本完成了预期的任务。因而，他一到办公室就先后打了两个电话。一个是给王石基的，告诉他两件事：一是他推荐了他的儿子，可能有戏；二是那土地的事，钟玉保说批给王石基了，王石基根本不知道什么情况，因而钟玉保把说假话的事一五一十跟王石基讲清楚，告诉他如果邓远航找他，他要配合好，把戏演好，不要露了馅。另一个电话是打给董兴国的，告诉他场委办主任的位子竞争很激烈，有人找更大的官打了招呼，最后被蒲星凤争去了，不过他也拼命为他据理力争，最后为他争到了场办主任的位子。

董兴国正和小凤陪关总看她在石龟的企业，接到钟玉保的电话非常高兴，虽然第一目标没实现，但场办主任也是个有面子有里子的职位，他也是求之不得的了，因而一高兴他把钟玉保叫他不要外传的话忘掉了，竟然当着关总的面对小凤说起了祝贺的话。他笑着说：“凤儿，祝贺你啊，有喜事了，又爬到我上头去啦。”

“你瞎嚼什么舌头啊？我哪儿来的喜事啊？没话不要找话说。”小凤爱理不睬地对他说。

“哎，你这是什么人啦？我跟你说正经话呢。”董兴国说。

“你啊，芦柴秆子做屋梁，本来就不是个正经的料，哪儿来的正经话？去去去，死一边去。”小凤呲他说。

“你这个人吧，我晓得在九龟你就相信一个人，其他人你都不相信。我实话跟你说，我这是最新最确切的消息，马上我们又要成为搭档了，不过与上次搭档不同，上次我在上你在下，这次你在上我在下，正好翻了个身！而且马上摇身一变就变成处女啦。”董兴国嬉皮笑脸地凑到小凤身边说。

“去，死一边嚼白舌头去，哪个相信你的鬼话啊？”小凤推他一把说。

关红琴对他们俩你一句他一句说的话不是很懂，便问道：“你们说什么搭档不搭档的啊？是不是马上又调一起工作啦？”

“哎，关总，你这个猜对了，你比她聪明。我实话跟你说吧，马上她做场委办主任，专为邓书记服务，我做场办主任，专为钟场长服务。”董兴国说。

“那确是喜事啊，值得祝贺。”关红琴嘴上这么说，可心里想的却是：他邓远航怎么搞的？那么聪明的头脑怎么想出这么糊涂的事呢？怎么想得起来偏要选个美女做办公室主任的呢？要美人不要前途啦？

中午，邓远航来陪她吃饭。开饭前，她把邓远航拉到一边问：“听说你要让小凤做你的办公室主任？”

听关红琴问这话，邓远航非常吃惊，刚刚才研究的事怎么这么快就传出来了？他问道：“你这是哪儿来的消息？”

“你不用管哪儿来的消息，你就说有没有这回事。”关红琴说。

“刚刚才有个影子，待考察后才能拿到场委会上研究，场委会上能不能通过也还不确定哪。”邓远航说。

“我不管你能不能通过，我觉得就不能拿到场委会上去！”关红琴说。

邓远航又一次感到吃惊：“怎么这么坚决地反对？”

“还不是为你好？我实话告诉你，我和萍浪在省城为你祈祷，有时也心甘情愿地为你做一些事，我们所希望的就是你能一个台阶一个台阶地往前走，最后到省城来跟我们会合。而你这样做就有悖我们的期望，是自毁前途。”关红琴激动地说。

“关姐，我一直记着你们的激励，非常感谢你们这么多年来对我默默的支持，你们放心，我会走好今后的路，尽力多为九龟人民做事、多为九龟人民造福，不管什么时候，我都不会改变我的信念、志向和修养。”邓远航向关红琴表态说。

“我们相信你的人品，但我们也有点担心：你当上书记后，权力更大了，有时会把握不住自己。依我看你叫小凤做你的办公室主任，就是把握不住自己的一个信号。”关红琴说。

“这种想法是怎么产生的呢？小凤当了办公室主任，怎么我就会把握不住自己呢？”邓远航不解地问。

“我跟你讲，一个美女在你身边就等于在你身边埋了一颗定时炸弹，随时都会把你毁灭！”关红琴说。

“有这么严重吗？”邓远航问。

“不仅如此！实际上，一个男人再优秀，也难以抵挡美女天天在他面前诱他、勾他，而上了美女的钩，这只是男人走向堕落的第一步。下一步，他就会把手伸向美钞，用美钞去捆住美女。到那时，什么九龟的事业、九龟人民的幸福统统被抛到九龟湖里顺流而下、付诸东流了。”关红琴教育他说。

“那依你看，应该怎么办？”邓远航再问。

“很简单，取消任命小凤为办公室主任。”关红琴坚决地说。

35

关红琴这么坚决地要求邓远航不让小凤当场委办主任，邓远航觉得不可理解，他想：不谈还没到任命的时候，就是小凤真当了九龟湖农场场委办主任，九龟湖能再次掀起三国名将邓艾在这湖里行船时的那种奇浪吗？不可能！即使九龟湖真的掀起那种巨浪，我邓远航也绝不会退缩。想到这儿，他对关红琴说：“关姐，现在还没到最后决定的时候，如果真到那个时候，大家意见比较一致的话，硬不让小凤当这个主任，对人家小凤也是很不公平的。”

“远航，你如果过多地考虑对她的公平，那历史就会对你不公平了。在小凤这个事上你千万不能糊涂。”关红琴说。

“关姐，这次叫小凤陪你，是不是她对你有什么冒犯了？”邓远航问。

“远航，你这就把你姐看扁了。我跟你说这些纯粹就是为了你的前途，没有别的。小凤在我眼里仍然是个优秀的女干部，我跟她亲如姐妹，我对她本人没有意见，我只是反对你把她放在你身边，我不反对你在其他地方重用她，你明白我的意思了吗？”关红琴说。

“邓书记、关总,我到处找你们吃饭,你们在这儿说悄悄话呢啊?菜都凉了,走,快去吃饭。”小凤边喊边跑了过来。

“好,吃饭,这事再考虑吧。”邓远航说着先迈开了步子。

关红琴故意退在后边,还拉了小凤一把说:“老姐有句话跟你说。你说,叫你做场委办主任是好事还是坏事?”

“这还要问吗?当然是好事啦。全场多少干部盯着这个位子呢。而对我来说,到老师身边工作更是我梦寐以求的,跟他在一起工作不但人有长进,而且心情舒畅,同时,为我心中敬佩的人服务,是我最心甘情愿的事,何乐而不为呢?”小凤毫不掩饰地向关红琴敞开自己的心扉。

小凤的坦率更促使关红琴要干涉、制止邓远航的这次任命。因而,她对小凤说:“小凤,我再问你,你想不想邓远航不蜕化变质,从而在政治上更进一步?”

“这更不要问了,可以这么说,全九龟数我最希望邓书记好了,我希望他一直朝上走,一直走到退休。其实,邓书记再进一步是肯定的,是已经煮熟的鸭子,跑不掉的了。”小凤说。

“你怎么这么肯定?”关红琴问。

“他现在在场委书记这个位子上,在这个位子上只要不犯错误,躺在那块儿都能到副厅,这是不用问的事。”小凤说。

“假如犯错误呢?也能到副厅吗?”关红琴追问。

“他怎么可能犯错误呢?你放心,关姐,我这么跟你讲吧,全九龟的人错误都犯遍了,最后只剩一个人没犯错误,就是他!他是特殊材料制成的。”小凤说。

“但是,他与一个人在一起工作会犯错误。”关红琴说。

“噢,这我晓得,你说是钟场长啊?这个,我确实也有点担心,他们两个有时会有矛盾,不过从来都不怪邓书记,要有什么问题,那都是钟场长挑起来的,跟邓书记无关。”小凤说。

“他跟钟场长在一起工作不可能犯错误。”关红琴肯定地说。

“哪他跟谁在一起会犯错误?”小凤问。

“你!”

“我?”

“对,就是你。现在看来,邓远航今后能不能一个台阶一个台阶朝上走,你倒成了一个关键人物。”关红琴说。

“我有这么大作用？我怎么没感觉到？关姨笑话我的吧？”小凤不解地问。

“不是说笑话，说真的，你要真做了他的办公室主任，我可以肯定地说：他必犯错误，他的前途也就到此结束！”关红琴十分肯定地说。

“啊？有这事？我做主任，他能犯什么错误呢？”小凤更加不解。

“男女关系。”关红琴平静地说。

“啊？关姨，我在你心目中就是那样下作的女人吗？”小凤眼圈有点红了。

关红琴知道自己说得重了，便赶忙纠正说：“我不是说你们真会发生哪个事，在这方面，我对你们俩的人品是绝对相信的，我是说，你们绝对没有那种事，但社会上一定会说你们有那种事，说句难听的话，寡妇门前是非多，你这么漂亮的一个单身女人做他办公室主任，还不闹得风风雨雨啊？再有个别人使坏，写封‘人民来信’到省里，你说他还能有什么前途呢？”

小凤心想，我自己做得正，我还能管别人怎么说？再说，省里领导也不会只听一面之词，他们总要重事实吧？可又一想，假如遇到个不重事实的领导呢，不就毁了邓书记的前途了吗？自己不能太自私啊。因而，她沉默了一会儿说：“这倒有可能，我可以管住自己，但确实也堵不了人家的嘴啊。那关姨你说怎么办呢？”

“这好办，就是你不要做场委办主任！”关红琴说。

“可要是场委决定了，也不是我说不做就不做的呀。”小凤说。

“这好办，你在这之前赶快找一下远航，叫他不要把你列为主任人选就行了。”关红琴说。

“关姨，那你去帮我说一下。”小凤请求道。

“解铃还要系铃人，还是你自己去说有用。”关红琴说。

小凤又沉默了一会儿后表态说：“行，关姨你放心，我自己找他，保证不做这个场委办主任。”

下午送走关红琴，小凤一个人坐在办公室想着关红琴中午说的那些话，心里窝着一肚子的火。她没想到，她与关红琴相处这么久了，从没有什么地方怠慢过她，她为什么说话那么刻薄呢？什么“寡妇门前是非多”，什么“单身女人”，难道做个单身女人就是该死的吗？你不也是做了几十年的单身女人了吗？只允许你跟邓书记接近，就不允许我在他身边工作？正是“只许州官放火，不许百姓点灯”。她想起早上在宾馆听到的关于他们俩的议论，更加怀疑关红琴劝她的动机，莫不是她对邓书记有不可告人的心事，而嫉妒我和邓书记的关系？难道她阻止我做场委办主任是她要的诡计？如果是这样，我偏要做这个场委办主任。我下班后就到邓书记家里去，就跟他谈一定要做场委办主任！向他表态：我一定会做好这个办公室主任，绝不辜负老师的信任！

可是到下班时，她又犹豫了。邓书记和关姨两人的品德她是知道的，他们绝不会做出那些人说的那种事，那些人议论的事本就是子虚乌有，是故意向邓书记泼脏水，是抹黑邓书记。是啊，邓书记只不过就是陪关姨吃一顿老鹅，而且还有驾驶员陪着，就弄得满城风雨了，我要是做他的办公室主任，天天在一起，不是要使全省都要下雷暴雨了吗？想想还是蛮可怕的，还是应该按照关姨说的，从维护邓书记形象的高度去考虑问题，坚决不做那个场委办主任。

想到这儿，她立即起身去找邓书记，但在关门出去时，小凤又改变了主意。

36

小凤已出了办公室，又掉头把办公室门打开，再次坐到椅子上想，到底怎么办？再想时，她这次又改变了主意。她想起上午董兴国说的“摇身一变成处女”的话，虽然这只不过是一句玩笑话，但是确也是九龟政坛上的一个规律。前几年，场委办主任都是场委委员，本身就是副场级，这几年虽然降为正科，但一直是洪光武这个副场职干部兼着的，今后这个主任可能也就是个正科职，但到了这个位置，不出一年半载，就会提为副场的，之所以有那么多人争这个位子，他们看重的正是这个位子的跳板作用。在官河里蹚的人，谁不愿意更进一步？我既然已经接近这个位子了，眼看着到手的副场级，我为什么要拱手让人呢？不让！坚决不让！

想到这儿，小凤抬头挺胸坚定地走出了办公室。出了单位大门，她没有直接奔邓远航家，而是先到超市买了些香蕉、苹果，她觉得虽然她与老师的关系很好，不需要这么俗套，但是既然到老师家空手去总是过意不去。因而，她拎着两袋水果向邓远航家走去。

她到邓远航家时,他们两口子正在吃晚饭。黄洁青见是小凤便招呼她一起坐下吃晚饭。小凤肚子正饿,真想坐到桌前和他们一起吃晚饭,已经抬步向桌前走了,又改变方向走到靠墙边的椅子旁,一边往椅子上坐一边说:“你们吃,我吃过了。”她之所以没前去跟他们一起吃晚饭,是因为她看到黄洁青夹菜给邓书记的一幕,觉得人家夫妻恩爱,我上去插一杠子算什么?因而才说了句谎话没坐到他们中间。

“有什么事吗?”邓远航边吃边问。

“邓书记,听说要确定场委办主任人选啦?”小凤问。

听小凤问这事,邓远航心里在问:她是不是也是来要这个位子的呢?邓远航没有再往下想便对小凤说:“小凤,你知道,光武兼这个主任的时间也太长了,从他做宣传部长起,现在做副书记还兼着,确实很不合适了,所以急着选一个主任。至于选谁,这由组织上去考虑,你们个人不要到处找人说情,这样影响不好。话说回来,你只要好好工作,干出实绩来,组织上是会看到的。我的性格你也是知道的,绝不会因为他跑了、找人了就重用,他不跑、不送就不用。”

“那也就是说,我并不是人选之一?”小凤问。

邓远航想,她是来探口风的,还是已经知道实情了呢?如果是来探消息的,还是不能把会上的初步方案告诉她。因而,他说:“小凤,我刚才说了,你是不是人选之一,那是组织上的事,你服从组织安排就行了。”

“邓书记,就你组织原则最强,事实上,你们一散会,消息已经传到了石龟,就你还瞒着我们。”小凤笑着说。

“你知道啦?你是怎么知道的啊?”邓远航问。

“先是董兴国告诉我,说我当场委办主任,他当场办主任。后来,关姨又做我工作,我还能不知道啊?”小凤说。

听小凤说这话,邓远航对泄露消息的人是谁心里已经有数了,但他没当小凤面说出来,他只是对小凤说:“小凤,那都是没有定的事,即使有这个方案,还要经过组织考察、场委会研究两道关呢,有一道过不去都没用的。哎,你刚才说关姨做你工作,做什么工作?”

“就为做不做这主任的事跟我做动员说服工作呗。”小凤说。

“她是动员你做,还是动员你不做呢?”邓远航问。

“你看她会怎么动员我呢?”小凤调皮地反问道。

因为中午关红琴已跟邓远航谈过,他已经知道了她的态度,她要跟小凤做工作，肯定是动员她放弃这个位子，但这会儿邓远航并没说出真实的答案，而是说了反话：“我看她肯定会动员你做。”

听他说得相反，小凤并没指出他说错了，而只是问了声“为什么”，想听听邓书记心里到底是什么意见。

“为什么？为你好呗。这么一个重要的岗位，不但有权有名，而且还锻炼人，可以使你政治上再进一步，这么好的事，关总还能不动员你干吗？”邓远航说。

“恰恰相反，她动员我不要做，叫我来找你，叫我当你面说：我不能做，也不愿做。”小凤说。

“那你自己心里到底是想做还是不想做呢？”邓远航问。

“从我心里讲，我想做，我也有信心做好！”小凤说。

“为什么想做？是看重它有名有权？”邓远航接着问。

“不，看重跟老师在一起工作，可以学到更多的东西，可以有更大的长进。”小凤答道。

“跟他能学到什么啊？长进不长进还不是全在你自己啊。”在一旁吃饭的黄洁青插话说。

“你姨说得对，不管在哪个岗位，长进还是要靠自己。你既然想做，那你就等待组织考察，看能不能过关吧。”邓远航说。

“但是，我今天来找你，不是跟你要这个位子的。”小凤认真地说。

“那你来是干什么的啊？”邓远航问。

“我来是不要这个位子的。”小凤平静地说。

“啊？”邓远航和黄洁青同时停住吃饭，喊出了心头的疑问。

黄洁青心想，老公当场委书记后家里不断有人来，来的人都是要位子的，有的说得很含蓄，但也能听出个七大八，有的说得很露骨，直接提出非那位子不去。过去说什么“帽子公司”，现在看来，自从远航当了书记后，人家真把我们家当成帽子公司了，天天烦死了，陪他们坐，陪他们笑不说，次次还要跟他们“打架”，不“打架”，那些人带来的钱啦、物啦就退不掉，有时还要做侦探，看住他们不要把东西乱塞，他们走了还要把家里角角落落搜一遍，防止那些人趁你不注意把钱塞到什么地方，像上次王石基把四万元钱放到冰箱里就是这种情况。但不管他是什么人、会做什么花样，目的就是一个：要位子。到现在还没见到一个是不要位子的，她蒲星凤是唯一的一个。她为什么会如此高风亮节，难道她理解她老师的难处，不想给老师添麻烦?

邓远航听了小凤说的话,心里也在打转:这死丫头这葫芦里面卖的是什么药啊?怎么去跟人家唱反调呢?是关红琴给她施加了压力,还是她原来就因为这个位子压力太大而不愿要?他心里在埋怨小凤有小农经济思想,没有远大理想,眼光短浅,小进则安,甚至不进也安,否则明摆着这是场里各岗位中最接近副处的一个位子,她为什么会推辞呢?不行,还是问问她自己到底是怎么想的。于是,他问道:“噢,不要这个位子。不要这个位子,你打个电话说一声就行了,还需要辛苦地拎着这两袋水果亲自跑上门啦?”

“呵呵呵,老师又说笑了。两袋水果就能换到场委办主任的位子,那我明个拎四袋水果来,看能换到什么位子?”小凤边笑边说。

听小凤说的话,黄洁青也说笑了起来,她插嘴说:“要真是拿水果能换位子,那九龟在全国就要出名了。”

“那出的是恶名,我们不要。我现在想问小凤的就是,你为什么跑来拒绝这个位子?”邓远航说。

37

是啊,你小凤为什么拒绝这个位子呢?在办公室不是想好了来找邓书记表态,自己愿做、能做这个场委办主任的吗?现在怎么突然改变了主意呢?

她是看到黄洁青而改变了原来的想法。她想到黄师娘为人善良,待她又那么好,她如果当了这个主任,致使社会上编出她和邓书记的故事,那要给黄师娘造成多大的压力啊?同时,真要是因为社会上编的那些故事致使邓书记的政治前途受阻,那自己既对不起德才俱佳的邓老师,也对不起在幕后为邓老师默默奉献的黄师娘。因而,她决定放弃主任这个位子。这会儿听邓书记问原因,她便答道:“我主要从两个方面考虑,我不适合做这个主任。第一个方面,是我这几年当局长也当惯了,多数情况下是指挥别人做事,到场委办主任这个位子上就不一样了,多数情况下是听别人指挥做事,我害怕角色转不过来,不适应误了大事。更重要的是第二个方面,就是我这个人权心较重,一旦大权在握,我就会飘飘然把握不住自己，从而犯下不可饶恕的错误，那样既对不起自己多年的努力，也对不起老师和师娘多年来的关心。与其那样因犯错误被降职、免职、撤职，还不如你就让我做做这个小局长安稳呢。我们家祖祖辈辈没有人吃皇粮，好不容易到我们这辈修个公务员，官虽不大，也管着几百号人呢。再说，人家黄师娘名牌大学的高才生也还是个办事员，她也没要什么，我不过就是个大专生，孬好也做到局长了，我也知足了，你就让我这样稳稳当当地度过一生算了，我不会怪你的。”

这是什么理由？是典型的小进即安、怕挑重担。这是她心里话吗？从来没看过这么不求上进、颓废落后的蒲星凤啊。那个争强好胜、处处争一流的小凤到哪儿去了呢？邓远航吃完饭一边放下碗筷一边这么想着。

小凤见他们吃完饭了赶忙走过来一边帮着收拾碗筷一边说：“我来洗碗，看我洗得干净不干净。”

黄洁青一把拉住她说：“我来我来，你又不吃饭，哪能叫你洗碗呢？书记用你这个局长做主任可以，用你做服务员就不行了。哎，小凤，你看你刚才还说不适合做办公室主任呢，我现在看啊你就是个办公室主任的料。”

“师娘又笑话我了，你怎么看得出来？”小凤问。

“你看你见眼生情，我们碗一丢你就要来洗碗，这么勤快的人还不适合做办公室主任吗？而且，洗碗抹盆是什么事？是下等事哎，这些小事、下等事你都做得，我看你办公室主任准能做。”黄洁青说。

邓远航听妻子这么说不禁笑出了声，他接着妻子的话茬说：“要说洗碗抹盆能做办公室主任，那你就是最适合的人选。”

“你不要瞧不起人噢，我也是名牌大学的毕业生噢，要是允许夫妻俩这样搭档，我就跟小凤竞争场委办主任的职位，公开考试，你看我能不能考得上。”黄洁青毫不示弱地说。

小凤心想也是，黄师娘是名牌大学的高才生，她不是没有能力做领导干部，她是为了支持邓书记而放弃了自己，还一直在建设局做着办事员，其实九龟建设局在业务上没有一个强过她的。想到这些，更坚定了不能给老师、师娘添麻烦的心念，她再次对邓远航说：“邓书记，我的想法跟你说了，你千万千万不要让我受那个罪了。”

“你的想法我知道了，但你那理由不充分。至于你下一步到底任什么职务由组织决定，你听从组织安排就行了。”邓远航教育她说。

送走小凤，黄洁青对老公说："远航，人家主动要求不当这个主任，你为什么不给人家一个肯定的答复呢？人家是辞官又不是要官，你还跟人家卖这么个关子干什么哪？"

"洁青，自古以来，辞官的有，但很少，而且那都是在告老还乡之时，或是政治环境恶劣、小人当道的情况下，这两种情况对于她来说都是不存在的，现在政治清明、环境这么好，她为什么这么坚决地要来辞官？你认为她那说的是真心话？"邓远航说。

"她要不是真心话，那就是怕你！"黄洁青说。

"怕我？她呀，在九龟这地方，可能她其他人都会怕，唯一不怕的就是我。"邓远航说。

"你不要太自信，依我看她不愿当这个主任，唯一的原因就是怕你。"黄洁青装得很严肃地说。

"哎哟，你还跟我犟起来了。你说怕我，好，你说，她怕我什么？"邓远航心想，别人不了解我，你跟我生活这么多年了还不了解我吗？怎么这么坚持说怕我呢？他对妻子的态度不能理解，因而好奇地问。

"她主要有两怕。"

"噢？还不少呢啊？"

"第一怕，你学历高，人家学历低，怕水平跟不上你，工作做不好。"

"嗯，这个还有点影子，不过也不是充分理由，只是她的心理作用。嗯，你再说第二怕。"

"第二怕，也是人家最怕的。"黄洁青说到这儿故意停下看着邓远航。

邓远航也盯着妻子说："噢？还有最怕的，不是把我看成狼了吧？"

"就是把你看成狼了，人家怕你骚扰她！怕你把人家大美人吃了！呵呵呵……"黄洁青说完，自己先笑了起来。

"哈哈哈……噢，把我看成色狼啦？要是这样，那人家对你还有一怕呢。"

"我一个女人，她怕我什么啊？"黄洁青止住笑问。

"怕你也是个动物呢。"

"什么动物？"

"母老虎呀！看着家门口啊，看着家里男人屋里遛，看得外边的美人直发抖啊。"邓远航说完又大笑起来。

"去你的，我跟你说真的，你还在这儿开玩笑。凭一个女人的直觉，她还是怕这个事发生的。”黄洁青认真地说。

“你怎么会有这个感觉，难道你对你老公这方面没信心？你真以为你老公是一条色狼？”邓远航问。

“不是对你没信心，我还不光对你有信心，我对小凤也放心，我知道你们俩会沟通交流一些事，但绝对不会做对不起我的事。”黄洁青说。

“那你还有什么担心的呢？”邓远航问。

“俗话说，千口唾沫淹死人。我担心的是社会上的那些毒舌，担心那些无聊人的唾沫不把你毒死也会把你淹死。”黄洁青说。

“我们只要行得正，能有多少唾沫给他吐呢？”邓远航说。

“那太多了。一个男书记带一个女主任出去招商引资，跟着的人知道你们不会有什么事，但在家的人他就会想象远在外边的你们干什么事；再有你家里一个美女，单位一个美女，九龟书记，生活有生活美女，工作有工作美女，社会上又会产生多少唾沫？远航，这些你不可不三思啊！”黄洁青深情地说。

38

听了妻子的这一席话，邓远航明白了如果小凤当了场委办主任，不仅社会上会有风言风语，妻子心里也会充满醋意的。妻子完全有理由吃醋，承认你邓远航是钢铁铸成的，到现在还没被外边的女人融化过，但在你掌握了九龟的重权后，在现在这种社会风气下，你把美女小凤安排到身边工作，这样的美女又不逊于一座高炉，你想想你这尊钢铁之躯会发生怎样的变化？

邓远航正想着，妻子又开口了：“这样的任命，你是怎么想得出来的呢？”

“这种意见，最初是光武提出来的，后来钟场长改变了自己的意见，转而坚决支持光武的意见。”邓远航说。

“就没有人反对？”

“侯鸣放是唯一不支持的人。”

“这就对了，这是人家给你挖陷阱呢。”

“没这么严重吧？”

“比想象的还严重呢。你不想想，钟玉保跟洪光武是什么关系？子舅关系哎。钟玉保跟你什么关系？两代人的矛盾关系哎。几十年来，从小到大，他都是压住你的，现在你成了他的领导，他能服这口气？他不把你搞臭搞倒他是不会罢休的。远航，这肯定是个阴谋，你千万要留神。”

“可是，后来我也是同意他们这个方案的啊。”

“远航，你正被他们牵着鼻子走呢。你为什么要同意他们的方案呢？”

“当时我想，本身小凤有这个素质和能力去当这个主任；再者，在用人上，我还想跟其他场委书记有所不同，就是要能不拘一格，不随大溜，不惧怕世俗。”

“不惧怕世俗跟叫小凤当主任有什么关系呢？”

“在使用女干部上确实有一种世俗观念，就是女领导不愿用美女，男领导不敢用美女，在使用小凤问题上，我想改变一下这种世俗。后来，在让小凤做场委办主任上我又有了新的理由。”

“噢，不但不往后退，还寻找了新的理由，看来你是用定了。那你把新理由说给我听听。”

“让她做场委办主任可以防止我犯错误。”

“不要说笑话了，能不在她身上犯错误就不错了，还防止你犯错误呢，你以为老婆是弱智啊？说骗就能骗住的啊？”

“不骗你，也不跟你说笑话，我说的是真的。我跟你讲噢，我没做这个场委书记的时候我就知道书记的权力太大了。做了书记后，感觉到书记的权力比想象的还大，而且没有人监督，以前很羡慕这个位子，但当我坐上这个位子后，才知道这是一个高危职业，近几年一些农场场委书记落马就是例证。就我来说，我也是一个有血有肉的人，处在这个高位上很难说能够挡住所有的诱惑。挡不住那些诱惑，那就会从这个高位上栽下来，就会应验‘爬得越高，跌得越重’的这句群众警言。”

“那你不会主动接受上级监督、接受群众监督吗？这样不是就会少犯错误，甚至于不犯错误嘛。”黄洁青说。

“理是这么个理，但现在这种状况下做起来并不容易。你就说‘上级监督’吧，他上面人下来不管什么事，不管是人的问题、钱的问题，还是其他什么工作，他首先要听的就是一把手书记的意见，书记说的意见就是定论，他怎么好监督你？再说‘群众监督’，你现在许多事都不公开，老百姓不知道子丑寅卯,他又怎么监督你?”

“那就赶快公开啊,把你书记的权力往场委大门口一放,让过往行人个个都能盯住你,你不就能少犯、不犯错了嘛。”

“你说得倒蛮轻巧,哪里这么容易?你要真那么一放,干部群众一下子还不适应呢,全国人民都会以为你是在作秀呢。因而,权力公开,把它放到阳光下这得有个过程,不是一天两天就能把权力放到大街上的,这得一步步地公开。”

“那你怎么办?拿什么来监督?就没有什么好办法了?”黄洁青着急地问。

“有啊,让小凤做场委办主任就是监督的好办法之一啊。”

“你就说笑吧,叫一个美女做你办公室主任就能监督你了?她不把你诱惑了就不错了,能带你挡住诱惑?”

“她不能监督我的所有方面,但至少在一些方面,她可以监督我。本来我认为钟玉保竭力支持小凤当主任是给我设圈套,现在我反过来认为他是给我设了一道警醒机制。”

“她是你学生她敢监督你吗?”

“说穿了,不是她监督我,而是我从她那儿得到警醒,自我监督。”

“那她到底能警醒你什么呢?”

“至少有三个方面。你看噢,我这个人权力大了会出现三种毛病。”

“什么毛病?”

“就是会出现胆大、眼高、欲盛三大毛病。胆大,有时就会瞎指挥、乱用权,造成不必要的损失,而小凤胆小心细,她在这方面稍微暗示我一下,我就会警醒,再调研,再征求意见,从而避免重大失误。眼高,有时会怠慢领导,怠慢群众,怠慢客人,造成不必要的矛盾,而小凤交往沟通能力强,又有亲和力,可以弥补我不苟言笑、不善交往的不足。欲盛,到了这个位子,贪欲、情欲会自然地增强,那些什么美食、美色、美钞、美言会自然地向你扑来,稍不留神就会栽在上面,不谈别的,有小凤在,至少可以帮我挡住来袭的美色。”

“又说笑了,她自己就是个美女,怎么帮你挡住美色?”

“以美制美啊!你刚才不是说,家里生活上一个美女,单位工作上一个美女吗?你想,八小时以内以外有你们两个美女当关,还有哪个美女见到你们不自惭形秽,还敢来诱惑我呢?”

“你这个虽然是笑话,但倒也有点道理。那你怎么避免外边说你和小凤的闲话呢?”

“马上把小黄调来,我到哪里,他都跟着,还有驾驶员,他们两人会见证实情的。”

“理是这个理,但我还是有点担心。不过我也不会干预你的人事安排,我只想你要多听听大家的意见,不要一个人固执己见,我相信你会处理好这些事的。再说,我说这些话也只是想跟你闲聊聊,没别的意思,你用哪个我都没意见,你心里有我们娘儿俩就行了。”黄洁青深情地说。

“洁青,这你放心,工作上的同事与家里的亲人我是分得清的,绝不会混淆的。另外,这次用不用小凤也不是我一个人说了算,也不是玉保和光武两人说了算,要看她单位干群对她的评价,最后由委员们投票决定。”邓远航把妻子搂在怀里说。

黄洁青转过头对着邓远航说:“远航,以前我希望你一个台阶一个台阶朝上走,你每上一个台阶,我都在心里为你高兴,你官做得越大,我感到越幸福。可是,这次你做了九龟最大的官,拥有了九龟最大的权了,我的心反而像被拎起来一样,不知怎的过去的那种高兴和幸福劲儿不晓得哪儿去了。”

39

邓远航看到妻子的眼里冒出了泪水,知道妻子心里很矛盾,他帮妻子揩了揩泪水说:“洁青,我知道你在为我担心,你心里在想:外面的诱惑这么多,权力又这么大,老公能驾驭得了吗?其实这个问题也是我一直在考虑的。诱惑多,如果没有底线,那注定被诱惑毁灭;权力大,如果没有鹰眼,那注定被权力掀翻。而这两个方面暗地里又密切地勾搭在一起考验你,可以说,失控的权力在诱惑面前是没有底线的,因而说到底,要想不出现你担心的那些事,重要的还是把控手上的权力。”

“那你打算怎样把控呢?”黄洁青问。

“这些天,我想好了几个方面,主要是‘三看’。”

“哪‘三看’?”

“一是‘看淡’。自己不要认为这个职位权力有多大,不要认为这个职位的权力是自己的。要明白,九龟湖农场场委的权力不是我邓远航一人的,是场委会的,是全委会的,是场委党代表大会的,是九龟近两万党员的。因此,在决策时就必须杜绝个人说了算的现象,多问计于民,多问计于基层,多用讨论的方式、票决的方式,多做把大家的意见、想法归纳集中起来变成场委意见、决定的事。”

“那这样人家会不会嫌你缺乏魄力,影响效率?”

“你这问题想得好。民主讨论、征求意见的范围、时间是要根据事情的大小、缓急来定的,不会事无巨细都用一个模式的。至于魄力,我想,魄力不是拍桌子打板子,不是捶胸脯骂爹娘,魄力是重大问题面前敢于担责,危急关头能挺身而出,这些你相信我是会做到的。”

“嗯,妻子相信你。第二看呢?”

“第二是‘看明’。这个很简单,就是自己要知道,权力不在屋檐下,而是在阳光下,不是你一个人能暗箱操作的。因而能公开的要尽量公开,通过公开,让自己的权受到制约。”

“你场委重要的权力是用人权,这个权力公开了,不会引起混乱吧?”

“也没什么,也不要把用人搞得那么神秘,用人也是可以公开的,比如可以公开程序、公开选拔等等,这些还在探索,成熟一个公开一个。”

“我觉得不能操之过急,不然会出乱子。那第三看呢?”

“第三是‘看严’。”

“‘看严’?怎么理解?”

“这要感谢省农垦给我配了一个好搭档钟玉保场长。”

“你们两代人关系都不好,我还担心你们发生矛盾哪,平时能不发生冲突就不错了,怎么说是好搭档呢?”

“我们现在这种体制,本身在权力上就是一个相互有制约的体制,我在用权时就会考虑到场部的因素,再加上配了一个跟我有纠葛的钟玉保场长,我在用权时就会有所忌惮,会更加谨慎,从而不出现滥用权力的现象。”

夫妻俩正谈得起劲儿,邓远航的手机响了。邓远航拿过手机看了下号码一边说一边接听电话:“省里的,这么晚了是哪位领导找我有事呢?喂,你好,请问哪位领导?”

“我是组织部县区干部处的,我姓章。”对方说。

“噢,章处长啊,领导有什么指示吗?”邓远航问。

“是这样的,邓书记,我们一位领导刚才陪客人时交代我打个电话给你,跟你说两件事,你现在方便吧?”章处长说。

邓远航心想:该不是又为什么人打招呼的吧?唉,就怕接到这类打招呼的电话,但又有什么办法呢?能给人家硬顶回去吗?哪能呢?不能就只有先应付着再说吧。因而,他只得客气地说:“方便,你请说。”

“噢,那好。听说你们这次要动干部,领导说有两个人请你关心一下的。”

果然是跑官要官的,一下子还说两个,我总共才准备动一个,用一个还多一个,干脆请你们组织部把我这科级办公室主任定下来算了,省得我费劲劳神的还得罪人。邓远航哪敢把这些想法说给章处长听啊,他只是实事求是地说:“噢,是有这么回事,章处长,不过,这次我们不准备大动,只是急需到位的个把人想研究一下。”

“哎,邓书记,你不要看我是个小处长,我搞干部工作也快二十年了。我看你动干部啊,还是刚出生的婴儿称体重,头一回噢。邓书记,什么叫牵一发而动全身啦?我告诉你啊,就是你动一个干部,一连串的干部跟着动,只有这样动才能把干部动活。”

邓远航不想听他这种说教,想赶快结束这个通话,便说道:“章处长,到时上门专程去请教你。哎,你刚才说有两个人,哪两个啊?”

“噢,领导说,一个叫董兴国,这个人协调能力强,适合到综合部门做领导,一个叫蔡小花,交往能力强,适合到招商部门工作。邓书记,我只是把领导的原话传达给你,他还说他的意见仅供你参考,要求你一定要坚持干部任用原则,能用就用,不能用不要勉强。就这样,没事儿来玩啊。”章处长挂了电话。

邓远航放下手机对妻子说:“你看,权力大呢,都是人家手上的小木偶。”

“怎么的啊?上级又压什么任务下来啦?”黄洁青问。

“要是正儿八经的任务倒好了,要官的哎,烦死人,不行把九龟的用人权划到省厅去算了。”邓远航生气地说。

“那人家领导打电话来,你还能不帮人家办嘛。”黄洁青说。

“我怎么办啦?董兴国嘛还好办些,他本身就是个领导干部,磨个位子不是难事,只要他考察过关,问题不很大。可那个蔡小花就难办了,她只是个私营企业老板,我们现在进事业单位都要考试了,更何况进公务员队伍,还要当干部呢？口口声声要求我坚持干部任用原则,这些情况他们难道不知道吗？”邓远航说。

“你还不要说,很可能那个跑官的人就没把这些情况告诉省里领导,省里领导也不晓得蔡小花是私企老板,否则,那么大的领导怎么可能说一套做一套呢？你明天从侧面问一下不就行了嘛。”黄洁青提醒丈夫说。

第二天上午,邓远航就按照妻子的提醒叫丁部长给章处长打个电话,把蔡小花的人员性质告诉他,看他是什么态度。

不一会儿,丁部长到邓远航办公室来当面回复了。

“章处长说,他们早知道蔡小花的人员性质,他们省里组织部门每年不少印刷业务都是在蔡小花那儿印的呢。”丁部长说。

“怪不得这么下劲为她打招呼。那你没问他,按规定像她这样的性质不能调进机关当干部,可不可以放到以后公开招考再说?”邓远航说。

“问了。”丁部长说。

“他怎么说？不会硬坚持要我们提拔她吧?”邓远航问。

“他把我们批评了一通。”丁部长说。

40

“批评我们？我们既没说用她,也没说不用她,还没有作为呢,他凭什么批评我们?”邓远航问。

“他批评我们不敢大胆用人,说我们思想不解放,改革开放几十年了,到现在还墨守成规,被许多框框条条束缚着,还说:你告诉邓书记,用人也是生产力,不大胆地不拘一格用人,九龟想发展是不可能的。”丁部长如实说。

“那你说怎么办?”邓远航问。

“我看,不如这次把她一起考察一下子,用不用,怎么用,看考察的情况再做决定。”丁部长建议道。

“那就按照你这个建议办吧。赶快抓紧时间把上次定的几个人加蔡小花考察一下,考察完就开场委会讨论票决,否则这样拖下去,拖拖又是一个,拖拖又是一个,不知道最后增加多少呢。另外,关于增加考察蔡小花和场委会票决的事,你去跟钟场长通报一下,征求一下他的意见。争取两天后我能听到你们组织部的考察情况。”邓远航交代说。

钟玉保听丁部长说增加考察蔡小花喜不自禁，他想：不是我昨天下午再下点儿功夫，你们今天哪里能增加？你们也是属皮球的哎，不给你们点压力你们也鼓不起来哎。邓远航啊邓远航，你虽然是书记，但是我要你这第一次动干部就让你感到是我在动干部。但他听到丁部长说场委会要票决时马上冷静下来了，他觉得邓远航这一手蛮毒怪的，九龟从来没有过任命干部要票决的，他这一次玩这一手，好像完全就是针对我的啊。你看那几个人吧，除了蒲星凤，董兴国本来口碑就不怎么好，王祖房知名度又不高，蔡小花又不大合规定，场委委员投票，他们能过半数吗？悬！很悬！

丁部长走后，钟玉保思考再三，给洪光武打了个电话，向他分析了票决的形势后对他说：“光武啊，我们俩从小都是跟远航一起玩大的，这次动干部虽然人数不多，但这是他当书记后的第一次动干部，我们一定要确保他这次成功完成，不能让一个人不通过。”随后，他分配洪光武与另两名委员沟通一下。随后，他又分别给两个委员打电话，把坚决支持邓书记工作，确保他第一次动干部顺利完成的话说了一通，才放下心来。

在钟玉保忙着给几个场委委员打电话时，一批上访人员，足有百十号人，堵住邓远航的办公室，只停了片刻，前边的人便一起涌进了办公室里，办公室的每一点空间都挤着上访的职工，每一方空气中都充塞着他们的呼喊：“人民场部为什么不为工人讲话？”“我们要上班！”“我们要工资！”“资产是工人创造的，为什么三文不值二文的像要饭花子一样把我们打发走？”

邓远航知是九龟酒厂的职工，心想酒厂拍卖了，说好这两天要去看一看的，竟没抽出时间去，哪里就这么忙呢？现在却造成这种被动的局面，正是自己工作不主动的原因，你场委书记不带头转变作风，不主动深入一线解决问题，整个班子怎么会有好的作风？整个社会怎么能有好的风气？下午就研究解决这个问题，现在先把上访问题处理了。于是，他对满屋的人说：“大家静一静，这是农场广大职工场部，就是为大家解决问题的。”

“什么倒头职工场部啊？职工场部为职工，我们来了，怎么没有一个人睬我们啊？都到他外奶奶家吃肉汤饭去啦？”一位中年男子喊道。

邓远航见这位中年男子气势很盛，心想他大概是挑头的啦，便对他说：“场部是不是有人怠慢你们啦？”

“怠慢啦？要怠慢倒好了。一个鬼影子没看到，个个把个办公室关得紧紧的，钟场长那个门就差被我们捶烂了，连个放屁声都没回一个！”

“那他们可能在哪里开会，今天我来接待你们。你看你一下来这么多人，我这儿就几个茶杯、几张椅子，也不好给你们倒茶，请你们坐。这样子，我也不坐，陪你们站着，你们哪个想坐，几张椅子轮流坐；你们哪个想喝水就自己倒，自己动手，丰衣足食嘛。”邓远航说。

“好，你叫的噢，自己动手噢。”那中年男子一边说一边往邓远航的椅子上一坐，然后端起邓远航的茶杯一口气“咕噜咕噜”地把杯中水喝完了。

其他人见状起哄喊道：“好，庞大胆，书记这水好喝吧？什么味啊？”

“还什么味呢？白开水，跟你家自来水一个鸟样，还不如喝我们厂里的酒呢。”庞大胆从座椅上站起来说。

“那好，庞大胆，你坐了龙椅，你要给我们做主啊！做官不为民做主，不如回家种红薯啊。”有人喊。

“伙家，这你们就不要难为他了，他就在这个椅子上坐一年，他也做不了这个主。你们不要瞎吵了，吵把事情吵耽误了，大家还是向邓书记提要求吧。”一位年长的男人说。

邓远航听到这位长者的喊声后立即呼应道：“这位老同志说得对，大家有什么问题好好说，一个一个地说。”

“好，我先提个要求，我们要求撤销这次拍卖。”庞大胆说。

“为什么要撤销呢？有什么问题吗？”邓远航问。

“问题我不敢说，我们就反对一个女的做酒厂老板。”庞大胆说。

“为什么反对？你跟我说说她不能做酒厂老板的理由。”邓远航说。

“理由只有一条，女人做酒，酸了喂狗。酒是男人的精气神，女人沾了酒酵，滴酒酿不成。我们就是反对女人做酒厂老板。”庞大胆说。

邓远航听他这么说“哈哈”地笑了起来，笑了会儿说：“你们都看过电影《红高粱》吧？那上边的九儿不就是一个酒坊的女老板嘛，她不也是造出了十里八乡闻名的好酒嘛。你们再看看，你们今天来的，十个有四五个是女的，她们不都是你们酒厂的职工吗？”

大家一时无语，只是“哧哧”地笑。

这时不知什么时候挤进来的二凤插上来说：“各位，母鸡能不能抱窝，你倒要养几天看看啦，你总不能凭嘴说她不行就不行哎。我花这么多钱把这个厂买下来，不是买了放那块儿睡大觉的哎，我是买了要赚钱的哎，厂里赚钱了,大家还能受穷吗?我向大家保证,两年里所有在职工保持过去收入水平,两年后逐步增长,绝不说半点虚话。”

“你们看,蒲老板都表态了,大家要相信她。另外酒厂就是卖了,我们场委还是要支持企业发展的,以后场部接待用酒首选的还是用你们厂里的酒,因而大家对企业要有信心。看看还有什么问题再说说。”

大家又是你一句他一言地说了近一个小时,邓远航从大家岔七岔八的话语中归纳出了上访职工反映的三个方面的问题:一是这四个月工资没发,要立即补发;二是对买断工龄下岗的要采取自愿的原则,不能叫所有人都下岗;三是要尽快让职工上班。邓远航和二凤对这几个问题都一一做了答复,职工才全部离去。

集访的人走后,邓远航就想到赶紧去几个改制企业看看,防止这些企业再出现问题,正要出门,场委办副主任李晓阳走了进来。

41

邓远航当了场委书记后,场委办副主任李晓阳整日欢天喜地,觉得自己很快就要成为宠臣了。他曾在外边跟一些酒肉朋友吹嘘说:“我的红运已经到了,你们看着,三年之内我叫你们喊我李场长。”

那些酒肉朋友说:“我们完全相信!你姐夫当场长了,你姐夫的妹婿是副书记,这个还不是小事一桩。”

“非也,你们想错了。我跟你们讲,靠他们,我顶多再提一级,从副科到正科就封顶了。”李晓阳说。

“怎么啦?家里亲戚还能不帮你啊?”朋友问。

“他们啊,都是属老鼠的,只会吃里爬外。特别是我那姐夫,六亲不认,他不骂我、不坏我事就不错了,还指望他提拔我呢啊?”李晓阳说。

“那哪个是你的靠山呢?”朋友问。

“老邓哎,邓大人哪。”李晓阳随口说。

“啊?那还有什么话呀。来,来,来,敬酒,敬李场长酒。”朋友们敬完酒又问:“哎,他跟你关系能超过那两个亲戚啊?”

“超过,简直一个是河这边,一个是河那边,差十万八千里呢。我跟你们讲,在石龟中学、场委办时我们是同事,他是我入党介绍人,我们俩的关系比铁哥儿们还铁,平时不分你我的。不是吹牛的,我要是有事,叫他一号车给我用下子,他都不会说个‘不’字。”李晓阳借着酒力越说越起劲。

“哎呀,晓阳,你有这关系也不能忘了我们弟兄啊。”朋友们说。

“我这个人脾气你们是晓得的,人家给我一块糖,我就喊他爹娘,人家拔我一根毛,我就叫他过得像坐牢。我跟你们讲,你们平常无事,隔三岔五地也喊我撮一顿,逢年过节地也朝我家跑跑,我跟你们讲,我李大爷不会叫你们做赔本买卖的,到时候我到老邓那块儿帮你们烧点香,包你们解决调个好工作、提个小科级这些小问题,大家快活哎。”李晓阳拍着胸脯跟这些朋友吹着。

可是书记上任不知多少天了,李晓阳也不见邓远航喊他做什么事,只是上下班碰到时跟他点个头。这让他心里打不到底,沉不住气了。最近外边又传谁谁要来办公室做主任了,传的人选中居然没有他李晓阳。这次不让他做办公室主任,三年之内做副场长不是一句空话吗?他等待着邓远航到他办公室,拍着他的肩膀征求他的意见:“晓阳啊,个人的事有什么想法啊?”可是已经快一个月了,他竟然没有机会跟邓远航单独说上一次话,这让他心里极不爽。所以,他决定到邓远航办公室就个人的事找邓书记单独谈一次。

其实,李晓阳在外边说的那些话早已传到了邓远航的耳里。邓远航听说李晓阳在外边有那样的吹嘘并不奇怪,因为他知道他是一个什么样的人。在石龟中学、在场委办公室时他就非常了解他。他有点小聪明,你叫他做事,比如叫他负责为办公室砌间房子,你管住他,他会把事做得很好,房子砌得好好的交给你,剩余的砖瓦水泥沙子都交给你,但你要不管他,放手让他去砌房子,他给办公室砌了间房子,自家还带了个猪圈。同时,你要是给他个冷脸,他一天老老实实,你要是给他个微笑,他能到处穷讲泼说,甚至于能爬到你头顶上向别人炫耀。因而,邓远航这段时间没搭理他,除了工作忙以外,也是故意冷落一下他。

李晓阳本来想了几天准备了要跟邓远航说的话,可是进来看到邓远航脸冷冷的没一点笑容,便站在一旁什么话也不敢说了。他心想:乖乖,来得不是时候,刚才那些上访的把他吵气起来了,乖乖,不要把我当成出气筒噢,看来要当场委办主任的事今儿个还不宜说呢。妈的,今儿个什么日子啊,来之前怎么不把日子看下子的呢?真是一世聪明一时糊涂。

邓远航低下头一边看材料一边问:“有什么事的啊?”

听邓书记问他话，李晓阳才带点结巴地说：“我、我妹婿在九龟湖逮、逮到只八、八斤重的大甲、甲鱼，我问到你家有、有人不得人，我想把它送过去的。”

邓书记把头抬起来看着李晓阳问：“怎么，你早上喝酒了啊？怎么这么脸红脖子粗的啊？说话也不对劲。”

李晓阳竭力控制着自己的情绪，编着话说：“没、没喝，刚才可能是在外边跟上访的人吵的，情绪有些激动。”

“你是老办公室了，有上访的，你们认真接待，处理不了，向领导汇报，你跟人家吵什么？吵，能把事情解决啊？”邓远航批评说。

“我看他们不文明上访，把书记围住连个厕所都捞不到上，我气不过，才跟他们吵的。”李晓阳已基本恢复了正常。

“就这个事啊？没别的事，我要有事了。”邓远航说。

“有，有，那甲鱼我送去了？”李晓阳问。

“送哪儿去啊？送你姐夫那块儿去，他最近比较忙，让他补补身体。”邓远航说。

“他那么壮，像个老牯牛似的哪里还要补啊？再说，他哪里有你忙啊？还是送你家去吧？”李晓阳说。

“李主任，甲鱼你该送哪里送哪里去，反正我不吃这个。你不要再谈甲鱼了，我听到都嫌烦，你要是有事就直接说，不要老是让甲鱼打前站。”邓远航说。

听到这话，李晓阳又有点紧张了，脸又涨红了，口中吞吞吐吐地说道：“我、我，你、你是晓得的，在办公室连头连尾，十、十五年了，资、资格最老，人、人家说，十、十年的媳妇熬成婆了，我十、十五年了，办公室主任，我、我还不能当、当啊？”

邓远航笑起来说：“呵呵，我先把你这话纠正下子，这个谚语是这么说的：‘百年的道路走成河，二十年的媳妇熬成婆。’十年的媳妇，满打满算小孩才十岁，她哪能做婆婆呢，现在二十年也不够格呢。”

李晓阳见邓远航笑了，便也放肆起来：“噢，那是我太紧张了，把二十说成十了，但我十五年的老秘总能熬成个主任了吧。”

“李晓阳啊，我跟你讲，办公室的同志一定要认识自己，要知道自己的长处和短处。你李晓阳头脑很聪明，有很多长处，但你的长处不适合办公室主任这个位子，你可以在其他岗位上发挥很好的作用。今天也没时间跟你说那么详细了，我想，你会想通的。”邓远航边说边起身向外走。

李晓阳没法只得跟着邓远航走出了办公室。但他并不死心，中午，他真的把那八斤重的甲鱼拎到了姐夫家。

钟玉保一看这么大的一只野生甲鱼十分欢喜，他说：“乖乖，小舅子可以了，有好东西晓得孝敬姐夫了。”

李晓阳说：“姐夫就是我的上帝，我哪天不想到啊？”

“嗯，最近工作还顺心吧？”钟玉保问。

“正闹心呢，哪块能顺心啊？”李晓阳说。

“怎么的啊？邓远航给小鞋给你穿啦？”钟玉保问。

李晓阳乘机把上午找邓远航的事向姐夫汇报了一番，然后求姐夫说：“姐夫，你这次无论如何要拉我一把，我这次场委办主任做不到，我就没脸见人了，我就跳九龟湖了。”

42

钟玉保听完小舅子的汇报后心里对这个小舅子很不快活，他想：平时没的事从不登门送甲鱼，一登门送只甲鱼就是难事，你那甲鱼大概是只神甲鱼，我吃了就什么事都能办成了，你做梦呢。心里正想着，话也说了出来：“你做梦呢，牛屁股都过去了，只剩个牛尾巴了，你到现在才想到要把牛拽过来，你也不想想，是我有这本事还是你有这本事啊？”

“姐夫，你有这本事呢，你能把牛拽过来。你过去不是老跟我们说：牛过去了，我就是拽住个牛尾巴也要把它拽过来。现在这事还没定呢，牛头还在这儿呢。”李晓阳说。

“你做大头梦呢。我说这话时是什么年龄，今儿个我什么年龄啦？马上五十的人了，还有那个力气吗？”钟玉保从心里不愿帮小舅子的忙，不光是怪他无事不送甲鱼来，更重要的是过去他老是坏他事，并且常常跟邓远航站到一边拆他的台，这让他记恨在心，更不愿多帮他的忙。

李晓阳听姐夫说这种推托的话也很不高兴，他心里说：你这会儿说老呢，说没力气呢，你上野女人床也不嫌自己老，力气大着呢！你要不是我姐夫，我早把你玩女人的丑态拍下来寄到省纪委去了。他心里这么骂，嘴上没敢这么说，他还是求他姐夫帮帮忙：“姐夫，这次不用花那么大力气拽牛尾巴，我刚才不是说啦，你也没注意听，我告诉你噢，这次牛头还在这块儿呢，牵牛鼻子就行了。”

“你说得倒轻巧呢，牵牛鼻子就行了，你晓得牛鼻子在哪块儿啊？在邓远航那块儿呢，你去牵噻！”钟玉保说。

在一旁做家务的李晓星见钟玉保对弟弟的事老是推三阻四的便插上来说：“玉保啊，我弟弟一年求你多少事的啊？你这么难法子啊？我看你外边那些歪七八扭的人你肯帮，肯为人家卖命呢。他是我亲弟弟哎，也不是叫你一定办成，你倒客气些噻。再说了，你们钟家跟邓家是世交，你跟邓远航又是多年共事的，你就到邓书记那儿帮他说一声又卸你什么架子啊？”

还“世交”呢，“世绞”噢，从上代一直绞到这一代，哪儿来的世交啊？钟玉保心里说道。再说了，你弟弟这个熊样子还能当主任啊？三斤重个鸭子两斤半个嘴，他就是个吹牛能，别的能做什么啊？要真让他当了这个主任，不仅他丢险，我这个做姐夫的也丢脸，而且还影响我的长远计划。想到这儿，他对小舅子说：“就是到邓书记那块儿给你说了，我恐怕你测评、考察都不会过关。”

李晓阳听姐夫的口气有余地了，便拍着胸脯说：“姐夫，这个你绝对把腿放直了睡觉，我跟你说，保证没有一张反对票，保证没有一个人敢说我一句坏话，保证百分之百过关。”

“你不要嘴能，你凭什么说这么肯定？”钟玉保说。

“姐夫，我别的不行，我这个小脑袋还管用的哎，你放心，我有办法叫他们不敢说一个‘不’字。”李晓阳说。

“什么法子啊？”钟玉保问。

李晓阳把拳头竖起来晃了晃说：“就凭这个，他们就不敢说了。”

“你不要瞎来，我告诉你，没用的。要谈拳头，你姐夫这个拳头比你要强百倍呢，但又有什么用哪。以前我也是想靠这个压住人家，不让人家追上我，可最后又怎样？压一次人家上一次，压到最后，倒把人家压到前边了。”钟玉保摇着头说。

“那怎么办呢？喊他们喝酒！”李晓阳问。

钟玉保不愿跟小舅子再纠缠下去，便说道：“这样子吧，我找他把你的事跟他提一下子，你自己再找他下子，我们两头夹攻吧。”

李晓阳按照钟玉保的要求，下午又到邓远航办公室，可邓远航下午就没来办公室，他打小黄秘书的电话，才知邓远航下午直接到企业去了。李晓阳并不死心，他下午到银行提取了两万元现金放到包里待用。下班时，见小黄仍未到办公室，便又打他电话，知邓书记晚上有接待任务，他就喊上办公室几个人跟他到小蔡酒楼去吃晚饭，他心想，你陪客人，我请客，正好把办公室人的思想统一下子，你陪完客，我也吃好了，到你家正好堵住你。

李晓阳竭力劝大家喝酒，似乎酒喝得越多，他的得票率就会越高，因而他们闹酒闹得很迟，结束时已是十点多钟。李晓阳赶快拎起皮包直奔邓远航家。

黄洁青见敲门的是办公室小李主任，便让他进来，又见他像喝了不少酒的样子，便又倒了杯蜜糖水递过去："喝杯蜜糖水，解解酒。"

"我、我没喝多少酒。我找书记谈个事。这个，这个是带给你的。"李晓阳吐着酒气一边说一边从包里拿出那个用黑塑料袋包着的东西放到茶几上。

邓远航看他酒眼蒙眬的样子，便想叫他早点回去休息，不想再为要不要那包东西推来推去的，因而说："什么东西啊？这不会是甲鱼啦？好，你先放这儿，明天我叫小黄帮你送你姐夫那儿去。你回去吧。"

李晓阳没抬屁股，仍坐在那儿说："书记啊，你、你真会开玩笑，还甲、甲鱼呢，哪块儿来的甲、甲鱼噻？要送甲、甲鱼，我、我至少送个脸盆大的，也不、不会送这个碗、碗口大的龟、龟孙子啊。哈、哈、哈。"

"不是甲鱼，那是什么啊？"邓书记一边说一边近前去看那黑塑料袋。

"书记，不是甲、甲鱼，是金、金鱼。呃。"李晓阳一边说一边又打起了嗝。

邓远航拿起那黑塑料袋知道里边是钱，就一边将那黑塑料袋往李晓阳包里放，一边说："李晓阳，你什么时候也学会了跟我玩这一套啦？快拿回去！"

李晓阳把包拿到一边说："书记，呃，你嫌少、少了，我明个再、再送两万、两万来。呃。"

邓远航没理睬他，而是走到一边抢过李晓阳的包，把那黑塑料袋装进包里，拉好拉链放到另一边的沙发上说："你酒喝多了，喝点水，赶快回去。"

"书记，你不晓、晓得我的酒、酒量啊？呃。我没喝多，我脑、脑子清楚呢。呃。”李晓阳一边说一边盯着靠近邓远航身边放着的那只皮包，他想找个机会去抢过来，把里边的黑塑料袋再拿出来。

邓远航怕李晓阳酒喝多了，在回家的路上跌在哪里或把包丢在哪里造成不良后果，便给小黄打了个电话，叫他和驾驶员来一趟，把李晓阳送回家。

李晓阳见邓远航去打电话了，便上前拿过自己的包，拉开拉链，再次把里边的黑塑料袋拿出来放到茶几上。

邓远航转身看到茶几上的黑塑料袋，马上过去拿起黑塑料袋严肃地说：“你赶快装起来，在哪里学的这些鬼八道！”

李晓阳一边护住自己的包，一边用呆滞的眼睛看着邓远航手里的黑塑料袋说：“书记，你看那里、里边瘪瘪的，没、没的东西哎。呃。”

“没的东西你也拿起来，我不缺你这个黑塑料袋子！”邓远航严厉地说。

“书记，呃，书记，那、那你就嫌少、少了，我明个，呃，再拿、拿两万、两万来，行、行了吧？呃。”李晓阳说。

43

邓远航听李晓阳说他嫌少了，还要送两万来，心头的火一下冒了出来。他对李晓阳说：“李晓阳，没想到你这几年真本事没学到，歪门邪道倒学了不少。我告诉你，你不要说两万元，你就是二十万，二百万，我也不可能改变我的意见，你不适合当这个主任还是不适合！”

李晓阳的目光更加呆滞，他木木地看着邓远航问：“我十、十五年了，呃，怎、怎么不适、适合？呃。”

“你要我告诉你吗？”邓远航问。

李晓阳点一下头说：“嗯。呃。”

“那我问你，你现在头脑清楚不清楚？”邓远航又问。

李晓阳又点一下头说：“嗯。呃。”

“那你给我参谋个事，现在不少大队债务很大，以至一些大队没法运转，你给我参谋参谋，看有什么好法子化解？”邓远航为了让李晓阳心服口服，便提了个问题考考他，看他能提出个什么建议出来。

李晓阳盯着邓远航说:“书记,呃,书记,你带我玩、玩的哎。这个是你书记考、考虑的事,呃,你叫我当、当主任的说、说什么嘿?呃。”

“你以为办公室主任就是倒茶拎包的啊?”邓远航耐着性子说。

“我、我不光倒、倒茶拎、拎包,呃,我、我包你吃、吃好,喝、喝好,住、住好,穿、穿好,行、行好。呃。”李晓阳说。

“那你只能做个副主任!你不要再闹了,把包拿过来,钱放进去。”邓远航说着走过来拿他的包准备把钱放进去。

李晓阳见邓远航过来拎起包站起来就往门口跑,还没到门口便“哇”地一下把酒吐在了邓远航家的客厅里。

小黄和驾驶员进来见状赶紧把李晓阳扶上车。

邓远航把那黑塑袋塞进李晓阳的皮包里,拉上拉链,送到车上对小黄说:“一定要把他送到家,把他和这包交给他老婆。”看着开走的车子,邓远航在心里说:此人不可重用,且不可放纵!

两天后,丁部长带着分管干部工作的娄副部长、干部科苗科长来向邓远航汇报考察情况。

待大家坐定,邓远航问:“怎么样?没什么大问题吧?”

丁部长说:“不是很理想,个个都有些反映。”

“噢?那一个一个地说说看,看是不是实质问题。”邓远航说。

组织部干部科苗科长汇报道:“关于蒲星凤的考察,德能勤绩几个方面都很好,这些材料上都有,我就不具体说了。唯一反映她不足的就是说她钱心太重,在她两个姐姐的公司都有股份。”

“丁部长,这个问题你怎么看?”邓远航问。

丁部长自己就是一名女领导干部,她从省农垦到九龟工作后发现九龟女干部所占比例太小,因而曾向邓远航提过要重视女干部的培养和使用的建议。这次要重用蒲星凤、破格提拔蔡小花当然让她很高兴,但高兴之余又让她考虑了很多的现实问题。她想不通,在九龟要么不提女干部,致使九龟女干部青黄不接,要提怎么提的全是美女呢?丁部长自己长得虽不算漂亮,但也不丑。她始终认为老天爷给人的资源是公平的,你要外表漂亮,内在就比较空,你要内在充盈,外表就一般,两者不可兼得。像这两个人长得这么美,很可能就是一副花架子,内在没东西。因而在这次考察前,丁部长特地向考察组交代:一看这两人作风有没有问题,二看她们到底有什么能耐。现在考察下来看,并没有她所担心的问题,只是一个

“参股”的问题。就蒲星凤来说，从考察的情况看，她就是一个难得的优秀的女干部，在九龟重用绝对没问题，但她心里还是有一个芥蒂卡在那里，那就是她太美，形象太显眼、太突出、太勾人，而且还是一个离婚的单身女人，过去说寡妇门前是非多呢，我看离婚的单身女人比其有过之而无不及。姑且不谈“单身”两字，单要去掉这个“美”字，她认为她也完全可以当场委办主任。她当然知道男人都喜欢身边有美女，邓书记也不例外，但她不知道这个叫小凤的美女在邓书记身边工作，是邓书记的福还是祸。

这会儿邓书记问她意见，她没有把心里的想法都说出来，而是做了些改变说道：“从考察情况看，蒲星凤很优秀，应该重用。至于‘参股’的事，我认为不是大问题，不谈这个问题是真是假，即便承认这问题是真的，如果要用她，也是可以叫她退出股份的。”

“也就是说，你们组织部对提名她任场委办主任没有意见？”邓远航再问。

“没意见。只是……”丁部长望着邓远航没把话说下去。

“只是什么？你是组织部长，你不能看我眼色行事，你要不把话说透，用人的关就难把得住了。”邓远航说。

“只是她太美了点。”丁部长终于说出心里话。

“太美也是缺点？”邓远航问。

“有时候是。”丁部长说。

“比如什么时候？”邓远航又问。

“比如与你同台时，她会把台下的目光都吸引去，让你受冷落。”丁部长说。

“如果真是那样以她为中心的话，说明我自己能力水平不足，书记应是她而不是我。嗯，还有什么时候？”

“还有就是你们单处或你微醉时。”丁部长说。

“噢，这你不要讲了，我知道了。这方面你们要对我和她的品质有信心，当然我们也要避免独处，多加注意。好，说下面一个。”

苗科长继续说道：“关于董兴国，反映的问题主要是说他品德有问题，手还伸得比较长，花钱大手大脚，吃喝招待费一年就是大几十万。”

对董兴国的问题，丁部长早已做好了解释的准备，因为不但省里组织部门有人为这个人给她打过电话，前天钟玉保场长还亲自到她办公室来找她，叫她对他关照一下，因而，苗科长一汇报完，邓远航还没开口问，她就先说道:“这个同志在一个地方工作过长,难免会得罪一些人,我看了那些反映他问题的材料,也没具体的例子,缺乏证据,如果时间允许,我们再去做一些细致的调查核实工作。”

邓远航不想对董兴国做过多的评价判断,因为为他说情的人太多,他鄙视这种人,但他心里还没决定:是否决他,还是按照打招呼人的要求去做。因而,他说:“嗯,继续说,把下边几个人的情况一起说了后再看。”

苗科长继续说道:“王祖房,其主要反映是说他工作经验不足、深入基层不够;蔡小花,也没什么反映,但她有一个重要的障碍,就是她是个私营老板身份,直接提拔有困难。最后说冯庆军,因为考察时对他的反映相互矛盾,有的说他能力强水平高、群众关系好,有的则说他眼高手低、瞧不起人。”

邓远航问:“说他好的人多,还是说他差的人多?”

44

苗科长说:“说好的人多,但主要是班子的副职和中层以下干部,不负主要责任;说差的人少,但是分场主要领导,是主导意见。”

“主要领导,不一定是主导意见,我们要看这个镇干部的政治生态,还要看多数、少数或个别!组织部今后考察干部时要注意这一点。丁部长,你先说你对这几个人的使用什么态度?”邓远航说。

丁部长正要说话,手机响了,她一看来电号码便对邓远航说:“省里电话,我先接下子。”说着,她到门外去接了电话。接完电话回来,她在纸写了几个字递给邓远航。

邓远航看到:省组织部章处长问董、蔡有没有安排。他看完拿起纸条撕了几下扔进了废纸篓,然后对丁部长说:“你继续说。”

丁部长这下吃不准下面该怎么说了,她想:他把纸条撕掉了,如果是他怕泄密,那我还好表明我的看法,如果是他憎恶这种打招呼的行为,那说法就大不一样了。他邓书记到底是要用这两人还是不用这两人呢?丁部长端起茶杯喝了口水,借喝水的机会看了一下邓远航。他没有一点变化,还是一脸的严肃,像尊雕像一样地坐在那里。丁部长想,不管他多么严肃,多么正派,省里领导的话他总要掂量掂量的,我还是照原来的想法说。于是,她说道:“我看这四人都很有特点,都可以用,关键看我们怎么用。至于蔡小花的提拔,我看也没问题,如果她在招商引资上能带来量的突破,我们破格提拔她也不违反组织原则。”

“嗯,这样吧,对反映的问题,组织部再抓紧调查一下,后天开书记碰头会汇报,在会上确定方案。”邓远航并没表明观点,只是做了进一步的布置。其实,在这个方案中,他还有不情愿任用的,那就是董兴国和蔡小花。他指望通过对他们的再查证,核实些问题出来,确实核实不出问题,到书记碰头会上能有多数人反对这个方案,或是在场委会票决时能使这两人不过半数。

但事情发展的趋势并没照邓远航的设想那样发展,邓远航任书记后的第一次动人在此后的程序中异常顺利。先是在查证核实中仍是查无实据,后来到书记碰头会上是一致通过。最后将方案拿到场委会上研究,尽管邓远航一再强调:这是新班子第一次动干部,方案中还有不尽如人意的地方,请大家充分发表意见,然而没有一个委员发表不同意见,很快就进入了投票程序。结果是几个被提名的人都过了半数,获得了任命,整个场委会不到半小时就结束了。

邓远航回到办公室,坐在椅子上头脑里还是想着刚才场委会的事。虽然第一次动干部顺利过关,但他心里并不舒畅,反而有点沉重。他觉得这样研究干部太顺利很不正常,并不是好事。他从参加会议十一个委员无记名投票的结果中也看出了些情况。提名任命的方案中有三个是得全票的:场委宣传部沈副部长兼任广电局局长,场办陆主任调任建设局局长,下河分场王书记调任石龟分场党委书记;四个得九票的:广电局蒲局长调任场委办主任,下河分场徐场长任下河分场书记;石龟分场冯副书记任石龟分场场长,石龟分场王副书记任下河分场场长;两个得六票刚过半数的:石龟分场董书记任场办主任,私营老板蔡小花任招商一局副局长。从这个投票结果已可以看出委员对这次的动人方案还是有不少不同意见的,但为什么都不愿意表述出来?邓远航想无非是这样几种情况:一个是委员们认为这些事都是书记说了算,书记已经定下来的东西,他们说了也没用,也不会改变什么;二是有的委员认为这是邓书记第一次动干部,应该从维护他的威信出发,必须跟他保持一致;三是有的委员认为这些被任用的人基本都有背景,你要是贸然说出不同意见,得罪了在座的哪位领导还不自知,因而情况不明,不敢亮明态度;四是也可能有人背地里做过工作了，一些委员碍于情面没有公开发表不同意见，但在投票时又坚持了自己的意见，如果再有一个人笔头偏一下，董兴国、蔡小花就可能不获通过。邓远航想，不管什么理由，今天的场委会是一种很不正常的组织活动，那种沉闷的场面令人不爽，不改变这种状况不单自己会犯大错，整个九龟也不会有多大进步，因而必须采取措施让班子的组织活动走上正常、正规的道路。

他正在这儿想怎么让班子的活动走向正常时，钟玉保推门进来了。

钟玉保对新班子这第一次动干部十分满意，他感觉到邓远航做了书记后与以前大不一样了，特别是在处理他们俩的关系上，他更成熟、更大度了。他不再像以前对他提出的意见挑毛拣刺了，而是改为对他的意见全力支持了。这次动干部，他非常感激邓远航对他意见的尊重和支持，让他的意见全部得到了落实。他想：既然他如此尊重、支持我，今后我也应多尊重、支持他，轻易不要随便反对人家的意见，还是要多栽花少栽刺，人家敬我一分我也要敬人家一分，让那些想看我们俩笑话的人见鬼去吧。说到做到，我现在就去给他一个回报。因而，他回到办公室只坐了片刻，吸完一支烟便来到邓远航办公室。

一跨进办公室的门，钟玉保就赞美道："远航，你这第一次动干部非常顺利，社会反响非常好。"

邓远航一听这话心里就不舒服，他想：你这是拍马屁呢还是说反话呢？"社会反响非常好"，这不是吹牛吗？刚开过场委会，还没与任命的干部谈话，社会上还不知道，哪儿来的"反响"呢？但邓远航并没当面戳穿他，只是说："没这么快吧？组织部才通知人来谈话，哪里这么快社会上都知道了？"

"哎，坏事不出门，好事走千里嘛，你做了这么个大好事，还不跟电一样的，闸刀一推，几千里就下去啦？真的，凭良心讲，这次方案拿得非常好，所以到场委会上他们没有半句可说的。"钟玉保说。

邓远航心想：你露馅了吧？明明是"好事不出门，坏事传千里"，恰好证明社会上对此反应并不怎样吧？正想着，钟玉保又开口了。

他说："远航，你这种对干部负责的精神也感染了我们。我们也要以认真负责的精神抓九龟的发展。我这是来跟你汇报那一百亩土地的事的。那一百亩土地，我们场部研究过了，已经定下来给关红琴了，你看什么时候通知她过来办手续？早办手续，早开工，早为九龟发展做贡献啦！"

“那好，我马上通知她。至于三产服务区的问题，你们场部拿个方案，下次在两套班子会上研究下子。”邓远航说。

“行，我这就去安排，争取下周上会讨论。”钟玉保说完便告辞了。

邓远航颇觉奇怪，他钟玉保什么时候办事这么雷厉风行的啊？未及想通这个问题，调任的干部已陆续来谈话。

谈话结束，邓远航送走其他人，把洪光武留下想就今天的委员会跟他交流一下各自的想法。

“光武，你跟我实事求是说，你对这次场委会怎么评价？”邓远航把这个问题说出来后就感到非常不合适。他想：刚跟调动的干部谈过话，外界知晓面还不大，你就找人来要评价，说明你对这次动干部的效果缺乏信心；再者，其实你是想听不同意见，但你当面让一位副书记就此做出评价，不是叫人当面说好话吗？这种情况下，你叫人家“实事求是”，人家就真会把心里想的说给你听啦？

45

对新班子这第一次动干部，洪光武心中早有评价，那就是八个字：导向不明，略显盲目。他认为这次动干部问题主要有三：一是重用口碑差的人，比如董兴国；二是用人像选美，如重用小凤；三是用了没有身份的人，比如蔡小花。大家看到这儿，可能会想不通，这三人不都是他洪光武竭力推荐、支持的吗，怎么通过了却成了他从这次动干部中总结出来的问题了？

洪光武想：不错，这三人我都是同意的，但我同意不等于我决定哎，你邓远航是一把手书记，用谁不用谁，决定权在你手里哎，我们不把关可以，你不能不把关哪。其实从心里讲我是反对这三个人的任用的，但我没有办法不支持、不推荐哎。我支持任用董兴国、蔡小花是迫于大舅老爷的压力，我要不支持他推荐的人，背后他给我的那个罪我怎么受得了？我竭力推荐小凤是迫于二凤的压力，我要不到邓远航那儿推荐小凤，二凤把我们俩的事曝光了，我这位子还能保得住吗？我以为我到你书记那儿推荐一下，把二凤的任务完成了就了事了，你会根据干部任用条件把好关的，不会真让她坐上场委办主任这把交椅的。谁知道你也不把关，场委会上也没人说话，竟然非常顺利地通过了，这不要说社会上会有什么反应，就连我都感到讶异。

这会儿邓远航把他留下来单独交流看法，他知道他邓远航是想听到真话，像小时候在石龟分场、插队时在龟岛那样，心里想的什么可以跟他讲什么，但今非昔比，现在能把心里想的都跟他说吗？不能啊！他是场委书记，这用干部是他的职责，是他的实绩，你一个副书记能对他的职责指手画脚吗？能对他的实绩说三道四吗？当然不能！但一点儿实话不说也不行，那样他一看就觉得你这个人很虚伪。因而，他决定把对动干部和对场委会的看法分开来评价。于是，他说道："远航，要说评价不能眉毛胡子一把抓，我想方案归方案，场委会归场委会，要区别开来。对这次动人的方案，我认为是一个完美的方案，没有任何瑕疵，且有独到之处。"

"光武，说些实在的，不要把调门提多高的。我们这么多年走下来了，谁不了解谁啊？你犯得着用这些话来让我高兴吗？"邓远航说。

"哎，远航，不管你爱听不爱听，这是我心里的真实想法。你不信，我至少可以给你列出这次方案的三大特点。第一个大特点，不拘一格降人才，不管男的女的，不管美的丑的，不管老的小的，不管是干部还是平民百姓，只要是人才就用。第二大特点是重用长期在基层工作的同志，基层同志处在发展的第一线，他们有经验、有办法，这次重用他们，就是对基层同志的鼓励。第三大特点是票决，这是一个创新，过去总是书记问一声'有没有意见'，谁有意见？谁又敢有意见？百十个干部都是呼啦呼啦地通过了，还不是一把手书记说了算？票决就不同了，嘴上不敢说，笔下是自由的，无记名投票，充分体现了各人的意见。所以，我认为这次干部动得很成功。"洪光武总结得一套一套的。

"算了吧，还三大特点呢，什么事到你嘴里就上升到很高的高度了，叫人都要仰视了。实际上，这次动人还是有不少问题的。就说这个投票结果吧，你有没有看出什么问题？"邓远航问。

"看出什么，看出我们一些委员口是心非，这方面可能我的感觉是跟你一致的。我刚才说分开来评价，现在我要评价的就是场委会问题。我认为我们一些同志素质有问题，叫他发表意见，他不说，投票时，他又不支持，不与你书记保持高度一致。"洪光武说。

"我不同意你这种看法。从这次投票中应该看出我们自己的问题，而不是埋怨委员们。场委会那氛围，你叫人家委员谁敢说话？你书记碰头会都已定下来的东西,你叫那几个委员谁敢反对?场委会保密程度差,会上说的,散会就传出去了,谁还敢说话?会上沉闷,听不到真话,我们要从自身找原因,特别是我,营造的民主气氛还不浓,怎么改进?这是你我都要考虑的题目。”邓远航说。

“是这个问题,但我们还是要双管齐下,一方面我们要改进作风,另一方面对委员们也要加强教育,素质不提高也不行。像今天的投票,如果再有一个委员投董、蔡的弃权或反对票,董兴国、蔡小花就过不了了,他们要真的过不了,那就成全省农垦系统的头条新闻了。”洪光武说。

“你前半句双管齐下两手抓的意见我赞成,后半句头条新闻的话我不赞成。通不过怎么啦?通不过,一说明我们的方案不科学,存在很大的问题,二说明我们的委员敢于坚持真理。”邓远航说。

“也是,董兴国、蔡小花要是通不过也不冤枉,只是我想不通,小凤怎么也少两票的?这是哪两个没投她票呢?”洪光武想猜度出邓远航的真实态度。

“她少两票也正常,不奇怪。另外谁投她票,谁不投她票都是各人的权利,你就不要问那么清楚了。”邓远航打消了他的猎奇心。

其实,虽然是无记名投票,但小凤少的两票邓远航心里是有数的。一张反对票是侯鸣放的,他一直不同意小凤任场委办主任。还有一张反对票是邓远航自己投的。这就奇怪了,这个方案是他定的,他自己怎么又投了反对票呢?从心里讲,他是最支持小凤当场委办主任的,他早就想把小凤作为场委办主任的人选,但他不好开口。后来洪光武到他这儿以及在会上的推荐,做了他想做而不方便做的事,当时他虽在表面上没有表示出支持和不支持的态度,但心里是肯定的。这其中,侯鸣放的反对、老大姐关红琴的反对、妻子黄洁青的反对、小凤主动推辞等一系列不同观点,曾让他对这个方案发生过动摇,但由于不断有省农垦领导为董兴国打招呼,这反而坚定了他把小凤作为场委办主任人选的决心,因为他知道场委办主任不定,这块咸鱼还挂那块儿,董兴国总要想办法把它磨到手的,因而最终把这个方案提交到了场委会上。那他为什么又在场委会上投反对票呢?他考虑两个方面:一是对关姐和妻子有个交代,让她们知道她们的意见他还是听的;二是让小凤有点危机感,让她知道不是个个都赞成她当主任的,还有人反对她,以免她得全票而忘乎所以。

少得两票确实对小凤有一种警醒作用,她告诫自己在场委办主任的位子上一定要谨言慎行，一定要为场委、为邓书记多分忧、多担待，而绝不给他添麻烦、添污点。为此，她第一天上班就做了两件事：

第一件事是给苏州的同学徐步高打了个电话，请他联系一些客商，最近她要去他那里招商引资。她想，多招项目，多为九龟发展做贡献，就是对邓书记最大的支持，因而场委办要带头完成招商引资任务。

第二件事是召开办公室全体人员会议。会上她对办公室同志提出了“三少三多”的要求，第一条就是少说话多做事，对场委及其领导不妄加评论，坚决杜绝背后乱说，坚决杜绝将单位的事、领导的事外泄；多深入基层了解民情民意，多写有分量的调研报告，多为场委出谋划策。

小凤刚说完这第一个要求，下面就有个人坐在那儿阴阳怪气地说：“你这个要求，不是要把我们变成哑巴、变成奴隶吗？”

46

小凤见说话的人是李晓阳，便说道：“李主任，你等我把话说完，马上有你讲话的时间。”

场委办主任没给李晓阳当，他已经非常不满了，而来当主任的竟然是小凤，这让他更加气愤，因为，他心里想：老子在石龟中学当教师的时候，她师范还没毕业呢，还是个黄毛丫头呢，现在一跃成了他的顶头上司，哪个服？由此，从他听到小凤当主任的消息那时起，他就决定不让她有安稳日子。今天，他就是故意找碴的。因而，当小凤叫他等会儿说时，他偏不听，而是加大嗓门说：“我们老同志记忆力不好，不马上说就要忘掉了，我就是要现在说，你不能剥夺我说话的权利。”

小凤根本不知道李晓阳找邓书记要当场委办主任，当然她也就不知道李晓阳是存心挑刺的。她见李晓阳这样较劲，心里想：这李主任脸红红的，是不是中午喝过酒啦？如果这样，就要让着他点儿，以免他发起酒疯来，在她上班的第一天就出现激烈冲突的事情。因而，她微笑着说：“李主任，你晓得，我这个人的作风是民主的，你如果真那么健忘的话，就让你先说。”

“我就认为你刚才的要求不对，你要求我们‘对领导不评论’，我问你：领导违法乱纪，我们看到也不说，也不准我们检举揭发？”李晓阳冷冷地说。

听李晓阳说这话，小凤心想：就你这种听话的水平还跳出来打口水战呢？你真是酒喝多了！不过，小凤没有刺激他，而是说："噢，刚才李主任没听清楚我说的话，我的意思'不要妄加评论'，就是不要乱评论，没有别的意思。好，我再接着讲第二个要求，就是少做主多请示：我们是参谋机关，不是决策部门，遇到问题要立即报告，向领导请示解决问题的办法，或提出自己的建议，大家千万不要越权擅自做主，做出决定。第三个要求是少索取多奉献：办公室的同志要任劳任怨，要有奉献精神，用我们的体力、脑力为场委、为九龟的发展提供高质量的服务，千万不要以为自己为集体做了一些事就把尾巴翘上天，就伸手跟领导要待遇、要位子，更不要向基层要物资、要钱财，要吃要喝要盘缠。"

"你这个调子也唱得太高了。现在是什么年代啦，还只讲奉献不讲索取啊？不索取，我们喝西北风啊？"李晓阳又插上来说。

"噢，这个大家要正确理解噢。这里的不索取不是叫大家放弃正常的工资报酬，而是叫大家不要向基层要利，不要向领导要官。"小凤解释说。

"不要官，我们在办公室卖什么命啊？我们到办公室来是学徒的哎，学什么徒？跟在领导后头学做官哎！你叫我们不要官，我们还在这块儿学什么徒啊？"李晓阳怪声怪气地说。

"噢，这个大家也要正确理解，大家到办公室来，在领导身边学什么？我认为：一是学做人，二是学做事，至于当不当官，当什么官，顺其自然，不要靠歪门邪道。"小凤不紧不慢地说。

"笑死人呢。什么时候啦？你满大楼看看，有几个不靠歪门邪道能做官的？一个没的哎。"李晓阳说。

"我不否认有走歪门邪道的现象，但我们不能片面地看问题，不要见风就是雨，以偏概全地肯定一切。好，这个问题我们以后再探讨，下面我把办公室人员的分工说一下子。"小凤不愿跟他纠缠下去，并转换了会议议题。

散会后小凤就接到了徐步高的电话，告诉她，他浙江有个亲戚有到外地投资的意向，可能要投资四五个亿呢，现在已有三家子去谈过了，他还没最后确定，叫她尽快到浙江去找他这位亲戚谈，还说如果他有时间就陪她去。

丢下电话她就来向邓书记汇报。

“邓书记,你有时间出差吗?”小凤问。

“干什么啊?”邓远航问。

“大项目,浙江有一个大项目。”小凤喜不自禁地说。

“你看你高兴的,好像大项目已到手似的。多大的项目这么高兴啊?”邓远航问。

“四五个亿的大项目,生产特种钢的,要尽快去,去迟了我怕被人家抢去了。”小凤着急地说。

“为什么一定要我去?你们去谈,邀请他过来考察不行吗?”邓远航觉得小凤才上任,他就与她一起出差,怕有闲话,便这样问。

“不行的,邓书记,人家几个地方都是场委、农场委书记去的,这么大的项目,你书记不去是争不过来的。”小凤说。

“这两天没时间,星期六去吧。这两天你先电话跟那边保持联系,我们周六一早出发。嗯,不错,上班第一天就想到招商引资,很好。”邓远航夸道。

“你先不要夸了,等到手了再说吧。哎,邓书记,哪些人去啊?”小凤问。

邓远航考虑了一下,然后说:“你一个,小黄一个,再把蔡小花带着。”

“她?你带她去我就不去。”小凤赌气似的说。

邓远航知道她和蔡小花虽是同学但更是情敌,正是钟玉国先与蔡小花勾搭上,小凤才跟钟玉国离婚的,现在蔡小花又与钟玉国结婚了,小凤自然不愿与她同伍啦。但尽管这样,邓远航还是要说服小凤:“小凤,我理解你的心情,但现在你的身份不一样了,你虽然还是正科职干部,但不是一般的干部了,要逐步成熟起来。”

“我伢子都上小学了,还不成熟啊?”小凤说。

“那是生理上的成热,不是心理上的成熟。一个人心理上的成熟,我看最重要的一条就是能冷静地对待自己不喜欢的东西,能容忍它的存在。我知道你恨她,但你作为一名办公室主任,你要能与全场所有干部同行,她现在是招商局副局长,外出招商你不带她,带谁?再说,我如果带你一个女的出差,社会上会有什么话?”邓远航说。

小凤心想:你不想单独带我出去,还是怕人家编故事、说闲话,带蔡小花是为了堵某些人的嘴哎,这个我肯定要理解支持的。于是,她说道:“你这样说,我理解,那我就通知她去。”

周六一早，邓远航、小凤、蔡小花、小黄一行出发奔浙江谈项目。小凤的同学徐步高放弃休息自己开车也直奔他堂兄的公司。

徐步高的堂兄徐步雄早年在浙江上大学，毕业后留在杭州工作，并在杭州娶妻成家。他岳父经营着一家金属回收公司，后来因身体原因不能过于劳累，便叫徐步雄辞职来经营。经过七八年的努力，徐步雄把原来的金属回收公司发展为“雄杰金属制造公司”，资产也由原来的八千多万元增长到现在的八亿多元，整整增长了十倍。现在他老厂区这一块面临着拆迁，场部也另给他安排了五十亩土地，他嫌少，便决定在杭州这五十亩土地上建公司总部和研发中心，到外地选择土地价格、劳动力成本等比较低的地方建生产基地。

徐步高先到堂兄的公司。他来到公司大楼时，他堂兄正在与湖上市的国家级开发区几位领导洽谈去投资的意向。

47

与堂兄见面后，徐步高立即打电话给小凤：“蒲星凤，你们到哪里了？”

“我们过苏州了。”小凤答道。

“那好，你们就不要再往杭州这边来了，现在立即回头到苏州，我在苏州找几个老板跟你们见面。”徐步高说。

“你什么意思啊？叫我们到杭州的，怎么又改到苏州啦？”小凤不快地问。

“不好意思，是这样子的，你们来迟啦，人家市领导在这儿谈两天了，现在正在谈协议，准备签意向性协议呢。”徐步高说。

“那你做的什么事啊？人家都签协议了还叫我来！你以为我们的汽油是免费的啊？我告诉你，我们书记来了，你不给我找个大老板，我饶不了你。”小凤气愤地说。

“一定一定，你们回头到苏州，我一定找个比他还大的老板跟你们见面。我现在就打电话安排。”徐步高说。

小凤挂掉电话把情况向邓书记汇报后说：“我们就回头到苏州吧。”

蔡小花听到这事，心里暗自高兴，吹牛说几个亿的大项目呢，就嘴上能哎,把书记骗出来,就想拍书记马屁哎,看我下次招个大项目给你看看。想到这儿,她幸灾乐祸地说:“哎哟,可惜了,到嘴的鸭子飞了。”

小凤知道她心里得意,便话中有话地回了她一句:“我晓得你喜欢鸭子,杭州的鸭子吃不到,我带你到苏州吃更大的鸭子,保证让你吃到鸭子!”

蔡小花没再吱声,她知道小凤是邓书记的红人,说不好会把邓书记得罪了,因而她只是在心里说:吹吧,吹吧,你就吹吧,反正吹牛又不缴税。

驾驶员正要下高速掉头时,邓远航说:“不要下去,继续往前走!”

“那不是白跑一趟吗?”小凤说。

“你给你同学打个电话,就说我们在服务区吃中饭,下午赶到徐总的公司,叫他告诉徐总。苏州的老板我们明天过来见。苏州的鸭子要吃,杭州的鸭子我们也要吃。”邓远航说。

蔡小花心想:老师你现在怎么这么刚愎自用的呢?难不成你们真要碰了南墙才回头吗?

小凤则说:“杭州的鸭子已被人家吃了,我们下午赶到那块儿恐怕连骨头都没有了。”

“你们不要这么悲观,不要一碰到困难就往回缩,谈项目哪里那么容易啊?你刚才不是说他们准备签投资意向吗?说明徐总并没有下最后的决心啊。他心里可能还有什么不满意的地方,这就有谈的余地。”邓远航说。

“那我们应该早点赶过去才是啊,怎么下午才去呢?”小凤问。

“不是说湖上市的领导在那儿嘛,都是过去的老领导、老同事,跟他们碰上头,见了面,还好意思跟人家争项目吗?”邓远航说。

下午四点多,邓远航他们来到“雄杰金属制造公司”。徐总先带他在厂里参观了一圈,然后到会议室洽谈。

待大家坐定,徐总就说了:“书记啊,不好意思噢,你们来,我这个小老弟也没跟我讲,要跟我讲嘛,我上午就不着急签合同了。”

“哎,徐总,你千万不要有这种想法,我们今天来不是来谈项目的,我们是专程来看看你,跟你交个朋友,然后真诚地邀请你到我那里讲课。”邓远航说。

蔡小花在心里说:虚伪!邓老师,你现在怎么这么虚伪的呢?明明是来跟人家抢项目的,怎么又说不是来谈项目的呢?连自己的真实来意都不敢说，还招什么商?!

小凤在心里也想着：智慧！绝对是大智慧！要是一上来就争那个项目，不早把自己的门堵死啦？只有这样套近乎、沟通感情才能为后边争项目铺平道路。

徐总则感到很惊讶："上课？我能去上什么课？给什么人上课?"

"你的课一定会讲得很精彩!"邓远航说。

"为什么?"徐总问。

"因为你的人生很精彩。你去给我们的干部、老板讲讲你的奋斗历程，可以激发他们的创业热情。还有，刚才在你厂区里学习时，我感到有很多东西值得我们那些经理们来学习。就拿管理来说吧，我发现你的机构层级设置十分合理，有利于管理的高效运行，同时，现场管理井井有条、一丝不苟，非常有特色。如果我没猜错的话，徐总肯定是学管理的。"邓远航说。

蔡小花心里说：老师啊，你以为是在给我们上课呢啊？怎么越扯越远啦?

小凤心想：高明！绝对高明！他们俩一定要成为好朋友了。

"行家，你是行家！邓书记，我这些雕虫小技你一眼就看出来了，你是行家！哈哈哈，邓书记，你还真猜对了，我就是学管理的。我跟你讲，管理啊，也是生产力，管上路了就是效益啊……"徐总感觉遇到了知音，便滔滔不绝地讲起了管理的理论知识。

邓远航索性跟他探讨起了平时工作中遇到的一些管理问题，两人你一句他一句，谈得非常投缘。小凤和蔡小花一会儿看着邓远航，一会儿看着徐总，听得都有点发呆了。

不知不觉谈了一个多小时，徐总见两个女同志一直不吱声便刹住了车。他说："哟，我们光顾我们说，两个美女要有意见了。"

小凤赶忙说："听君一席话，胜读十年书。我们听你们讲课，真是受益匪浅，哪儿来的意见呢?"

"哎哟，邓书记，你们九龟不单人长得漂亮，说话也很美啊。我只知道我们杭州出美女，哪知道你们九龟也出美女啊。哈哈哈……"徐总笑着说。

"那徐总，我现在正式邀请你到九龟去讲课，讲管理，讲你的创业经历。在讲课之余再考察一下九龟怎么会有那么多美女的。哈哈哈……"

邓远航说。

“行,我接受邀请,下下周去。”徐总爽快地接受了邀请。

“行,一言为定。你到那儿去,我还要给你一个惊喜。”邓远航说。

“什么惊喜?”徐总问。

“零地价奖励给你二百亩工业用地,其中一百亩的土地证,在你到九龟时就送到你手上。”邓远航说。

“邓书记啊,不是跟我说笑话吧?七八天时间啊,能办下来?”徐总问。

小凤心想:是啊,办土地证要几个月才能办下来呢,七八天怎么可能呢?邓书记啊,这不是你的作风啊,你不是说漏嘴了吧?

“徐总,是不是笑话,你去了就知道。蒲主任,这个由你负责,徐总到九龟时由你把一百亩的土地证交到徐总手里。”邓远航交代。

听邓书记这样交代,小凤作难了:邓书记你说大话就说大话了,你把我也拖下水,我怎么完成这个任务啊?

邓远航见小凤发呆不说话,便喊道:“小凤,给你交代任务呢,你听没听到?能不能完成?”

“保证完成!”小凤心想先答应下来再说,等会儿再跟你请教怎么办。

48

徐总见他们办事效率这么高心里有点松动了,他想:那个市开发区也是给他二百亩地,但土地证要等我土建工程完成后才能给我,是担心我没实力用土地证去抵押贷款,明显有不相信人的感觉,可人家九龟,其他什么都没谈,就给我土地证,他们什么也不怕,就是相信我的人格,由此看来,有这样的书记,九龟的投资环境一定不会差,到那儿建基地一定会很顺利,干脆,到九龟去投资。于是,他说:“邓书记,我知道你们是来谈项目的。我现在问你,如果我要是把项目放到你们那里,你们有什么优惠政策?”

“我们与他们市开发区同属一个省,他们给你的优惠政策,在我们那儿都能享受,不会少也不会更多。如果要说我们有什么优势,我们的优势就是我们的办事效率高、产业配套全、生态环境好。”邓远航说。

“邓书记，你是个诚实人，就冲着你这个人，我今天再跟你草签个投资协议。办公室，把那个协议打印两份拿来。”徐总爽快地说。

小凤和蔡小花立即心花怒放起来，心想，飞掉的鸭子还真又飞回来了，因而她俩掩不住内心惊喜，竟激动得鼓起掌来。

邓远航则说：“不着急，徐总，不着急，等你到九龟去看过了再签也不迟。你现在不能光凭我嘴上说的就相信我，一定要等你到九龟去看了，看我说的是不是真的，你再做决定。”

小凤和蔡小花立即把笑脸收了起来，眼看到手的项目又悬起来了。两人心里都在埋怨邓书记不先把协议签了，万一徐总有什么变化，项目又跑了，你这个老师真是太老实了。

“哎呀，邓书记，你真让我感动，处处为我们投资人着想。我这儿也接待过很多来招商的领导，哪一个见到协议不签啊？都急吼吼地巴不得赶快把你绑到他们的战车上。我还从来没见过像你这样招商的领导呢。行，邓书记，你这个朋友我交定了，走，跟你搞两杯，我们酒桌上再叙。”徐总走过来拉着邓远航激动地说。

在旁边一直没说话的徐步高见堂兄这个状况，便高兴而又小声地对小凤说：“成了！肯定到你们那儿了。”然后又大声对徐总说：“大哥，你要真到九龟去投资，我辞职给你去帮忙。”

“那好啊，我这个项目要真落户到九龟就聘请你在那儿总负责。不过，你要分清楚，你是为我这个项目去的，还是为你女同学去的。哈、哈、哈……”

徐步高说：“兼顾、兼顾。”

蔡小花则说：“开会抱孩子，两不误。呵呵呵……”

邓远航一行从杭州到苏州，从苏州回到九龟，日子已过去三天了，离徐总到九龟讲课、考察还有五天时间，小凤想到的是得赶快把土地证办下来。

她先到园区代主任那儿，把项目情况向代主任做了汇报，便说：“代主任，你得支持我们啊，我们场委办好不容易招了这么个项目，要是因园区土地落实不了就前功尽弃啦。”

“蒲主任，首先恭喜你，你还要升呢，这么大个项目一落户，你就要提拔了。我绝对支持你。园区土地，你点哪块我给哪块，保证一句话没有。”

小凤得了这话心里高兴，便乘兴来到国土局。到徐局长办公室，小凤照例又把项目情况向徐局长说一遍,然后说:“徐局长,这你得支持啊,人家徐总可是跟你们本家啊,一家子不说两家话。”

“蒲主任,这你放心,我跟你不是一家子我们也不说两家话。不谈你是邓书记身边的代言人,就冲着你这个大美女我也没二话呀。说,叫我怎么支持你?一定帮你办好。”徐局长表态说。

“先办一个一百亩的土地证。”小凤说。

“行,没问题!我这就布置他们抓紧准备材料,然后拿给钟场长签字后报到省里边去批。”徐局长说。

“那谢谢你,你得抓紧又抓紧,确保在四天之内把土地证给我。”小凤说。

“什么啊?四天?蒲主任,你做梦呢?我告诉你,四个月能办下来就不错了,你还四天呢,你不晓得我们这个程序哎,复杂着呢。”徐局长说。

“四个月?那我们这个项目不就要泡汤了吗?”小凤说。

“哪个鼻子上冒烟啦,这么急啊?是那个浙江老板啦?我告诉你,你上当了,他们浙江人就是这样子,他要不想到你这个地方投资,他就故意给你设个跨不过去的门槛,到时你办不成,他正好脱身。”徐局长说。

“你不要瞎猜疑,人家不是这种人。这是我们提出来的。”小凤怕他再说邓书记什么不是,因而就没说是邓书记提出来的。

“所以,蒲主任啊,许多事啊也就败在我们自己人手上。我们一些人不懂法规,不懂政策,不懂办事程序,出去招商,两杯大酒一喝,就给人家乱承诺,这还有的好吗?能把客商招来吗?”徐局长说。

“你也不要凭自己想象瞎说,这个事并不是在酒桌上说的。这样子吧,我也不跟你说了,你们先抓紧办,而且要特事特办,四天后能办成很好,不能办成给我一个电话告诉我到哪个环节就行了,我也不为难你。”小凤说。

从国土局出来,小凤对邓书记那天在杭州给徐总的承诺更不能理解了,人家徐总并没提出这么急要土地证的事,你怎么凭空就想到这事的呢?邓书记啊邓书记,那天还没喝酒呢,你怎么头就昏了呢?这个事肯定办不成了,到时怎么跟徐总交代呢?他会不会因为土地证的问题不愿把项目落在我们九龟呢?没的办法想,到时只有向他解释问题不在九龟而是卡在了省里。想到这儿,她又回头到徐局长办公室向他强调:“徐局长,其他要求我不提了,我就说一条,就是你务必在四天内把材料报到省厅去。”

可过了四天，当小凤问徐局长土地材料上报情况时，徐局长汇报说还没上报呢。这还得了，明天徐总就要来九龟了，虽然没的个土地证给人家，至少要告诉他材料已在省厅待批了，现在这一步还没完成人家不说我们办事效率低嘛。没有办法想，她只好来向邓书记汇报，看这事怎么办。

小凤把办土地证的事情向邓远航汇报后说：“看来现在只能想想什么理由，明天怎么向徐总解释清楚了。我想只要我们态度诚恳，土地证推迟几天给他，他应该会理解的。”

“这怎么行呢？第一次承诺就放空炮，不兑现，人家还跟你谈第二次、第三次吗？是不是国土局打坝？”邓远航说。

小凤听邓书记问这话，心想：这事怪只怪你书记操之过急，哪能怪人家国土局呢？她怕邓书记再无端指责国土局，便赶忙为他们辩护说：“不是不是，人家徐局长非常支持，我四天前找他，他就立即安排人搞材料往上报了，只是到省厅审批要一段时间呢。”

“那他们国土局吃干饭的啊？就等省厅批，别的什么办法也没有啊？打电话叫徐局长立即过来。”邓书记要求道。

49

小凤按照邓远航要求给国土局徐局长打了电话，叫他即刻到邓书记办公室。

在等徐局长的时间里，小凤见邓远航脸色很严肃地坐在那儿看材料，便赶忙检讨说：“邓书记，这个事不怪别人，怪我没做到位，造成这种被动局面。”

邓远航仍低着头一边看材料一边说：“不怪你，怪你什么？要怪只能怪我没跟你们交代清楚。”

听邓书记这样说，小凤便硬着头皮说：“怎么能怪你呢，怪你不是怪到六国去啦？不过，这个里边我确实有看不懂的地方，我想请教老师。”

邓远航听小凤说有问题请教，便放下材料抬起头说：“嗯，你说。”

“我就不懂，人家徐总并不急于要土地证，你为什么答应人家八天之内把土地证交到人家手里呢？这不是自己给自己设置障碍吗？难道你不知道办土地证要几个月吗?”小凤问。

“小凤,这些我能不知道吗?我当时答应这个事是有一个前提的,就是我们已经确认他这个项目、他这个企业、他这个人都是实在的,在这个前提下,我答应把一百亩土地证给他是基于这几点:第一点,把土地证给他,让他感觉到我们对他的高度信任;第二点,之所以要这么快给他,是要让他看到我们九龟办事的高效率;第三点,这个土地证也是一个筹码,他如果真的接了我这本土地证,那他在九龟投资就是必定无疑的事。”邓远航一一解释给小凤听。

“噢,太高明了,我一辈子也学不到你这么高明的方法。只可惜,现在是你的这些部下无能,八天之内达不到你的要求,毁了你的计划。”小凤说。

“没有那么悲观嘛,我觉得你完全有这个能力办到。”邓远航说。

“我?还有一天我能办到?邓书记,你杀了我吧。”小凤说。

“你看你看,又悲观了。我跟你讲,完成这个任务要动脑子,要用智慧。”邓远航说。

“智慧?我用智慧去叫钟场长签字,再到省里用智慧叫他们批复?书记,你还是杀了我吧,学生没学到这么大的智慧。”小凤说。

“没叫你去找钟场长,也没叫你到省厅去,那都是国土局按程序办的事,不是你的事,你只是弄本土地证,我说的就是一个本子。”邓远航说。

“本子?”说到“本子”,小凤似乎有点开窍了,难道是叫我弄一本假土地证?想到这个问题,她没有把“假土地证”的事说出来,而是问邓远航:“要是那样,我们不是对人家说了假话吗?”

“说假话,要看什么时候,为什么事而说,要是为了事业说次把假话也不算什么。诸葛亮你崇拜吧?他也玩假啊,他玩的那个‘空城计’就是假的啊,但他那次要是不玩假,他早成司马懿的俘虏了。我们这个与他这个空城计还有所不同,我们这是为了争项目的权宜之计,是善意的谎言。”邓远航说。

“可你那本土地证在人家手里总会被人家发现的啊?”小凤又问。

“那个东西在徐总手里不会太长,等他确定在九龟投资、项目开工后你就可以把它要回来销毁了。”邓远航说。

“人家本子保存得好好的,怎么会轻易地给我呢?总不能叫我去偷或是抢吧?”小凤说。

“你看,脑子又木住了吧?哪能去偷去抢呢?你去要,他会很情愿把那东西交给你。”邓远航说。

“老师,我头脑真糊掉了,不知道怎么跟他要了。要不我还用谎话骗他?”小凤说。

“你看你这个学生,我是怎么教你的?我跟你讲,空城计只能玩一次,玩两次就不灵了。这次你绝对要跟他讲真话,那证上不是一百亩土地吗?而人家要的是二百亩土地,你就跟他说:上次的土地证是一百亩的,现在拿到省里换个二百亩的,他能不给你换吗?”邓远航说。

两人正谈着,国土局徐局长来了。一进来,他就说:“来迟了,刚才到钟场长那儿走了一下。”

“噢,你坐,你说说,徐总这个土地证办得怎么样了?”邓远航说。

“我们该弄的材料都弄好了,材料都报到钟场长那儿了,他也太忙了,上次关总和这次徐总的土地,他都没时间签呢,等他签了字,我们立即上报到省厅。保证时间不在我们这块儿浪费。”徐局长说。

“是没有时间批,还是不同意批?”邓远航问。

“他好像有点不同意,说项目还不晓得是真的假的,这么多土地奖励出去,下边真项目来不得土地用怎么办?”徐局长如实说。

“好,这个我去跟他沟通,你们只是在钟场长签过字后,抓紧上报审批。你今天的任务是先把徐总这一百亩的土地证办下来。怎么办,小凤主任会跟你说。你们去办吧。”邓远航交代说。

第二天下午,徐总夫妇奔赴九龟。他们一踏上九龟的土地见邓远航、小凤他们已在交界处迎接他们便十分感动,一路上看到九龟的田园水色很是欢喜,而到宾馆刚住下,就拿到了小凤送上的土地证,更是激动不已,当晚在酒桌上就决定把特种钢生产基地设在九龟工业园。第二天讲过课,徐总就与九龟工业园区签订了投资特种钢项目的正式协议,总投资额也由原来的四亿元提高到七亿元,开工日期定在7月9日。

待送他们离开九龟后,小凤又向邓远航汇报了徐总夫人临走前跟她说的事:“邓书记,徐夫人在走前跟我说了这样一件事,就是她希望我们场部能把九龟宾馆卖给她。”

听到这个事,邓远航有点担心:担心他们资金周转不过来,影响特种钢项目的建设,又担心她在购买宾馆时想要更大的优惠,或是以投资特种钢项目为借口拖欠购买款。因而,他问:“那个项目还没开工,她怎么又想到要买宾馆?”

“徐夫人说她买下这个宾馆是想为特种钢项目服务,他们总部过来的以及外聘的管理、技术人员都在宾馆食宿,招聘的工人在宾馆就餐,另外再建一幢职工宿舍,供工人住宿,这是一点,二嘛也是想置点固定资产。”小凤说。

“她这想法倒也不错,一弓搭两箭。我就怕她资金周转不过来。”邓远航说。

“资金不是问题,她说了按评估价适当优惠,然后她全额付清。我倒是觉得出售场部宾馆不大合适。”小凤说。

“怎么不合适?”邓远航问。

“我担心社会舆论对场委、场部不利。”小凤说。

“怎么不利?”邓远航问。

“会说场部穷得叮当响,连吃饭的锅都卖掉了。”小凤说。

“这不是问题,这些问题只要我们正确引导、正确处理就不是问题。我担心的是在我们班子中有你这种想法的人过多,到时候思想统一不起来,他们不同意卖。实话说,这个宾馆早就要改制了,场部接待可以市场化,完全没必要养这么个宾馆,卖掉是好事。这个我来找他们沟通,坚决把它卖掉。”邓远航说。

50

过了几天,邓远航先找副书记洪光武来沟通一些事。

“光武,有几件事我们先沟通一下。一个事就是徐总的二百亩工业用地我们以零地价奖励给他,你看能不能?”邓远航问。

洪光武思考了一下说:“我看完全可以,这么大的项目给二三百亩地完全应该。只是从政策上来说,我们不能说零地价或者是送,必须叫他们先把土地款付掉,将来有税收了我们再把土地款全额奖励给他们。”

“你这个说法是对的,我们确实要改过来,但是奖励的钱不能推那么迟再给人家,必须即时奖励,延迟的奖励不起激励作用。况且招商引资企业前几年也没有多少税收。”邓远航说。

“这也对,那就在项目开工时奖励。”洪光武说。

“嗯，这个日子好。第二件事，就是关于宾馆的事。你对宾馆改制怎么看？”邓远航问。

“现在是市场经济，我们要按照市场经济理论办事。要我说，不光是宾馆，我们九龟所有的国有、集体企业给他统统卖光，一个不留，甩掉包袱，全部走向市场。”洪光武说着把手一挥，似乎这样更能让邓远航理解支持他的观点。

然而邓远航并不完全赞同他的观点，他说：“你的观点我不敢苟同，市场经济不错，但我们是社会主义市场经济，全卖光并不是社会主义市场经济的要求。要真那样，到时你洪光武就不叫洪光武了，人家就叫你洪光无，或者叫洪卖光了。哈、哈、哈……”

洪光武跟着笑了会儿说：“那至少能卖的都卖掉，像宾馆这个摊子，早就应该把它卖掉了。”

“好，这个我支持你，下午，我们抽个时间，你把玉保、鸣放等几个人约过来，把这事碰一下子。”邓远航说。

“行。远航，我也有件事要跟你汇报呢。你不是叫我分管目标考核嘛，上半年的数字怎么报，我想跟你请示一下。”洪光武说。

“六月份的数字不是还没出来吗？怎么就考虑上报啦？”邓远航问。

“等出来就迟了，现在就是要研究一下增幅到底报多大，这个确定下来，才能叫下面朝上报。”洪光武说。

“不是按实报吗？怎么还要定增幅？”邓远航又问。

“玉保昨天找我去沟通了一下。他说上次他在全省农垦大会上当着省农垦、各农场领导的面表过态。”洪光武说。

“表什么态？我怎么不知道？”邓远航再问。

“他表的态是九龟湖农场要在全省农垦系统中，今年保三争二，明年保二争一，后年确保拿第一。”洪光武说。

邓远航沉默了，他想：不谈这高调能不能实现，你去表态总要大家研究一下子吧？新班子搭了还不到半年，就这样不协调，九龟还怎么发展？但此时邓远航没有把这种情绪流露出来，而是问：“我们场委会上不是定了今年保六争五的目标了吗？他要保三争二，你说能完成吗？”

“按照他的意思说能完成。他还说这个‘保’不是‘保住’的‘保’，而是‘保证’的‘保’。”洪光武说。

“怎么能完成呢？一至五月份，我们几项重要指标在前十名的农场中一个第四,两个第五,七个第六,三个第八,你算算账,怎么能保证排到第三位?”邓远航从桌上拿过报表一边看一边说。

“他说还有半年时间呢,叫我把你思想做通了,保三争二的目标一定能实现。”洪光武说。

“我怎么思想不通?可以这么说,加快九龟发展、让九龟人民富起来的愿望我比你们哪个都迫切。”邓远航说。

“那是肯定的,你不光是心比我们迫切,想的、干的都比我们多。他的意思是,只要你同意他提出的增幅,其他事我们来做。”

“他提的是什么增幅?”邓远航问。

洪光武从手上的本子里拿出一张纸递给邓远航说:“都在这上面。”

邓远航接过那张纸,看到上面写着:GDP 增 28%、财政收入增 50%、规模工业销售收入增 47%、工业税收增 42%、固定资产投资增 55%、引进外资增 80%、农民人均收入增 20%……邓远航没再看下去,心想都是吹牛速度,我们九龟没法完成,至少今年我们九龟不具备实现这样高速度的条件。他把那张纸往桌上一扔说:“你认为这些能实现?”

“这怎么说呢?说不能实现也不能实现,说能实现也能实现,全看我们怎么运作了。”洪光武说。

“你意思是注水造假数字?”邓远航问。

“也不能说得这么难听,还是叫运作。我开始也不赞成玉保这么做,觉得这样做没有理论基础。但后来我琢磨来琢磨去,我琢磨出一个理论完全可以支撑他这种做法。”洪光武说。

“噢?我倒是孤陋寡闻了,造假数字也有理论了,叫注水理论?”邓远航问。

“不,叫苹果理论。”洪光武说。

“苹果理论?怎么讲?”邓远航又问。

“你看噢,一只苹果要是一点水分都没有,它就不是苹果,而是苹果干了,只有它水分充足吃起来才香才脆。一个地方的数字也是这样,一点水分没有,就很干瘪,就得不到省场领导的青睐,就被人民群众瞧不起。”洪光武向邓远航解释着他琢磨的“苹果理论”。

邓远航听后哈哈地大笑起来,笑了一会儿,他说:“光武,你从插队那时起就天天抱着本《资本论》,研究了几十年,终于研究出成果来了,发现了苹果理论,你这只苹果将与牛顿发现万有引力的那只苹果一起永载史册了。”

“远航啊,你不能这样笑我,人家牛顿那是大苹果大理论,我这是小苹果小理论,我怎么能跟他相提并论呢?他的大苹果是为全人类做出大贡献的,我的小苹果只是为我们九龟做出微不足道的一点贡献,不可同日而语,不可同日而语啊。哈、哈、哈……”洪光武说着,自己也笑了起来。

待洪光武笑定,邓远航说:“你不要笑得这么高兴。我告诉你,我连你这点小贡献都不愿苟同,也不能理解。”

“当然,这个苹果理论还有不成熟的地方,你比我聪明,你有什么高见,可以完善它嘛。”洪光武说。

“我告诉你,不是要完善你这个苹果理论,我是要批驳你这个理论,把你这只苹果砸个稀巴烂!”邓远航说。

“啊?你完全不赞成?”洪光武问。

51

洪光武心想,好不容易想出个苹果理论来做他工作,他却完全不同意,这叫我怎么去完成大舅老爷的任务呢?昨天,钟玉保喊他去把他在省农垦开会时的表态告诉他,他当时也是感到他这个大舅老爷牛皮吹得太大,根本不可能完成,可大舅老爷耐心地做他的工作,并要求他必须把邓远航的工作做通。他想,邓远航不是随大溜的人,轻易不会改变自己观点的,但只要你有理论依据,或是有实践基础,他还是会听的。昨天想了一夜,想了个苹果理论来说服他,自我感觉良好,他却视之如粪土。

洪光武正想着,邓远航开口说:“表面看起来,你这个理论似乎很合理,十分符合自然规律。是的,各种物质都含有一定的水分,只是多少不同的问题,但是,你忘记了一个基本事实,那就是物质当中的水分都是那个物质的组成部分,而不是游离于那个物质之外的虚假成分。但完成任务的数字则不同,它本身就应该是干货,是实的,你往这些数字里注水,就是注入了虚假的成分,水分越多,虚假就越多。”

“这个也是,但是一点水分也没有,也没必要,苹果没有水分变成苹果干也确实没人吃。”洪光武狡辩。

“就承认苹果没水分就不是苹果了,但是你们那增幅是苹果里那点水分吗？你们那种增幅早已不是苹果了。”邓远航说。

“不是苹果，那是什么？”洪光武问。

“苹果已经被水分撑烂了，变成了苹果酱了，水再注下去就变成了苹果醋了，还是你那圆圆的小苹果吗？哈哈哈……”邓远航说完大笑。

洪光武也跟着笑着说：“你这真是深化发展了我的苹果理论哪。哈哈哈……”

下午，邓远航把钟玉保等几人召集到办公室开会，本来是研究工业用地和出售宾馆两件事的，钟玉保又要求研究一下调整目标的事，就变成三件事了。第一项议程先由国土局徐局长汇报工业用地的事。

徐局长汇报一结束，洪光武就抢先发言：“这么好的事要抓紧办、立即办，早办好了，我们的经济总量很快就扩大了。”

侯鸣放也说：“关总项目用地上次就研究过了，怎么拖到现在？你们这些部门办事也太拖拉了。徐总项目用地，我同意国土局的意见，现在就办。”

钟玉保为什么拖着不签字？他心里想的是这两个老总都是邓远航招来的，项目建成了就是他邓远航的功劳，这是他不愿看到的。同时，他认为这两个老板都很有钱，肯定把邓远航喂饱了，而对他却太抠，竟然对他一毛不拔，所以，他拖在那儿，想给自己拖点效益。今天，他不想拖了。为什么？一是他成了众矢之的，二是下面讨论自己的事时，还指望他们支持，因而，他开口说：“唉，这个事不需要研究了，讨论来讨论去的不浪费时间啊？老徐啊，我不是老早就叫你拿给我签字啦？怎么到现在不拿给我的啊？今儿个带没带来啊？带来啦，来，拿给我签字。”签完字，他一边把材料给徐局长一边又对他说：“拿去，以后叫你什么时候拿来就什么时候拿来，办事不能这样拖拖沓沓的。你走吧，我们还研究其他事呢。”

第二件事，邓远航叫洪光武说。洪光武从当前全国的改革形势谈到改革理论，说得大家都有点烦了，不知道他要说什么。他最后才说：“所以，我们的宾馆必须改制，而且必须彻底改，改彻底，一片瓦一块砖都不剩，全卖光。”

就出售宾馆的问题，洪光武说了很多，大家倒没几句话，思想也比较一致，都同意出售。邓远航最后要求：“这个事由场部常务场长具体负责，拿好方案，待下次两套班子会上研究决定。”

第三件事，钟玉保自己先说：“上次省农垦开大会时邓书记在浙江招商，我去开的会。会上，省农垦主要领导都要求我们今年保三争二、明年保二争一，后年确保拿第一。这是省农垦主要领导对我们九龟的信任和期望，同时也给了我们很大的压力。当然人无压力轻飘飘，有了压力才能走得更稳。因而，根据场领导的要求，我们拿了个调整目标的方案，请大家过目。”他把自己的吹牛表态说成是省农垦主要领导的要求。

待几个人把表格拿去看了会儿，钟玉保又说：“这个调整，是我们根据省农垦领导要求，又研究了全省农垦排在前面的几个农场的目标才定下来的。有些增幅可能大了点儿，但不搞这么大就完不成农垦领导交给的任务。我们在完成这个任务时，可能要加些水分，大家不要怕，我们会把水分控制在一个合理的范围内。关于水分的问题，光武研究得比我透，他还根据《资本论》的理论搞了个什么苹果理论，我学不上来。光武，你跟大家说说。”

洪光武听大舅老爷叫他说苹果理论，他犯难了。苹果理论已经被邓远航把皮削光了，把肉捣烂了，被彻底地否决了，哪里还敢再把它翻出来？这时，钟玉保又催他说了，他只好说道：“苹果已经被吃掉了，没有什么理论了。不过我还是觉得上级的指示我们要不折不扣地去完成。这么高的要求，这么大的增幅，怎么完成？我认为除了加大招商引资力度、加大生产力度外，适当地加些水分也是可以的，人家有的农场水分才大呢。”

钟玉保接过他的话题说：“是的，别的农场加水分，你不加，你的总量就上不去，你就吃亏。”

“总量上去，要靠我们踏踏实实地干，是干上去的，不是吹上去的。打肿脸充胖子有什么意义？”邓远航说。

钟玉保觉得邓远航的思想已经僵化，必须把一些新观念灌输给他，因而他说：“远航啊，改革开放这么多年了，过去在我们头脑中形成的一些理念，现在许多都已落后了，跟不上时代了，要重新认识。你就说打肿脸充胖子这个事，过去是我们耻笑的事情，但是现在看意义就很不一般。”

“噢？虚胖也变成是健康的了？”邓远航说。

“可以啊，关键是从哪个方面看。就我这个粗人看，我也能看出这个虚胖的好处，也就是加点水分把总量搞大对我们九龟的四大好处。”钟玉保说到“四大好处”时特地加重了语气，然后停下来看看其他几人的反应。

钟玉保见邓远航、洪光武、侯鸣放等几人都是一脸的疑惑，便扳着手指接着说道："哪四大好处呢？第一大好处，是有利于我们招商引资，总量大了，名气自然就跟着大了，名气大了，客商就朝我们九龟跑了。第二大好处，是有利于提高九龟在全省农垦甚至在全省的地位，我们的总量如果在省农垦是数一数二的，不仅省农垦有什么好事会想到我们，而且我们在省农垦说话的分量也会很重的。第三大好处，是有利于我们九龟多出干部、多提拔干部，我们总量冲到前面了，提拔干部自然会多考虑我们九龟的。第四大好处，是有利于凝聚人心，总量大了，会让我们九龟人民群众有一种自豪感，让外地人有一种羡慕感。如果你要不加水分，这四大好处就变成四大害处，所以说人家加水你不加，你就吃亏。"

"一日不见，如隔三秋。才几天不见，没想到你们子舅两个都成了理论家了，光武有个苹果理论，你这块儿又来个虚胖理论，不过我觉得你们这两个理论都是牵强附会，自欺欺人。"邓远航毫不客气地说。

52

邓远航心想：不顾廉耻怎么到了这种地步？居然还弄出四大好处，给虚胖的人贴金，要靠注水去拿第一、争荣誉！绝不能让这种投机取巧的人有任何市场。因此，他对他们所谓的理论予以了坚决的否定。

侯鸣放坚定地站在邓远航一边，他说："靠水分去争一流，只能自取其辱，到头来一流争不到变下流。"

在一旁一直听几位领导讲话的小凤此时替邓远航担心了，她担心他和侯鸣放这么直来直去地、不留情面地否定钟玉保、洪光武的观点，会引起双方的正面冲突，从而不欢而散。她仿佛看到一场暴风骤雨就要来了。

但她担心的那种场面并未出现。洪光武首先从阵地上退了下来，他说："我宣布，我放弃那个苹果理论，那确实是个漏洞百出的烂苹果，以后各位也不要再提了。对这个目标调整，我的看法是调还是要调的，但要有个度，不能无限制地提高增幅。"

邓远航、侯鸣放直截了当的否定让钟玉保心里很不自在，洪光武迅速地变脸让他更加气愤，心里直骂他软骨头、变色龙。但他细想想，洪光武的话也对，先把调整目标的事定下来，调多少再说。因而，他笑着说道："其实，我刚才说的是在跟你们开玩笑，说说笑话而已，不必当真。真要当真的还是调整目标的问题。上级领导给我们提出了要求,我们不能一点行动都没有,这个目标的调整就是落实领导指示的行动,不管调多调少,我们总要有这个行动。”

侯鸣放说:“调,我也赞成调,但不能这么大跃进似的调,像这么高的增幅调下去,势必把下面压出更多的水分,那样我们农场的经济就难以运转了。”

邓远航不相信省农垦领导对钟玉保提出那三句话的要求,他倒是相信是钟玉保自己提出来的,因而从心里讲,他不同意调整年初的目标,但他们三人都同意调,他也不能坚持个人观点,因而,他说:“这样子吧,调整目标请场部再进行一次测算,原则是靠船下篙、小幅调整、减少水分、健康发展。这个问题在下次两套班子会上再讨论一次。”

散会后,办公室还剩小凤和邓远航时,小凤问邓远航:“邓书记,你今天说话也太直了,我就怕你们吵起来。”

“你没看到吗?我们有些同志急功近利,不择手段,已经非常麻木了,真以为水会变成油,想重演皇帝的新衣的那套假把戏,不鲜明表述自己的立场,会害了他们,也害了九龟。”邓远航说。

“有时造点儿假,兑点儿水,你不是也是赞成的吗?今天怎么这么坚决地予以否定呢?我还以为你今天会默认他们去做呢。”小凤说。

“咦?你这话从何谈起?我什么时候赞成兑水造假的啊?”邓远航问。

“才做的事你忘啦?”小凤说。

“什么事啊?”邓远航问。

“徐总一百亩土地证的事,不是假的啊?”小凤说。

“噢,小凤,这你就不懂了,那是两码事。”邓远航说。

“一笔写不出两个‘假’字出来,同是一个‘假’字,还有什么不同啊?”小凤说。

“小凤,你到办公室来要多学点唯物辩证法,学会用辩证的观点去看问题。你看好像就是一个假字,其实这两件事情的性质和后果不一样。假土地证的事只是一个临时的替代品,是为了尽快地赢得徐总的信任,过几个月肯定会把它换成真土地证的,这是一种战术;而数字加水造假,是一种严重的欺骗领导、欺骗群众的行为,同时也是一种违法的行为,长期下去,水分越积越多,不但让人们对经济形势产生误判,而且还会拖垮地方经济。”邓远航说。

钟玉保散会后叫上洪光武一起直接到宾馆接待客人了。他今天接待的客人是汤厅长介绍的台湾杂文作家林不肯。

邓远航他们场委今年连招两个大项目,而他们场部这边一个小项目都没有,这给钟玉保带来了很大的压力。平时人家都说他钟玉保交际能力强,朋友多,完成招商引资任务没问题,可是现在倒让不擅交际的邓远航冲到了前面,这让他感到汗颜。于是他便到处打电话托朋友,请他们介绍些外商来。他想:招内资可能是比不过他邓远航了,但如果我在外资招引上有大的突破,风头也不会比他小的。汤厅长介绍的这个客人虽是个作家,但他毕竟是个“港澳台”,他在台湾的人脉一定不少,到时去台湾招商,请他介绍台商那是没的话说的。

因此,他充分发挥他擅交朋友的特长,很快就跟林作家混熟了。

他对林作家说:“林大作家,我就佩服你这个名字,你这个名字很有特点。”

“这是我的笔名,怎么啦?”林不肯问。

“你看噢,你要是把中间那个‘不’字拿掉,你就是个大总统。”钟玉保说。

“不少人跟我开这个玩笑。”林不肯说。

“我要答应你个什么事,或者向你承诺什么,最后又不给你完成,我一点责任都没有。”钟玉保说。

“为什么?”林不肯问。

“因为您不肯!哈哈哈……”钟玉保说完笑了起来。

洪光武、林不肯也跟着笑了会儿。待几人笑定,洪光武插话说:“他这个名字中的‘不’字的位置很有讲究,要是放在前边,就是不林肯,表示自己没有那种野心;放在中间,就是玉保刚才说的是您不肯,不能怨我;要是放在最后,就是您肯不,显示自己的民主作风。”

“拆解得有道理,看来,洪书记也是个读书人啊。”林不肯说。

钟玉保笑着说:“嗯,他是个读书人,一本《资本论》读了大半辈子。”

“哎,那就了不得啊,能读懂《资本论》,又能读这么长时间的人,也是凤毛麟角啊。”林不肯说。

“他啊,他不光是读,还把《资本论》的理论用到我们九龟发展的实践中来,你看我们九龟这么美,也有他很大的功劳呢。”钟玉保吹起了自己的妹婿。

林不肯说:“那是大贡献啦。不过你们这九龟的确是个好地方,我一踏上这块土地就喜欢上九龟了。”

“那你就常来啊,带你的家人来,带你的朋友来,我们这儿水美、湖美、人美,你们来投资也好、观光也好,我负责接待,包你在九龟吃好、住好、行好、玩好。”钟王保表态说。

洪光武补充说:“到时候叫林作家乐不思台。”

“这倒也不必,我来,你们接待一次就行了,不用你们天天陪着。最好,你们卖给我几分地,我在上边砌一幢房子,到时我来度度假。如果有写作灵感,我就在里边住上几个月,完成我的写作。”林不肯说。

“那好,一言为定,现在不是您不肯了,而是您肯的。但是要叫我卖几分地给你,不是林不肯,而是我钟不肯了。”钟玉保说。

53

洪光武心想:大舅老爷又瞎说了,几分地都不肯卖给人家,不要把人家大作家气跑噢,那损失就大了。

林不肯也感到不可理解,大陆的场长真跟我们台湾的农场场长不一样,私人的消费我自己承担,他为什么不同意?难道大陆不准把土地卖给台湾人吗?不对啊,台商来投资几十亩、几百亩的土地都能卖,我就要这几分地,他为什么不肯卖呢?因而他问了一句:“为什么不能卖,有政策规定吗?”

“政策规定?政策规定它能规住我钟玉保的腚?不可能的哎。大作家啊,我跟你讲,我是不肯卖给你,但是我送给你,不是送几分,而是送你五十亩,够不够?不够再送。”钟玉保说完拍了一下大腿,以示态度坚决。

林不肯感到非常吃惊,他头脑里跳出了一连串的问题:大陆的一个农场场长有这么大权力?难道钟场长在大陆就是一个地主?他一个场长说把土地送给谁就送给谁?大陆的土地就是这样无序地进行着土地的交易?头脑里的这些问题,他没有急于发问出来,而是说道:“够,足够了,五十亩,那是地主庄园了。只是我还是要花钱买,不要你送。”

“林大作家,到大陆来,你就不要跟我们客气了。我们两岸是一家人,你年龄比我大，我该叫你大哥了，兄弟之间，送点东西算什么，不是小菜一碟啊？你就接受就行了。”钟玉保爽气地说。

林不肯更加疑惑，他这是什么意思？兄弟之间？强行送？他是不是有别的目的？略微思考了一下，他问：“钟场长，你们九龟的土地难道不经过市场买卖，只是分配和送的？”

“不是不是，送，只是送给兄弟的，海峡两岸是兄弟，我才送的，像那些日本人、美国人，我就是把田荒在那儿，我也不会送的。”钟玉保说。

洪光武见林不肯一脸警惕的样子，知道大舅老爷刚才说话太鲁莽了，便说道：“林作家，钟场长说的意思是，我们九龟的土地正常的是按市场价出售的，但对于那些对九龟贡献较大的人，场部可以收购一些土地奖励给那些有贡献的人，不是送，场部也是花钱的。”

“噢。那我第一次到九龟，于九龟点无贡献，无功不受禄，场长大人为何要送我这样的大礼呢？”林不肯似乎有点转过弯来了，但他还是搞不懂自己有什么理由可以接受这样的馈赠。

钟玉保心想：这些人怎么这么迂呢？送给你，你还这么啰唆，这要是卖给你，你还不把人坠死啦？真是名如其人，看样子要叫你“肯”还真不容易呢。但他没敢把这些想法表露出来，而是说：“什么贡献啊？你能到九龟来就是贡献，哪个敢跟你攀比啊？”

洪光武觉得大舅老爷的话说得还有欠缺，便补充：“是啊，您是台湾的知名作家，大陆也有不少人读过您的作品，您能到九龟来也是我们九龟的荣幸啦。再说，您在九龟生活时间长了，感受到九龟的人美、水美，写出赞美九龟的作品，让更多的人到九龟来，这可是别人比不了的大贡献啊。”

“对，再帮我们介绍些台商来九龟，那贡献就不得了。我跟你讲，五十亩都不是个什么大礼啊。”钟玉保也接着说。

“两位两位，慢点说，慢点说。你刚才说叫我写赞美九龟的作品，又为难我了，看来，你这个大礼我还是不敢要呢。”林不肯说。

洪光武疑惑了：这么知名的作家，一两篇小文章还在他的话下吗？这大作家怎么这么酸？是不是嫌五十亩地的礼小了？

钟玉保则有点吃惊：这人会不会是个冒牌货噢？要真是个假作家，那九龟就真出名了。因而，他试探地说：“林大作家，写篇文章是你手到擒来的小事，你不能拽着胡子渡九龟湖，牵须（谦虚）过渡（度）啊？”

林不肯说：“两位小老兄有所不知，真是隔行如隔山啦。你们知道我是什么作家吗?”

钟玉保心想:乖乖,难不成他真是个台湾小混混出身的假作家? 因而他急切地问道:“什么作家?”

“我是杂文作家。通俗点说,就是专门对着丑陋、缺陷和不足来的。我要是在九龟住的时间长了,能不揭出你们的丑陋和毛病就不错了,哪里还能指望我给你们写出赞美的作品来呢? 就是硬写出来也是笑不像笑、哭不像哭,是个‘四不像’啊。”林不肯说。

洪光武听林作家这话,便回道:“林作家,这您就不要担心了,您尽管放心地在九龟这儿住下去吧,这儿的美一定会让您笔下生美的。”

钟玉保心里则是另一种想法:他还是个不肯,哪有作家不会写赞美文章的呢? 你就糊弄小学生去吧。不肯就不肯吧,马上多给你灌点儿酒,保证叫你林不肯变林肯。不过,他听说林大作家是专挑人家毛病和丑陋东西的,便又有了新想法:那很好,到时提供点线索给他,让他定点揭露,把邓远航写丑写臭也是求之不得的啊! 想到这儿,他对林不肯说:“林大作家,你这手艺正中我下怀,这下不管你叫什么名字了,天生不准你不肯了,我们是弟兄,你说,五十亩地够不够? 你好歹给我一个回答!”

林不肯感觉面前的这两个人,那洪副书记还像个有文化的人,说话也得体,这个钟场长倒像是个行伍出身,说话不光是粗鲁,还常常用词不当。这会儿他提问题的口气又这么强硬,林不肯只好回答说:“够了够了,足够了,我只是搭个小窝,只要几分地。没想到大陆的场长这么有魄力,出手就是五十亩,远远超出我的想象,让我有点忐忑不安。”

“林大作家,真算你眼睛有光,能看出我的魄力来。我实话跟你讲,大陆也不是个个场长都有魄力的,我们九龟也不是个个都有魄力的,你要是碰到我们那书记啊,他把一分地给你还要查查你祖宗八代,看看你是不是国民党特务呢。”钟玉保说。

这话让林不肯心里有点怵然,也不知道他说的什么意思,便端起茶杯喝水,对他的话不予回应。

洪光武看出来林不肯的心理,便转变话题说道:“林作家,既然五十亩够了,那你就选块儿地吧,看选在哪里合适。”

“对,你选块儿地。看中哪块儿我给哪块儿,要圆的给圆的,要方的给方的,包你光身汉娶媳妇——心满意足。”钟玉保说。

林不肯知道他说的是个歇后语,但这“光身汉娶媳妇”用在我这个儿孙满堂的老头身上简直就是骂人，他想点一点他，让他说话注意些，不要无意中伤了人，好心办了坏事。因而，他对钟玉保说：“钟场长，你们大陆的场长权力真大啊，不但让我有地砌大房子，还能包我要二房三房啊？”

54

钟玉保哪里听得出来林不肯话中所指的是什么，他还在心里想：乖乖，这还是个骚老头子呢，还想娶二房三房呢，行，只要你能对我有帮助，别说给你娶二房，三房四房都没问题。因而对他说道：“林大作家，这些我都能包你，我们九龟湖美女多，只要你看中的，二房三房都不在话下。”

林不肯摇摇头，又端起茶杯喝水。

洪光武再次岔开话题说：“钟场长，林作家的意思说你场长的权力大。”

“权力大，噢，是的，我的权力是大些，但也不是每个场长权力都大。这主要是看能力，能力大，权力就大。我们九龟有些人还跟我开玩笑，说我场长的权力比他场委书记的权力都大。我这么跟你讲吧，别的地方我不敢说，在九龟这地上，只要你想到的，没有你老弟我做不到的。”钟玉保拍着胸脯说。

林不肯端着茶杯就没放下来，他一直把它靠着嘴边，抿着杯里的水。

洪光武接着钟玉保的话说：“对，林作家，您选块儿地，他会替你办好的。”

林不肯放下茶杯说：“可我第一次到九龟，还不知道九龟的东西南北，你们叫我怎么选？”

钟玉保一拍大腿说：“哟，真的把这话给忘了，我还以为个个都跟我们一样熟悉九龟的地盘呢。这样子，你放心，明天我们带你去看一个地方，包你到那块儿就不想走，就想在那儿成家立业了。哈、哈、哈……”

林不肯也只得跟着笑笑，但笑得有点尴尬，待钟玉保不笑了，他问：“什么地方，这么神奇？”

钟玉保答道：“龟岛！我们插队的地方。”

第二天上午吃过早饭，钟玉保、洪光武和场办主任董兴国陪林不肯等去龟岛，可刚走到宾馆大厅，就被一对父女拦住了。

钟玉保见是剃头匠黄麻子父女俩,便问:“你们有什么事?”

“我们找你来上访的哎。”黄麻子说。

“噢,找信访局去,我现在陪客人要下分场了。”钟玉保说着避开他们父女就要向门外走。

黄麻子一把拽住钟玉保的膀子说:“你想溜,不行,你今儿个不给我解决,我就不放你走。”

钟玉保哪里吃他这一套,膀子用劲一抽,甩开黄麻子就向前走。

黄麻子见钟玉保迈步向前了,一个猛扑,想抱他的身子,但身子没抱到,却抱住了钟玉保的大腿,便就势趴到地上喊道:“不得了了,打死人了,场长打死人了。”

钟玉保先是将腿抬起来甩了两下想摆脱那双抱住他的手,没甩掉,他便拖着腿向前走,黄麻子死死地抱住他的腿一边跟着向前滑一边又喊道:“不得了了,场长踢死人了。”引得宾馆里的客人和服务员纷纷到大厅来看闲。

黄麻子女儿黄翠香见父亲跌倒了,而钟玉保还在向前迈步,她便连忙上去拦住钟玉保说:“钟场长,你不能拖,我爸有心脏病,你把他病拖发起来不得了。”

钟玉保收住脚站在那儿说:“那你叫他松手噻!”

“你想得倒美呢,我松手,我松手你比兔子跑得还快,你这点小把戏还跟我玩呢。”黄麻子趴在地下头抬起来说。

这时在一旁的林不肯对洪光武耳语了几句,洪光武便走过去对钟玉保也耳语了几句,然后陪林不肯回房间。

黄麻子见状更加抱紧钟玉保的腿说:“翠香,不要听他的,他们捣鬼哪,想找机会溜呢。”

钟玉保也不辩解只是喊道:“董主任,一楼开个房间,我来跟他们父女俩谈。”说完掉转身子欲向宾馆内迈步。

黄翠香见状赶忙低下头一边扶父亲一边劝说:“爸,起来,钟场长答应接待我们了,起来。”

黄麻子听了女儿的话,并没有松手,而是两手依次向上腾挪,身子渐渐地抬起。他想:他的手始终不离他钟玉保,一旦他想溜,他也可以随时抓住他。靠这样的动作,他站了起来,同时两只手也抱住了钟玉保的膀臂。

来到房间，钟玉保先往里边的椅子上一坐，然后指着另一张椅子对黄麻子说：“老黄你坐。”

黄麻子叫女儿坐到那张椅子上，自己则坐在靠外边一点的床上，把住出门的要道，以防钟玉保开溜。

待几人坐定后，钟玉保仔细打量起黄翠香来。他刚才心烦没注意，这下心定下来一看，心里一惊：这黄翠香什么时候变得这么靓丽了？那林不肯看起来道貌岸然，骨子里还是个骚老头子啊。

原来，林不肯真是被黄翠香的美艳所吸引了，他觉得她长得很像台湾的一个著名影视演员，便想叫她一起跟他到龟岛，如果看得好，将来就叫她管理那五十亩地上的产业。因此他便向洪光武说了，洪光武又向钟玉保传达了这个意思。

钟玉保把他们父女俩带到房间来，也就是找机会完成林不肯的任务的。他知道，黄翠香与小凤、蔡小花都是邓远航的学生，黄翠香和小凤都是初中毕业后考上五年制大专走的，毕业后两人都在她们的母校石龟中学教书，后来小凤当了干部，不知她现在是不是还在教书？于是他问：“你还在石龟教书吗？也不想调到城里来？”

没待女儿回答，黄麻子抢先说道：“有后台的当干部的当干部，进城的进城，我们这些剃头匠的伢子是能靠天还是能靠地啊？哪个当官的问我们？”

“黄翠香，这就是你的不对了，我孬好也给你们上过几节课，也算是你的老师，像这些调动的事，你爸不找我，你不能来找我吗？”钟玉保说。

“你们老师也忙，不好意思打扰你们。”黄翠香说。

“我现在不忙了，专门接待你们，你在工作上有什么要求尽管开口，我尽量帮你。”钟玉保摆出一副欲帮其大忙的样子。

“雨后送伞，晚了。”黄麻子说。

黄翠香说：“现在工作上不需要你帮了，我已经辞职不干了。现在要你帮的事是帮我们把拆迁赔偿的事处理一下。”

“拆迁赔偿的事不急，等下再说。我再问你，你辞职了，现在在做什么事呢？”钟玉保说。

“也没别的事，就跟我爸爸开美容美发店，兼营按摩推拿捏脚。就因为这个店要拆迁，我们才来上访的。”黄翠香说。

“你们天天大鱼大肉还有酒喝，我们没的饭吃喝西北风了，没的一个人出来管我们,你们还是农场人民的场部吗?”黄麻子说。

“噢,我晓得了,就是前边工行楼下那个店啊?那个产权是工行的,你们应该去找产权所有者工行哎,找我们不对。”钟玉保说。

55

“你们就是踢皮球,把我们老百姓踢来踢去。”黄麻子说。

这时钟玉保的手机上收到了洪光武发来的信息:林作家问那事办得怎么样了?钟玉保看完信息便不想再与黄麻子纠缠下去,因而他单刀直入地问:“行,在补偿上你们有什么要求,你们跟我说,我来处理。”

“我没的旁的要求,我一分不多要,一分不少要,你就把我装潢花的钱赔给我就行了。”黄麻子说。

“你装潢总共花多少钱的?”钟玉保问。

“我总共花了六十七万零两元六角,可是他工行对折拦腰砍,只承认我三十万元,这不是跟抢劫一样嘛。”黄麻子说。

“他那个说的不算数,但你说的也要有凭据啊。”钟玉保说。

“我们是有真凭实据的,在这块儿,你看。”黄翠香一边说一边从包里掏出一个本子递给钟玉保。

钟玉保翻开本子,里面夹着些发票、收据、白条,本子上还记着购买材料及支付款项等账目。钟玉保哪里想看这些,他把本子又递给黄翠香说:“嗯,很好,有这些东西在就好说话。这样子,我叫物价局来两个人,到你们店里实际看一下,得出个数字,叫审计局再来两个人到这个房间来把这些发票账目看下子,两组最后一对,看讹错多少,最后我来跟你定,怎么样?”

“我告诉你,你们看不看都是这个数,我不会讹你们一分一厘钱。”黄麻子说。

黄翠香觉得钟场长说得也在理,人家不可能就凭你说的、你提交的东西就算数的,因而,她说:“就先这样子吧。”

“那好,老黄,你现在到店里去,那一组人马上就去。黄翠香就在这房间等另一组人来。”钟玉保送走黄麻子,他叫董主任打个电话给物价局,叫去两个人到黄麻子的美容美发店把店里的装潢情况评估一下。待安排过后，他又回过头来对黄翠香说：“打个电话给你爸爸，告诉他物价局的人马上就到，叫他对人家态度好些个，态度不好，评估少了，不能怪我噢。”

黄翠香遵令给她父亲打了个电话，然后问：“审计局的人什么时候来？”

“噢，审计局的人到石龟分场了，我正好要下分场，带你到那块儿去给他们审一下。你再给你爸打个电话，把我送你到石龟的事跟他说一下。”钟玉保说。

黄翠香没法，为了能多拿点补偿款，她只得跟着钟玉保、洪光武、林不肯等一行下分场了。她随他们来到石龟分场的龟岛大队，只见他们在龟岛到处转，并没见到什么审计人员，最后跟他们来到老知青点，她实在憋不住了，便问：“钟场长，你们忙你们的，你让我去见审计人员就行了。”

“不忙，那个是个小事，审计人员实在没的时间看也不要紧，最后就按你说的那个数字补也不是什么大事。来，我给你介绍个人，说不定这个人能影响你以后的生活呢。”钟玉保说着把她带到林不肯面前为双方介绍说：“这位是台湾大作家林不肯，这位是九龟知名女老板黄翠香。你们交流交流，我看看我们曾经住过的地方。”

听说对面是台湾的大作家，黄翠香眼睛一亮，既惊讶又喜悦。惊讶的是在这个乡野之地意外碰到敬仰的大作家，喜悦的是能与心羡的大作家当面请教。黄翠香也是个文学爱好者，喜欢读文学书籍，有时也写一些散文，还在《九龟湖报》上发表过几篇，她很想在更高层次的报刊上发表作品，一直也没能如愿。这下碰上这么个大作家，有他的指导和帮助，自己的愿望不是可以实现了吗？但她此时心里还有点不相信这等好事能突然降到她头上，因而，她问道：“林老师，您真是台湾那个写杂文的林不肯作家？”

“我是作家，不是作假，我是真的林不肯。不过，我倒要问问你，我明明是作家，为什么你偏偏要喊我老师呢？”林不肯问。

黄翠香的脸有点发红，她略带羞怯地说：“我们这块儿对尊敬的文化人都称老师，还有我也喜好文学，当然要喊你老师啦。”

“噢？那好啊，那真是他乡遇知己，千里遇知音啦，这样我们可以一起谈文学，一起写文章啦。”林不肯说。

黄翠香的脸更红了，她怯怯地说：“老师，你抬举我了，我哪敢跟你谈文学啊，我跟你拎草鞋差不多。”

“拎草鞋？什么意思？”林不肯问。

黄翠香扑哧一笑说：“就是做你的跟班，为你服务。”

“噢，你也不要这么瞧不起自己。你身上有许多值得我学习的东西，就像刚才的‘拎草鞋’我就不懂，所以说，你一定要拿出你的真本事，跟我好好地切磋切磋。”林不肯说。

拿出真本事与他切磋？行，他一定要我拿，我也不谦虚，就拿两手给他看看。于是，她说道：“行，林老师，我就拿美容美发、推拿按摩的手艺跟你切磋。”

“行啊，你帮我推拿按摩，我教你写文章，双赢的事，多好啊。”林不肯说。

“我想在省以上报刊上发表作品，你要帮我这个。”黄翠香说。

“行！一言为定！我的计划是这样的，我在这五十亩土地上建个度假村，由你负责管理经营，我每年来住几个月跟你切磋技艺，寻找写作灵感。怎么样？你答应吗？”林不肯问。

黄翠香羞涩地点了点头。

林不肯在九龟住了几天，落实了土地，落实了总经理人选后，便回台湾委托人搞设计去了。钟玉保刚送走林不肯，又迎来了在深圳当老板的插友方元本。

其实，钟玉保对方元本的仇至今未消。上次方元本回来，因为他大哥正是九龟当时的场委书记，钟玉保不敢得罪他，才表面上跟他握手拥抱，把前嫌一笔勾销了，否则插队时的那捅刀之仇怎么能忘记。因此，他这次对方元本的接待并不热情，只是叫办公室一个副主任去陪他，到晚上实在过意不去了，才到宾馆去陪他吃晚饭。

现在这个时候在宾馆宴请他，也就是怠慢他了，因为宾馆已经陈旧，菜肴也大不如前，再加上宾馆要改制的消息已传出去，职工服务水平也下降了。但钟玉保请来陪的人还是有考虑的。一桌人基本上是过去在龟岛一起插队的或是原来在石龟一起长大的。插队的有钟玉保夫妇、洪光武夫妇，没请邓远航；在石龟分场一起长大的有钟玉保两个弟弟钟玉卫、钟玉国，还有王石基。这种架势也就相当于钟玉保的家宴了。

所以，钟玉保一开始就说：“方老板，你说我对你的接待多隆重，不是亲戚朋友我是不会喊来陪你的哎。”

方元本附和说：“那是，我们什么关系？生死之交哎。”

听他说“生死之交”，这勾起了钟玉保脑中在龟岛的那个夜晚血淋淋的一幕，他心想：你妈的，哪里痛你戳哪里，老子那个仇还没报，你以为你就是胜利者啦？想到这儿，他说道：“是的哎，险些是你生我死哎，幸亏你手下留情，你要是再狠狠心戳深一些，九龟人民今天就没有钟场长了。”

钟玉保在欢迎晚宴上说出这样的话，让全桌的人都汗毛直竖，为之紧张。大家的眼睛立刻分成两组，一组对着钟玉保，一组对着方元本。

56

方元本听了钟玉保那番话后寻思道：原来这家伙说抛弃前嫌是假的啊。他心里的恨还不浅呢，看来那时下手还真是心软了点儿，这次，他不犯我就不谈，如果他胆敢再爬到我头上拉屎，我绝不轻饶，非废了他不可。他暗下了决心，但嘴上则说得若无其事：“老大，还是你心慈手软，这方面我还要跟你多学学呢。”

“怎么的啊？我一没打你，二没杀你，哪儿来的心慈手软啦？”钟玉保问。

“当时，你是没打我，没杀我，但你辱骂我了。老大，你还记得吗？当时招工政策是‘两插招一’，我们兄弟在那插队应该走一个，但没让我们走，这个不谈了；政策规定有病的可以病退，我有镇卫生院肺结核证明，你说我是装病，又没让我走。老大，你不晓得啊，士可杀不可辱，你那样子比杀了我还让我痛苦呢啊。”方元本说。

这时洪光武见气氛不对，便说道：“两位老大，那陈芝麻烂谷子的事还有什么说头啊？今儿个大家高兴，来，倒酒。”

“等下子。”钟玉保制止住洪光武。他想：这个方元本还真是个流氓坯子、国民党狗特务的孝子贤孙，他妈的，他险些把我杀死，我没追究他，他倒声讨起我来了。看来不玩玩他，给他点苦吃吃，他根本不晓得天多高地多厚。他暗下决心必须整得他心服口服，但他知道这个事必须等机会，今儿个不是时候。因而，他冷不丁地冒出一句：“老弟，我这个人头皮外不光，脑壳里头倒是光滑滑的。”

大家感到他这话说得好笑，便都笑对着他，等待他的下文。

洪光武知识比较丰富，他觉得大舅老爷这话不对，便说道：“钟场长，你这话不符合科学。”

“怎么的啊?”钟玉保问。

“头皮外光是生理现象,脑壳里都是脑子,脑子上高凹不平,有许多沟回,不可能是光滑滑的,就是猪脑子、狗脑子,它也不会是光滑滑的。”洪光武说。

桌上一阵哄笑。

钟玉保被大家笑得有点生气了。他对洪光武说:“你才是猪脑子、狗脑子呢。你就知道死读书,读死书,你就是个书呆子,也没多大长进。你晓得我说那话什么意思啊?那就是个比喻哎。头皮外边光,是什么啊?”

有人说:“秃子。”

钟玉保继续说:“对哎,秃子哎,什么意思啊?十个秃子九个坏,我是跟元本说,我不秃,我也不坏哎。”

洪光武不甘心被大舅老爷瞧不起,便又插上来说:“这也不是绝对的。还有人说‘聪明的脑袋不长毛’‘十个秃子九个富’呢。”

“哎,对,王秃子就是大财主。”有人指着王石基说。

王石基不想大家把话题引向他,便说道:“你们让钟场长再说,那脑壳里头光是什么?”

“暗秃呗。”有人说。

钟玉保说:“不要瞎嚼。我说我脑壳里边光,是向元本表明,我这脑袋挂不住个事,什么事一进这脑袋就滑走了,不记仇。元本,过去的事就让它过去了,以后哪个也不要再提。来,喝酒,大家举杯为元本接风。”

几杯酒下肚,方元本又说话了:“玉保,这个宾馆现在怎么这么破烂啦?你当场长就不能拨点钱把它重新装修下子啊?”

“我是想把它装潢得豪华些呢,可是马上就不跟我场部姓了,我再花那个钱不是白花嘛。”钟玉保说。

“不跟场部姓,跟哪个姓?有接手的啦?”方元本问。

“邓远航要把它卖给私人老板了。”钟玉保说。

钟玉国见谈到这个话题,立即插上来说:“哥,我听外边人说宾馆要卖了,哥,我跟你说,我要买。”

“好啊,可以卖给你啊。”钟玉保说。

洪光武知道浙江的徐总要买,便说道:“恐怕不行吧?”

“怎么啦?有主啦?”钟玉保问。

“浙江徐总跟远航说好了要买这个宾馆。”洪光武说出了实情。

“有主我也要买！大哥，这不是你们场部财产嘛，他场委插什么手啊？”钟玉国说。

“你懂什么啊？有利的事哪个不插手啊？”钟玉保说。

方元本听说宾馆要卖，他心里早已痒痒的要伸手了。这是多好的一块肥肉啊，处在市中心位置，在场部旁边，又有这么大一块资产，哪个买去不赚大钱啊？刚才，他只是听他们说，这会儿他忍不住了。他说：“对，我支持玉国，就是有主了不按市场规矩办事不行。不要说玉国要争着买，我也要争着买呢。”

钟玉保见方元本也要抢这块肥肉，便不高兴地说：“元本，你是做大生意的，跟玉国争这个小宾馆做什么啊？”

“玉保啊，你不是说我到现在还没回来投资嘛，这样子，这个宾馆就是我回九龟投资的第一个项目。”方元本说。

“再说吧，这个事会上还没通过，卖不卖还不一定呢。”钟玉保说。

“不管卖不卖，我先挂个号，到时我把钱背着来参加竞买。”方元本说。

本来钟玉保对他过去的砍杀之仇还记恨在心，他现在又这样强势地显摆，且要从他弟弟口里夺食，更让钟玉保对他恨之入骨，但他当一桌人的面不便发作，只是说道：“元本啦，这个事我也做不了主，最后是邓远航说了算。插队时，你们的关系也不错，你找他这个小事，他不会不帮你的。只要他一句话，我负责帮你办具体事。”

提起邓远航，方元本还是很感激他的。过去的事，他并没有忘。老父方之仁是国民党起义团长，转业后一直任石龟学校校长。“文革”开始时，钟玉保父亲要批斗老父，说他是国民党特务，是邓远航父亲保护了他。在龟岛插队时，钟玉保对他是百般欺凌，而邓远航对他却是尊重信任，因而，他从心里憎恶钟玉保而感激邓远航。但现实生活却是黑白颠倒、阴阳两差。每次从深圳回来带给他们的礼物，一二百元的小玩意，邓远航还能收下来放在办公室的柜子上，稍微贵重些的坚决不要，钞票更是一分不要。而钟玉保不管大小，也不问是钱是物都全部笑纳。更让他过意不去的是在他们俩的职务升迁上，他也只是帮了钟玉保而没帮邓远航。那还是他家大哥方元根在九龟做场委书记期间，钟玉保在场委办当主任，邓远航当副主任。他在大哥面前为钟玉保说话，帮他提为场委委员、宣传部部长，却没在大哥面前为邓远航说一句话，直到大哥调离九龟，也没让人家做场委办主任。这种情况，你有事还能有脸去找邓远航吗？自然不能。那宾馆就不买了？不行！其实哪个心里不得数啊？他钟家能有钱买下这个宾馆？还不是连买带送啊？我就看不得他钟家发这个财。我就赖上他了，他不帮我还不行！因而，他对钟玉保说："钟场长，在九龟谁不知道我们俩最要好？这个小事，别人我不找，你老兄肯定会帮我办好的。今天也不早了，大家该休息了。有些事，明天我到你办公室单独谈。"

57

第二天上午，方元本直接到场部大楼找钟玉保，秘书告诉他，钟场长到邓书记办公室去谈事了。方元本便抬腿上三楼，干脆到邓远航办公室把自己欲竞买九龟宾馆的事当他们两人的面说一下，以便他们好安排。但他上了三楼又下到二楼，他想：还是不找邓远航，让他知道我要收购宾馆反而不好，他到时候公事公办，搞个竞拍，我不但任何便宜沾不到，还得多掏钱；而钟玉保就不一样了，什么事就怕他不答应，他只要答应了，他就有办法让你捞到油水。因而，他决定在二楼专等钟玉保，把他搞定就行。

此时，钟玉保正在邓远航办公室对场委将要出台的《九龟湖农场党员干部"三守三严禁"》文件发表反对意见。

前些天，纪委书记侯鸣放向邓远航汇报查案工作时曾说："这几年九龟查的受贿干部中，十有八九在外边养情人。这些人走上犯罪道路几乎都是从道德败坏开始的，因而在党员干部中加强社会主义道德教育、倡导文明生活十分必要。"

邓远航思考后说："党员干部的道德规范、党员干部的遵纪守法问题确实到了不抓不行的地步了。这样，我们一点一滴地抓，先从危害大、群众反映强烈的问题抓起，你负责起草个文件，就搞个九龟湖农场党员干部'三守三严禁'的规定，扎扎实实抓下去。"

"你说的'三守三严禁'是指……"侯鸣放问。

邓远航解释说："噢，'三守'就是守德，守纪，守法；'三严禁'就是严禁工作日中午饮酒，严禁黄赌毒，严禁到基层吃拿卡要销。"

今天，邓远航正是为这个文件的出台召集个会议，先小范围地讨论一下，再上场委会上通过。

看到这个文件的讨论稿，洪光武感想颇多，他既想有这个文件来刹一刹在党员干部中存在的不良风气，又怕这个文件出台后一把火烧到了自己。他想：自己与二凤的关系已保持几年了，平时想与她约会，又怕与她约会，每次约会总是担惊受怕，一怕被人家发现，二怕被她勒索，这些年事情虽没外露，但纸包不住火，踩着地雷度日，谁知脚下的地雷哪一天爆炸？她虽没有跟他要过大笔金钱，但小钱加起来也有好几万，再加上她现在开个酒厂，总叫他打电话帮她到部门、分场、企业销酒，一次两次还能接受，老是叫他打电话，人家即使不怀疑他和她的关系，也厌烦了他的推销。过去接到她的电话，心里还一阵欢喜，现在接到她的电话，心里是一阵慌张，她总是当他在家时或是当他旁边有人谈事时打来电话，他接也不是，不接也不是。接吧，你不知道她会喊出什么亲昵的名字，说出什么亲热的话来，让家人或别人疑心重重，接完电话还要编谎话费口舌向他们解释；不接吧，人家也怀疑你心里有什么鬼，不敢当人面接的电话，还能有什么好事？正是既死了大量的脑细胞，也死了大量的心细胞，粘也确实不能再粘，可甩又甩不掉，怎一个“累”字了得？现在好了，邓远航出台这个文件正是救了他了，他可以趁这个文件的出台与二凤彻底断绝情人关系。想到这儿，他首先发言说：“我认为这个文件非常好，非常及时，非常有必要，必须发，而且要尽快发。”

他讲这话时，钟玉保向他看看，心想：这人被邓远航洗过脑啦？否则，今天怎么会与邓远航这么高度一致？

洪光武并不朝大舅老爷看，他只顾自己讲道：“过去，我们没有这个提倡，没有这个禁令，让一些党员干部分不清是非，不知道哪些该做，哪些不该做，以致一些同志已经犯了错误，还以为自己就应该这样呢。比如一些党员干部参与赌博，甚至于嫖娼、养情人，把我们党的作风搞得乌烟瘴气，他还认为不这样就是落伍了，这样做才是跟上形势呢，还以为家里红旗不倒、外边红旗飘飘是时尚呢。这下好了，有这么个标准在，党员干部知道什么不该做，以后就不应该再做了。”洪光武说完自己的脸已涨红了。

他一说完，钟玉保就接着说道：“奇了怪了，你平时在任何场合说话都口若悬河，从不怯场的，今儿个说这几句话，怎么脸就红啦？莫不是心里有鬼？”

听大舅老爷这么说他，洪光武的脸更加红了，但他今天没怯大舅老爷,他立刻回击道:“你心里才有鬼呢。我看还要加一个禁止,就是禁止同志之间瞎猜疑、乱损人!”

钟玉保还没看过这“小要饭”出身的妹婿跟他这么硬过,他正要再呲他几句,揭揭他的老底,后来一想还是改口了。他想到的是:如果他们俩在这互相揭老底,倒被别人看笑话了,外人还以为这个“三守三严禁”就是专门为他子舅俩定的呢。因而,他说道:“你不要急嚜,我没别的意思,我就是说你把这个文件夸得一塌糊涂,难不成一点不是都没有?”

“噢,你问这个,我倒有点想法要说呢。我有个想法,就是把文件上‘有这些不道德、违纪行为的要主动向党组织说清楚,党组织根据情节给予纪律处分’的这句话去掉。你们想,人家现在做的,党组织并不知道,你现在叫人家主动说清楚,不单要背个处分,还让社会上都知晓了,哪个傻子才做这事呢。我看,从文件发布之日起,如再犯的,一经发现,坚决予以严肃处理,就很好了,不要再追根溯源弄得人心惶惶的。”洪光武说。

邓远航听了洪光武的话,认为大家可能还有些模糊认识,必须加以引导,因而,他讲道:“你这个建议可以考虑,但只能考虑一部分,就是说,对一般性违反社会公德和轻微违纪的,只要他纠正了,可以不再追究;而对那些严重违纪和违法的行为必须追究,当然他如果主动向组织说清楚了,可以作为从轻处理的情节考虑,但不是不处理;对那些不思悔改、顶风作案的人,则必须一查到底,从严处理。不严肃党纪国法,我们九龟就没有发展,就没有文明,我希望大家对此要有清醒的认识。”

钟玉保对邓远航的话颇不以为然,刚才他一看到“三守三严禁”的文件心里就不爽,听到洪光武把它的作用说得那么大,他便来火,现在邓远航又把它拔得这么高,他觉得他不站出来说话还真对不起九龟的未来了。于是,他说道:“远航,其实我们今儿个在座的除了丁部长,其他都是九龟人,哪个心里想的不是九龟的发展?我今儿个说话也不怕得罪人,要我说,你们这样弄,不是促进发展而是在拖发展的后腿,也许你们自己不觉得,但实际就是如此。小平同志说过,我们现在主要不是反右,而是要反‘左’,我看我们一些同志已‘左’得离奇了。”

钟玉保“反右反左”的话一说,满屋愕然。

侯鸣放在心里斥之为一派胡言,但他嘴上说的要客气得多,他说:“钟场长,我们不懂了,从哪个方面看,发一个严肃纪律的文件,就成了‘左’倾了呢?”

“是啊，我也不明白。玉保，你说得有点过了，马克思主义的书我读得不比哪个少，什么是‘左’，什么是右，我还是能分辨出来的。我看，发这个文件不存在左右的问题，我赞成发。”洪光武说。

钟玉保见妹婿竟然跟他唱反调，心想刚才我跟你客气了没说你，这会儿你不但不支持我，反而又来冒犯我，看来你就是“小要饭”的命，不把你一棍子打跑，你不晓得主家的厉害。因而，他带点火气地说道：“你也有脸说你读马克思主义的书啊？要我说你只不过是拿着《资本论》到处唬人的假马克思主义。你真正读过几页啊？”

大舅老爷说妹婿是“假马克思主义”，在座的人益加惊愕，不知洪光武副书记会做何反应。

58

洪光武被大舅老爷这一戗，虽想反击，但一看大舅老爷那虎视眈眈的样子，便把到嘴的话又咽了下去。

听到钟玉保的话，让邓远航想起了上个世纪六七十年代，他们在“文革”和插队时钟玉保那些动不动就“上纲上线”的言行，感到今天与那时的气氛有点像了，他觉得今天出现这种场面很不一般，场委的一个倡导文明、严肃纪律的文件竟然遭到场部主要负责同志如此的反对，说明在党员干部队伍中肯定会有不少同志有与他一样的错误认识，如果不提高他们的认识，不统一他们的思想，九龟的文明发展就是一句空话。因而，他说道：“钟场长，你这种说法，听起来有点像过去的‘上纲上线’，我完全不能赞同。你想，我们发这个文件针对的是在党员干部身上的丑恶现象，如果说严禁党员干部身上出现这种丑恶现象是‘左’倾，允许这种丑恶现象存在却能促进社会文明发展，那这个社会还有什么不‘左’不右的正确道路？”

“你们把我的话理解错了。我不是跟你们辩左右的问题，我意思是说：你们场委党建工作年年都在抓，党纪国法都有现存的本本在那儿，没有必要再专门弄一个‘三守三严禁’，难不成我们九龟的这个‘三守三严禁’可以超越党纪国法吗？”钟玉保从上一个山头上退了下来又跑上了另一个山头。

侯鸣放反对说："这个不能这样说，这是混淆概念。'三守三严禁'就是根据党纪国法的精神而制定的，与党纪国法不是对立的。"

邓远航见钟玉保有所后退，便也口气缓和地说："钟场长，这次出台'三守三严禁'不是别出心裁，也不是针对哪一个人的。出台这个文件，主要是考虑一些问题已比较严重，如果任其发展下去那是害了我们的干部，也害了我们九龟。俗话说，与其伤其十指，不如断其一指。我们只有集中火力对准丑恶现象的靶心才能收到事半功倍的效果呀。"

"你这样说，我也理解，但是我要提醒你们，禁止喝酒，上级领导、外地朋友和客商肯定就不来了，没人来，那我们九龟的发展真是一句空话了。"钟玉保又换了一个山头。

"你说的这个问题确实有不少人担心，但是这种现象不是禁酒的必然结果。我们禁酒是对我们九龟党员干部而言的，禁的是工作日中午，禁的是我们自家人用公款互相吃请。这样的禁酒是为了改变作风、提高工作效率，上级领导是会理解的，客商也会欢迎的，这种情况下要是真不愿到九龟来的，我想，他不是酒鬼，至少也是个嗜酒之徒吧。"

侯鸣放也说："说实话，这也是保护你们领导干部啊。你们天天中午一顿酒、晚上一顿酒，有时高兴起来早上还喝酒，你们就是铁打的身体也受不了啊。"

钟玉保也跟着尴尬地笑了几声后说："照这样子，我还要办顿酒席感谢你哪。"

邓远航笑着说："你看，不禁酒真是不得了，三句不离特长啊，为了感谢人家禁酒，没有别的，还是酒。"

"远航，你们不要笑，我虽然好几口，但我还是有家数的，你们放心，这个禁令我保证不违反。我只是弄不懂，这第二个严禁，什么找情人、什么男女关系问题，也就是一个人的生活作风问题，基本上是属于人家个人的私事，有的还属个人隐私，你们场委放着那么多发展的大事不抓，抓这等鸡毛蒜皮的小事做什么？再说，现在什么年代啦？现在是能人时代了，你要是拿生活作风问题把一个能使企业、分场大发展的人整下来，破坏了发展，不是对这个企业、这个分场的犯罪吗？"钟玉保退一步又进一步。

听钟玉保说这话，邓远航心里觉得好笑，拿"生活作风"问题整人是你钟玉保精通的把戏，别人哪个玩得过你呢？上个世纪七八十年代，你只要看哪个不顺眼或是挡住你的路了，你就会写封"人民来信"子虚乌有地说人家生活作风有问题，毁损人家的名声，现在以此说人，真是一种讽刺。不过邓远航并没有拿他这一手来说事，而是把道理讲给他听：“钟场长，你平时忙于抓经济，有些事你可能不是很清楚。实际上，党员干部如果在黄赌毒这三个字上沾一点点，他最终的结果就是走向犯罪。这三个字对党员干部腐蚀性太大。就拿养情人来说，有多少年轻漂亮女人看中的哪是有妇之夫啊，她看中的是你手中的钱和权，当她不断地蚕食或鲸吞你的钱和权的时候，你唯一的办法就是贪占别人的、危害公共的，这样你才能满足她的欲望。我们这两年查处的受贿人员中，几乎百分之百都有情人。多名干部家属写信或当面找我，强烈要求我们严肃查处一些干部吃喝嫖赌问题，如果再不严禁，我们对不起那些好不容易奋斗上来的干部，也对不起他们的家人，更对不起我们党的事业。”

邓远航说这些话时钟玉保心里有点惊慌，他怀疑是否有人到邓远航那儿告过他什么了。他迅速地抬眼扫了一下邓远航，觉得他与平常没什么两样，便装得很平静地说：“噢？看不出来，我们周边的人都是好同志啊，有那么严重吗？”

“没那么严重啊？我说的还是轻的呢。事实上，我们有些党员干部，特别是个别领导干部已经陷在泥潭里，还不自知，还以为现在的政治生活就是这样，大家如此，认为共产党已不管这些小节，以致自己越陷越深，不能自拔，后悔莫及。”邓远航说。

洪光武听了邓远航的话是内心乱糟糟，脸上火辣辣。他心中断定邓远航肯定知道他和二凤的事了。他为什么这么断定，理由有二：一是自己老婆钟玉家从小跟邓远航一起长大，关系密切，刚才邓远航说有干部家属上门找他反映这问题估计就是她了；二是大凤、二凤、小凤都是邓远航的学生，她们有什么问题都喜欢与他沟通，尤其是小凤跟他关系更不一般，现在又是他办公室的主任，我和二凤这点秘密还能瞒得了他们？因而，他早已坐立不安了，邓远航说的每一句话好像都有所指，都是指向他的。他心理压力很大，散会后回到自己办公室心里还怦怦然直往嗓门口顶。他关上办公室的门，一个人坐在老板椅上，闭着眼睛默默地想着他和二凤的事：其实二凤也不比自己老婆强多少，但也不知什么怪事，一段时间里偏偏天天想她，就像吃鸦片一样，天天要跟她约会，现在好像那个毒瘾小了些，虽然有时也想约会，但从她那儿出来后心里就空荡荡的，一点快感都没有了，反而生存了一种悔意，还有一种对钟玉家的歉意。

他思考着:自己为什么要与二凤保持这种不正当的男女关系呢?难道是为了情吗?非也!正如邓远航说的,归根到底她还是冲着我的权来的;那是我们俩有共同语言?非也!我言必谈马列,而她只是一个“马盲”。不要自欺欺人了,也不要找冠冕堂皇的借口了,实实在在地说,跟她约会为的就是一个字,色!

想到这儿,他的脸更烫了。他觉得这段日子自己的行为是有点肮脏和丑陋了。邓远航“三守三严禁”太及时了,我不能再这样下去了,再这样下去,我对得起谁呀?于是,他拿起话筒拨通了二凤的手机。

59

洪光武约二凤晚上见面。

当洪光武坐在办公室反思时,钟玉保对刚才的会议内容也回味了一下。他起初还告诫自己今后要收敛一些,防止被人抓到小辫子,但转念一想,我整天为九龟六十万人忙吃忙喝忙发展,一句好话听不到,不能一点好处也得不到哎,你邓小二子插队时不是跟我辩过社会主义分配原则吗?那就按劳分配嘛,我一场之长出多大力就应得多大酬嘛,不过我只享受我应该享受的,拿我应该拿的,其他我不管。但到底哪些是他应该享受的,哪些是他应该拿的,他并不清楚,事实上,在他心中他把自己这个一场之长应享受、应拿的范围扩得很大,可以说无所不包、无处不可。他一回到自己的办公室,坐到场长的宝座上,他这样的思想就暴露无遗了。

他从邓远航那儿散会回来,在他办公室门口等他的不是方元本而是黄翠香。他一看到漂亮的黄翠香就把刚才讨论的“三守三严禁”抛到九霄云外了,心想那是严禁九龟农场科级和科级以下干部的,我是正处级,是省管干部,哪在他们的管理范围内?

他让黄翠香坐在他对面的椅子上,然后眯起眼睛打量着她:椭圆脸上两只水灵灵的眼睛直荡人的心肺,长长的睫毛一开一合不时闪现出在那雪白河川里漂流着的黑明珠。乖乖隆里冬,到底还是作家的眼睛毒怪,我天天从她的店门穿过也没发现这么美的一个少妇,林不肯那天只一眼就看上了她,毒怪,毒怪,还是你台湾大作家的眼睛毒怪。但是!不管你多毒怪,近水楼台先得月,她是我九龟的月亮,总不会让你林不肯抢了先吧。

他睁开眼问:“是不是为拆迁补偿款的事啊?”

黄翠香把长睫毛微微地一合然后猛地一睁说:“钟场长,你说话不算话。你当人家台湾林作家面保证第二天把补偿款给我们的,可到现在也没人去找我们。我们还等着钱另外租门面呢。”她说完把那长睫毛又闭合起来,然后睁开盯着钟玉保。

乖乖,你不能再这么一合一开了,你这一合一开就像拉高压电闸刀一样,把我电得浑身抽搐,我就是铁打的也被你熔化啦。钟玉保心里正这样想着,黄翠香又说了:“还叫我们老百姓守信用呢,你堂堂的场部,场部的大场长说话都不算数,还叫我们平民老百姓守什么信?”

“你这个伢子,看你人长得漂漂亮亮的,可说话怎么这么没大没小的啊?我场长说话哪一天不算数的啊?你这个伢子不晓得我们共产党的领导体制哎,我说了话还要我上面那个人点头呢,他不点头不得用哎。”钟玉保说着用手向上指了指。

“你上面是哪个?邓书记?”黄翠香问。

“对了,他不同意我就不能办哪。”钟玉保说。

“他不同意?不会吧?他是我老师,我去找他。”黄翠香说着站起来就要上楼去找邓远航。

“坐下,坐下。你这个伢子长得倒清清爽爽的,性子怎么这么急的啊?我跟你讲,我刚才就是从他那儿来的,专门为你这事去找他的。”钟玉保谎报说。

“他怎么说的?他答应了吗?”黄翠香着急地问。

钟玉保只有继续编:“答应?他能答应你这事?我告诉你,他没有我这样爽快的。我去跟他说时,他直摇头说:你们不如送钱给拆迁户算了。我没办法,为了你啊,我跟他好说歹说,最后你猜他说什么?”

“说什么啊?还是不同意?”黄翠香急切地问。

“他呀,他这个人刁呢。他不说同意,也不说不同意,他就撂下一句话:你自己亲自去看下子,到底值多少钱,最后由你定。他这么说了,你说我现在怎么办?”钟玉保说完两眼盯着黄翠香。

黄翠香被盯得很不好意思,便把头转向窗外说:“还要怎么办?邓书记这话的意思不是在那儿呢吗?把决定权交给你了,补偿多少你不是已经决定了嘛,还要看什么看啊?不需要看啊。”

“耶,你这个伢子人倒长得周周正正的,想问题怎么这么不周全的啊?

我告诉你,我这个人,人敬我一分,我敬人一尺,他信任我,把决定权交给我,我不能欺骗他,我必须按照他的要求去看一下。”钟玉保说。

黄翠香心想:这些领导多迂啊,你早把个补偿数字定下来了,看不看还不是个形式,看也这个数,不看还是这个数,你偏要去看,不是喝白开水剔牙缝,没事找事嘛。但是,人家领导既然要去看,就让他看吧,又不会把补偿款看少了。因而,她说:“行,那你什么时候去看?我在店里等你。”

“这样子吧,我今天一天都比较忙,晚上还有接待任务,我吃过晚饭去吧。”钟玉保一边翻着桌上的材料一边说。

“啊?晚上?”黄翠香脱口问道。

钟玉保仍翻着材料说:“怎么的啊?不方便?不方便那就再说吧。”

那怎么行?他这一再说,还不知再到什么时候说呢。因而,黄翠香说道:“那行,晚上就晚上吧。”

刚送走黄翠香,方元本又蹩了进来。他一进来就说:“乖乖,艳福不浅啊,小美女窜窜的,晚上不见不散啊。”

“你这个家伙,把我们领导干部看成什么人啦?说话一点家数都不得,我是那种人吗?”钟玉保没好气地说。

“不是不是,你怎么可能是那种人呢?你要是那种人,那你们这幢大楼里不个个跟你学,都成那种人啦?”方元本说。

“那是,场长虽然是个二把手,但我也必须做好表率,带好一班人啊。哪像你们经商的,吃喝嫖赌抽,五毒俱全也没人管啦。好,不谈这个了。谈谈你找我有什么事吧,我马上还要开会呢。”钟玉保知道他是为什么事来的,只是不愿先提出来,因而故意这么说。

“没别的事,就是昨晚酒桌上说的那事,我问问到什么程度了。”方元本说。

钟玉保又开始编着话说道:“元本,刚才我上楼就是为你这事专门去找邓书记的。”

“怎么样?他肯定同意了?”方元本问。

钟玉保摇摇头说:“没有。他不同意。”

“是不同意卖,还是不同意卖给我?”方元本又问。

钟玉保斜看了一下方元本说:“不同意卖给你!”

“现在是市场经济,他凭什么不同意卖给我?”方元本再问。

钟玉保把身子朝前倾倾,眼睛正视着方元本说:“对呀,你晓得为什么的啊？市场经济，市场经济讲究利益，没有利益，他凭什么卖给你啊？”

“这个你放心！钟场长，我们哪次合作少了你利益的啊？”方元本还是问。

“元本，你不要以为我要利益噢，你就是分一半或倒三七给我，我也没的权卖给你啊。”钟玉保推脱说。

方元本是有备而来的，他不再问为什么了，他只是从口袋里掏出一只信封放到了钟玉保的办公桌上。

60

方元本知道钟玉保比泥鳅还滑，他一定会跟他踢皮球，因而，昨晚他就想好了怎么对付他，他准备了个杀手锏，到万不得已的时候拿出来，逼他就范。这时，他从口袋里掏出来放在钟玉保办公桌上的那只信封正是他准备的杀手锏，他心想：你对我不仁，我就对你不义。

钟玉保没有动那只信封，他只是看着它想了会儿，估计里边是人民币吧？看那厚度万把块钱也就到顶了。这也符合方元本的性格，抠得不得了，你帮他再大的忙，他出手也不会超过这个数的。他现在考虑的是这个钱能不能拿的问题，不拿，就可以让玉国购买宾馆，拿，只能为他效劳了。心里还没有决定，他口上就问了句：“你这是什么意思？”

“没什么意思，你打开来看看就知道了。”方元本说。

“不打开看也知道，你那点鬼把戏还能瞒得了我？”钟玉保说。

“你什么人啊？大场长哎。我什么人啊？小商人哎。我那些鬼把戏还不是被你看得一清二楚啊！”方元本说。

“你这点小伎俩啊，插队时就败在我手下了。哈哈哈……”钟玉保说完大笑起来。

方元本听到他提到插队时的事，他就来气，心想那时是被他踩在脚下过日子，但最后也让他付出了血的代价，而且他至今不敢讨还血债，想到这儿，他也哈哈地跟着大笑了一会儿，然后说：“真是笑死人了。钟场长，你把信封拿起来吧，没人时再看。我有事先走了。”

“慢慢慢，你把这个信封拿走，咱们弟兄不需要这么客气。”钟玉保站起来一边说一边把桌上的信封拿起来往方元本手上递，可还没递到方元本手上,他的手就停住了,像被冻僵了一样,定格在那里了。

为什么出现这种情况?因为他拿那信封时,感到里边的东西很硬,绝对不是钱,那是什么东西呢?金条?不是,金条没有这么宽。纪念币?不是,哪有方形的纪念币?是不是他叫人特制的金块、银块什么的?也不是,这信封里的东西重量达不到。他想拿回来把里边的东西看一下再退给他,但手已伸出去了,再缩回来要被他耻笑了。因而,钟玉保只好继续把信封递到方元本面前说:“拿去拿去,我们党员领导干部为群众办事,绝不拿群众一针一线。”

“耶,钟场长,我是把机会给你为群众办事的啊。你搞误会了,场长,我不是送什么礼物给你,我是向你反映问题,给你送封‘人民来信’的啊,这你不能不收啊。”方元本嘴角带着一丝微笑说。

“‘人民来信’?元本啊,又跟我玩小伎俩啦?我不是早说过了嘛,你那几手是玩不过我的。拿回去!我们哥儿俩不要这么客气。”钟玉保把手又向前伸伸说。

方元本心里感到好笑,就你这种榆木脑袋还当一场之长呢啊?邓远航要不管紧你,随你折腾,还不晓得你把九龟败成什么样子呢。他见钟玉保这么执拗地把手伸在那儿,便拿过信封边拆边说:“手举累了吧?钟场长,我跟你讲,你这个人最大的弱点就是不相信人。哪,你看,到底是什么?钱还是金子?”他说着把里边的东西放到钟玉保的面前。

“磁带?”钟玉保惊讶地问。

“不,准确地说是录像带。”方元本纠正他说。

“你就拿这个来反映问题的?”钟玉保问。

“嗯。”方元本答。

“反映哪个的问题?”钟玉保问。

“一个领导干部。”

“哪个?”

“你看了就知道了。”

“你叫我怎么看呢?我也没有这么小的放像机啊。”

“哪,我这个借给你看。注意,你一定要一个人看,否则会泄露人家的隐私。”方元本一边说一边把自己带来的微型摄放一体机放到钟玉保办公桌上。

“呆伙家,我们乡下人,你这么先进个家伙我晓得从哪头看啦?”钟玉保说。

“你们这些领导干部整天在九龟转，也不晓得外边的世界多精彩，再不出去走走，你们真跟不上形势了。来，我教你，这也很简单。”方元本说。

“你这话我爱听，深圳，我有好几年没去了，过些日子是要再到你们深圳去一趟，然后走那儿到香港、澳门去看看。”钟玉保说。

“一句话，还是我全程安排接待。哪，就这样开，这样放，这样关。”方元本教完便离开了钟玉保办公室。

当方元本离开时，钟玉保忽然由“深圳”两个字想起了方元本玩的鬼把戏。上次到深圳被人录像敲诈，当时他就怀疑方元本参与了敲诈，但苦于没有证据，也就没有找他。现在将近十年过去了，他又拿出录像带会不会跟那次的事情有关系呢？想到这儿，他赶紧锁好门，坐下来看方元本拿来的录像带。

果然不错，正是十年前他在深圳与那个日本女人苟且的场面。妈的，当时录像带不是被我拿钱买回来了吗？怎么他手里还有？钟玉保气得举起摄放机就要往地下砸，只有把它砸得粉碎才能解自己的心头之恨。但摄放机往下落的时候，他并没松手，而是又把它拎到桌上来，从里边拿出录像带高高举起，猛地往地下一掼，又走过去用脚狠劲地踩了几下，见录像带已被踩碎，便弯腰用食指钩着露出来的磁带，把它锁到了抽屉里。然后把摄放机装到自己的包里，提起包走出了办公室。

他快速走出了大楼，将要到宾馆时，又回到办公室放下包，坐到自己的椅子上。他想：不能这么急，这么急去找他等于是求他，那是要“丧权辱国”的，但又不能不稳住他，万一他把那录像带复制了送给邓远航，或是寄到省农垦，寄到省纪委，我的政治生命不就完了吗？想到这儿，他打了个电话给方元本，约他晚上到小蔡酒楼。

钟玉保整个白天都是在焦虑不安、担惊受怕中度过的，好不容易熬到天黑，他便迫不及待地溜进了小蔡酒楼，到三楼的小房间里坐等方元本。先是老板娘领他上楼并给他倒茶，陪他说说话，他心里还安稳些，后来老板娘忙事去了，剩他一个人时，他则惴惴不安、心情烦躁起来。他心里是五味杂陈、恨忧交加。他恨的是方元本这个国民党狗特务的孝子贤孙心狠手辣，当年在深圳安排他们去娱乐场所消费，却背地里做了手脚，把自己开房之后的整个过程都录了下来，当时就敲诈他几万元，现在再次拿出来敲诈他，让他恨得牙都要咬碎了；他忧的是这个录像带就像鱼下籽一样永远下不完,你毁他一盒,他又复制了第二盒、第三盒,没有个尽头,这不就是说我这一辈子都要被他牵着鼻子走,都要给他做牛做马吗?怎么弄才能斩断他这个黑手呢?来日方长,必须想出个办法把这个问题彻底解决掉!想到这儿,他猛地拍了一下桌子,拍得桌上的碗碟叮当响,继而咬着牙自言自语道:“妈的,你这个龟孙子,走着瞧!到时候,我要斗不过你,不叫你喊我爹,我就不姓钟!”

61

“什么姓钟不姓钟的啊?你跟哪个赌气呢啊?”方元本推门进来说。

“噢,我正想一个事。有个人要认我做他的干爸爸,我没同意,我说:你要真想做我干儿子,你就必须改姓钟。刚才心里想这个事,嘴上就说出来了。坐,坐。”钟玉保笑着说。

方元本走到钟玉保的右边坐下说:“哎呀,还是当场长好啊,吃喝玩乐有礼收不说,还有人送儿子,我说你这场长啊就像那个宝葫芦,想什么有什么,真是神仙过的日子啊。”

钟玉保一边给方元本倒酒一边说:“什么神仙的日子啊?是‘身陷’的日子噢。我跟你讲,这个场长不得当头,一天忙到晚不说,背后还有那么多人朝你打枪。来,我敬你一杯。”

“哎?钟场长,我告诉你啊,你不要搞错啦,那朝你打枪的不是我啊,我是在你后边为你挡子弹的啊。”方元本说着喝完一杯酒。

“那我再敬你一杯,感谢你为我挡子弹。”钟玉保喝完杯中酒站起来,走到方元本背后低头寻找着。

方元本也站起来说:“咦?钟场长,你找什么啊?我身上脏啊?”

“你替我挡子弹,我看看你身上的枪眼在哪儿啊?”钟玉保说。

“坐下坐下,来坐下,听我慢慢跟你说。”方元本一边说一边把钟玉保拉回座位,然后又说:“玉保啊,我说你这场长越当越迂了。现在是什么年代啊?和平年代哎,哪里还有人敢真刀真枪地跟你干啦?我告诉你,什么是子弹?那盘录像带就是子弹!”

钟玉保心想:你到底把事情抖出来啦?好,既然你把事情挑明了说,那我也就跟你不客气了。于是,他说道:“那怎么说,那背后打黑枪的是你啊？是你设计了嫖娼的圈套，让我往里钻的啊？”

“钟场长，你真健忘啊！也就是头十年的事情，你就把白的记成黑的啦？行，记性差不要紧，我帮你把头绪再理一下。那天是你要找个娱乐场所，还叫我花钱找人装摄像头，你吩咐这些干什么的啊？是想害人家邓远航的哎，结果，人家进房间什么也没做，录了一盘空白带，你倒好，见到日本女人，命都不要了，把人家一盘录像带录得满满的还没结束，你还怪人家呢啊？”方元本揭起了他的老底。

“你不要说这些了，说得不嘴疼啊？我问你，既然录错了，你应该把带子毁掉，怎么又叫人拿着带子敲诈我的呢？你说，你还算是朋友吗？”钟玉保质问。

“钟场长，你这就冤枉我了。不是我叫的，是他们自己拿去找你的。你晓得深圳是个什么地方啊？既是个藏龙卧虎的地方，也是个藏垢纳污的地方哎。那块儿三教九流什么人没有啊？我是把原带毁了，但哪晓得装摄像头的那些家伙早已偷偷地复制了呢？我是花钱雇他们做事，我又不认识他们，我请问你，这事我有错吗？”方元本说。

“就算那次你没有错，但是事情过去十年了，今天你又把带子拿得来，说明你没把原带销毁掉，保存十年又拿来要挟我，你说你还有什么可装的？我跟你的血债都一笔勾销了，而你还整天想着算计我，你说你的良心何在！”钟玉保再次质问。

“钟场长，你这又冤枉我了。我告诉你，那个原带确确实实被我销毁了。这盘带子是上个月有个人打电话找我，说有个带子对我有用，问我要不要。我叫他拿过来看看。拿过来一放，我大吃一惊，怎么十年了这个带子还在？再一看，那人正是那年我雇他装摄像头的那个人。他因沉溺于赌博，把家产赌光了，老婆也带着孩子离开了他，他这才想起来用这个带子换两个钱。我问他这是不是最后一盘，他说天地良心，要不是最后一盘，叫他全家死光光。我问他要多少钱，他竖起一个巴掌。我这才花五万元把这个带子买过来给你的。我拿给你，别的意思一点都没有，就是让你亲自把它销毁掉。”方元本说。

尽管方元本说得跟真的一样，但钟玉保心里一点都不相信，他知道他的对手现在已经不是过去那个愣头青，这个家伙的心毒着哪，千万不能跟他硬对着来，得从长计议，要治就把他治得死死的，叫他永世不得翻身。想到这儿，他松下了紧绷的脸说：“哎呀，我也是一时气糊涂了，把你当替死鬼骂了,实际上你是一直帮我的,还为我花了五万块。来,我敬你一杯酒,对你给我的帮助表示感谢!”

方元本喝完酒说:“玉保,你就不要客气了。我们是什么感情?虽然没有一起扛过枪,但我们一起下过乡,是插友,这个感情是什么人、什么时候、什么事情都颠扑不破的哎。”

钟玉保心想:你妈的你就吹吧,你这个吃人不吐骨头、杀人不见血的东西,杀人还把刀涂一层蜜呢,我要不想出办法来治你,迟早人头被你拎走。这时只有不露声色,顺着他的话说了。于是,他说道:“你为我花的五万块我明天还给你,另外这个摄像机先给你,走时带着。”说着,他从包里拿出摄像机递给方元本。

“钟场长,你看,你又见外了,兄弟之间谈什么钱啦?五万块我肯定不会要的,为你花这点小钱还不是应该的啊?另外这个摄像机也丢给你,也不值几个钱。”方元本一边说一边又把摄像机放到钟玉保的包里。

钟玉保心想:你妈的你没花那五万块,你哪里有脸要呢?不值几个钱的摄像机给我,是要花小钱赚我们九龟的大钱哎,你妈的你那个狼子野心,老子早就把你看得透透的了,只是现在不揭穿你罢了。他又端起酒说:“那我再敬你一杯,感谢你的大度。”喝完酒,他又说:“不过,你对我恩情这么重,我总要感谢你一下我心里才安啦。”

“钟场长,这你就不要放在心上了。我呢,绝对不要你一点感谢。不光不要你感谢,我还要大力支持你场长的工作,回家乡投资参加九龟的建设。比如改造九龟宾馆,提高九龟的接待档次,比如买块地搞房地产开发,提高九龟的城市形象和品位。”方元本扳着手指说。

你妈的,你不要说得这么冠冕堂皇的了,什么投资啊?你就是空手套白狼哎。但是,这回明知道他这样,也只能让他套了。因而,他说道:“元本,你说得太好了,你这种爱家乡、建设家乡的言行我们要在九龟大力弘扬,让更多的在外成功人士回乡投资。你说的两件事这样子,开发的事我现在就可以答应你,你在九龟看,看中了哪块地,我就拆哪块地,拆得干干净交给你;你说的买宾馆的事不要急,邓远航已答应卖给浙江老板了,等我来安排下子,想办法把那个浙江老板挤出去,然后再让你来买,你放心。来,喝酒。”

与钟玉保在小蔡酒楼跟方元本谈判的同时,洪光武也正在九龟湖酒厂与二凤谈判呢。他下午快下班时打个电话给老婆钟玉家,说晚上有接待任务不回家吃晚饭，然后就坐在办公室等，等到下班时间已过了半个多钟头、大楼里的人已走得差不多了，外边的天也完全黑了，他才走进黑暗中，溜进了酒厂。

62

洪光武今晚来约会是准备跟二凤摊牌，结束他们俩的不正当关系的。本来他一进二凤在酒厂的宿舍就想解决这事的，可见二凤给他准备了一桌酒菜，他又把话闷在了肚里。待喝了几杯酒，吃过二凤给他下的面条后，他觉得必须得说了，再不说等她来跟他温存起来就开不了口了，因而他一边看二凤收拾桌子一边说道："二凤，以后我们这种生活要结束了，不能再来往了。"

听到这话，二凤盯着洪光武看了好一会儿后说："怎么的啊，这是最后的晚餐啦？你又想一脚把我踢到九龟湖里啦？"

洪光武看她脸冷下来了，心里又紧张起来：千万注意，不能把她弄毛起来，把她弄毛起来，这事情不但解决不了，反而会出大事，得顺着她的毛抹。因而他说道："二凤，跟你这么多年，从心里讲，我是非常喜欢你的，恨不得我们成为夫妻，天天厮守在一起呢。"

"那你就跟钟玉家离婚，跟我结婚呗！"二凤抢着说。

"我也想这样呢，但这个乌纱帽戴在头上就像个紧箍咒一样不让你这样做啊。"洪光武无奈地说。

"说假话脸也不红，你哪一天真心对我好过啊？你就是拿乌纱帽做借口骗了我这么多年。"二凤不相信地说。

洪光武赶紧表白："我是真心对你好，这么多年对你没有一丁点虚情假意。"

"真的吗？"二凤问。

"真的，没有半点虚假，不信我把心拿给你看。"洪光武说。

"血淋淋的，我不要看你的心，你对天发誓。"二凤说。

"我不信鬼神，不对天发誓。"洪光武说。

"誓都不敢发，还是假的。"二凤说。

"行，我发誓：我要是对二凤有半点假情假意，就被砖头砸死！"洪光武认真地说。

“呵呵,既然对我真心,为什么又说要分手?”二凤问。

“没法子,这顶乌纱帽压住我们分手哪。”洪光武说。

“你要真心对我,你就甩掉这顶乌纱帽,跟我结婚,我们一起把这个酒厂办好,让它成为九龟湖农场的利税大户。”二凤劝说道。

洪光武心想:结婚?这还得了?从一开始跟你好时,我就没打算跟我老婆离婚,跟你结婚!不管怎么说,今天不能被她牵着鼻子走,必须得有个了断。于是,他说道:“二凤,你要理解我,我和玉家是插队时的战友,我不能做对不起她的事,更不能抛弃她。再有,我们这些人受党教育培养多年,走到这个领导岗位上也不容易,我不能做对不起党、违反党纪的事。我们这种关系必须结束。”

“你不要跟我唱高调了,把党纪又搬了出来,你看到这几年有哪个干部因为男女关系的事挨处理的啊?”二凤问。

“哎,这次不行了,这次邓远航下决心要抓这个问题了。他马上就要出台党员干部‘三守三严禁’的文件了,那就是高压线,谁碰谁死。而且,你这白酒的销量恐怕也要下降了。”洪光武说。

“他抓他的呗,我们的事他又不晓得,你怕什么啊?光武,我亲爱的,我求求你,我不要求你跟我结婚,我只想我们还这样做地下夫妻不行吗?”二凤噙着眼泪求道。

洪光武想:不能被鳄鱼的眼泪所迷惑,心必须硬起来,否则断不了。于是,他说:“不行,这个不是说了玩的。邓远航你是知道的,他要抓什么事肯定会一抓到底。我不想朝他枪口上撞,我们还是断了这个关系,断了关系后我们还是朋友,我会给你适当的补偿,另外你以后有什么小事我照样还会帮你。”

“补偿?你能补偿给我钱,我的性生活哪个补偿?”二凤问。

“另请高明,另请高明,我无能为力,我只能补偿点儿小钱。”洪光武故意把“小钱”说重一些,让她明白不能狮子大开口乱喊价。

二凤心想:他这次看来是咬住乌龟屁股了,肯定要断了,那就只有用条件来压他了,压得他不敢断绝关系。于是,她问道:“我问你,你打算怎么补偿?”

“适当给些经济补偿吧。”洪光武说。

“‘适当’是多少?”二凤又问。

下午在办公室，洪光武就想好了这个“适当”是多少，因而二凤现在一问，他便回答：“一万元。”

听到这个数，二凤立即火冒三丈。她说道：“洪书记，我听说你小时候要过饭，你怎么到现在还是要饭的性格啊？你这点钱是打发要饭伢子的吧？”

实事求是讲，洪光武这个人并不贪，工资又全上缴给老婆，身边没有多少宽余的钱，就是这一万元也还是去年以来场委办发的一些奖金福利积攒起来的，以前也聚了几万元的私房钱，都给她上成人大专缴学费、买手机、逢年过节要礼品等花完了。现在她还嫌少，那她到底想要多少呢？洪光武想不出她心里那个数。

二凤没待洪光武辩解，又继续说道：“这几年，我整个心都扑在你身上，整个人都围着你转。你要什么时候来，我就什么时候陪你，一直陪到你满意而归，有时候连生意都不做，宁可生意上受损失，也要按照你的要求去跟你约会。你满意了，回去又搂着老婆睡觉，我哪，我只能一个人躺在床上看天花板。你说，这些年我为你付出多少？你就想拿这点儿钱把我打发了，你的良心被狗吃掉了！”

“你不要急噻，我说这个数是我的意见，你不同意，你说个数嘛，说出来我们再商量嘛。你说多少吧。”洪光武说。

“五十万！没有这个数你不要想脱身！”二凤竖起一个巴掌说。

听到这个数，洪光武愣住了，半天说不出一句话来。

二凤见他不说话，便又说道：“不吱声？不吱声就是默认。行，你把五十万拿来，我们就拜拜，咱们俩从此一刀两断，井水不犯河水，各走各的路。”

洪光武不敢再沉默了，赶紧否认：“我没承认噢，这是你强加给我的不平等条约。二凤，你也不看看，你就是把我杀了，我这浑身上下的肉和骨头还能卖到你那个数啊？条件可以提，但要靠船下篙哎。”

“我怎么没靠船下篙啦？我要不靠船下篙，我就要一百万了。”二凤说。

“二凤，我也不跟你扳，我说几笔账给你听，你就知道你这个数说得有多离谱了。我一个月工资也就是四千多块钱，一年收入七七八八加起来也就是六万块钱，我就是全家不吃不喝十年才能达到你这个数呢，你让我到哪里弄到这么大一笔钱啦？与其这样，那你还不如要了我的命呢。”洪光武说。

“你没的这个能耐，你养什么情人哪？人家养情人哪个不给情人买车买房啊？你倒好，万把块钱就想养情人了，你也太不把我当人看了吧？”二凤质问。

洪光武无话以对，低着头不吱声。他心想：你们女人说坏时，前边的好处都忘得干干净，这些年前前后后我在你身上也花了大几万块了，都被你一笔勾销了。

63

见洪光武又不吱声，二凤继续斥骂：“你平时能说的啊，讲起马列来一套一套的，怎么一谈到补偿费就像得背口乌一样嘴闭得紧紧的啦？”

洪光武知道她已经起毛了，这个时候跟她讲理已经一点儿用也没有了，因而，他不想再跟她讲理了，但他又不甘心今天就这么不了了之，把事情拖在这儿，因此，他还想再从另一个角度争取一下。于是，他开口：“二凤，其实一个人这一生也就是短短的几十年，几十年中能得一知己那是人生最大的幸事啊，有了这知己，还要那么多钱干什么呢？”

“你说我是你知己吗？如果我是你知己，我怎么不晓得你要抛弃我呢？你是我知己吗？那你怎么不晓得我没有五十万元不丢手的呢？你还知己呢，你自私噢。还把我当知己呢，你把我当擦屁股纸噢，想用时在那儿备用，用过了往垃圾筒里一扔！什么知己啊？”二凤继续责骂。

是啊，这是什么知己呢？互相不知道对方的心事、互相不理解对方的处境，连路人都不如，还算什么知己呢？洪光武想到这儿还是想把她情绪先稳下来，不要让她急逗起来做出愚蠢的事。因而他退一步说：“不是知己，朋友总是吧？以后我们虽然断了那关系，但还是朋友嘛。”

“朋友啊？行，你要从情人变成朋友先把五十万给我。”二凤仍不松口，她实际上也不是真要这么多钱，她就是逼他放弃断绝关系的念头。

“你把我逼死也没有这么多钱。”洪光武说。

“你还要逼啊，你稍微动动嘴钱就到了，你就是不想给！像你这种领导哪个过个节不收个十多万啦？一年多少节啦？你算算！五十万，难吗？”二凤说。

听到这话，洪光武心都有点抖了。他说：“二凤，说实话，我要跟你断了这关系，就是不想弄个党纪处分，你现在叫我去收人家的钱，那是违法犯罪，是要坐牢的哎。那要这样子，我还不如保持关系，顶多弄个纪律处分，也不至于坐牢失去一切啊。”洪光武说。

“不断好啊，我欢迎啊，那我也就不要那五十万啦。”二凤说。

听她说不要五十万了，洪光武赶紧接着说：“你不要五十万，那好。不过关系还是要断，断了后我们还做朋友，今后你在酒厂经营上有什么困难，我能解决的，保证帮你解决。”

二凤心想：看来他去意已决，今天再挽留也没用了，不如拖拖再说。因而，她说道：“你倒会钻空子呢，我说不要五十万是以保持关系为条件的。行，不要、不保留都可以，你刚才说有困难帮我的，我现在就有困难，你能帮着解决了，我们就各走各的路，否则，你跑不掉。”

洪光武连忙问道：“你说，什么困难？”

“最近我厂里的酒销售困难，你给部门、分场打电话，我送些酒给他们，叫他们接受，到有五十万纯利润了，你就暂停打电话。”二凤说。

洪光武心想：向基层推销商品也是违犯场委将要出台的“三守三严禁”的，她是叫我用一种违纪去掩盖另一种违纪，不过这一种违纪要轻一些，且可以假借推销地产品之名去做，不易被发现，先答应下来再说吧。于是，他说道：“你不要把纯利润看得那么重，说得那么死，这个事我保证帮你做，你放心。”

在洪光武还在与二凤谈判时，钟玉保与方元本的酒宴已结束。

酒宴结束，方元本对钟玉保说：“钟场长，你呢，也太正统了。现在玩个把女人算什么事啊？现在这种社会，不要说你玩一个日本娘儿们，你就是玩十个日本娘儿们也没人管你。那个录像带的事你根本不要放在心上。走，我请你到歌厅去吼一起。”

“哎，在九龟应该我请你，怎么要你请呢？不过我今天不行，我还有事。要不，我打个电话叫玉国陪你？”钟玉保说。

“算了算了，我今天也累了。唉，你们当领导干部的也真是不容易，好玩意捞不到玩，工作起来还不要命，白天忙，夜里还要忙，你可要注意身体啊。那你忙，我回去休息了。”方元本说完朝宾馆方向走去。

钟玉保与方元本分手后径直来到黄翠香的美容美发院。

黄翠香早站在门口迎接他了：“哎呀，场长说话就是算话。请，到里边看看吧，我这装潢档次多高，全九龟城里没有我这么豪华的。全是我跟我爸的心血啊，你说拆掉多可惜。”

钟玉保看了一圈说：“可惜是可惜，但小黄，我们看问题要从大局出发，为了九龟城区的建设你也应该做出些牺牲，你应该尽快开拆。”

黄翠香想：说人家姿态高呢，叫我牺牲呢，现在把你家那个88号豪宅拆掉看看瞧，你是不是一分钱不要全交给场委？她心里想骂他，但当他面她哪里敢？她只是说：“场长，不是跟你汇报过的嘛，拆，我同意拆哎，就是那个补偿款的事没落实哎。”

“我不是说过了嘛，这些事都不是大事，都好解决，关键是你的姿态也要高一些，也要做些贡献。”钟玉保说。

“场长，我们把这块黄金地段都贡献出去了，你还要我贡献什么啊？不能真是像有人说的‘献了青春献一生’啦！”黄翠香说。

钟玉保抓住她的话柄狡黠地说：“你一身不能献，半身不能献吗？”

“半生？前半生，后半生？”黄翠香不懂地问。

“唉，真是榆木脑袋。什么前半生后半生啦，是上半身下半身。你不是说你会推拿按摩吗？我这几天累得身酸背痛，劳你用上半身给推拿一下。”钟玉保斜眯着黄翠香说。

黄翠香看着他那醉醺醺、色眯眯的样子，晓得来者不善，便说道：“场长有所不知，我只会做美容，你要推拿，我找个手艺最好的来给你推。”她说完便转身去喊人。

钟玉保一把拉住她说：“就你给我这个老脸美容美容吧，美好了，明天就叫他们把补偿款给你。”

黄翠香没法，只得把他带到一个隔开的小方格里。

小方格也就是两个多平方，靠边放着一张与人肩膀差不多宽的小床，床侧有台熏蒸设备，床东头一张方凳，凳子后边一只小柜，上面放着各种美容用品。

黄翠香叫钟玉保头东脚西躺到床上，钟玉保躺下后问：“不要脱衣服啊？”

“只要个头，其他都不用。”黄翠香说着拿过床上的薄被盖到他的身上，并把他的两只手臂往下放直盖到被子里。然后走到东边的方凳处坐下，从柜子上拿起一瓶按摩膏，开始往钟玉保脸上抹。

钟玉保来的目的并不是要她抹他这张老脸的，也不是要她半身的，而是要她的全身的。这会儿自己两腿两臂伸得直直的被薄被裹着,与她的身体没有丝毫接触,怎么能达到自己的目的呢?心急吃不到天鹅肉,得慢慢引导。于是他说:“哎呀,舒服,舒服。你那膏子凉凉的、滑滑的,叫人心里痒痒的,你那手指热热的、柔柔的,叫人心里动动的。”他边说还把两只手向外移。

64

黄翠香没搭理他,只是说:“眼睛闭起来,不然膏子滴到眼睛里,把你眼睛弄瞎了。”

“随你弄,只要你这个小美人把我弄快活了,就是眼睛瞎掉我也心甘情愿。不是有诗说死掉也风流嘛。”钟玉保说着已把两只手移到了胸脯上。

黄翠香不愿陪他说这些荤话,便话中带骂地说:“场长,你今晚不能死,你今晚死了我就惨了,公安局怀疑我谋害你不说,我还得上访去要钱。你要死,最好等明天把补偿款批给我再死。”

“我告诉你,我这人不怕死,只要跟你在一起,死了,我无怨无悔。不过你放心,我保证在死之前把补偿款批给你。”钟玉保说着两只手已摸到了黄翠香脸上。

黄翠香让了一下说:“不要动,小心我给你弄个大花脸噢。”

“你不要动,你摸我脸,我摸摸你脸又怎么啦?我又不干别的。你让我好好摸摸,我马上就把补偿款批给你。”钟玉保与她做起了交易。

黄翠香没法只好任他在脸上摸。

钟玉保一边摸一边说:“哎呀,你爸爸满脸是麻子,你这个小脸怎么这么光滑滑、细腻腻的,摸得我心里动动的。”

“你不动嚜,你这样动把我眼睛挡住,我没的办法给你美容了。”黄翠香一边用膀子招架他的手一边说。

“那好,我不挡你眼睛,我把手放到你腿上不影响你美容吧?”钟玉保说着把双手移到了黄翠香的大腿上,继而又撩起她的上衣把手慢慢地移进她的腰里,并且说:“我手冰凉的,放你这里焐焐。”

黄翠香想:凉你个大头鬼呀,已经六月中了,马上下七月了,哪个的手还冰凉啊？你是死人还是冷血动物啊？你妈的肯定是想占老娘的便宜哎，不行，不能让你白占了。于是，她一边抓住他的手使劲把它们从自己的腰间推开，一边说："你嫌冷，放到被窝里不是不冷啦，放到这块儿影响人做事。"

钟玉保再次把两手伸到她腰间说："被窝里不得这块儿暖和，你让我焐下子，我不动，不影响你做事。"

黄翠香再次抓着他的手往外推，他的手被推出来又伸进去，伸进去又被推出来，这样来回拉锯了一会儿，黄翠香松开双手说："行，你要焐我给你焐，你必须把字签给我。"她边说边从小包里拿出拆迁协议递给钟玉保。

钟玉保心里想着好事，此时欲火燎心，拿过她递过来的东西只看了个"拆迁协议书"，也没再往下看，就在协议书的右上角签了"请拆迁办照此协议执行。钟玉保"。签完后他把协议书递给黄翠香说："满意了吧？小美人。"说着在她脸上吻了一下。

黄翠香把协议书叠好放进自己的包里说："好吧，谢谢你！这下你的手放我腰上焐吧，但不准乱动。"

黄翠香这协议书是自己填的数字，都还没经拆迁办审核签字。她写的总补偿款是七十万元，比上次她父女俩在宾馆大厅上访时的数字又多了三万。她想：你场长大名签上去了，他拆迁办不办也得办了。这下你焐吧，你的手只要不伸得更长，不向上向下移动，你焐到明个早上我都给你焐。

然而，她哪里知道钟玉保是个不安分的人啦？你规定他个范围，让他不越雷池一步，他就不越啦？告诉你，在九龟他是越雷池的祖宗，任何规矩在他面前都是可以绕开或是跨越的。你看，这时他的右手正贴着黄翠香的身体像只壁虎一样向上攀爬，爬到障碍处用手指慢慢走下边的缝隙处伸进去，继而把障碍物拱开，五指掌一下罩住了黄翠香胸前的山峰。

黄翠香非常生气，她一边用劲把他的手推离自己的身体一边揶揄他说："那个是伢子吃的玩意，你个大场长还能跟我小儿子抢食啊？"

黄翠香的这一言一行像在钟玉保心里塞了个大冰块，不但顿时让他泄了欲火，还挤压得他要吐，此前对她身体的渴望荡然无存。他没精打采地再次伸直两手和双腿，一句话也不讲，任由黄翠香在他的脸抹着揉着。待美容结束后，他迅速套上鞋子，招呼也没打一声便溜出了美容美发厅。

出了厅门正好迎面碰上洪光武从二凤那儿回家路过这儿。他一边与洪光武并肩向前走,一边问:“你怎么这么晚才回家啊?”

洪光武心想:他不会知道我是从二凤那儿出来,这会儿他故意来考我的吧?洪光武抬头看看他油头粉面的,心里有数了。他这会儿还问我呢,他这么晚也不是还没回家呢吗?而且在美容美发店里还不知怎么鬼混的呢。但他哪里敢管大舅老爷这些事啊,只是编了个话说道:“噢,邓书记叫我去陪个客,一直闹到现在。你这是?”

“噢,这个店不是要拆迁嘛,黄麻子到我那块儿闹,我来看看他提出的要求到底合理不合理。哎,这一看啊还真有用呢,人家也不是瞎闹的,提的要求还真不离谱呢。”钟玉保也编着话说。

“是啊,老百姓许多难点问题解决不了,大多数都是我们领导干部不深入基层造成的。我以后也要跟你学,有问题亲自到一线,多深入基层。”洪光武说。

“这个大家平时都注意就行了。哎,我倒想问问,你们场委那边接待怎么这么多的啊?上级领导来,现在也不告诉我啊?我孬好还兼着场委副书记哪。肯定是邓远航这家伙不让你告诉我,他不想让我跟上级领导接触,好像怕我接触了会告他状似的。”钟玉保说。

洪光武本来是想编个理由掩盖自己在二凤那儿的事实的,哪知这个大舅老爷也太小心眼,还这么刨根问底。他害怕他会跑到邓远航那儿阴阳怪气地把这事说出来,那就露馅了,因而,他赶紧又编:“没有没有,只是省农垦来了几个小科长,我陪一下,人家邓远航也没陪。”

“耶,光武啊,你不要小看人家小科长啊,宰相门前七品官啦,我告诉你,我平时,上级领导的驾驶员来我都好烟好酒认真招待,临走还送龙虾、螃蟹的啊,只有邓远航这个呆子,科长来他都不接待。”钟玉保说着自己的经验。

洪光武心里只是苦笑笑,人家并没你想的那样傻,你好烟好酒招待驾驶员好像就是了不起聪明似的,实际上也没看到你比人家多了什么。不过,他口中还是附和道:“那是,还是大哥你会做人,在这方面全九龟没有人超过你的。”

这个话也不知说钟玉保好,还是说他不好,钟玉保也不管这些,他只管说道:“那是,你大哥走的路比你过的桥还多,以后你要多向我看看,看我是怎么做、怎么说的,这样省得你再去摸索,你也少走点弯路。”

“那是,大哥为人处世的经验我一辈子也学不完,我唯有夜以继日地学,不断地向你看齐。”洪光武拍马屁说。

听妹婿这么说,钟玉保忽然想起了刚才在小蔡酒楼方元本提出买宾馆的事,他觉得这个事需要洪光武的支持,便把洪光武拉到路旁的树影处说:“不光是看齐的问题,在九龟班子中,我们俩一定还要心齐,你要始终跟我保持一致。”

65

洪光武被钟玉保拉到昏暗处,又告诫他要与他保持一致,就觉得他要在宾馆改制上玩什么鬼了,但这个时候也不能站在他的对立面啊。因而,他就说了句“大哥,没说的,绝对跟你保持一致”,然后就不再吱声,站在那儿装出一副虔诚的样子,随时恭听大舅老爷的指令。

钟玉保问:“你赞成宾馆改制出售啊?”

“赞成啊,那天在邓远航办公室,我不是发言表示大力支持的啊?”

“那你赞成卖给哪个呢?”

“当然是浙江的徐老板啦,人家有实力,而且还捆绑着个工业大项目,我们就是把宾馆优惠卖给人家也是应该的啊。”

“你看,心不齐吧?没保持一致吧?你不但跟你大哥想的不一样,而且完完全全站在了邓远航的立场上。”

“大哥,你那天不也是这个立场嘛。”

“那天是那天,现在形势变化了,我的立场也随形势的变化而变化了。”

“那我没跟上形势,大哥你说,你现在什么立场,我保证踩着你立场走。”

钟玉保咳了一声说:“事情是这样的,现在有四五个人要买宾馆,要是对外告示了,人数还会增加,他邓远航硬要卖给徐总一个人,这个于理于法都说不过去。但这个时候我们也没必要跟他硬扛,到时候在两套班子会上,我叫董兴国汇报时先定调,就说目前卖不适宜,你跟着发言附和,我到时再敲边鼓,把这次出售计划给他搅黄掉就行了。”

洪光武点点说:“噢,我知道了。不过我怎么说呢?”

“你怎么说我不管,你只要跟我保持一致就行了。你回去好好想。

走，时间不早了，回家。”钟玉保说完与洪光武分开，各自从黑暗中回家了。

一周后的下午，两套班子开会研究和通报几个事，其中讨论宾馆改制问题时气氛最为激烈。

场办董兴国主任汇报宾馆改制前期准备情况和改制方案。

这是董兴国任场办主任后第一次在两套班子会上汇报议题，因而他很认真，精心地做了准备。早在上个星期钟玉保场长就把他叫到办公室做了专门沟通：“兴国啊，宾馆改制的情况怎么样啊？还能按期进行吗？”

邓远航把这个事交给常务副场长，常务副场长又把这个事交给了董兴国。这也是他到办公室后负责处理的第一个重大事项，因而他很想抓住这个机会，好好地表现一番，让全场领导干部知道他的能耐。这会儿钟场长专门问他这事，他自然要让场长放心啦，因而，他回答说：“场长，事情交给我你就放心吧，绝对如期进行，而且顺利完成。场长我跟你讲，宾馆上上下下我都摸了个遍，就连厨师、服务员我都一一找他们谈话做工作，提高他们的认识，统一他们的思想。经过我这么多天耐心细致的工作，效果非常明显，现在赞成改制的已高达97%，只等领导一声令下，我保证如期高质量地完成宾馆改制，还保证不出现一个人到场里上访的现象。”

钟玉保已听得不耐烦了，早就想打断他了，考虑到他才来当主任时间还不长便给他留了点面子。这会儿听他说完了，钟玉保便说道：“兴国，我把你弄得来跟我做主任是叫你做什么的啊？”

董兴国本觉得刚才自己一段精彩的表述应该会得到钟场长的夸奖，没想到钟场长没对他的话做评价，反说出离题万里的话，这让他摸不着头脑。他怀疑钟场长昨晚喝多了，今天头脑仍不做主，才这么语无伦次的。他使劲地嗅了几下，想测一下场长办公室空气中的酒精度，但只有烟味，没有酒味。这就怪了，他突然冒出这个问题什么意思呢？

“我问你话呢。你今儿个什么玩意头啊？跟个六神无主似的啊。”钟玉保见他没搭理便又问道。

董兴国想，此时没别的说头，肯定是顺着说了。于是他赶紧说道：“场长，我跟你讲，你把我弄得来就是叫我鞍前马后为你牵马、给你拎包的哎。”

“你给我拎包的啊？我看你不是拎的我的包，是拎的邓某人的包吧。”钟玉保说。

董兴国听到这话，猛地朝起一站，点头哈腰地说道：“场长，你说这话叫我站到个凉水里去了，浑身上下冰凉。场长，我在农村工作时间太长了，头脑木里木谷的，不适应办公室工作，有什么不到的地方你给我指出来，我改，我保证改！”

“你跟我说，是不是他个大腿粗些个，你就把我的包撂到一边，把邓某人的包抱得紧紧的？”钟玉保冷冷地问。

“场长大哥啊，你这就把我冤屈死了，我对你的忠心你还不晓得嘛，可以说，九龟湖的水干了，我对你的忠心都不会变的。我晓得，我肯定出了问题了，但我现在掉到面糊锅里哪，从上到下都糊得了。大哥你给我指明方向，我肯定头也不回地朝前走。”董兴国央求道。

“行，我这次提醒你，下次就看你的悟性了。我跟你讲噢，宾馆改制是邓远航的主意，我认为现在时机不成熟，还不能改。”钟玉保说。

“那我就叫他这次改不成。钟场长，我实话告诉你啊，从宾馆管理层到普通职工，绝大多数不赞成改制，现在改是改不下去的。”董兴国似乎忘记了他开始跟钟玉保说的话，完全变了一副腔调。

“我更不赞成把宾馆卖给浙江的徐老板。”钟玉保说。

“哎呀，场长你真是青天大老爷。这个宾馆根本就不能卖给那个徐老板，三文不值二文，那还不等于送啊？那要使我们九龟流失多少集体资产啊？万万使不得，绝对不能卖给他。”董兴国说。

“好，下周开两套班子会讨论这个事，你就把你这些观点说出来，话怎么组织那是你的事，意思表达清楚，把水搅浑就行。”钟玉保交代道。

听钟场长这么吩咐，董兴国赶忙拍胸脯说：“行，搅浑水是我拿手戏，我绝对把他这湖水搅浑。”可话说完，心里又有点紧张：人家邓书记既然把这个事拿到会上来决定，那是不怕通不过的，他肯定事先早已找人沟通过了，大家的意见差不多一致了，他才会把事情拿到会上来的，到时我刚开始汇报就跟邓书记唱反调，那我不是公开与邓书记作对吗？我汇报后，其他人再纷纷反对我，那我不是作死吗？不能，得想个万全计策，既不得罪书记又不得罪场长，两全其美。

钟玉保见董兴国站在那儿不动，便又问道：“你还有什么不明白的？”

“明白明白，都明白了。只是，只是……”董兴国眼睛看着钟玉保那皱着眉头的脸，心里有话吞吞吐吐地不敢说下去。

“有屁就放，有话就说，什么时候看到你这样扭扭捏捏的啊？叫你来做办公室主任的，不是叫你来做太监的哎。”钟玉保训道。

“唉,大哥啊,你这话叫我心里难过呢。我是说,是说你到时不能叫我单枪匹马朝前冲啊,那样的话我不死也要脱层皮啊。”董兴国终于把心里的话吐了出来。

66

听董兴国说怕自己单枪匹马,钟玉保心里又来气了,他又训道:“我发现你越过越小了,我什么时候不顾朋友叫人去送死的啊?你要怕死你就不要往前冲,我自己冲!”

“唉,大哥大哥,我不是这个意思,我不怕死,我向你保证:誓死捍卫大哥您的权威,你指到哪儿,我冲到哪儿,保证为大哥赴汤蹈火,冲锋陷阵。”董兴国拍着胸口表态。

“就是嘛,你要晓得,你大哥是当过兵的,我会通盘考虑的,你根本不用怕,既然把你当成卒子朝前拱,我会安排后续部队配合你的,一定会保证你安全着陆。”钟玉保说。

后来董兴国又两次把准备的汇报材料拿给钟玉保修改,才形成了他现在向两套班子汇报的材料。

他虽然在分场当了十多年的领导干部,但第一次向两套班子汇报这个棘手的问题,他还是有点紧张的,拿材料的手微微在抖,说话时的声音也带着点颤音。他先汇报了宾馆的资产情况和职工对改制的看法,其中提到的“宾馆净资产三千八百万,干部职工百分之六十以上不赞成改制”是他加了水分的。最后他说到了对宾馆改制的意见:“综上所述,根据当前的形势,结合广大职工的意见,我们宾馆改制指导小组的意见是:目前不是宾馆改制的最佳时期,九龟宾馆不能急于改制,如果强行改制会出大问题。我的汇报完了。”

大家都感到惊异,会议室里一片议论声。

邓远航听到这个意见也感到非常意外,本来是叫大家讨论宾馆以多少价格卖给徐总的,他现在连出售的前提都否认了,下面还有什么好讨论的呢?简直荒唐!待议论声停歇了,邓远航便问:“你们指导小组认为的最佳改制时期是什么时候?你们凭什么判断现在改制会出大问题?这大问题是指什么?董兴国,这几个问题请你给大家明确的回答。”

董兴国前边说的意见本身就是他根据钟玉保的旨意胡诌的，根本经不起深问。邓远航提出这几个问题叫他回答，他哪里答得出来。会议室里两套班子领导都在看着他，等着他的回答。董兴国坐在那儿想了半天也没想出个答案，急得他头上的汗直冒。

钟玉保见他那个窘样，便提示他说："你不是跟那么多干部职工谈过话吗？你就把他们的意见说说吧。"

"噢，好。"钟玉保的话救了他的命，他赶紧说道："我之所以说目前不适宜改制，主要还是宾馆职工的阻力大。这个里边有不少是正式职工，还有一些是干部性质或事业编制的人员，职工不愿打碎铁饭碗，扬言如果改制，他们就闹事，还要到省里、到北京去上访。"

邓远航接着他的话说："这些都不是问题，都不是叫停宾馆改制的理由。徐总已经表态：他愿意出三千万元把宾馆买下来，买下来后，他继续投资，把九龟宾馆建成一个四星级的宾馆。下面大家说说对宾馆改制的看法。"

因为钟玉保事先有要求，洪光武便首先站出来发言："我认为企业改制是个大趋势，是符合马克思主义政治经济学理论的。九龟宾馆非改不可，只是如果职工意见真那么大，我们不能硬扳，牛不喝水强捺头是会出事的。另外，我觉得卖给徐总也不上算，我们的净资产是三千八百万，他才出三千万，缩水五分之一，是严重的国有资产流失。所以，我希望这个事朝后放放，卖肯定是要卖，但卖要卖个好价钱。"

洪光武今天的观点与上次的观点截然不同，邓远航并不奇怪，他知道，他小时候那段要饭的经历对他左右摇摆性格的产生影响很大，这次转变观点，一定是有人给他做了工作，施加了压力。因而，在洪光武发言后，他什么话也没说，没做出任何评价。

倒是侯鸣放听不下去，瞧不起他的这种软骨病，因而他说道："洪书记，上次在邓书记办公室你是举双手赞成，坚决表示支持的，今天怎么又不赞成出售给徐老板啦？"

"时移势易，势变事迁。形势所逼，形势所逼。再说，我一没反对出售，二没反对徐总收购，我只是反对低价出售、国有资产流失，与原来的观点没什么区别。"洪光武辩解。

侯鸣放笑了笑接着说："还是洪书记会讲话，舌头会拐弯，观点一下又转回来了。其实，你那个担心也是多余的。我觉得你们指导小组高估了净资产,这个宾馆就这么几幢楼房在这块儿呢,净资产能有三千八百万?”

“耶,侯书记啊,这个数字不是我随嘴说的啊,这是宾馆两个会计拨算盘珠子拨出来的啊。”董兴国辩解说。

“你以为宾馆自己的会计拨算盘就能把自己的家底拨清楚的啊?我建议请审计、物价部门介入评估一下,把家底弄准了的。至于低价出售问题,等真实的数字出来自然就明白了,人家出三千万并不低。另外,我赞成把宾馆出售给徐总,卖给他改造成四星级宾馆也可提升我们九龟的品位,对招引外资会有一定的帮助。”侯鸣放说。

本来应该在最后发言的钟玉保这时耐不住了,他待侯鸣放话一说完就插上来说:“你这话我不赞成,宾馆的会计不晓得自己的家底,那他们是吃干饭的啊?我们不能凭自己的主观去想象出个数字出来,凭空说白话。对宾馆改制问题,我赞成光武的意见。我的想法有这样几点:第一,我赞成改制,但不能急于求成。第二,政治账要算,经济账也要算,从政治上说,我们是有利的,目前省农垦场部宾馆以及其他农场的宾馆还没有一家改制的,我们改了,上级会赞赏;但从经济上来说,我们是吃大亏的,当时宾馆改造时就花了三千多万,现在三千万卖掉,其他房子、设备、土地就白送啦?第三,宾馆出售应本着公开、公平、公正的原则,不能说卖给谁就卖给谁,要公开拍卖,不能暗箱操作。”

他这个调子一定,大家都感到很在理,对后面人的发言影响也很大。实际上,后面发言的人知道邓远航意图的,都赞成把宾馆卖给徐总,不知道邓远航意图的,都顺着钟玉保的话说了。整个会议室里形成了明显的两派,且赞成钟玉保意见的声音更响些。

在这种情况下,邓远航总结拍板时很为难,他知道钟玉保那番话占领了今天会场上的道德制高点,不知道出售宾馆起因的人会认为他那番话非常正确,自然也就会倾向于他的意见。但他不知道为什么开始同意把宾馆出售给徐总的钟玉保、洪光武两人为什么临时改变了观点,搞得他措手不及。此时,他也只好根据会场的发言情况总结了:“刚才大家发言很热烈,从不同的角度去说,大家的意见都有道理,特别是钟场长提出的‘公开、公平、公正’的原则很有指导意义,今后我们企业的改制都必须遵守这个原则。因此,关于宾馆改制我强调三点:一,宾馆必须改制,这没有争论的;二,请审计、物价部门组织评估,把家底弄准;三,家底出来后公开拍卖。散会。”

67

回到办公室,邓远航把洪光武叫过来问道:“光武啊,那天你赞成把宾馆卖给徐总,怎么今天就反对了呢?”

“远航,你这就叫我坐不住了。其实,我也不是反对卖给徐总,我的意思是这些浙江人有钱,我想叫他多放点血,为我们财政多争取点。”洪光武辩解说。

“人家有钱,但你也不能叫人家花冤枉钱啊?”邓远航说。

“现在公开拍卖就不存在这个问题了,哪个有实力哪个买。”洪光武说。

“好,这个事你过问一下,叫他们把家底赶快弄出来。”邓远航说。

洪光武离开后,办公室主任小凤又走了进来。她一进来就火气冲冲地说:“像这样子,还招什么商?都把人家气跑了。”

“怎么?发什么火啊?”邓远航问。

“你看刚才那会上,场长那冠冕堂皇的话,那放之四海而皆准的道理,就是不让徐总买宾馆哎。宾馆要是不卖给徐总,人家特种钢项目开工不开工还很难说呢。他们要把这个项目给弄黄掉了,他们就是九龟的罪人。还算政治账、经济账呢,人家投资几个亿的账怎么不算的啊?”小凤愤愤地说。

“他们提的意见也是对的,我们之前考虑问题也有不妥的地方。确实,现在不少有钱人都盯着国有、集体企业改制这一块,如果我们不公开信息,不让他们公平竞争,即使没有出现腐败问题,没有使国有、集体资产流失,人家也会说你有权钱交易问题,有国有资产贱卖问题。这样公开、公平、公正地竞争,大家都清清亮亮的,不是求之不得的事吗?”邓远航说。

“这且不说,刚才我打电话给国土局徐局长,他说那两块地一块都没落实,马上特种钢项目开工的日子快到了,红线还没划,你说急不急人?”小凤又说了件令人不快的事。

邓远航想,这倒是个问题,到时徐总大队人马开来,选好的日子开不了工,谁还相信你九龟是投资的乐土?他问小凤:“问题出在什么地方?”

小凤答:“徐局长说,关总那块地,钟场长要调给人家搞开发,特种钢这块地,钟场长说要调另一个项目。”

“上次不是在这块儿已经说好了吗? 怎么又变卦了?”邓远航问。

“我看他就不想支持你的工作。凡是你赞成的他就反对,你反对的他就赞成,他这辈子就跟你做对。下边的人也看出问题来了,说你们两个一把手面和心不和,叫他们下边的人无所适从。”小凤说。

“我还是第一次听说这个事,下边的人都能看出我们的不协调,那说明问题已经非常严重了。”邓远航说。

“不是说你跟他不协调,而是说他素质差,不但不配合你工作,还老是在背后拆你的台。”小凤说。

“既然有这种情况存在,我就不能犯官僚主义,我就要广泛征求意见,多与他协调沟通,多敲几遍锣,自已勤力些,多吃点苦,把工作抓细抓实,问题也就不大了。”邓远航说。

“我觉得省农垦对九龟不负责,他们明知道他跟你有矛盾,还把他跟你在一起搭班子,你要向左,他要向右,劲儿使不到一起,叫九龟怎么发展? 要不你跟省农垦汇报一下,把他调到别的农场去,九龟其他随便哪个来做场长都能跟你配合好的。”小凤说。

“哎,小凤,你不能有这种思想噢。我的观点恰恰与你相反,我认为省农垦是对我、对九龟负责的。”邓远航说。

“还负责呢? 一个人一把号,一个人一个调,这叫什么对九龟负责啊? 这是对九龟的负债!”小凤说。

“你听我跟你讲,我说省农垦安排钟玉保做我的副手是对我负责是有道理的。”邓远航说。

“什么道理?”小凤问。

“你不知道现在一个场委书记的权力有多大,我告诉你,一个农场的人、财、物,他要怎么搬弄就怎么搬弄,没有人能监督他和阻止他,他要是瞎折腾,这个地方可能多少年都翻不了身,他要是贪欲熏心,他可以成百上千,甚至于上亿地捞钱。你说他权力大不大?”邓远航说。

“可权力大与配他当场长有什么关系啊?”小凤质疑道。

“有关系啊,你想想,如果跟我搭档的不是他钟玉保而是你蒲星凤,会怎么样?”邓远航反问。

“我也没的那个福分,我哪里晓得啊。”小凤说。

“我是拿你做个比较。如果你跟我搭档,你肯定密切配合我、全力支持我,是不是?”

“那是肯定的,那一定是你指到哪儿,我打到哪儿,毫不含糊。”

“这就预示着有大问题出了。”

“怎么可能呢?”

“是非常有可能的。你想,我要是瞎指挥、乱拍板、滥用职权、卖官鬻爵,你会说反对意见吗?肯定不会,即使你想说,你也不敢。”

“凭你这素质,你怎么可能做那些事呢?”

“俗话说,十年修行一朝废。许多问题的出现往往在一念之间。当我的周围都是鲜花,都是歌声,都是美言,都是掌声的时候,我也会犯浑,也会忘乎所以,得意忘形,把自已变成一个虚拟的人。此时便会昏昏然、晕晕乎,便觉自己的智商最高,水平最好,能力最强,听一切都顺,看一切都准,说一切都对,做一切都成,不知不觉就掉进了权力的陷阱。”

“那他与你搭档为什么就不会出现这些情况?”

“因为他会反对我,我心里有顾忌、有警示,心里老是觉得有个人拿着一把剑站在那里,看着你的言行,你如果有一丝一毫差错,他就会斩上前来,因而必须时时事事都要谨小慎微,谨言慎行,都要考虑得很周全,以不给他留下攻击的缺口,这样,犯错误、出问题的概率自然就低了。所以说,省农垦安排钟玉保跟我搭档是我邓远航的幸事,也是九龟的幸事。”

“对也对,只是一个班子里弄个搞吵骡子,不能团结一致、齐心协力为九龟发展献智出力也是个问题。”

“对‘团结一致’这个问题也要有正确的理解。团结一致,不是一个声音说话,如果只是一个声音就不能形成美妙动听的音乐,因而一个班子里要允许发出不同声音,高低有致,快慢有序,长短有节,才能在班子中形成优美的大合唱。所以说,团结一致,不是思路的一致、办法的一致、言论的一致,而是目标的一致、行动的一致。实际上,一个班子团结不团结,关键是在一把手。如果出现不团结,一把手应负主要责任。”

邓远航正说着,手机响了。他一看号码,是关红琴的。

68

关红琴在电话里向邓远航发了一通火:“你原来还是个硬气的人,当了书记了，怎么一点魄力都没有，变得这么软弱的呢？土地变来变去，到现在落实不了，项目拖了这么长时间开不了工，这土地还能不能落实，不能落实，我就到别的地方去投资，连石龟那个厂都卖掉，永远不想踏上九龟的土地了。”说完“咔嚓”一声关掉了手机。

邓远航拿着嘟嘟响的手机坐在那里显出一脸的惊讶，他对小凤说：“关总从来没有发过脾气啊，今天怎么发这么大火啊？”

“只是从来没跟你发过脾气，跟我们还是发过的。不过你不用多想，她肯定不是冲着你来的，她这可能是更年期的原因。”小凤说。

“不是，我想她是对我们九龟很失望了才有这种情绪的。刚才连个解释的机会都没给就挂了，真是气到极点了。”邓远航说。

“一个女人跟一个男人关系不到一定程度是不会这样子的，她对你是有感情，才对你这样的。我敢肯定地说，她手机一挂就后悔了，她现在正坐在办公室掉眼泪呢。”小凤眼睛看着窗外说。

“为什么掉眼泪？”邓远航问。

“为把你伤害了而掉泪。”小凤转过头正视着邓远航说。

“什么时候啦，你还开玩笑？”邓远航不悦地说。

“真的，我没开玩笑，女人都是这样，不信你把电话打过去，保证她没有一点脾气了。”小凤说。

“为什么？”邓远航问。

“我估计你有好长时间没给她通电话了，她之所以这样除了埋怨你，更重要的是引起你的关注。”小凤说。

“是有好长时没跟她联系了。没跟她联系不说，事情没帮人办好，真应该被她骂。”邓远航说。

“你应该每天给她打个电话，发个信息，问候问候，这样她就心情舒畅，对你也就和和气气了。”小凤说。

“你凭什么这么肯定？”邓远航问。

“真的，我不骗你。一个女人，一个单身女人，一个单身老女人，需要你感情的抚慰。”小凤笑着说。

“又瞎嚼了，说说就不上道子了。我不会上你当的，我也没有那么多时间天天给她打电话。不过，现在倒是应该回个电话去，把事情向她解释清楚。”邓远航说着拿过座机给关红琴拨电话。他连拨了两遍对方都是无人接听，他放下电话说：“你看，你的预言破产了吧？人家连我的电话都不接了。看来,得登门谢罪了。”邓远航说。

“都是钟场长闹的,要不是他在后边处处打坝,事情老早就顺顺当当的了,哪里会到这种地步!”小凤不满地说。

“也不能这么说,出了岔子,我们不能只会怨天尤人。刚才,我不是跟你说了嘛,一个班子内闹不团结,主要责任还是在班长。”邓远航教育小凤说。

“我们不能怨天尤人,但我们也不能替人扛过啊?刚才我就没听懂,为什么班子里搞吵骡子挑起的矛盾,也要你班长担责?”小凤说。

“我这么跟你说吧,一个班子中,矛盾是因班长引起的,责任在班长自不必说,矛盾是因班子其他成员引起的,你班长有责任去化解它,你没能化解它,责任自然是你班长的啦。”邓远航说。

说到这儿,小凤想起了场委办公室的事。自从她当了主任成了班长后,副主任李晓阳就没正眼看过她,每次办公室人员开会时,他总会阴阳怪气地发牢骚,平时还在背后捣捣戳戳地搞小团体。我从来没跟他闹什么矛盾,都是他主动来挑我,他在班子里挑起矛盾,完全是他的素质问题,难道这个责任也要我承担?因而,她问邓远航:“邓书记,要是我也主动去做工作了,但他们还是闹矛盾,或是他还要跟我闹矛盾,那还能怪我什么啊?”

“那还是怪你班长,你班长连你班子里的矛盾都化解不了,说明你这个班长无能,你就没资格当这个班长。”邓远航说。

小凤心想,要从这个角度去说,邓书记关于班子团结的看法确实是很有道理的,今后自己在处理办公室内部矛盾时还要多下点功夫,要多向邓书记学习呢。于是,她说道:“你这样讲,我也听明白了,我虽然是个小班长,今后还要多向你学习这方面的能力呢。”

“对呀,你当办公室主任也有几个月了,我还没问过你,你们班子怎么样啊?”邓远航顺便问道。

“总体还可以,大家都很努力。就是命不好,班子里也摊上个搞吵骡子、好头鸭子。”小凤说。

“小凤,共产党人不要谈什么命不命,要谈能不能、会不会。我告诉你,几乎任何一个单位都有搞吵骡子、好头鸭子,一个单位有这种人既是坏事也是好事。坏事是有这种人在增加了你工作的难度,有时甚至让你举步维艰,我们这两个项目就是这样;好事是有这种人在,你的一言一行处处受到监督,让你少犯错误,更重要的是让你有提高处理复杂问题能力的机会。”

“是这么个道理。邓书记,我现在就要跟你学习怎么去处理关总、徐总两个项目的事情。我觉得这两件事就像走进死胡同了,我怕是难以解决了,你有什么好的解决办法吗?”小凤说。

“不要怕,现在的关键是找到这两个问题的症结所在,然后才能寻找解决的办法。走,跟我一起找钟场长。”邓远航说着站起来就要出办公室。

小凤拦住他说:“你在这儿等,不要下去,我去把他请上来。”

“为什么我不能到他那儿去?”邓远航问。

“我爸跟我们说过,冠必在上,鞋必践下。该讲的尊卑等级还是要讲的,尤其是对他那种人,你不能给他脸,他那种人你要是给他个台阶,他就能爬到你肩膀上。我去请他。”小凤说着就向办公室外走。

“等一下,我跟你一起去。”邓远航说着与小凤一起走出办公室。他一边走一边对小凤说:“小凤,你刚才的想法有问题,以后不允许那样说钟场长。”

“我这话是跟你说的,我也不可能在别人面前说他。”小凤说。

“不管说不说,有这种想法都是不好的。其实,他到我办公室,或是我到他办公室都很正常,没有什么规定他必须到我办公室。”邓远航说。

“理是这个理,可是你是书记,他是场长,他应该到你这儿来汇报工作,这是多少年形成的规矩。再说,他年龄比你大,资格比你老,你要是破了这规矩,他还不晓得怎么抖呢。”小凤仍坚持着自己的想法。

“这个规矩还真不是什么好规矩呢。他年龄比我大,我就更应尊重他。俗话说:恭敬可以平人怒,谦让可以息人争。你尊他一尺,他敬你一丈。在礼节方面,我们没有理由不先尊重人家。”邓远航教育小凤说。

69

邓远航和小凤下楼来到钟玉保办公室,钟玉保果然显出惊异的样子说:“哎呀,远航,你真是贵足踏贱地,你要有什么事,让蒲主任来叫一声,我到你那儿汇报哎,我这点礼节还是懂的。你们请坐。”

“钟场长,到你这儿,到我那儿不都是一样嘛,我们之间还有什么客气的啊?”邓远航说着坐到钟玉保对面的椅子上。

钟玉保见邓远航坐到他对面,便站起来坐到旁边的沙发上说:“远航,你要坐那里,我只能坐在这矮地方了。不过,说起来,我们是什么感情啦?自小到现在几十年了,谁跟谁啊?远航有什么指示,你尽管吩咐。”

小凤看到钟场长那让座的样子和说的话就有点恶心,心想:太做作、太假。

“哪有那么多指示啊,我是来跟你协商几个事的。”邓远航说。

“哎呀,你看你,还用协商嘛,你尽管说。”钟玉保说。

太虚伪,你要早这态度,早把事情办成了,小凤这样想道。

“钟场长,我们九龟招个项目很不容易,而要招个上亿的、几个亿的项目更是难上加难。今年好不容易有了关总、徐总两个超亿元的项目,可是因为土地的问题迟迟落不了地,真是让人坐立不安、夜不能寐啊。钟场长,如果这两个项目因为我们服务跟不上,那我们真是成了九龟的罪人了。”邓远航语重心长地说。

“远航啊,在加快九龟发展、改变九龟面貌方面,我的心是跟你一样的啊,看到这两个大项目、好项目迟迟落不了地,我也是心急如焚啦。说老实话,上次在那里开过会后,我就为这两个项目奔忙了,可以说路走得比九龟湖大堤还长,汗流得比九龟湖水还多,最后还是十网九空,剩一网还有个大洞。唉,现在想做点事真难啊!”钟玉保标榜着自己。

小凤坐在那儿在心里骂道:睁眼说瞎话!

邓远航知道他是往自己脸上贴金,便不想跟他再兜圈子,而是直接问:“钟场长,依你看这两个项目是不是好项目?要不要落地?”

“绝对是两个好项目,可以说别说是在我们九龟,就是在全省农垦系统都找不到一个比这两个项目好的项目,那真是火车的铁轨,过得硬。这么过得硬的项目还用问落不落地吗?那是肉骨头落了锅,肯(啃)定的哎。”钟玉保说。

就是一个嘴油子,小凤在心里这样想。

邓远航继续问:“那你看,这么长时间这么好的两个项目迟迟落不了地,主要症结在哪里呢?”

钟玉保心想:他邓远航能亲临他的办公室不是简单地来跟他商量事的,一定是来兴师问罪的,要说症结,这个事没搞定的症结确实在我们场部,但我不可能把这个责任全背过来,我得退一步进两步。于是他说道:

“主要症结在我们场部,这是不可回避的,因为这些服务的事都归我们场部做。但是,我们场部也努力了,事情没成,我们也有我们的苦衷。”

“什么苦衷?”邓远航追问。

真的苦衷哪能告诉你?你一定要问只能给你扯一个了。于是钟玉保说:“你一定要听,我就跟你说实话。这两个项目出问题是因为上面的干扰。”

“谁在干扰?什么干扰?”邓远航继续问。

钟玉保心想:上面没人干扰,但这时说一个也无妨,他也不可能去跟他对质。于是他说:“你透熟的,我们的老书记方元根。”

“他如何干扰?”邓远航穷问不舍。

“他叫把关总那块地给他弟弟方元本开发,还叫把宾馆卖给他弟弟。”钟玉保把责任完全推给了方家兄弟。

邓远航知道了事情的原委,便对钟玉保说:“噢,我知道了。这样,两个项目的事还按我们以前决定了的意见办,尽快办,绝对不能影响项目的开工。方书记和方元本的事我来协调。”

钟玉保没有退路了,便说道:“你有这话,我就放开手干了,我保证叫国土局在本周之内把土地的事办好,确保下周两个项目可以开工。但是你要保证那两个‘方’一点话没的啊!”

“这你放心,肯定把他处理圆了。”邓远航说着和小凤离开钟玉保办公室。上楼时,他又问小凤:“你看问题的症结在哪里?”

“根据钟场长说的,好像问题出在方元本身上,但他的话向来是水分充足的,不知他说的是真的假的。”小凤说。

“他这会儿说的是假的。其实对这两个项目,我们班子中是没有人反对的,钟场长和洪书记都是非常赞成的,后来方元本从深圳回九龟,他们俩的观点才发生了变化。至于他们之间有什么瓜葛还不清楚,但是两个项目遇阻的根子在方元本这儿是千真万确的。因此,做通方元本的工作,目前这两个项目的问题都会迎刃而解。”邓远航说。

“那个方元本也是个老甲鱼,是块难啃的骨头,你想好怎么做他工作了吗?”小凤关心地问。

“想好了。”

“什么方法?”

“请他吃饭。你在宾馆安排一桌酒席,我来与方元本联系。”邓远航交代说。

邓远航回到自己办公室就给方元本打电话，约他晚上一起吃饭，可打了几遍总是忙音。电话未打通，他便把洪光武叫到办公室来交代说："你去宾馆找方元本，就说晚上我们一起陪他吃饭。找到他你先跟他谈谈，一是叫他房地产开发的土地另选一块，二是叫他退出购买宾馆的竞争。你先谈，我等一下直接到餐厅。"

待洪光武走后，邓远航再拨方元本的电话，对方仍然是忙音。

原来，邓远航拨方元本电话时，他正在接听钟玉保的电话。

邓远航他们走后，钟玉保知道他一定会去找方元本做工作，因而抢先与方元本通上了电话。

钟玉保告诉方元本："元本啊，事情不太妙啊。刚才，邓远航到我这儿了解你搞房地产开发和购买宾馆的事了。我没的办法，只有如实跟他说了。"

方元本说："你这是什么人啦，把兄弟给出卖了。"

"没有出卖的事，你不要说得这么难听，没那么严重。你放心，我都是为你讲好话的，我说你对九龟有感情，这次一定要投资回报家乡，要提高家乡的城市品位。"钟玉保又编了些话给方元本听。

"那邓远航是什么态度？"方元本问。

"兄弟啊，他的态度跟我不一样啊！在九龟哪块有像我这样处处支持你、帮助你的啊？没有哎。"钟玉保没有直接回答方元本的问话。

方元本着急了，他在电话里大声问道："我晓得，我问你邓远航是什么态度，我好应付哎。"

70

钟玉保要的就是这效果，就是要把方元本的情绪调动起来，这会儿见他着急了，便故意不紧不慢地说："你莫急嘛，你听我跟你慢慢说嘛。邓远航的态度有两个：一个是那块地是工业用地，不能用来搞开发；二是叫你不要参与收购九龟宾馆。"

"他凭什么？凭什么不给我开发？凭什么不准我买宾馆？是不是在你们九龟不跑不送就办不成事？"方元本大声地发出一连串的问话。

“我的菩萨爷爷哎，你小点声噻，事情没到办不成的地步呢，还有争取的余地呢，你急什么？”钟玉保嘴上在说，心里在笑。他想：不管他邓远航能不能把方元本的工作做通，方元本都不会怪他了，反倒有可能使方元本记恨邓远航了。

“什么争取啊？就是送钱哎！”方元本仍愤愤不平地说。

“那些事我不管你，邓远航这个人的脾气你也不是不晓得，我现在就给你出一个主意，你认为可以就听，你认为不行就算。”钟玉保说。

“你说。”方元本说。

“你不管他怎么做工作，你就认住一个死理：不答应！”钟玉保说。

直到洪光武到宾馆去按他的门铃了，方元本才与钟玉保通完电话，开门让洪光武进房间时，他的脸色还阴沉沉的。

洪光武进房间见他的脸阴着，便问道：“脸色这么难看，是生病了，还是不欢迎我啊？”

“坐，都不是。”方元本待洪光武坐下后坐到另一张椅子上。

“那是什么原因啊？肯定是昨天又熬夜了。”洪光武说。

“熬夜？熬夜能使我这样？我告诉你，你不晓得，我们这些在深圳混的人，熬夜就是吃补药，只能使我们的脸色更滋润，怎么会难看？我这是跟你大舅老爷闹气呢。”方元本说。

洪光武听他说跟大舅老爷闹气便警觉起来，因为他们俩在插队时是有血仇大恨的，后来两人虽捐弃前嫌了，但毕竟那块伤疤还在，如果这两人再把那伤疤揭起来，那也是会出大事的，此时，必须把他的气劝消下去。因而劝道：“你跟他虽然不是兄弟但胜似兄弟，两兄弟之间有什么气闹的？他这个人你也不是不了解，直肠子一个，上边水刚喝下去，那下边尿就到尿道口了，我敢肯定，他这会儿已记不起来为什么事跟你生气的了。该是把心放宽些，嘴张大些个吃，腿伸直了睡，养足了精神，为九龟的发展事业多做点贡献。”

“贡献，我倒想做呢，可是你们九龟这地方当官的跟别的地方当官的不一样，处处设卡，就防着我为九龟做贡献。我还真没见过这样的地方领导，我扛着满麻袋的金子送给你们九龟，他不但不要还把我打出去呢。”方元本刚平息的怨气又升腾了起来。

洪光武听不懂他说的是什么，难道是他送一袋金子给某个领导，这个领导不但拒收还把他骂走了？这个领导是谁？邓远航？不可能，就没有人敢到他门上送金子！那是大舅老爷？有可能，他刚才不是说跟我大舅老爷闹气的嘛，肯定是金子没送出去才生气的嘛。但也不大对，大舅老爷这个人别人不了解，我还不了解他嘛，他是个见色起意、见钱眼开的人，见了一袋黄金他还能不心动，还能把人家打出去？也有可能，因为场委"三守三严禁"的文件出台了，他也怕了，不敢收了，把他打出去了，那这是好事啊。于是他对方元本说："元本，现在跟过去不一样了，场委出台了'三守三严禁'的文件，领导不收你的金子是对的。你放心，不收你金子一样为你办事。"

"哈哈，你这想到哪儿去啦？还亏你是我们知青中的秀才呢，那时捧着个《资本论》，原来是吓唬人的啊！我说的意思是我带钱到九龟来投资，九龟一些领导设置障碍不让我投资。"方元本嘲笑他说。

洪光武并没介意他的嘲笑，而是说："投资好啊，九龟不会有人阻拦你的。你说哪个，我负责去查处。"

"邓远航、钟玉保。你查啊？"方元本诡谲地笑着说。

"他们？怎么可能？你开玩笑的吧？"洪光武问。

"我哪里还有心思开玩笑？我选好要开发的地，他们叫我让给关美女，我要买宾馆，他们叫我退出，我就不能在九龟投资了。"方元本气愤地说。

这不是邓远航叫我来说服他的事吗？正好他自己说出来，那就顺势劝劝他吧。于是，洪光武说："元本，你把事情看偏了。马克思主义辩证法，教我们看问题要全面地看。"

"你不要孔夫子放屁，跟我文屁冲天的了，我晓得你们都是穿一条裤子的，都是反对我在九龟投资的。"方元本说。

在龟岛插队那时，洪光武就瞧不起方元本，嫌他粗俗，后来还玩个"英雄救美"的鬼把戏，想从他手里把钟玉家抢走，因此，他从不用正眼看方元本的。现在，是因为他在深圳发了点财，说要回报家乡，他才改变了过去对他那种态度的。像刚才方元本说的那些话，要在过去，洪光武就不理睬他了，但他现在还得劝说他："元本，你冷静一些听我说。我觉得你要真投资这两个项目，你必败无疑，会叫你亏得血本无归。"

"什么啊？你怀疑我的能力是不是？我在深圳经营的'大世界'那红红火火的场面你看过没有？那是吹起来的啊？我告诉你，你怀疑我的经营能力就等于怀疑你自己能不能吃饭生伢子。"方元本愤愤地说。

洪光武在心里说:无知！真是一个草莽英雄。他嘴上则说:“我知道你那个是怎么红火的。你要不靠小姐你能红火得起来？你在九龟要火起来,那真是奇了怪了。”

方元本骂道:“放屁！你就欢喜脚朝上头朝下说话,全跟人家反着来。我靠小姐啊？小姐靠我哎,有了我,她们才能走上致富道路的哎,深圳有了我们那些‘大世界’,打工的人才稳定的哎。”

真无知！孺子不可教也！洪光武心里在骂,口中则说:“我不是说你没能力经营,我是说你不要四处出击,一下子把摊子铺得很大,想十个手指捺十个虱子是捺不住的,得集中力量抓住一个虱子。”

“你还是瞧不起我的能力哎,你是说我没有同时做好几件事的能力。我在深圳开三四个公司又不是吹出来的。你晓得我属什么啊？我告诉你,我这个人属喷砂枪的,一枪可以打一群麻雀子。”方元本炫耀地说。

洪光武心里想笑,天地下有属狗属猪的,哪里有属喷砂枪的啊？罢了罢了,他就是个弱智,没必要跟他计较。于是,他说道:“我没有瞧不起你,我是担心你又要买宾馆,又要搞房地产,到时资金周转不过来。”

“你看,说到现在,你还是瞧不起我,你瞧不起我要买宾馆哎,瞧不起我穷得叮当响哎。我告诉你,我要火起来,把你整个九龟城区买下来,你信不信?”方元本连说带吹起来。

“好,有魄力!”这时,邓远航从门口走进来说。

71

邓远航在后边的餐厅等了一会儿,见他们还没过来,估计他们没谈得拢,便与小凤一起直接来到客房。推开门就听见方元本吹牛皮,就知道洪光武没完成任务。他走进来坐到洪光武让开的椅子上说:“你们谈得很热烈啊。哎,元本,你刚才说要把我们整个城区买下来,你出个价,我卖给你。把城区卖给你经营,我们省心省事了,同时还能拿卖城区的钱开银行,集中力量办金融产业。”邓远航知道他说买城区是吹牛的,故意用这话来刺他的。

方元本主动放下身段说:“邓书记,你不要刺我了,我那是跟光武斗气,才吹那么大牛的。我那点儿钱,别人不知道,你不知道嘛,只能买你城区一根毫毛啊。”

“哎,你也不要过于谦虚。我知道,这么多年你在深圳还是赚了点儿钱的。但是你那点儿钱要买九龟城区确实也是吹牛,不过,城区里有两样东西你是买得起的。”邓远航把方元本朝自己的话题上引。

“哪两样东西?”方元本问。

“一个是九龟铁器厂,一个是医药公司。”邓远航抛出了两粒钓饵。

“为什么要我买这两个企业?”方元本问。

邓远航分析说:“铁器厂在城市中心,噪声大,粉尘多,还存在不少安全隐患,必须把它搬出去。这个企业占地七十多亩,旁边又是学校,它搬走后,这块地用来搞房地产开发确实是个黄金地块,比你在工业园区看中的那一百亩地不知要强多少倍呢。”

听到这话,方元本来神了。他立即抢着说:“邓书记,这么好的事,你怎么不早说的啊?书记,那这样,工业园区那地我不要了,你们爱搞什么搞什么去。我就要铁器厂这块地。”

邓远航没接他的话茬,又继续说道:“再说医药公司,这个企业马上要改制出售,正逢上医药市场放开,允许私人开药店,你要是把那医药公司买下来,那就坐在家里数钱了,不知要比买这个破宾馆强多少倍呢。”

方元本又抢着说:“邓书记,那我宾馆也不买了,我就买医药公司。邓书记,你把这两个好东西给我留住,千万不能卖给别人。”

“好东西,留是留不住的。再说现在也不准暗箱操作,到时你报名参与竞争就行了,我认为你是有这个实力的。”邓远航说。

“行,我竞争,但你多少要给我点儿优惠啊。”方元本说。

“走,先去吃饭,这个事是他们场部管的,你到酒桌上跟钟场长说去。”邓远航说着带头走出房间。

洪光武在后面一边跟着,一边在心里骂道:我跟你好言好语地说,你妈的你就晓得跟我吵,邓远航就三言两语,你妈的就屁颠屁颠地直点头了。就是他是书记,我是副书记吧,狗眼看人低。

同样跟在后边的小凤则从心里佩服邓远航。她原以为叫方元本放弃那一百亩地和购买宾馆会很难,没想到,邓书记手到病除,三下五除二把事情解决了,觉得自己又长了见识,学到了经验。

到餐厅,方元本一见到钟玉保就喊道:“钟场长,钟场长,我现在决定改变主意了。园区的一百亩地和宾馆我都不买了,你爱怎么处理就怎么处理去,跟我不得关系了。”

钟玉保心想:我再三叫他不要改变主意,怎么跟小孩子脸一样说变就变啊?他邓远航就是个神仙也不会说叫他变就叫他变啊?不过方家这小子也是个属尿壶的,满肚子臭水,他说出来的话水分很大,不晓得他是真的还是假的,我得证实一下。于是,他说:“真不要啦?”

“真不要!”

“两个都不要?”

“都不要!”

“不后悔?”

“绝不后悔!”

钟玉保从与方元本的一问一答中相信他说的是真话,他觉得这样也好,这家伙在九龟也是我的心病,他不投资早滚早好。于是他对方元本说:“那你明天可以买飞机票了。”

“我买飞机票干什么?”方元本问。

“回深圳啊。”钟玉保说。

邓远航走到主人位说:“来,大家坐。老钟,人家元本带来的钱还没花,他在九龟还要投资呢,你不要着急撵人家走嘛。”

“他不是什么都不买了,还投什么资啊?”钟玉保说。

方元本说:“钟场长,我还没回报家乡呢,你不要急着撵我哎,我还是要把钱花在九龟这块地上呢。”

“你花钱买什么?”钟玉保说。

“你把铁器厂和医药公司优惠卖给我!”方元本说。

“那两个破企业,亏损的祖宗,你买他做什么啊?把钱往九龟湖里撂啊?趁早不要做那个傻事。”钟玉保劝道。

“那个你不要管,钱是我的,我爱怎么花就怎么花。我要是高兴的话,就把钱往九龟湖里撂,听到那扑通扑通的声音我高兴。你只管把那两个企业卖给我就行。”方元本说。

钟玉保心想:这个傻东西真是见鬼了,被邓远航洗过脑了,不过我不能亲口答应卖给你,不要到时你亏大了把罪怪到我头上,得把这事推给邓远航。于是,他说道:“卖这么两个破企业,我巴不得的呢,只要邓书记同意卖给你,我就不问,我只管数票子。”

方元本又对着邓远航说:“邓书记,你不是同意了吗?我敬你一杯酒,你跟他说，叫他把那两个企业卖给我。”

邓远航喝了一口酒说：“这两个企业改制是肯定的，这没有问题，至于怎么改，这两天我们开会研究一下，到时会像宾馆一样，公开、公平、公正地进行拍卖。元本，这几天你就什么事也不要做，赶快准备票子吧。”

准备票子？他这是什么意思？平时说到像购买企业、投资之类的事，他都说资金，从来没听他说过钱啊票子之类的，今天他竟然说出票子二字，是真叫我准备资金参与竞拍，还是提醒我送票子呢？方元本思来想去，还是觉得他的话中“送票子”含义分量重些。因为，出售这两个企业，里边可操作的空间很大。可以拍卖也可以不拍卖，即使拍卖，在拍卖之后还有操作的余地，这些完全掌握在他邓书记和钟场长手里。看来，要想争取最大的利益空间，不准备一些票子是万万不行的。

正当方元本苦思着票子问题时，邓远航的手机响了。

72

邓远航一看号码是王石基的电话便接通说：“王总啊，这么晚来电话有什么急事啊？”

王石基在电话那边说：“没什么急事，就是多少天听不到你声音了，打个电话向你问个好。”

邓远航觉得好笑，便说道：“噢，谢谢。那你要没事我就挂电话了。”

电话那边连忙说：“哎，别、别挂。我问你个事。听说城区的一些企业要搬迁，我能不能买个老企业搞开发？”

邓远航说：“你真是绣花针做的耳朵，怎么这么尖的啊？这块儿才说到这个事，你那块儿就听到了。好啊，你想买可以啊，我们欢迎。”

“那你不能把价格抬很高再给我，叫我赚不到钱啊。”王石基说。

“会公平买卖的，你到时报名就行了。”邓远航说。

“到哪儿报名啊？”王石基说。

“还没开始呢，等我们把方案定下来再说。过两天你问钟场长，这事他负责。你现在就把票子准备好，到时一起参加竞争吧。”邓远航说完挂了电话。

又多个抢食的，又是准备票子，看来这票子还要跟人家比送早、送多，方元本这样想道。

这边邓远航手机刚挂掉，那边钟玉保手机也响了。也是王石基，钟玉保接通电话说："秃子啊，你什么病啦，电话一个一个地打啊？不就是买企业的事吗？我跟邓书记在一起呢，你照邓书记说的，把票子准备好就行了。"说完挂了电话。

听到"票子"，方元本心里又搅动起来了：这位说的也是票子，不要再提醒我了，我已经彻底清楚了，这票子是必须要的，而且他们俩也是必须送的，但送多少才有用呢？邓远航这儿以前没送过，少一点儿不碍事，钟玉保那儿送过多次，但这次万把块钱肯定是不行了，况且还有个王秃子在竞争。你送三万，他送三万五，我那三万就真的撂到九龟湖去了。干干脆脆一人送十万，确保优惠地把两个企业拿到手。

散席后，回到宿舍，方元本就给深圳打了个电话，吩咐明天银行一开门就往他卡上打二十万元钱。打完电话，方元本便又上街去转了。

邓远航散席刚到家，手机又响了。他一看是关红琴的，赶快接听："你好，关总。你今天怎么啦？从来没见你发那么大火啊，后来打电话又不接。"

"是被你气的！"电话那边传来关红琴责备的声音。

"我们这么长时间都没见面，连电话都没通一个，何谈气你啊？"邓远航问。

"这正是你气我的第一个原因。你工作忙，不来看我就罢了，难道打个电话问候一下也那么难吗？"关红琴质问。

"好好好，这是我的不对，我承认错误，下次注意。才第一个原因，看来还有不少呢啊。"邓远航说。

"有，多呢！这第二个原因就是你们办事拖拖拉拉，随意性很大。那一百亩地很长时间落实不下来，到我准备要开工了又说要变成三产用地，搞房地产开发了。你说我气不气？"关红琴说。

"气，应该气，要摆在我身上，我不光气，还火冒三丈呢。不过，现在这个原因已不存在了。我向你保证，这块地你现在就可以用！"邓远航说。

"这么说，我那个火发得还是有用的啊。看来，对你们这些地方上的官僚最有效的方法只有两个。"关红琴说。

"哪两个？"邓远航问。

"一个是发火跟你们吵，一个是上访跟你们闹。"关红琴说。

“哈哈哈,你倒是真会抓我们这些基层干部的弱点啊。”邓远航话是笑着说的,但是心里却是苦涩的。现在确实有这种现象,出现一些问题,平时无人过问,群众求爹爹拜奶奶,磨破了嘴跑断了腿,问题得不到解决,最后小问题拖成大问题,大问题拖成了死结,群众一吵一闹才着手来理这个问题,虽亡羊补牢,犹未为晚,但是处理问题的难度加大、成本提高,副作用又很多。如果我们干部的作风踏实,把群众的问题处理在萌芽状态,那社会风气,党群、干群关系等等一定会得到极大的改善。

关红琴口气和缓地说:“其实,我不是对着你的,我知道你有很多难处,你这边搭台,人家那边拆台,你做事很不易。我也知道,我发过火后,你一定做了大量的工作,才把事情摆平。我不怪你,我只是提醒你,你要把全九龟干部的积极性调动起来,让他们围绕着发展出力流汗。”

“谢谢你的提醒,以后一定加强这方面工作。谢谢你!”邓远航说。

“你先不要忙谢哎,我还有第三个原因呢。”关红琴说。

“还有?不得了,那我这回罪大了。”邓远航笑着说。

“你不要笑,我说真的。这第三个原因是你故意气我。”关红琴又责怪。

“还故意?那我罪大恶极了。”邓远航仍笑着说。

“我问你,当时,我劝你不要用小凤和小黄,但你根本不睬,坚决使用。你说,你是不是故意气我?”关红琴埋怨道。

邓远航解释说:“关姐,刚才那两点我都认错,这一点你就错怪我了。你不知道,在用人的问题上并不是我书记一人说了算的。在用这两个人时,首先提出来的并不是我,特别是小凤,我们班子中有人竭力地推荐她,而且这些人的势力还不小。”

没待邓远航说完,关红琴就抢着说:“人家也就是推荐哎,用不用不是在你吗?你完全可以否决嘛!”

“我是可以否决,但那样既得罪了众多委员,又伤害了小凤。”邓远航说。

“我看你怕的不是得罪委员而是伤害小凤吧?其实我对小凤本来并没有意见,我主要还是担心你。”关红琴说。

“担心我什么?”邓远航问。

“我担心是你把这么一个美女放在身边工作,不但不会给你带来益处,反而会给你造成许多危害。”关红琴说。

“没那么严重吧?”邓远航说。

“没那么严重啊?我告诉你,美女是什么?在古代,美女就是一画皮,在现代,美女就是一陷阱,她会让你在不知不觉中掉进违规、违纪,甚至于违法犯罪的陷阱而不能自拔。你不要说你不会被引诱,我告诉你,你在身边放一美女,就如同在一个三天三夜没吃饭的人身边放一碗肉汤饭,他是非吃不可的。”关红琴告诫他说。

邓远航答道:“关姐,你放心,一,我把眼睛转向别处,尽量不看那碗肉汤饭;二、适当时候,把那碗肉汤饭移到别处。”与关红琴通完电话,邓远航还在想:她这想法从何而来呢?她自己就是一绝代佳人,何以把自己这类人贬得这么低呢?噢,也许她是从自己身上想出来的呢。她是不是认为插队时黄满仓强奸她被判刑是因为她太漂亮造成的呢?不对,一只红苹果长在树上被一个路人摘了吃了,不怪那路人,难道还能怪那长在树上的苹果吗?

这一晚,邓远航很久没能入睡。同样没入睡的还有方元本。

73

方元本在街上转了一圈回客房洗洗上床睡觉,可躺到床上怎么也睡不着,头脑里尽是票子、票子。他想:深圳那边明天把钱打过来,要三天才能拿到,这三天过去,什么事都尘埃落定了,还要那钱有什么意义?什么事都要“快”字当头,抢占先机,快人一步,才能万事大吉。特别是对钟玉保这种人,你不先送,王秃子先送去了,他钟玉保先入为主,处处为王秃子开绿灯,给我亮红灯,我还有什么戏呢?不好,王秃子不会今晚就去钟玉保家吧?想到这儿,他一骨碌爬起来,穿好衣服又上街了。

夏日的夜晚,街上的行人并不少。方元本在这些行人中穿过,借助路灯的光亮不时用眼扫一下对面过来的人,想从这些行人中找到个熟面孔,从而可以跟他先借点儿钱,明天先把钟玉保的礼送掉。他这样想着、走着,走着、想着,不知不觉竟走到了九龟路上。他知道钟玉保的家就是这路上的 88 号。也好,走到路上也可以看看哪些人从 88 号大院进出的,实在不行找个地方,喊钟玉保出来喝喝茶聊聊天,也可以避免别人进攻他。想到这儿,他一边放慢脚步向 88 号走去,一边左右审视着每一个行人。

已快到钟家门口了,他也没见到一个人进出钟家,他在犹豫,自己进不进去,已经过了大门他也没做出决定,只好保持原来的速度走过钟家大门。向前走了约有五十多米,他又掉转头向钟家靠近。走到钟家大门时,他仍未决定进去,便再次走过。向前又走了十来米,远远看到一个骑自行车的人过来了。他想:又是一个瘪子,骑自行车的人哪有钱送礼啊?

但待那人骑到近前时他却呆住了,原来是王石基!他拍了一下脑袋定了下神,然后待那自行车骑到身旁时,猛地一把抓住王石基的车把,喊道:“王秃子啊,这么晚车子也不开,骑个破自行车,是去送礼啊,还是嫖亲家母啊?”

“哎,小声些,小声些,夜深人静不怕扰民啦?”王石基跨下车说。

“小声些?你怕声大你就老实交代,这包里鼓鼓囊囊的是什么礼物啊?”方元本一边指着挂在车把上的黑皮包一边问。

王石基两眼直转,头脑中想着怎么回方元本的话。他想:包里装的什么东西不能告诉他,拿这东西到哪儿去的更不能告诉他。没有想到什么好理由,他只好岔开话题说:“方总,我好长时间没见你的面了。这样,我带你去泡个澡放松一下,再弄两杯茶喝喝,我们哥儿俩好好叙叙。”

方元本心想:真是个滑头,我两个问题他一个都不回答,看来,他包里装的是钱是不用说的了,而且他心里有鬼也是肯定的了。不如跟他一起去,慢慢地再套他的话吧,说不定叙出感情来,他还能把包里的钱借给我呢。因而,他客气地说:“行,走,我请你。”

“哎,在深圳你请,到九龟了哪能要你请呢?”王石基心想:老子即使再去深圳也不要你请了,上次你哥方书记带队去深圳,那时的办公室主任钟玉保偏要我陪着去,花了我几万元,最后还被人家敲诈一笔,真是不能跟人说,后来那人把带子给我,我回来一看不是我的画面,而是钟玉保跟那日本女人的画面,我吓得几天睡不着觉,到现在那盘带子还在我办公室抽屉里放着呢。

两人来到九龟湖浴室要了一个包间,两人各自脱了衣服到大池子里泡了会儿,上来后又找小姐进行全套按摩。

开始按摩时,方元本躺在床上说:“秃子啊,想起个事,都说有福同享,我们哥儿俩在这儿快活,把保哥忘掉了,刚才没打电话喊他一起来。”

王石基躺在另一张床上说:“要喊他,现在也不迟的,把他喊得来,我哥儿仨马上再到大排档弄几个菜,弄瓶白酒咪咪呗。”

“算了,他那个身份,现在哪适合到这些场合啊?”方元本说。

“什么适合不适合啊? 这也是生活哎,他不体验这种生活,严重地脱离群众,他怎么做领导?”王石基振振有词地说。

“这么迟了,要是在深圳我肯定把他喊出来,但在九龟能不能把他喊出来我就吃不准了。”方元本担心说。

“你不要烦,我来,一个电话准到。”王石基说完拿起手机就拨通了钟玉保的电话。王石基在电话里只说了几句,钟玉保就答应说“马上到”。

“哎,保哥还是爽快噢? 远航、光武恐怕就不得答应了。”方元本说。

“这两个人也是实在人,都是重感情的人。你想他们来啊?”王石基问。

“当然想啦。我们一起插队劳动,感情很深的,白天他们工作忙,我来这么多天了,他们只到今天才请我吃个饭,也没跟我叙叙。”方元本说。

“想,就喊呗。这样,你打光武电话,我打远航电话。”王石基说着又要拨邓远航电话,刚拨了个“1390”,又给捺掉了。他怕这么迟喊他出来被他说,更怕把他喊到浴室来挨他骂,自己可从来没有这么迟喊他到大排档喝酒,也从来没喊他到浴室来过啊。想到这儿,他不敢再拨邓远航的电话了。

方元本在旁边问:“他没答应你?”

“没有通呢,忙音。”王石基一边回方元本一边拨通了邓远航的电话:“书记啊,能否放下架子与民同乐下子啊?”

电话那边问:“哪些人?”

“跟你一起插队的哥儿几个。”王石基答道。

电话那边又问:“什么时候? 在什么地方?”

王石基心想有戏,赶忙说:“就来,现在在九龟湖浴室301包厢,马上转移到大排档。”

电话那边说:“噢,我明天有个会,现在在看材料,你们玩吧。”

王石基刚要再说话,手机已嘟嘟地响了。

“同意来吗?”方元本问。

“他看材料呢,不来了。你跟光武打没打通?”王石基问。

“你给他打? 我追过他老婆,这么迟我不好打他电话。”方元本说。

“我上小学那时也想跟他老婆谈的,我现在也不好打他电话。”王石基说。

“那就算了，就我们哥儿仨玩吧。哎，王总，你在九龟这地方混的时间长了，我想请教你几个问题。”方元本说。

“那是，你这话算说对了。我十四五岁时杀了生产队一头老母猪，险些坐牢，后来远航、光武他们救了我，我就出来混了，快四十年了。可以这么跟你讲吧，在九龟，别的不说，九龟的大大小小沟河，哪条河多深多宽我是清清楚楚的。有问题你尽管问。”王石基吹道。

方元本想把自己要买九龟铁器厂的事先跟王石基说了，让他不好再跟他抢这口食。于是，他等两个小姐按摩结束走出包厢后说道：“是这么个事：场部马上要把九龟铁器厂卖了，我想把它买下来。”

王石基心想：这家伙想先下手为强，吃独食，怎么可能？于是没待方元本说完，他就抢着说：“那是九龟最大的亏损企业，你买那个包袱做什么呀？我不是吓唬你，那就是个无底洞，把你在深圳苦的那点钱全扔里去，连个声儿都听不到，到时你想甩都甩不掉，就像胶水一样粘住你了。”王石基说这些话的目的就是想以此来动摇方元本购买铁器厂的决心，从而让他从这笔交易的争夺中退出，对此，他信心满满，说完用一种瞧不起人的目光看着方元本。

74

然而他低估了方元本的智力和毅力，方元本根本不听他这一套。

方元本喝了口茶说：“秃子啊，我非常感谢你这些忠告，你希望我不要把辛辛苦苦赚来的钱砸在铁器厂这个无底洞里。行，我听你的，我保证不向铁器厂砸一分一厘钱。”

“哎，这才是明智之举呢。我就知道你会做出这种聪明决定的。”王石基说着话差点把心里的笑喷了出来。

“但是，我会把钱砸在铁器厂这块地上！”方元本说。

这兔崽子什么意思？难不成他也是想在这块地上建商品房？王石基霍地抬起上半身，侧向方元本说：“钱砸在地上有什么意思？还不是白砸，难不成你还想在市中心耕田种出大米来？”

方元本看都没看他，只是拿过茶杯又喝了口水，然后看着杯子里漂浮的茶叶说：“秃子啊，我觉得我们九龟人的思想真不解放，满地的钱都被外地人赚去了。就说东港那块二百亩地，听说前些年几万元一亩给了省城的崔老板，人家在上面砌了商品房，怎么样？成亿的钱往家里赚啦。”

“你是说你也学他在铁器厂那块地上搞房地产开发？”王石基明知故问。

“那是肯定的，那块地必须退二进三。秃子啊，我现在实话告诉你，我要买铁器厂不是经营那个厂，而是砌商品房，在那块地上不是种出大米来，而是要种出钱来。你说我这想法可行不可行？”方元本说这些话的目的，就是要让王石基知道是他方元本最先想出在这块地上搞房地产，从而让他不好再插上来跟他争抢这块肥肉。

王石基还是要继续打击他的积极性，非把他的信心打下去不可。于是，他对方元本说：“元本，我觉得你在深圳时间蹲长了，不大了解家乡的情况，还有点儿理想化。”

“怎么？我的想法不可行？”方元本问。

“人家可行，你，不可行。”王石基在竭力地贬低他。

方元本果然有点心急，他把茶杯往桌上一蹾说：“真他妈的十个秃子九个辣，说话这么刻薄，怎么人家行我就不行了，瞧不起方爷啊？”

王石基喝了口茶轻轻放下茶杯，然后慢条斯理地说：“你不要急嚜，你要这样急，你就真不行。我跟你讲，我说你不行是有理由的。一个，你不懂房地产这个行当，你就不晓得从哪些方面做文章赚到利润，比如你根本不知道从容积率等方面动脑筋去赚更多的钱。二个，这块地不仅是因为黄金地段价格高，还因为这地上的企业欠了那么多贷款，这企业里的那么多职工要安置，这两方面一加，土地的成本就把你吓死了，建成的商品房价格要把购房人吓死了，你这房子卖不出去、变不了现，你就等着跳楼吧！三个，你长期在深圳，对九龟码头上的事一窍不通，不说你可能拿不到这块地，就说你拿到这块地办齐手续就把你转昏了，到时你一定就会像个没头苍蝇一样原地直转呢。”

方元本起初以为王石基就是想打消他要这块地的念头才说他不行的，现在听王石基这么一分析，他觉得不管他是出于什么目的，他刚才说的话还是有一定道理的，这几个问题确实也是自己不足的地方。于是，他说：“秃子啊，人家说十个秃子九个精，你真是秃精。你说的这几条真是把我从上到下看得透透的了。秃子啊，其实，我开始就说了，我今儿个就是向你请教的，你是老瓦匠头、老把式，你得毫无保留地把你的绝招教给我。”

“不是吹的，你要问这行当的事，算你问对了。我这么跟你说吧，我只要看到一块砖头角、一粒沙子，我就晓得那砖头是哪窑里的，那沙子是哪条河里的。不是吹的，四十年哪。”王石基又抖起来了。

“我现在就向你请教，我现在什么也不想，我第一步就是要把这个铁器厂先拿下来，你看，我现在最需要做的事是什么？”方元本正儿八经地向王石基请教。

王石基想：说了半天，不是白说嘛，这个家伙是个石头人，死心眼，他还是要那块地，还是要跟我争铁器厂，行，你争，我不叫你争得头破血流，你就不认识我这个瓦匠头子。你问这话是吧？我给你指一条路，我给你指一条到阴曹地府的路。于是，他指教道：“你现在最需要的是两个字。”

“哪两个字？”方元本把身子侧向王石基问。

“送钱！”

方元本心想：什么绝招啊？还不是跟老子想的一样啊！但他没有把这种情绪流露出来，而是继续谦虚地请教：“送钱？为什么？”

“为什么啊？很简单。我刚才不是说这块地土地成本高吗？成本那么高就赚不到钱。那怎么弄才能把这土地成本降下来呢？只有两个字：送钱！”王石基说。

“那送给哪个呢？”

“哪个最有用送给哪个！”

“那哪个最有用呢？”

哪个最有用？我能告诉你？猫教老虎，最后还留一招爬树的功夫呢，我能把我的绝招全教给你？你做梦呢！王石基想，但这“最有用的人”也不能说个最没用的人给他，他也不是傻子啊，至少也要说个次有用的啊。那说哪个呢？在九龟要说最大的领导，当然是邓远航，他办事肯定有用，但那一定是公事公办，像办我们这种事，最有用的人还不是他，而是钟玉保，这是九龟许多人都不晓得的秘事，我怎么会把它告诉我的竞争对手呢？那怎么跟他说？他喝了口茶，想了一会儿说：“元本，我实话跟你说，在九龟最大的领导是邓远航，他说话最有用，那这最有用的人当然就是邓远航啦。”

“那也就是说把钱送给他是最有用的？”方元本又问道。

送钱给邓远航？王石基心里在笑，你去送吧，不送得你头破血流你不晓得回头。他说道:“他官最大,说话最有用,当然应该把钱送给他啦。”

“也就是说,只有把钱送给他,他们才可以把铁器厂优惠卖给我。”方元本继续问道。

“可以优惠,但还不一定卖给你。”

“为什么我送了钱还不卖给我?”

“还有别人呢?人家要比你送得多呢?”

“这倒也是的。那九龟这地方的行情是什么数?”

“两三万吧。”王石基故意把数字说低些,让他参照时出差错。

“那我再加点码,送五万,这在九龟就不会有人超过我了吧?”方元本问。

“乖乖,这么大数额在九龟我还没听过呢。你笃定拿下铁器厂了。不过就怕你把这数泄露出去,人家再加码,你就又没戏了。”王石基说话留了点余地。

“没事,就你我知道,你肯定不会说的。我还要问你,什么时候、送到什么地方合适呢?”方元本继续请教着。

王石基不假思索地答:“时间嘛,当然越快越好,先下手为强。地点嘛,他家和办公室都合适。”

经过这一连串的问答,方元本似乎胸有成竹了,便躺下闭上了眼睛。

75

方元本闭起眼睛并没有睡觉,而是在想:他王秃子一定是想跟我争这块地呢,说话都是留有余地的,两三万块钱送人就能把你事办好了?你骗鬼呢啊?你以为我在深圳不是混江湖的啊?我告诉你,小秃子啊,你说的那些话,我只信一半,剩下的,我偏跟你像搓麻绳一样摽着来。你说两三万,我就送五六万,不,五六万你已晓得了,我就送八九头十万,你说最有用的是邓远航是吗?我相信,那肯定要送,但我偏要先送钟玉保。想到这儿,他一骨碌坐起来对着王石基说:“王总,我们是哥儿们吧?”

“当然!我们不叫哥儿们,天下哪里还有哥儿们?没的了!”王石基说。

“那兄弟跟你协商个事。”方元本说。

“你尽管说，我包办。我这么跟你说吧，在九龟我办不成的事，也就没有人能办成了。”王石基说。

“借十万块钱给我。”方元本说。

“钱？十万块？你要这么多钱做什么啊？嫖女人也不需要这么多钱啊，不是去赌博吧？”王石基知道他是想借钱送礼，但他不想戳穿他，而是故意这样问。

“我买铁器厂要花钱！我卡上还有几万元钱不够花的。”方元本说。

王石基心里骂道：你个龟孙子倒会抢先呢，抢先就抢先吧，还借钱抢先，你妈的你倒会空手套白狼呢。但他没把心里的不快流露出来，而是对他说：“借钱可以，等明天我找会计问问账上有没有钱，没钱就再等几天。”

“噢，不行不行，兄弟啊，我现在就要，不能等。”方元本心想：你个小秃子以为我是傻子啊？你以为我不晓得你那包里是钱啦？你那鼓鼓的包里不得十万块啊？我告诉你，我之所以这么急着要钱，考虑的是马上钟玉保过来，等吃过夜宵送他回家时顺便把十万块给他，拿下铁器厂不是水到渠成的事了吗？

王石基心想：你个龟仔子你是短芯子天地响啊？这么急！难不成这家伙晓得我包里装着十万块？不可能，他又不是透视眼，他怎么晓得我包里有十万块？想到这儿，他下意识地把皮包从脚边拎到枕头旁，并推托说：“元本，你说笑话呢啊？这深更半夜的，说拿十万就拿十万块的啊？你以为我是造币厂啊？”

“秃子啊，你这家伙真不够朋交。人家说十个秃子九个骗，我还不相信，你今儿个的表现让我信了这句话。你就是个骗人的小秃子！”方元本气呼呼地说。

“元本，你冤枉人啦，我要是说一句骗人的话，九龟湖就一个浪冲过来把我淹死。真正是冤死了。”王石基说。

“什么冤死啦？呆伙家秃子啊，你还有冤呢啊？你要有冤，九龟二十万人肯定有二十一万人有冤了。”这时，钟玉保推门走进来说。

“是的哎，哪个能冤枉他？他不是王石基，他是王啬抠！是石公鸡！兄弟我跟他借几个钱临时周转下子，明天深圳就打钱过来，钱一到我就还他了，就这么个小事，他一个子儿都舍不得。”方元本一边说一边开门喊个小姐过来给钟玉保做按摩。

王石基坐在床上说："我们就让钟场长评评理。"

话没说完，就被钟玉保打断："哎，这种地方，不要场长场长地喊，把我身份暴露给人家，就叫钟老板。"

这时一位小姐走了进来，方元本对她说："给这位老板来个全套泰式按摩。"

王石基继续说："噢，钟老板，你评评理，他说要借钱，我又没说不借给他，他就跟屎到屁眼门一样，急得现在就要，一要就是十万，你说这夜深人静的，会计都睡觉了，银行都关门了，我去偷去抢也弄不到他这个数啊！"

钟玉保评判说："元本啦，我不是说你，你这个就不对了，秃子又不是不借钱给你，你要得这么多、这么急，你叫秃子到哪儿去找啊？"

"钟老板，你不要替他说话，他不够朋友，他现在不是找不到十万块，他能找到。"方元本说。

"就是他能找到，你不会急得现在就要用吧？"钟玉保问。

"我急用呢，明天早上五点钟必须有十万在手里，否则会出大事。"方元本故作紧张地说。

"怎么啊？你被人敲诈啦？"钟玉保问。

方元本编道："晚上，跟你们分手后，我到街上闲逛，碰到几个小痞子在那儿押注，我也上去跟他们玩，开始还赢呢，后来一直输，结果输了十万。明天五点前，他们到我房间去拿钱。"

钟玉保说："我不是说你，你们老板钱也真多，这个钱也还啦？这样子，我马上跟公安局长打个电话，叫他派几个人到你客房，他们要真敢去要钱，就把他们抓起来，在九龟这地盘上哪能让他们这么猖狂。"

"哎哟，哎哟，钟老板，这个不能玩，要是那样子，破坏了他们的规矩，被他们盯上，那我以后就不要回九龟了。"方元本说。

"反正你们老板有钱，你硬要花这个钱，我也不拦你，这也算是你在九龟的消费，我还感谢你呢。问题是现在到哪里弄到这十万块呢。伢子，你有啊？你有钱借十万块给这个老板。"钟玉保说着跟在他身上按摩的小姐开起了玩笑。

那小姐喘着气说："我给你按摩收费十万块，你给我，我就借给他。"

"你这个店是个黑店啊，就是跟你睡一觉也不过二百块钱，按摩一下子要十万块，你是金手啊？"钟玉保呲那小姐说。

那小姐不吱声了，低下头在下劲儿地给他按摩。

方元本说:“钟老板,你不要护住秃子,他现在就能拿出十万块,只是他不肯借罢了。”

“秃子啊,你能拿出来,不借就不够朋友了。”钟玉保批评说。

“钟场……噢钟老板啦,你听他瞎吹呢,就哪个傻子来洗个澡要带十万块啊?你就把这里的小姐全包下来陪你一夜,也不需要十万块啊!”王石基说。

方元本不动声色拿了烟下床,到钟玉保床边递一根,又到王石基床边递一根,然后趁王石基不备,突然拿过王石基放在床头的黑皮包递到钟玉保面前说:“钟老板,你说他没的这么多钱,你看这个里是多少?”

还没等钟玉保拿到包,王石基就一个箭步上去抢过来说:“这个钱一点儿都不能动,那是我明天一大早急用的。”

“秃子啊,你到澡堂来带这么多钱,真是想包小姐的啊?你要包先把这个小姐给你包一夜。”钟玉保开玩笑说。

谁知把那小姐说火起来了,只见那小姐从床上下来,套上鞋边朝外走边骂道:“包你姑奶奶过夜去,老娘我还不做了呢!”

王石基见小姐刷了钟玉保的面子,便只穿着个裤头追到门口说:“你过来,你得罪了我的老板我饶不了你。”王石基见那小姐头也不回地走了,便又回来穿衣服,一边穿还一边气冲冲地说:“他妈的,我找她老板,我今儿个要不叫她跟钟老板睡一夜,我个‘王’字就倒过来写!妈的,我就拿这十万块买她一夜!我看能不能买到!”说着就往外走。

76

钟玉保一把拉住他说:“不要胡来!在这个场所你跟她们吵起来,把我身份暴露了,外边会怎么传?说我在澡堂里为争小姐大发淫威,大闹浴池,那我还能在九龟做这个场长?”

“十个秃子九个急,你就是没头脑,表面上是为领导,实质上是把领导往水里推。”方元本说。

王石基站在那里说:“那也不能叫钟场长搞得这么不上不下的啊?这口气总是要出的啊?”

钟玉保说:“大丈夫能屈能伸,出气不在早晚,你记住她就行了。我不在的时候,这口气随你怎么出。”

方元本说:“大哥说得对,今儿个出气就算了,出钱还是可以的。你刚才能拿十万块包那小姐,现在大哥不要你包了,你就把这十万借给我急用吧。”

王石基说:“我刚才说的是气话,我这钱也是要急用的。”

方元本问:“你什么急用啊?”

王石基编道:“我老婆明天要到省城去看病,我这钱是为她准备的。”

钟玉保感觉到他是说假话了,便说道:“秃子啊,这就是你不对了,你咒人也不能咒你老婆啊?晚上我从宾馆回家时还看到你老婆健健康康的,也没听她说去看病,这才多大会儿,你老婆就得多大的病要带十万块去啊?”

“我,我……”王石基支吾着说不出什么来。

钟玉保又说:“石基啊,我们三人是什么关系?铁哥儿们哎!哪个有困难,另两个只要有可能就要坚决给以帮助。石基啊,这样子,你要瞧得起我,我给你们做个保人,你把十万元借给他,限他一周之内还清,连个欠条都不要打。”

其实,王石基这十万块是准备送到钟场长家里的,中途被方元本劫住才到浴室来的,他想不通他方元本是什么鬼气晓得他包里装着十万块钱的。现在又想不出更好的理由让他们相信他这钱有急用,钟场长话又说到这份儿上,不借就把两人都得罪了,借吧。于是王石基拉开他的拉链,当着钟玉保的面把十万块钱数到方元本面前说:“哪个叫咱们是铁哥儿们的呢,你先拿去救急。”

方元本看着床上的十沓钱又伸手对王石基说:“拿来。”

“都在这块儿啦,还要什么啊?”王石基说。

“包,你总不能叫我把这些钱抱回去吧。”方元本从王石基手里拿过黑皮包又把十沓钱一沓一沓地数进包里。

王石基看着他数钱时那得意的样子,便没好气地说:“你看你做什么交易的人啦,取鱼连个篓都不带,借钱给你还要搭个包。”

方元本拎着王石基的黑皮包说:“不生气,走,我请你们吃夜宵。”

三人找了个大排档,要了几个菜、一瓶白酒,坐下又吃了一个多小时,钟玉保看了下手表说:“哟,十二点半了,走,散席散席,明天还有事呢。秃子,你一人一路向南骑车家去,我跟元本一路,我俩走回去。”

王石基酒量不如他们大，虽然只喝了二两多酒，但头已有些晕乎乎的了，这会儿钟玉保叫他回家，他真求之不得，巴不得赶快到家躺到床上睡觉呢，因而他二话没说踏上自行车就向南骑去。骑了几分钟，被南风一吹，头脑清醒了许多。这时，他想起了自己的黑皮包。他驾好车子，在车子周围转了两圈，没有找到自己的黑皮包。他一拍脑袋说："坏了！包丢在大排档了，十万块钱呢。"他赶紧掉转自行车，掉头又向大排档骑。

到大排档，王石基问那摊主，那摊主告诉他："是向北的两位拿走了，有一位看上去有点像钟场长。"

王石基一拍脑袋自语道："噢，想起来了，十万元已借给方元本那个龟仔子了。"想到这儿，他只好又掉头向南回家。他向南骑了才二十多米又拐弯掉头向北骑去。他想：我倒要看看这个龟仔子拼着命把我十万元磨走，到底做什么去了。于是，他加快速度向九龟路骑去。

王石基赶到九龟路88号门口还有近十米时，见一个人从门里出来走上了九龟路。他骑车追了两步确认是方元本时，他又停下车，然后推着车慢慢地跟在后边。他想：他方元本空手从钟玉保家出来，他手上拎着的那黑皮包和那包里的十万块钱绝不是他无意中忘在了钟玉保家里，这定是他精心安排的一出戏。龟仔子，还骂我秃精呢，其实你比老狐狸还精呢。拿我的钱去送礼，你拿到铁器厂了，你发大财了，把我踢到一边了，你这个龟仔子真是个黑心狼啊。你送礼我不反对，你拿你的钱送啊，你既然拿我的钱送，你就要带我一份情啊？你现在踢开老子玩鬼把戏，你这算什么东西？不行，我倒要上去跟他把这个理评评清楚呢。

于是，王石基骑上车追上方元本，下车站在他的面前。

起初方元本以为是小痞子打劫，正要用手去挡，见是王石基才没动手。他看着在路灯照射下的王石基，头顶上散发着油光，两眼里透射着凶光。见此状，方元本知道他刚才定是看到他是从88号出来的了，便故意问道："怎么？这么晚，你还有事找钟场长啊？你不让人家休息啦？"

"我是来找你的。"王石基说。

方元本心里知道他是问黑皮包的事，他也不挑明，只是问："找我干什么啊？"

"刚才前边听说有人抢劫，这么晚，我怕你带着十万元不安全，我才转弯回头来送你回宾馆。我看，好像你就是遇到什么事了，包呢？"王石基问。

“我告诉你,我还真是怕不安全呢,幸亏我趁早安排了。”方元本说。

“包呢?”王石基追问。

“放玉保家了。他也是怕我一人走不安全,叫我把包先放他家,明天一早他叫驾驶员开车送过来。”方元本镇定地说。

滑头,龟仔子你继续滑吧,今夜我戳不穿你,明早你还能死掉了吗?想到这儿,王石基说:“包在,那我就放心了。夜深了,我们都回去休息吧。明早八点半我来陪你吃早饭。”

王石基回到家翻来覆去睡不着。他晓得,就眼下来说在九龟开发房地产最赚钱的就是铁器厂这块地了,在这块地上不光可以砌普通住宅赚工薪阶层的钱,还可以砌不少门面房赚小老板的钱,更可以砌些高档别墅赚上层领导的心,因而此前他是下定决心要拿下这块黄金地块的。本来他确实也是信心十足的,但现在半路又杀出个方元本,他则有点打不到底了。他觉得方元本这个家伙太阴险,表面上你看不出他要做什么,背地却神不知鬼不觉地把事情做了。他又觉得这个家伙太狠毒,不像个经商的人,完全不懂经商人的规矩,只要是能达到自己目的,他都会不择手段、不计后果地去争取,像插队那时用凿子刺钟玉保,他这样下去,到最后一定会伤一些人、害一些人。或者可以说,这个人是九龟一个危险的商人。但不管他什么嘴脸我也不怕他!我还是要想方设法把铁器厂抢过来。怎么抢呢?他躺在床上不停地抓着头上的几根头发,一直抓到天亮,他才想出了从方元本手里抢过铁器厂的招数。

77

王石基一觉醒来时,已是上午九点多,早已过了他与方元本约定的吃早饭时间。他昨夜约他今早八点半吃早饭,还是要看看那包到底在哪里,以证实他是不是把那十万块送给钟玉保了。然而,他现在想到好办法了,方元本那伎俩他已不屑一顾了,也就不管陪不陪他吃早饭了。

他起床弄了点吃的就给邓远航打了个电话,约好十点钟去他办公室谈个事。

十点差一刻,他就来到邓远航办公室门口,见几个人在里边谈事,他也不急,就在门外站着等。

这时小凤走过来看到王石基抄着两手，叉着两腿斜靠着墙歪在那里，便问：“王总，今天怎么这么清闲，像个要工资的农民工似的歪在这块儿啊？”

“噢，小凤啊，我是找邓书记办事的。”王石基说。

小凤看他那样子有点反常，便又问道：“你今儿个包也不带，女会计也不带，找邓书记办什么事啊？”

“提意见，句把话，提个意见就走。”王石基说。

听说是提意见的，小凤感到好笑，你与邓书记是小学同学，关系也不错，有什么意见打个电话说一声不就行了嘛，还犯得着歪在这里等半天吗？想到这儿，她说道：“王总，你的时间就是金钱，不能让你耗在这块儿浪费钱财。要不这样子，你有什么意见跟我说，我保证给你原原本本地传达到。”

王石基上下看了一下小凤，摇摇头说：“小凤主任，不是我不相信你，我这个意见不跟他当面说不清楚。你去有事吧，我等下子。”

小凤没法便进了邓书记的办公室。看着小凤的背影，王石基没看出她能帮他做什么事，倒使他想起了她姐姐二凤能为他的计策中增加一些获胜的筹码。他想等会儿去找二凤谈谈看。

王石基一直等到快十点半，里边谈事的人才出来。他一挤进去就对邓书记说：“邓书记，我找你个事，就是想购买铁器厂的事。”

“这个事你不要老来跑了，你昨天不是打过电话了吗？我知道了，不是叫你找钟场长的吗？”邓远航说。

“但现在情况复杂了，有些事我得先说给你知道，让你早做些准备，不然一场大风大雨突然冲下来，会让你临时着急得没的办法想的。”王石基说。

“你是不是又在玩什么花头精啦，故弄些玄虚来迷惑我啊？”邓远航问。

“邓书记，我不是吓唬你。我们现在差距大了，我不好跟你称兄道弟了，但我还要像过去一样提醒你，我不害你，你也要防止自己被人害了，我是真心地希望你越走越高。”王石基诚心诚意地说。

“哎哟，你这种悲壮的氛围，搞得我有点莫名其妙了。你不要再渲染了，说说到底是什么情况吧。”邓远航说。

“情况是这样的，现在要买铁器厂的人有好几个了。”

“那是好事啊，人多，争起来，铁器厂才能卖个好价钱啦。”

“问题是现在有人买通某个领导，想吃独食，独占铁器厂。”

“独占可以呀，他得凭实力啊。”

“书记哎，说是这么说哎，但问题是有的人不想凭实力，他想私下交易。”

“石基啊，这个你放心，我们采用的是公开拍卖，同时由纪委对全过程进行监督，绝不让那些投机取巧的人背后做交易。”

纪委监督？王石基想：谢谢你的提醒，这为我的计策中又增加了一个制胜的筹码。因而，他对邓远航说：“邓书记，有纪委监督我就放心了。我相信有的人的十万块要撂下水了。”

“十万块撂下水？石基，你这是什么意思？是不是有的人已经给我们一些领导干部行贿了？如果有这种情况，一经查实必须严加惩处！你说，是谁？”邓远航严肃地说。

王石基知道自己说漏了嘴，这还得了，那人要是晓得我检举了他，他没命了，我皮也没的了。想到此，他赶紧打马虎眼：“还没有呢，我是说有人准备了十万块，想送还没送呢，这下子好了，你有纪委全程监督，他那钱也送不出去了，就是送出去不也就等于撂下水嘛。嘿嘿。”

“即使这样，在下次会上我还要特别提醒一下我们的领导干部，要坚决抵御糖衣炮弹的袭击，不该拿的钱坚决不拿！”邓远航说。

“你这样说，我更放心了。那我就走了。”王石基说着向门外走去，走到门外又回头走到邓远航身旁说：“我还有一句话要提醒你。”

“什么话，这么神神秘秘？”邓远航问。

王石基又靠近些说：“有个人的钱你千万千万不能收！”

“什么人的钱我也不能收！小秃子啊，你以为你的钱我能收啊？你今天是不是想来送钱害我的啊？”邓远航气得连王石基的诨名也喊了出来。

“天地良心，邓书记啊，你这就冤枉我了。我晓得你这个人是最廉洁的领导，你看我到你这块儿来，既没带包也没带钞，你看口袋里瘪瘪的，连一根香烟、一个铅角子都没的。”王石基一边说一边把上上下下的口袋掏出来给邓远航看。

“好了好了，我也没冤枉你，我也不是没退给你过。我告诉你，我们是朋友，朋友不能害朋友。有困难，我在政策允许范围里会帮你们，帮你们也是为了九龟发展好、群众生活好，我个人绝不图你一分钱回报。政策不允许的事，你送多少钱也没用，不但事办不成，还要把你送的钱缴给纪委，真正叫你的钱撂到九龟湖里打水漂。”邓远航告诫他说。

“书记哎，我的钱你肯定不能收，我也不送。我是说有一个人的钱你更不能收。”王石基下了决心要让邓远航知道这个人。

“我不是跟你讲过了嘛，什么人的钱我都不会收，没有‘更不更’的问题。”邓远航再次强调说。

“但这个人比我会送钱，他送钱给你，就像你们单位的会计来给你发工资，你会以为是你的正当收入而留下那些钱。”王石基说。

“噢？还有这种人，做特工的啊，装成单位的会计？这种人那还真要好好提防呢。那是谁啊？”邓远航吃惊地问。

“方元本！”王石基终于说出了这个人的名字，说出来后他心里有一种快感，他知道，至少他方元本不要想在邓远航这块儿通过不正当手段捞到好处了。

“他？他有这本事？”邓远航又问。

“他不光有这本事，他还有更厉害的。就是他给你送钱的同时，还送你一把刀。”王石基想只有这样说了才彻底毁了方元本在邓远航面前的形象，让他永远得不到邓远航的信任和支持。

“哪个送钱的人背后不顺带送一把刀啊？你送钱后边没有刀？你逗小孩玩的啊？鬼才相信你们的甜言蜜语呢。”邓远航说。

“不管你信不信，你听着就行了。我告辞了。”王石基说完走出了办公室。

78

王石基找邓远航是他计划的第一步，通过这一步达到两个目的，一个是确保铁器厂出售不能打包给某一个人，二是让方元本在邓远航那里碰壁。现在看来，这两个目的基本达到，因而他从邓远航办公室出来就实施了他计划的第二步，分别找了二凤、蔡小花和钟玉国，他找他们的缘由就是他准备就铁器厂这块地的开发专门成立一个“九龟九和房地产开发公司”，找他们就是邀他们入股的。

他的计划中原来没有二凤，是他听邓远航说“纪委全程监督”后临时加上去的。他认为纪委是洪副书记分管的，二凤与他关系好，摆平纪委的关系必须靠她，再加上她妹妹小凤是场委办主任，跟邓书记又近，因而，拉二凤入股也是必须的。他找二凤说这事时，二凤欣然接受，只是不用资金入股而是拿“九龟湖”牌白酒入股。王石基起初有点不愿意，但后来考虑到二凤这个资源很重要，便也勉强同意，只是嘱托抓紧时间去拉关系。

他找钟玉国入股，是指望钟玉国拖住他大哥钟玉保，能把他拉过来很好，不能拉过来，让他保持中立也是胜利。多个发财机会，钟玉国自然愿意，因而他很快就与王石基谈好了出多少钱、占多少股的问题，并答应尽快找他哥钟玉保告知此事。

蔡小花与钟玉国是夫妻，他为什么找了钟玉国还要找蔡小花呢？他知道他们俩是半路夫妻，两人各自攒着自己的钱，而蔡小花又是个钱心特别重的人，他必须要单独与她沟通。但他找她不是跟她谈把她的钱拿来加入九龟九和房地产开发公司，而是叫她这个人加入他的开发公司。因为蔡小花人长得漂亮，又能说会道，王石基想叫她做九龟九和房地产开发公司的总经理。

但他找蔡小花说这事时，蔡小花既有点心动又有点为难。她对王石基说：“我这个招商局副局长的椅子还没坐热呢，一个商还没招到，我这样就走了怎么对得起场委对我的器重啊？”

“你还蛮有良心的。不过，我这块儿是正职，一把手，你那个是副局长，副手，连个吃饭权都不得，你还留恋它做什么噢？”王石基说。

蔡小花在心里已经确定去做这个总经理的宝座，只是王石基还没把条件开出来，故而她没立即答应他，而是有意地说道：“你让我再想想。”

王石基心想：不能让她细想，细想夜长梦多，说不定她就能被方元本挖去。因而他赶忙开出了条件：“你做总经理分红除外，年薪二十万，还配一辆专车。你看怎么样？”

蔡小花知道在九龟就是书记、场长，一年收入也就是几万块钱，她当这个小副局长，年收入才两万多元，外出还要借车或是搭人家车子，现在他这二十万年薪外加专车，有面子有里子，何乐而不为呢？于是她说道：“行，就这么定了，总经理的文你集团明天就发，公章你哪天刻好了给我，薪酬从今天算起。”

“好，一言为定。”王石基高兴地说。

“但是，这事你暂时不能透露出去，必须等我向组织部辞职了才能公布。”蔡小花又提出了附加条件。

王石基最终也答应了她的要求。做完了这些事,他便在家里静候这三张网开捕的消息了。

二凤一马当先,直接到场部大楼来找洪光武了。她来到三楼没找到洪光武,便来到小凤办公室。

小凤一边招呼二凤坐一边问:“二姐,你来有什么事吗?”

“嗯,小凤,你这次得帮姐一回。”二凤说。

“什么事啊?”小凤问。

“我想买铁器厂。”二凤没有说九龟九和房地产开发公司要买,而是说自己买,似乎这样小凤才更肯帮忙。

“二姐,不要吃着碗里看着锅里,你先把酒厂办好了再说其他的。”小凤说。

“酒厂已办好了,已经正常生产了。我现在精力充沛,就想再拿一个厂子做做。”二凤说这话时心里是发虚的,实际上酒厂的事已让她忙得焦头烂额。这一段时间,酒厂生产倒是正常的,但是销售却困难重重,机关部门和分场几乎没有一个单位主动上门要酒的,她亲自上门去推销也没有起色,有一两个单位给面子的,也只是拿个三四箱子酒。但这些难处此时不跟小凤透露,就是想让小凤相信她有这个能力和精力再拿个厂子。

“正常生产了哪里就算办好了呢?你要让人家感到好喝,最关键的是要能把市场打开来。二姐,现在市场变化大呢,你看看场委这个文件,这对你白酒的市场将是一个严重的冲击。”小凤拿出一份场委文件递到二凤面前。

放在二凤面前的是场委下发的有关九龟湖农场党员干部“三守三严禁”的文件,她拿过来从头到尾看了一遍,然后把文件往小凤面前一摔说:“文件发这么长时间了,你怎么这么迟才给我看啦?”

小凤对二凤说这话感到奇怪,她想:你一不是党员二不是干部,场委文件只要没有密级,给不给你看还是个问题,哪里还有什么迟不迟的说法呢?但她看二姐把脸拉下来了便说道:“他们老干部局今天也才向离退休老干部传达,你现在看到这个文件哪里就迟啦?”

这句话让二凤更加生气,她心想:你这是说的什么话啊?我们不是亲姐妹啊?跟我没的关系的文件就不谈了,你这个文件直接冲击的是我哎,你这么不帮我,你还是我妹妹吗?还有那个洪光武,那个遭炮铳的,说脱离关系就跟洗澡一样地脱得精打浪光的啊，一个消息都不告诉我啊？想到这儿，她对小凤说："从公里说，不迟！我这个无党无派、无官无职的小老百姓什么时刻看到文件都不迟；从私里说，迟了！你是我妹妹，当有影响你姐的文件要出来时，你第一个要告诉的就是你姐，你要有良心的话，你还应该把文件收起来不发，或是掮在手里过一段时间再发。你看，你晓得这个文件会影响你姐酒厂的销售，你就应该把这个文件压住暂时不发，让姐有个应急的时间啊。"

这让小凤更感到奇怪，她是把我这个办公室主任当成场委书记了，说不发就不发，说迟发就迟发的啊？她觉得有必要把这事跟姐说清楚。于是，她说道："姐，你妹也不过是个办公室主任，在发场委文件上是没有决定权的。再退一步说，就是在某个事上有决定权，那也不能因为二姐你一个人影响决策、影响大局啊！该发的到时还必须要发啊！"

二凤气愤地回应说："小凤！你叫我怎么说你？怎么你当了主任后一点亲情都不讲，一点人情味都没有啊？早晓得你这样知恩不报，那时就不拼命地叫人把你弄到这个位子上了。"

小凤惊讶了：什么啊？知恩不报？是她拼命地叫人把我弄上这个位子的？二姐是不是气昏了头了，她有这个能力把我弄上这个位子？于是，她说道："二姐，这个文件也不是说白酒就没的市场了。你没有必要这么生气，气糊涂了损失不就更大了吗？"

"你不信是不是？走，我跟你找一个人问问。"二凤说着上来就拉住小凤朝办公室外走。

79

刚从乡下上来的洪光武经过这儿看到她们俩这情形，便停住站在门口问："你们这姐妹俩拉拉扯扯的是要干什么啊？"

"噢，洪大书记，这么巧，我这正好是要找你呢。"二凤放下小凤说。

洪光武见二凤这架势，怕她把他们之间的事揭出来被大楼里人听到不好收拾，便赶忙跨进小凤办公室一边关门一边说："家丑不可外扬，姐妹俩吵架关起门来吵。来，你们有什么不平事，我来给你们评评理。"说完往小凤的椅子上一坐。

“哎哟,嗑瓜子嗑出个虫子,你倒会来充人(仁)呢。我们一没杠嗓,二没打架,要你评什么理啊?我是叫你证明个事情的。”二凤说。

“证明什么?”洪光武小心地问,生怕二凤后边给他挖个陷阱。

“你把实话告诉小凤,是不是我叫你到邓书记那块儿说叫小凤当这个办公室主任的?你说实话。”二凤说。

洪光武赶忙向二凤摆摆手,示意她小点儿声,然后自己先把声音放低了说道:“声音小点儿,这些话能给别人听到吗?再说,就是你跟我说过这话又能说明什么问题呢?”

“哎,你这话说的是三加二减五等于零。怎么不能说明什么啊?至少说明她坐到这位子上,我是出力的啊。”二凤说。

“那我告诉你,她坐到这个位子上全场人民都出了力呢。因为,小凤任职公示时,全场人民没有一个人提出反对的。”洪光武说。

“你这是屁眼门子发炎(言),屁话!你凭良心说,不是我硬要你到邓书记那块儿推荐小凤,小凤能坐上这个位子?”二凤发火说。

“姐,跟洪书记说话文明些。”小凤责备二凤说。

“哼,他要不实事求是,不文明的还在后头呢。”二凤心想,还文明些呢,你以为他文明啊?你哪里晓得他是怎么跟我不文明的噢。

洪光武觉得眼下不顺着她的话说不行了,把她弄毛起来,她要真翻起脸来就坏事了。因而,他说道:“二凤,在九龟除了邓书记,我要不实事求是,那我就不晓得还有什么人实事求是了。”

“不要一边照镜子一边说漂亮,玩自夸了。要我看,在九龟要是有不实事求是的人就是你了。”二凤没等洪光武的话说完抢着说道。

洪光武也没理会她,只是继续说道:“实事求是说呢,二凤要不拼命地叫我去推荐小凤,我会不会到邓书记那儿推荐呢?也会。但是不会那么下苦功夫、下狠功夫。正是因为二凤拼命地叫我推,我才拼命地向邓书记推,也正因为有这两个‘拼命’,才有小凤这个位子的。当然起决定作用的还是邓书记,我们只是敲边鼓的,说没用就没用,说有用也有点用。”

小凤感到很诧异,她不知道二凤背地里为她当这个主任也出了力,但她知道二凤出这个力是为她们蒲家能更兴旺发达,也为她办事更方便通畅。也正是因为这点,她二凤今天才跟她生这么大的气。她想:你当时找洪书记说这事之前没告诉我,要告诉我,我还不让你去找呢,我那时还不想做这个主任呢。她现在心情很复杂,不知说什么是好,感谢或是不感谢,她都不想说,因而,她只是笑了笑什么也没说。

洪光武见小凤尴尬的样子,便说道:“你们姐妹俩谈,我有我的事。”说完便开门走了出去。

“哎,不要跑哎,我还有事找你呢。”二凤说着也跟了出去。

二凤还是第一次到洪光武这个办公室,见书柜里有不少马列著作,便说道:“看来,你还真是一个满脑子马列主义的人呢。”

“岂止满脑子马列主义啊,我告诉你,不是吹牛的,在九龟我是一个坚定的马列主义者,他们没有一个像我读这么多马列著作的。”洪光武夸耀说。

“还坚定呢,我看你是坚挺吧?你要是坚定怎么瞒着老婆跟我好的呀?”二凤揶揄他说。

“这你就不懂了,我告诉你,人不是神,不可能不犯错误。不错,我犯过错误,但我现在改正了,我还是一个坚定者啊。”洪光武为自己辩护说。

二凤不想跟他谈这些,她知道,他一谈起马列主义便会滔滔不绝,那样就耽误了她的正事了。因而她赶快转变话题说:“行了,我晓得你是坚定的了,那你总要为我们老百姓办点儿事吧?”

“你要办什么事哪?”

“两件小事。”

“哪两件小事?”

“一件事是再请你给一些单位打打招呼,把我的九龟湖酒再拿些去;第二件事是我要买铁器厂,你要帮忙。就这两件小事,请你出点力。”二凤简要地说。

“乖乖,你的心胸真大啊,这两件事还小啊?现在邓书记要求我们‘三守三严禁’,都不允许我们下去推销产品、插手企业改制,我才改正了错误,你这不是叫我再次犯错误吗?”洪光武推托说。

二凤见他什么客套话也不说,便来气了:“你是没脑子的人啦?前说后忘啊?那天晚上你谈分手时怎么说的啊?什么‘以后有事可以帮你’是从狗嘴里说出来的啊?一点责任都不敢承担,你还谈什么马列?”

“这个这个……你这个事也太大了,况且、况且又碰上邓书记整肃纪律,处在风头上,不是不帮啊,是不敢啦。要不等风头过去一些,再帮你忙,你看如何?”洪光武小心翼翼地说着。

“那好,你不敢,我估计邓书记敢吧?我去找他!”二凤说着起来要出门。

洪光武赶忙上去拉住她的右臂不让她走，二凤哪里容他拽，她使劲甩了两下挣脱了洪光武的手继续向门口走。洪光武哪里敢放她走，他一个跨步上去，张开双臂从后边将她箍在了自己的胸前。

二凤仰头向后冷冷地说："你是不是又想跟我恢复情人关系了？"

洪光武一听这话赶忙松开双手，又一个跨步跨到二凤的前面说："你请坐，我有话跟你说。"

二凤站在那里一动没动地说："我耳朵不聋，我还听得到呢。"

"我答应你，我尽我的能力，我尽力而为地帮你做这两件事好了吧？这下坐下了吧？"洪光武无奈地说。

二凤往原来坐的椅子上一坐说："你就是个属牙膏的，不挤你没的个东西出来。你要早这么爽快，哪里还用我去找邓书记呢？"

就在二凤找洪光武谈这事的这天晚上，钟玉国、蔡小花夫妻俩来到大哥钟玉保家也谈这事了，足见王石基的心机高超，他自己不出门，则调动着其他人为他买铁器厂的事跑前跑后，竭力争取。

80

晚上，钟玉国、蔡小花到大哥家把要购买铁器厂的事跟大哥一说，大哥钟玉保当即表示坚决反对。他对弟弟、弟媳妇说："你们买铁器厂不合适，趁早放下这个幻想。"

钟玉国、蔡小花夫妇对大哥的话不能理解，都用疑惑的眼神看着他。

"你们不要这样看着我，我说给你们听，你们就醒悟了。首先告诉你们铁器厂有多烂，他现在是九龟最大的亏损企业，资不抵债，你们买铁器厂是买它的破铜烂铁还是买他的债？快活难过啊？还有，你玉国好好把你这个塑料制品厂和印刷厂的规模搞大、效益搞多，是多好的路子啊，偏要去搞那个你一窍不通的铁器厂，快活难过啊？还有，你小花，我花多大的力气给你弄个副局长，那时拼命地要，现在鸡毛商没招到一个，又要辞职经营铁器厂，快活难过啊？"钟玉保连问了他们三个"快活难过"，觉得足可以打消他们的歪念想了。

哪知这夫妻俩一听大哥说的这些，心里倒反而有数了，觉得能说服大哥支持他们。钟玉国首先给大哥解释:“大哥,我们既不是买铁器厂的破铜烂铁,也不是买它的债务,我们是买它身体下那块宝地,搞房地产赚大钱哎。哥,你以为我们是孬子啊,把钱往九龟湖里撒的啊?”

出鬼啊?这小东西什么时候也晓得开发房地产来钱啦?钟玉保想不通。

没等钟玉保想通,蔡小花又说话了:“大哥,我们买铁器厂跟我当这副局长没有冲突哎。我没说要辞掉这个副局长啊。这个副局长是大哥辛辛苦苦给我争得来的,多少人眼红呢,我哪舍得丢呢?大哥,我是想两头拿报酬,为钟家多积累点财富,多置点产业哎。”

她这样说倒反被钟玉保抓住了把柄。钟玉保待她的话刚说停,就插上来说:“你想得美呢,你又吃圆子又蘸糖,好处全给你钟家一家得,那九龟人民不把我扳倒,他邓远航也要把我扳倒了。”

这话虽仍是在制止她购买铁器厂,但又启发了她从另一个角度去说服大哥。因为大哥“邓远航也要扳倒他”的话,让她想起了她刚当招商局副局长时大哥交代她的那个事,就是大哥叫她留心,要她有机会抓到邓远航与小凤苟且的事实。于是,她说道:“大哥,你交代我的事我还没完成呢。我向你保证,买铁器厂不耽误完成你交代的任务,不抓到他们的把柄,我绝不辞职。”

“那个任务你是必须完成的,不完成你确实不能辞职。但你如果完成了又没必要辞职了。”钟玉保说。

“那为什么?”蔡小花问。

“你想,那任务完成了,他下去了,我上去了,到那时还不是要怎么提你就怎么提你啊?”钟玉保说。

钟玉国在一旁听到他们说什么任务不任务的心里不明白,也不愿听,便有点儿不耐烦,再有前次把蔡小花提为招商局副局长他就满肚子不高兴,这回听大哥说又要提她什么什么的,他越加心烦,便插上来说:“大哥,我们家有你和姐夫当官就行了,不要再把蔡小花拉去垫背了。我跟蔡小花都不喜欢做官,就喜欢发财,弄俩钱花花就行了,你就在这上面帮帮我们就行,别的歪点子不要瞎想了。”

听弟弟说这些话,钟玉保也不高兴了,他说:“我好心帮你们,你当成驴肝肺。国子啊,不是我说你,你这辈子也就是个拿不上手掇不上墙的稀泥巴,一点用没的。你晓不晓得爸爸跟我们说过的一句古语啊?”

“他说的古语多呢,我晓得你想的是哪一句啊。”钟玉国说。

“他跟我们说过,一任清知县,还十万雪花银呢,那要是不太清的哪?想想会有多少? 这古语什么意思,你们晓得啊?”

蔡小花清楚地记得上高中时邓远航老师就讲过这个句子,是指过去做官的大肆搜刮民脂民膏、敛财贪婪的情形,而且邓老师说的是“知府”,他这里说的是“知县”,邓老师说这古语是揭露旧社会官场的黑暗的,大哥说出这古语是什么意思呢? 因没想通也就没吱声。

钟玉国则装着有所悟的样子点了点头。

钟玉保也没理会他们的态度,只是继续说道:“就是告诉你们,什么职业最赚钱啊!”

“什么职业啊?”钟玉国和蔡小花都把头伸向大哥,把目光对着大哥问道。

“当官哎! 当然,我们现在当官不能像古代当官的那样贪婪,但我们为地方上出了力,为老百姓做了事,我们总该有所得吧? 不说十万雪花银,千两、万两总该有吧? 所以说,到时把你小花提个局长、副场长什么的,雪花花的银子还愁吗? 你还在乎铁器厂的那些破铜烂铁吗?”钟玉保教导着他俩说。

钟玉保找了许多理由劝说弟弟、弟媳不要掺和铁器厂的事,就是要把铁器厂卖给方元本一人,因为有那盒录像带,又因为他把从王石基那儿借的黑皮包里的“十万雪花银”丢给了他,他不得不为方元本拿下铁器厂扫清障碍。

听了钟玉国、蔡小花找钟玉保失败的回复,王石基感到不可思议,他钟玉保这次怎么连亲情都不要了呢? 不行,我得亲自出马。于是,他打开尘封多年的那只抽屉,从里边拿出那盒保存已久的东西,装进一只九龟建筑集团的信封里往皮包里一塞,拎起皮包就直赴场部大楼。

钟玉保听完王石基想购买铁器厂的意图后立即表态说:“秃子啊,这么多年来,只要你找我的事,我没有不代你办的。今儿个这个,我不得不给你打个坝了,铁器厂的事你就不要掺和了。”

“场长,你给我个合适的理由,为什么不准我掺和?”王石基抱着包说。

“没有什么理由,不让你掺和,就不让你掺和。我跟你秃子多少年不就是这样过来的啊? 叫你个事还跟我要什么理由呢,不是笑话吗? 要理由呢，到你包里找去。”钟玉保看着他怀中的包笑着说。

王石基拉开包的拉链又拉合起来，然后看着钟玉保说：“场长，我一辈子都没跟你要个理由，今天我就要问问，凭什么这个破铁器厂人家能买我不能买？”

“真是十个秃驴九个倔。你偏要个理由啊？那我告诉你，九龟的钱不能给你一个人赚，你也让别人赚些个。”钟玉保说。

“场长，九龟的钱哪块都是我赚的啊？我在九龟做泥瓦匠也快四十年了，这么多年总共也就开发了三个楼盘。”王石基说。

“这三个楼盘，我帮没帮你？”

“帮了，帮大忙了。”

“你赚没赚到钱？”

“赚了，赚了些小钱，又撒掉了。”

“你撒掉了，我不管你，撒给谁，我也不晓得，我反正没看到你一个子儿。”

王石基心想：这家伙胃口多大啊！不谈以前，光他当场长之后，我先后在他身上也花了大几万了，他怎么说连一个子儿都没看到呢？他到底要多少钱才算一个子儿呢？今儿个就探探他的这个底。于是，他苦笑着问：“场长，那你说多少钱才是一个子儿呢？”

这是什么问题？我们国家有“子儿”这个计钱单位吗？钟玉保在思考着。

81

钟玉保愣了一会儿，觉得一个场长不能被一个瓦匠头子问倒，便清了下嗓子慢条斯理地说：“子儿嘛，这东西没有个标准，可大可小，可多可少，可重可轻，关键是公平，不能楼上楼下不一样，王总方总不一样，不一样，他那儿就是一个子儿，我这儿就一个子儿也不是。”

王石基心想：这是什么胡乱理论？场长就这水平？专门弄些乌七八糟的东西来糊弄老百姓的？他想再这样跟他谈下去也没什么结果了，也改变不了他的态度了，看来不拿出撒手锏是不行了。这是风险很大的一着棋，弄得好能压住面前的这个强龙，弄不好就被他压死。但是，铁器厂这块地的利润太诱人,大利润大风险,不冒这么大的风险,哪儿来那高额利润呢?冒!要像少年时偷杀生产队老母猪那样去冒这个风险!于是,他从包里拿出那只信封递到钟玉保面前问:“场长,你看这是不是一个子儿。”

钟玉保盯着桌上的信封看了一会儿,开始脸上有点悦色,继而变成了怒色。开始看那信封时,他估摸里边装的是钱,因而,他脸上有了喜色,后来看那信封扁扁的,估摸里边也就是万把块的一沓,因而他怒气油然而生。他想:你小秃子给楼上一皮包,给我就一只小信封,把我当要饭的打发的啊?他想拿起那只信封砸到那秃头上,把他骂滚蛋,让他在九龟永远得不到开发的土地。可又一想,我一个场长是有身份的人,何必跟他一个瓦匠头子计较呢,即使计较也不能摆在脸上,也要在人不知鬼不觉的情况下治了他啊。因而,他笑笑说:“你问这个是多少子儿啊?我估摸有十分之一个子儿。”

“场长,我一向佩服你的眼光,一个女人一里开外,你从她背后能看出她什么年庚,有没有开瓢。但今儿个你看走眼了,它不是十分之一子儿,它能抵十个子儿呢。”王石基也笑着说。

十个子儿?金条?对!只有金条这么扁扁的能有那么大价值啊。这么大价值也不能说拿就拿,总得跟他客套一下啊。钟玉保这样想着,便说道:“既然这么贵重,我一个小场长受用不起,你还是送到楼上吧,他能决定把铁器厂三文不值二文地给你。”

“场长,我这人眼光不行,但在九龟哪个人什么样子我还是能看个八九的。在九龟我就服你,铁器厂给不给我,我都服你,跟别人没的关系,你千万不要跟我客气。”王石基说。

钟玉保听他说这话,心里又飘了起来。他慢慢地伸出右手向那只信封推进,推到位置时准确地抓起信封,缩回手就要往抽屉里放,可还没放进抽屉,他又把那信封拿到了桌上。他想:不对啊,手感不对啊,里边不是金条,倒像个砖头瓦片什么的。于是,他放下手对王石基说:“秃子啊,嫌钱多了是吧?快活难过了是吧?会拿大哥开涮了是吧?”

“大哥,你这就冤枉我了,全九龟的人我都敢拿来开涮,也不敢拿你开涮啦!”王石基说。

“那你老实说,里边是什么东西?”钟玉保问。

“不是炸弹,我拿给你看。”王石基一边说一边把信封拆开,拿出里边的东西递到钟玉保面前。

“录像带？什么意思？”钟玉保不耐烦地问。

“你不记得啦，那年到深圳，我们被人家录了像，我帮你花钱把带子赎回来的呀？”王石基若无其事地说。

“对呀，我那盘销毁啦，这盘是你的啊。”钟玉保说。

“错了，场长，这盘是你的。”王石基说。

“啊？你看过了？”钟玉保的脸瞬间涨红了。妈的，又多一个握着这鸟带子的人。他知道秃子看过带子的后果，这就意味着从此后他钟玉保在他眼里就是一丝不挂的了，意味着他钟玉保的牛鼻子被他牵住了，要叫他向哪儿就向哪儿了。难道，从此后我这堂堂七尺男儿就跑不出他们的手掌心了？不行！我绝不做那熊人。得想办法彻底破了他们的敲诈美梦。

钟玉保正在想着反制王石基的办法时，王石基回他说：“场长，没有啊，我什么也没看到啊。昨天，我开抽屉无意中看到这个带子。我就想看看这个花了我几万块钱的带子里边到底有什么。我就拿来机子装进带子，刚打开一看，镜头里是你老大哥穿得人模人样，堂堂相貌，一表人才。你猜我怎么着？我一刻都没耽误，即刻关了机子，下边有什么我一丁点儿都不晓得，哪个要看到一丁点儿就叫他两只眼睛烂成两个洞。”

钟玉保晓得王石基的话是只能听一半的，但是在这个时候，他宁肯全听以求得心里安稳，也不愿疑神疑鬼弄得自己心神不宁。于是，他问道：“那你今儿个把这带子拿给我有什么用意呢？”

“场长，我一点用意都不得，我就是想，是你的东西应该交给你保管。我想这个带子一定有你过去为九龟辛勤工作的珍贵镜头，将来拍什么纪录片啊什么的你还能用得着呢，所以，我就给你拿来了。你收好。”王石基一边说一边把桌上的带子拿起来递到钟玉保面前。

钟玉保赶紧拿过带子迅速放进抽屉，然后从烟盒里抽出一支烟点着后说：“秃子啊，都说你粗心，其实你还真是个有心人呢，带子保存这么多年一点灰尘都没有，还跟新的一样呢。”

王石基晓得钟玉保是个心机十足的人，他说这话什么意思啊？无非就是怀疑我给他的这盘带子是翻录的，母带还在我手里呗。他想：现在让他相信这盘带子是原始带或是翻录的带子都对我老王不利，如果他相信这是原始带，我手上已没有他劣迹证据，将来他不但不会理睬我，而且还会翻脸不认人把我往死里整;如果他相信这是翻录带,原始带在我手里,他会千方百计把我灭了,彻底毁了他的劣迹证据。是的,谁愿意自己总有个小辫子牵在人家手里?因而,现在最好的办法只有把他的头脑搞糊,让他沉浸在将信将疑中。于是,他说道:“场长,那年,我把这带子拿回来就放到抽屉里,八九年了就没让它见光,昨天打开时我自己都感到大吃一惊,簇崭新的,比我前天才买的空白带子还新呢。”

你妈的小龟仔子,你买新空白带子做什么?还不是为了翻录这个带子,永远把我的小辫子抓在你手里?但他不死心,他还是想从他嘴里听到否定的答案。因而,他追问道:“哎,王总啊,你个拿瓦刀的手,怎么想得起来要买录像带的呢?”

“唉,不谈了。也是上广电局那个小女记者的当,说要跟我拍个什么倒头专题片,给我宣传宣传,花了我几万块钱,就露了那几分钟的脸,还是个九龟三台。不上算,不上算,上广电局那个小娘儿们的当了。”王石基一边摇头一边笑着说。

“哈哈,你这个秃子啊,这辈子就想玩女人,结果怎样?反而被女人玩了,总是栽在小女人手里。哈哈哈……”钟玉保终于有了笑容。

“不谈了不谈了,谈起来都是你们的笑料。我走了,你忙。”王石基说着站起来向门口走去。

钟玉保则冲着他的背影说:“那个买铁器厂的事,到时候你也参加报名,之后看报名的情况再说吧,你不要着急。”正说着他的手机响了。

82

钟玉保拿起手机一看,是汤厅长的电话,他赶紧接听:“老首长,我是保子,有什么指示吗?”

“小钟啊,你怎么搞的?官大了,魄力小了嘛。一个场长连一个小破铁器厂都搞不定,魄力到哪儿去啦?”电话那边的汤厅长训道。

“是是,首长训得对,训得对。首长请指示。”钟玉保一边点头一边说。

“我没什么指示噢,就是跟你讲你赶快把铁器厂事处理好。”汤厅长说。

“是是,我向首长保证,一定按照首长指示办。”钟玉保拿着手机正在等首长更明确的指令,可汤厅长那边已挂了电话。

钟玉保放下手机想:这次必须把铁器厂的事处理好,决不让汤厅长失望!可是汤厅长只说个“处理好”,我把铁器厂处理给谁是好呢?处理给王石基?不对,汤厅长跟王石基八竿子打不到一起去,他绝不可能为他打招呼。处理给方元本?对!肯定是叫处理给他,因为汤厅长是方元本侄儿的老丈人。对,处理给方元本才是把铁器厂的事处理好了。

在钟玉保接到汤厅长电话后不久,邓远航又接到了省农垦领导的电话,也是为铁器厂改制的事。他的观点是铁器厂这块地要给有实力有眼光的开发商,让这种开发商把这块地开发成九龟一流的商住区,不要把这块地让本地的小泥瓦匠糟蹋了。他还向邓远航点明方元本是深圳的商人,其二哥是香港的商人,都是有实力又是有国际眼光的老板,言下之意,这块地交给他们开发更合适。

邓远航向他表态说:“书记,你放心,我们一定按照你的要求做,选择最好的老板、最优的方案,开发出最美的板块。”

邓远航刚丢下电话,方元本就进来了。方元本是邓远航叫小凤通知过来的,通知他来是叫他把黑皮包及里边的钱拿回去。

昨晚,方元本拎着个包装好好的皮包到邓远航家,没看到邓远航便问道:“弟妹啊,邓书记不在家啊?哎呀,他这人工作也太辛苦了。”

“快了,说接待什么客人呢,也快回来了。你坐,你喝茶。”黄洁青一边说一边递过茶杯去。

“哎呀,我们插队那时,我就说邓书记最能吃苦,干起活来不要命。现在这种作风一点也没改,真是九龟人民的好书记啊。弟妹啊,你可要注意给他加强营养啊。”方元本说。

听到这些话,黄洁青总感到汗毛直竖,浑身像打摆子一样难受。她怕听这些肉麻的话,偏偏老公当了书记后这些话听到得更多。老公当书记后,她知道送钱送礼的人会多起来,因而她曾告诫自己,坚决不让一分钱一份礼从她这里突破。几个月来,她也确实做到了这一点,把一发发糖衣炮弹都挡在了门外,但没想到的是说好话、送花草、送字画的却多了起来。对送花草的,她以花草会招惹蚊虫的理由拒收了,对送字画的,她以她对油墨过敏的理由拒收了,可对那些说好话的,她倒是真过敏,却一点办法也没有,只好一边听一边打寒战。

方元本见黄洁青紧闭着嘴不说话,便又说道:“本来,我想买点人参、虫草送给邓书记补补身体的。我到店里看了,品质不行,我就没买,等我下次叫我哥从香港买了寄过来。”

“哎,不要不要,趁早不要买,拿来我也不会让它们进门。我对那些东西过敏,你不要把老邓的身体补好了,把我的身体弄坏了。哎,我还没问你呢,你来找老邓有什么事吗?”黄洁青说。

“没什么事,我就是来看看他,老插友嘛。另外,我看他拎的那皮包也太破旧了,跟他书记的身份和我们九龟的经济地位太不相称了,我就买了个新皮包送给他。这个包也不值什么钱,也就是三四百块钱,跟他拎的那个包是一个牌子的,只是比他的那只新些个。是黑的,等他回来看了,要是颜色、式样他不满意我再去调。我就不打扰了。”方元本说完把那包往沙发上一放便告辞了。

本来黄洁青还想以对牛皮过敏的理由叫他拿走的,但一看那包被粗布包裹得严严实实的也就让它留在了沙发上。

邓远航接待完客人回家,妻子黄洁青告诉他方元本来送包的事。一听说是方元本来送东西,邓远航马上就警觉起来。他赶忙从沙发上拿过包来看,拿到手里感到这包重实实的,他就怀疑这包里有问题。拆开包装物一看,果然里边有五沓钞票,共五万元。

第二天上班,他把小凤叫到办公室,叫她数一下里边的钱。

小凤数完钱说:“一共五万元。这是什么钱?”

“有人送的。”邓远航说。

“什么人送的?”

“方元本。”

“这不是送钱哎,这是把你往监狱里送哎。光这一笔就能坐几年牢呢,这不是害你吗?”小凤说。

“是啊,你打电话叫他来把钱拿回去。”邓远航说。

这才有方元本来到邓远航办公室这回事。邓远航见他来了,便喊小凤过来。

小凤拎着那只包进来站在旁边。邓远航对小凤说:“你把这包给方总,把里边的东西当面点一下给他。”

小凤把包放到办公桌上,拿出里边的几沓钞票点给方元本看。

方元本一边把钱往包里拿一边说:“不要数了,叫人看到多不好。”待把五沓钞票全放进包里，他把包往桌上一放又继续说道："邓书记，你这就叫我难堪了，叫我在九龟没脸见人了。"

没等邓远航说话，小凤就先呲他说："今儿个不叫你难堪，今后你就叫邓书记难堪了。"

邓远航笑着说："方总，这也没叫你难堪，也没丢你什么人。水从哪里来还流到哪里去，不是很正常的事嘛！"

"还不难堪呢，一个受过你关照的老插子回来感恩，连区区几个小钱都送不出去，传到九龟社会上，满大街的人不笑话我啊？"方元本说。

"方总，你不要想得太多。说实在的，插队那时大家都是自顾不暇，我也没关照过你什么。但你如果念家乡情，想感恩，我可以给你机会。"邓远航说。

"什么机会？"方元本问。

"石龟分场建敬老院、龟岛建村部都缺钱，你如果想感恩的话，可以去做点善事，捐些钱。"邓远航说。

"那个再说吧。邓书记，其实不光是我有感恩的问题，你也有感恩的问题哎。"方元本说。

"是啊，每个人都应该知道感恩。就拿我来说，我是喝九龟湖水长大的，现在处在这个位置，唯有勤政廉政，为九龟的文明、发展贡献全部精力，才是对九龟最好的感恩啦。"邓远航说。

"你看，跟你一讲你就到石龟塔上吹喇叭，唱起了高调。其实，我不是这个意思。我是说你对我也应该感恩。"方元本看着邓远航说。

他这话一说，使邓远航和小凤都用疑惑的眼神看着他。

83

坐在邓远航办公室里，方元本虽一边跟邓远航搭腔，但头脑里却在考虑攻克邓远航的办法。他想：他邓远航钱不肯收、物不肯拿，他到底要什么呢？经过一番考虑后，他决定把七八年前的事抖出来，让邓远航对他有感恩之情，从而在出售铁器厂方面助他一臂之力。这会儿见他们盯着他看，他便说道："你们不要用这种怪怪的眼神看着我，我一个小商人就没的你大书记要感恩的地方啊？"

“我对每一个人都会怀有感恩之情，帮助过我的，我感谢他的支持，反对过我的，我感谢他的警示。自然也包括你啦。”邓远航说。

“书记啊，你就像在九龟湖大堤上开车一样，老跟我绕弯子。我跟你说的是一件具体的事，不是像你这样泛泛地说的。”方元本说。

“什么事？我一时想不起来，你提醒我一下。”邓远航说。

方元本看着小凤说：“小凤，我跟邓书记说个事，你先回避一下。”待小凤走出办公室，方元本去关了门又坐到原位上说：“你看你真是贵人多忘事，那年你、钟玉保、秃子几个跟我家老大一起到深圳，你还记得吧？”

“记得。”邓远航答道。

“吃过晚饭，我带你、钟玉保、秃子到后街去玩还记得吧？”方元本又问。

“记得。”邓远航又回答说。

“你进房间后，有一张纸条从门缝里塞进去还记得吧？”方元本再问。

“记得。”邓远航答。

“你晓得不晓得是谁给你塞的纸条？”方元本还问。

“谁？”邓远航反问。

“是我方某人。”方元本用手指着自己的鼻子说。

“你？你为什么要送那个纸条？那天到底是怎么回事？”邓远航连续发问。

“怎么回事啊？有人要陷害你，叫我在房间里对着床装了摄像头，要把你嫖娼的丑事拍下来。”方元本说。

“谁？”邓远航问。

“你晓得有这个事就行了。事情过去这么多年了，你就不要问是哪个了。你就晓得送纸条的那个人是我就行了。”方元本说。

邓远航心想：你不说，我也猜到八九了，这个人非钟玉保莫属。当时，场委办主任空缺，我和洪光武都是这个位子的竞争者，他肯定是想把我搞倒，让洪光武轻松上位。但话说回来了，他方元本那天就是不送那纸条，我也不可能做那违纪违法的事。不过，他既然提起这个事了，多少还是要对他表示感谢的。于是，他说道：“这真要感谢你的提醒呢，否则很难说我会不会中枪。如果中枪了，那就背一辈子债，一辈子被地痞流氓牵着鼻子走了。”

“也没那么严重，也就是玩一次女人而已。”方元本无所谓地说。

“对于你来说就是一次发泄,但对于我来说就是开除党籍的大事了,而且那个人还会拿着录像带敲诈你、要挟你,让你为他做事,让你成为他的提款机,成为他的阶下囚。”邓远航激动地说。

“你不要激动嘛,不是那张纸条救了你嘛。”方元本说。

“哎,我还要问你,你既然帮那人安了摄像头,为什么又塞纸条告知我这事呢?”邓远航问。

“安摄像头,那是我收了客户的钱,我就要为客户服务,把他的事做好;塞纸条给你,那是念及你在插队时对我的关照,是为了还人情债。现在我的人情债还了,反过来,这个纸条又成了你的人情债了。”方元本说。

“方总,你们商人喜欢把世界上的任何一种关系都看成借贷关系、买卖关系,但我不这样看。插队时,我帮你,是你这个人值得我帮;在深圳,你帮我,是你心里不忍心我掉到深渊里,这些都不是债。当时要真做了那违纪违法的事,那才真正是背了一身债呢。”邓远航说。

“邓书记,我也不要你还什么债了。我说尽味了,我帮过你,你总要帮帮我吧?况且上次购买宾馆,你叫我退出我就退出了,让那个浙江人买去了。我这么支持你,你也要支持我一下吧?”方元本说。

“方总,我知道你想购买铁器厂,我保证不反对,坚决支持你买,这个态度不行吗?”邓远航说。

“光有态度不行,得有实际行动。”方元本说。

“什么行动?”邓远航问。

“你得设置一些门槛,而且要为我量身定做。”方元本说。

邓远航觉得方元本是一个很不地道的商人,就想靠投机取巧、歪门邪道获取财富,出售铁器厂是公开的事,怎么可能为你单独定制一些条件呢?你以为九龟人都是傻子,说骗就能骗住的啊?但他又一想:方元本他们这些商人大概都是这样吧?他们是为利润而生,是玩金钱游戏的,大凡有高额利润时,他们心中就没有廉耻的概念了,有的甚至于敢把脑袋拴在腰上火中取钱、刀下捡财,最后要么是利得了脸没了,要么是钱赚了人没了。

方元本见邓远航不吱声,以为他在思考设置什么门槛,便又说道:“邓书记,你不用绞尽脑汁了,其实很简单,你就设置一个需港资购买的门槛就行了。”

邓远航心里想笑:你自以为聪明,其实做的是掩耳盗铃的蠢事。但他没有直接批评他，而是说："方总，门槛的设置要让老百姓口服心服。出售铁器厂如果要设置门槛的话，只会在资质、信誉和财产上设置门槛，至于是什么币种就大可不必考虑了。现在中国银行什么币都能换到，我们卖个铁器厂就不必要看他是美元、港币还是人民币了，只要不是假币就行了。"

"那这铁器厂我不是又买不成了吗？"方元本说。

"还不能这么说，你还是有机会的，关键看你出多少钱，看实力。就退一步说，如果铁器厂你买不到，还有其他厂呢。我们九龟城市改造刚刚起步，老城区里的工厂都要搬迁到工业园区去，都要退二进三，我告诉你，你就把银子准备好，后边的机会多呢。"邓远航劝说道。

机会多是多，但方元本他们还是想争铁器厂这块肥肉。最后报名想购买的共有五家，在拍卖日子到来之前，这五家各自都在找路子为自己争得有利地位。正因为他们都在暗地里做工作，致使场部有关铁器厂的出售方案迟迟出不来。

由邓远航招来的浙江徐总的特种钢厂和省城关总的机械设备厂已开工建设两三个月了，而钟玉保主管的铁器厂的出售从春天说到秋天，喊了几个月还没进入实际操作阶段，九龟社会上议论不少，群众意见很多，认为场部办事不力，铁器厂职工也几度上访，要工资要补偿金。

为什么拖这么久，邓远航非常清楚，肯定是九龟一些领导干部被牵进了这个利益圈子，以致他们不能超脱地拍板决策。最后邓远航亲自上马，召开两套班子会定下三个原则：一是科级以上党员领导干部及其直系亲属不得参与竞拍，已经报名的必须退出；二是参与铁器厂改制工作的所有人员，无论是领导还是一般干部必须保持清正廉洁，如有接受礼金等行为必须在三日里到纪委说清楚，并如数上缴礼金；三是以公开、公平、公正的原则出售铁器厂，任何人不得做手脚搞小动作，如果出现不公平不公正的情况，一经查实，坚决严惩，决不姑息。最后确定国庆假期后的 10 月 8 日正式拍卖。

84

场委、场部三条原则公布后，原来五家报名的，有三家是领导干部直系亲属,他们主动退出了竞拍,最后就剩王石基和方元本的两家公司。这两家公司给哪一家,钟玉保都不好决定,给一家就要得罪另一家。最后没有办法想了,他把这两位商人请到小蔡酒楼来做他们工作。

一坐下来,钟玉保就开门见山地说:“两位兄弟,你们也看出来了,今天就我们三人喝酒。喝酒谈事情,谈什么事我不说你们也清楚,就是铁器厂的事。”

王石基接着钟玉保的话说:“老大,好像没什么好谈的啊。我们态度很明确,坚决拥护场委、场部的决定啊。”

“是啊,我们定金早交了,就等着 10 月 8 号参加竞拍了。”方元本说。

我哪里是要你们这种态度哎,你们这种态度越坚决,我越痛苦哎。钟玉保有点后悔把他们两个人送的钱都留下了,一件事收两方面的钱,等于一女二嫁哎,放弃哪个都难舍啊。没法子,先做做他们的工作吧。于是,他问:“你们两个都是我的兄弟是不是?”

王石基与方元本两人互看了一下,同声答道:“是的。”

“你们两个伤了哪一个我都心疼是不是?”钟玉保又问。

王石基与方元本又互看了一下,同时答道:“是的。”

“我实话告诉你们,我这几天就为你们两个买铁器厂的事烦得吃不下饭,睡不着觉。”钟玉保显得很痛苦地说。

“老大,有人争起来买你的破产企业是好事啊,你烦什么啊?”方元本问。

“肉只有一块,两个人都要吃。我是为你们其中一个吃不到肉而心烦、痛苦啊,痛苦得我这几天心口疼得要命。”钟玉保想用苦肉计引起他们其中一人同情,从而主动提出退出竞拍。

谁知两个一个都没有同情他,都没有丝毫退出的意思。

方元本说:“老大,你反过来想心口就不疼了,你就想这次不管怎么样,你两兄弟有一个拿到了铁器厂了,你应该为此感到高兴。”

王石基则说:“大哥,咸吃萝卜淡操心。你看我们两个都不计较,你为我们操那个心做什么啊?你只管一碗水端平就行了,别的不要烦。”

钟玉保心里骂道:妈的,你们说得倒很轻巧呢,到时一个买到一个买不到,买不到的那个还不把天闹翻啦?他能让我有好日子过啊?想到这儿,他摇摇头说:“你们不理解我。我这个做老大的见不得你们任何一个人吃亏受苦,让你们兄弟俩竞争、相互残杀,我于心不忍。唉。”说到这儿,他叹了口气又说:“哎,我有个两全齐美的办法,你们两个兄弟听不听我的?”

“听！大哥的话哪个不听?”方元本首先表态说。

“听！大哥就是放个屁我们闻起来都是香的,何况说的话哪,坚决听！大哥怎么说,我们怎么做,决不含糊!”王石基的表态更坚决。

“好,那我就说了。不如这样子,过去不是讲有福同享、有难同当吗?我想你们俩合股成立个公司,共同开发这块地,大家一起赚钱,不是大家都高兴的事吗?”钟玉保一边说一边观察着这两人的表情。

方元本拿起酒瓶一边给钟玉保倒酒一边说:“哎,喝酒,喝酒。”

王石基则搛起一只肉圆子放到钟玉保碗里说:“你看,就光顾说话,菜都忘吃了,大哥,吃个肉圆子好喝酒。”

钟玉保知道他们都不想合,都在故意回避他这个问题,便直逼他们道:“你们必须给我一个明确的回答,合还是不合? 否则今儿个这饭不吃了!”

两个商人见场长火气上来了,便也从外表上软了下来。

王石基说:“老大,你不要烦了,我们听你的。不过,你现在叫我们临时组成新公司也来不及,不如这样子,我们先参加竞拍,两人到时稍微喊两声,先让一个人拿下,之后我们再合作,保证叫你满意。”

方元本也表态说:“对,我赞成。到时王总第一个喊价,我喊第二声,他再喊第三声,我就不叫价了,先让王总把铁器厂拿下来再说,不就行了嘛。我们之间保证不争。”

“行,有你们这态度我就放心了,我这心口啊也不疼了。来喝酒。”钟玉保终于眉开眼笑地跟两兄弟喝起酒来了。

这两人嘴上说得这么好,让钟玉保开心地喝酒了,然而心里却各自怀着鬼胎,打着各自的算盘,酝酿着竞拍会上的一出好戏。

10月8日上午九点铁器厂拍卖会在九龟宾馆一楼会议室正式开始,钟玉保亲自到场督战。

起初几次喊价是按照两人那天喝酒时说的进行的,拍卖师举槌刚把拍卖价喊出,王石基就加了十万,接着方元本又加十万,王石基再加十万。钟玉保以为拍卖就此便要结束了,可是令他没想到的是,方元本并没信守那天的诺言,竟然在拍卖师的槌子将要落下时第二次喊价,而且一下加了一百万。

但方元本这一出早在王石基的预料之中了,他也早已准备了应对的预案,不过他没想到这方元本一下子加上这么多,因而他稍微愣了一下,随后又跟着叫了价,但他加的数字仍然是十万。

他们两人都多叫了一次价,钟玉保心想这样也扯平了,下边该信守君子协定,结束叫价了吧?哪知方元本并没有停,他举牌再加一百万,王石基也再跟着加十万。他以为这两人还会这样轮流叫下去,谁知后边发生的事更出乎他的预料,简直让他惊得目瞪口呆。

真实的势态发展是方元本根本没有机会再次叫价,就在王石基喊完加十万后,方元本刚要举牌,就被坐在他后边的两个大汉向后拖倒在地,饱受了一顿拳脚。待众人上去制止打斗,扶起方元本时,方元本已满脸是血,被送往医院。一场拍卖会就这样被搅散了。

这个事件发生后,九龟湖农场场委书记邓远航、场长钟玉保两人意见高度一致,都要求政法机关从快从严惩处打人者,坚决打击破坏市场经济秩序的违法行为。

可两个打人者刚被抓进看守所,钟玉国就来到大哥钟玉保家,找他说情了。他向大哥承认那两个打人者是他花钱找的,请大哥从轻处理。

这让钟玉保勃然大怒,他骂道:"你这挨枪子儿的,刀杀的,你不给钟家争气,尽给钟家抹黑!去!你自己到公安局自守去!我没有你这个弟弟!"

这一骂把钟玉国一惊,乖乖,大哥这次大义灭亲啦?他心里直骂老婆蔡小花:妈的一天到晚在外边喝酒应酬,鬼影子都看不到,这会儿她要是跟我一起来,大哥也不会发这么大火啊!

钟玉保见他只顾低着个头不吱声,便上前拖他说:"走走走,你走,你给我老老实实地主动去蹲大牢去!"

不得了,这下不得了,大哥来真的了,这可怎么办呢?只有向嫂子求救了。于是,他喊道:"大嫂啊,大哥打人了,快来救我噢。"

85

听到小叔子的呼叫,大嫂赶忙从里屋跑出来,拉开钟玉保的手说道:"老钟,你是场长,又是大哥,怎么能动手打小弟呢?"

“打他啊？我他妈恨不得一刀捅了他呢。你问问他做的什么事！”钟玉保气愤地说着坐到了原来的沙发上。

大嫂李晓星问钟玉国：“到底为什么事的啊？”

“那个方元本以前拿刀捅伤过我大哥，我看到他就来气，就想为大哥报仇。这次找了两个人把他打了一顿，替大哥报了血仇，就这么个事，多大个事啊？”钟玉国轻描淡写地说。

“伤得怎么样？”李晓星问。

“轻伤，就是鼻子打淌血了。”钟玉国轻描淡写地说。

“外边人晓得是你雇人打的吗？”李晓星问。

“不晓得。”钟玉国摇摇头说。

“不晓得，你做大梦呢！你以为那两个抓进去的不把你交出来啊？”钟玉保斥责道。

“不会的，我给了封口费，只要公安局不深追就行了。”钟玉国说。

问过小叔子，李晓星心里有数了，她便转过来劝丈夫：“老钟，这事已经出了，你要冷静对待。玉国也是好心，为你报了血仇，你几十年抑在心里的根从此也可以放下了。”

“嗯，我就承他个臭情！要他给我报仇呢，做事毛毛糙糙，留一屁股屎怎么揩啊？人家公安局不往下查啊，查出是你策划的，方元本以及社会上的人肯定认为我是幕后指挥，那我这个场长还怎么当，我怎么向方元本交代？怎么向九龟干群交代？”钟玉保说。

“你不会叫公安局就事论事，就处罚那两个打人的，不要深查下去啊？”李晓星对丈夫说。

“你不晓得邓远航跟我有矛盾啊，他早设下天罗地网想抓我把柄呢，这下好，正好有这么个机会，他还不挖地三尺，把我往死里整啊？”钟玉保说。

“唉，又扯上人家邓书记做什么嚜，人家哪里就是你心里想的那种人啦？”李晓星埋怨丈夫说。

“你们都是吃里爬外的东西，他挑衅我那个仇人，你为我这个仇人辩护，哪里晓得我生活在明枪暗箭之中啊？”钟玉保越说越激动了。

“好了好了，越扯越远了。我看你还是趁外边不晓得详细情况时，赶快打个电话叫他们不要再审下去了，不然事情真没法收拾了。”李晓星说。

这时，一直站着不敢说话的钟玉国也插上来说：“是啊，大哥，得抓紧时间打个电话,那两个家伙都是属鸡蛋的,经不起打,你要是电话打迟了,我怕他们熬不住把我交出来。”

听弟弟说这话,钟玉保又来气了:“你这个丧门星,尽做没屁眼子的事!他妈的有几个人到那里能挺得住的啊?”

“你既然晓得,那就快点打电话噻,不能再迟了!”李晓星一边说一边把手机拿给钟玉保。

钟玉保既没看也没有接手机,坐在那里一动不动。

李晓星把手机朝他面前伸了伸说:“老钟,快抓紧时间打吧,再不打,你们钟家从明天开始就走下坡路了。”

李晓星这话让钟玉保猛然警醒,他拿过手机一边拨公安局长的电话一边说:“你们都是败家子,不把钟家造败了,你们不罢手哎。”

听大哥打完电话,钟玉国心里美滋滋的:那两个家伙在里边蹲几天就会出来了,而他没费多少事二十万元已到手了。

这是怎么回事呢?事情原来是这样的:那天王石基与钟玉保、方元本喝酒时就不相信方元本说的话,第二天他就找钟玉国商量这个事。

他对钟玉国说:“哎,国子,你不要以为你大哥当场长整天神气六国的,其实他内心是很痛苦的。”

“什么啊?秃子哥,你不要瞎说了,我哥最幸福了,跟大嫂不杠不吵,儿子又在上海工作,他现在要多快活有多快活了,还有什么痛苦噻,你不要嚼舌了。”钟玉国反驳说。

“你呀,真是年轻,你哥从前的事你都忘得一干二净了。”王石基说。

“什么事?”钟玉国问。

“他被方元本凿伤的事你还记得吗?”王石基说。

“噢,这个事,我晓得,都过去这么多年了,他们早称兄称弟,和好了。”钟玉国说。

“和好啦?你们年轻伢子不懂事,那是表面上的。我晓得,你哥把这事一直埋在心里,这是他几十年来心里的最痛,他总想找个机会把这个仇报了呢。”王石基诱导他说。

“真的啊?”钟玉国问。

“真的!你就将心比心,如果你被人用刀子捅了,差点小命都丢了,你说你这个仇报不报?”王石基问。

“不报这个仇那还叫男子汉啊?”钟玉国反问。

“对啊。而且你哥这个仇人现在还来跟你我抢铁器厂，挡住我们的发财路，你说该不该治他？”王石基又问。

“该治，太该治了！你说怎么治？”钟玉国问。

最后王石基出三十万元给钟玉国，由钟玉国负责找人完成这个任务。钟玉国在社会上找了两个痞子，给他们一人五万元，并交代他们：如果王石基叫价三次，方元本不再叫价了，这次就不治他，下次再说；如果方元本再叫一次，那就在王石基第四次价一叫完就立即治方元本；如果被抓进去，在里边不要瞎咬人，绝对不能把他交出来，他会在外边营救他们。

在王石基这样的策划下，铁器厂的第一次拍卖被他们搅黄了，而打人的两人因钟玉保说了情也只是在看守所蹲了十天，缴了罚金和赔偿金就出来了。当然这些钱也是王石基给的。

在第一次拍卖失败过去二十天后，九龟农场举行了第二次拍卖会。钟玉保这次吸取了上次的教训，严格控制进场人员，并对进入会场的人员进行严格的身份核对，同时将观摩人员与竞买人员前后分开，中间由保安人员驻守，两个竞买公司，一方也只允许有三人进入，其他人员不得进入竞买人员区。这样的安排确保了竞拍的秩序，让钟玉保定下心来。但令钟玉保没想到的是他这两个竞买兄弟叫价叫红了眼，远远超过他们在场外的承诺，谁也不让谁，价格一路飙升。

这次，方元本加价比上次减少了一半，每次加五十万。而王石基也跟着调整策略，一次则是加五万。两人叫价此起彼伏，没有停的迹象，叫得拍卖师说话时嘴都有点哆嗦了，而钟玉保则再次愣在了那儿。

86

钟玉保心想：这两个人是不是吃错药了？头脑发热到何种程度了！底价八千多万，现在他们已喊到一个多亿了，超过底价两千多万，再这样喊下去，他们能交得起这个钱吗？不是他们又跟我玩噱头吧？他们喊出个天价，最后两人谁也承受不起，手一爹腿一伸，像花田鸡一样往地上一躺，谁也不签字不接受，再次把我这拍卖会搅黄了，到头来吃亏的是我九龟的财政和铁器厂的职工。不行，得想个办法提醒他们，让他们都冷静些。

他正想着,王石基又喊价了,他又加了五万元。王石基加完价,会场里一阵惊呼。

方元本见王石基仍不收手,正欲再加五十万元,旁边他的助手说了句"亏死了",方元本愣了一下,待回过神来,拍卖师已手起槌落,竞价结束了,王石基最终竞得了铁器厂,会场里响起了一片掌声,与会人员为农场多得两千五百多万而欢呼。

钟玉保心想:你们不要高兴太早了,不要以为农场账上多得了两千五百多万,这恐怕不是个好兆头呢。他为什么这么想?他的理由是:一、王石基一时拿不出这么多钱交到农场财政账户上,没有钱来,铁器厂职工和周边几户拆迁户的补偿拿不到,这块地就只能原封不动,城市改造的任务也就完不成;二、方元本没竞得铁器厂必定恼羞成怒,要找他算账,不但得要回那十万元,说不定还要利用那录像带的事敲诈他一笔。所以,虽然农场多得了,但他却高兴不起来,他心里想的是怎样把他们两人摆平。

果然,第二次拍卖会结束没几天,方元本就找上门来了。他一走进钟玉保办公室就喊道:"钟玉保,你他妈的缺德噢,你跟王秃子联合起来把我当猴耍,你现在快活了是吧?你报了仇了是吧?"

钟玉保早预料到他会来,但没想到他一来就这样破口大骂。他怕他的骂声把楼里办公的、办事的引过来,便赶忙上去关上门,然后一边把他搂到沙发上一边说:"兄弟,你冷静些个,你不能冤枉大哥。"

"冤枉你啊?你说错了,不是我冤枉你,是我委屈你了!因为我太抠了,我比王秃子要抠几倍呢。"方元本气愤地说。

钟玉保心里明白他这话里的意思,无非是说他给的钱比王石基少,以致他失去了铁器厂。钟玉保在心里骂方元本:这种鸟商人,他妈的全是短视鬼,甩一个钩就要钓一条大鱼,一次钓不到鱼就等不急了,就像是吃了早饭上刑场一样,他妈的老子场长的交椅还坐着呢,你这么吵,以后不想在九龟混啦?但他心里气归气,口上说的还是平和的:"兄弟,来日方长,男子汉大丈夫要把胸怀放宽些,眼光放远些。你站起来看我这墙上的城区规划图。"钟玉保把方元本拉站起来,然后指着墙上的九龟城区规划图说:"你看,这块、这块、这块,凡是黄色的地块都是要拆迁、要退二进三的地方。你说,这么多地块、这么大面积,还能不得你方老板立足的地方吗?你选,你说你看中了哪一块,我就把哪一块给你。"

方元本看到这么多肥缺,情绪早已安定了下来,眼睛也亮了许多,但他没表现出那么急迫，而是不紧不慢地说道："又来糊弄我了，还把我当猴耍啊？你到时候又鼓弄王秃子跟我去竞拍，再把我拍到地下！"

"兄弟，这回你放心，王秃子已经是八十岁的老头吹喇叭，有气无力了，铁器厂是被他拍下了，但他那个屎还不晓得怎么揩呢，哪里还有本钱再跟你争下一块肥肉？"钟玉保说。

"王秃子没本钱了，就不会再来个张秃子、李秃子啊？"方元本说。

"兄弟，你是不相信我说的话是吧？行，那我先让你捞个现的，把医药公司卖给你！让你先尝到甜头，享受到我们九龟改革开放的红利再说。"钟玉保说。

"那拍卖不拍卖？"方元本问。

"拍卖肯定是要拍卖的，我想不拍卖，就协议给你呢，可我顶上那个人是绝对不会同意的哎。"钟玉保说。

"那不还是那回事嘛，再找个什么秃子来跟我争，我不还是一点红利都不得吗？"方元本又问。

"这次你放心。我给你个底，竞拍中超过10%以内的你付，10%以上，超过多少，你先缴，然后我通过其他渠道全部返还给你。满意了吧？"钟玉保说。

方元本心满意足地离开了场长办公室。

而此时，王石基也正在楼上邓远航的办公室里呢。他一进邓远航办公室首先是感谢："哎呀，邓书记，这次感谢你啊，终于让我拿下了铁器厂。"

"怎么感谢我啊？你们凭实力竞争，场委、场部也没偏着哪一个，你感谢我不是吃了对门的难为了隔壁的，谢错了人吗？"邓远航说。

"哎，还是要感谢你。不是你定下了那几条原则，公开拍卖，那也数不到我买下它啊。还是要感谢你！关键时候老弟兄想到我，我心里有数。"王石基说。

"你要说这个啊，那你应该感谢党的好政策，没有改革开放，哪有铁器厂的改制啊？你说是不是？"邓远航问。

"是，那是。你不要看我是个泥瓦匠，我也是肚子里点灯，这些道理我心里还是明白的，我儿子石龟分场王场长经常教育我呢。"王石基并不是真要来为购买铁器厂的事感谢邓远航的，他来主要是稳住邓远航，防止他在铁器厂土地的开发上再生出别的事出来，同时到他这儿来也是不断地提及自己当分场场长的儿子，以让邓书记有机会能想到他的儿子。

“哎，王总啊，还真不要说你是个泥瓦匠呢，你这个泥瓦匠还真不简单呢，超出底价两千五百多万，一下子解决了我们农场年关财政困难的燃眉之急啊，要说感谢，还应该感谢你呢。”邓远航说。

王石基显得很尴尬的样子说：“小菜一碟，小菜一碟。你也不用谢我，要谢就谢我儿子石龟分场王场长，是他思想进步，教育得好。”

“对，你这确实也给你儿子增光了，希望你把这一点发扬得更好，让你儿子石龟分场王场长为你感到自豪。哎，石基，说起这话，我想起来了，总价一亿多，你一下能缴上来吧？”邓远航担心地问。

说到这个，王石基的心里真是发虚，他哪有这么多钱啊？即使有这么多钱，超出底价两千五百万，还赚什么钱啊？想到这儿，他就恨那个方元本，拼了命地往上抬，把他逼到了死路上。可现在一肚子苦水怎么跟邓书记说呢，说出来不是给儿子石龟王场长丢脸吗？为了给儿子增光，再怎么说在邓书记面前也要把肚皮撑起来啊！于是，他说道：“邓书记，这你放心，钱的问题不是个事儿，小菜一碟，小菜一碟，保证如期上账。我这辈子头发毛少，但就是钱多。”

“那我就放心了。那我跟钟场长说一下叫他赶快成立精干的队伍组织拆迁，把净地弄出来，让你早些开发。”邓远航说。

王石基心想：你千万不要找他了，九龟哪个不晓得你们两人不和啊？你不找他，他还快些，你找他，他还不晓得拖到牛年马月呢。因而，他说道：“谢谢，谢谢！钟场长已安排了，我现在再找他问一下就行了。”王石基说着停下来去拉皮包的外层拉链，打开外夹层从里边拿了一本书递给邓远航说：“这本书是我上次出差时买的，当时以为是跟我搞建筑有关系的，回来一翻一点都看不懂，放我那儿也没用，我想你喜欢看书，就带来了。”

邓远航拿过书一看笑了起来，原来是本《社会上层建筑》的书，便说道：“有改变，虽然不是一本泥瓦匠的书，但是你能知道买书，也是个进步啊。好，这书我收下了。”

邓远航收下这本书，王石基很高兴，终于在你邓远航身上有突破了，虽然只有几十元钱，但是它让他晓得了他邓远航什么东西可以收了。因而，他也笑着说：“书记你晓得的，我没上几天学，等于是个文盲。现在对读书特别向往，看到书就想买，我那块儿还有不少书，下次再带一套给你看看。你忙，我先走了，下次带书来。”说着拎起皮包走出邓书记办公室。

87

王石基到钟玉保办公室时，方元本刚走不一会儿。

钟玉保一见王石基就说：“秃子啊，这次大哥对你够意思吧？全力帮你拿下了这个金娃娃。”

王石基心想：告诉鬼才相信呢，你还帮我呢，你不把我卡死就不错了！但他嘴上只说道：“那是，没有你场长在后边撑腰，我就是有天大的本事也拿不下铁器厂啊。我今儿个来就是特地来感谢你的哎。”王石基说着拉开皮包，从里边拿出两只大信袋递到钟玉保面前。

钟玉保向门外看了一眼后赶忙拿起桌上的信袋往办公桌柜子里放。当他的手一接触到信袋时，他心里就已知道里边装的是钱了，但他没有推辞，而是一边拿了往柜子里放一边说：“什么啊？香烟啊？香烟我收下，我这人这辈子没有别的喜好，就喜好个烟跟酒。”

王石基知道：他口里说是香烟，心里晓得是钱，他把钱说成烟无非是求得个心安理得。所以，他并没向他解释，而是一边看他把信袋往办公桌里放，一边说道：“小意思，小意思。”

钟玉保锁好柜门，从桌上的烟盒里拿出一支烟递给王石基说：“你抽抽我这个烟看看，我这个烟也不丑。”王石基不抽烟，他便自己点着，一边抽一边说：“怎么样？这下你心满意足了吧？捡了个大便宜了。你那一亿多元资金得按时给我到账啊，否则我上下不好交代啊。”

王石基见钟玉保提到正事了便赶紧诉苦：“场长啊，你说捡了个大便宜呢，其实，我吃的这个苦不能告诉人呢。”

“怎么的啊秃子？讨了便宜还卖乖啊？”钟玉保吐了口烟说。

“场长，你不晓得，哪块讨便宜噻？亏大了！要不是那个狗东西方元本硬朝上抬，我哪会出这么大价钱噻。我现在是哑巴吃黄连，有苦说不出啦。要真出这么大价钱，打死我，我也不要这个破铁器厂啊！”王石基说。

“怎么的啊？”钟玉保问。

“场长啊，你上下看看我这个穷酸样子，我能值一个亿啊？几千万我也拿不出来啊。再说，超出底价两千五百多万，那块地不但赚不到钱，还要亏，场长，你说哪个开发商这么傻啊？”王石基继续倒着苦水。

“哎，秃子啊，你这是什么意思啊？是不是想做花田鸡往后一躺啊？”钟玉保警惕地问。

“场长，你再看看我是那种人吗？我王石基在九龟建筑行业几十年了，你问问，我是少人家一粒沙钱的还是一块砖头钱的？”王石基说。

“那你哭穷哭的什么意思嘿？”钟玉保又问。

“我没别的目的，就是恳请场长多支持哎。”王石基说。

“要什么支持哪？”钟玉保继续问道。

王石基见钟玉保跟着他走了，便立即抛出自己的要求：“也不多，三小点。”

钟玉保心想：真是秃精，三点还不多？你真是太贪了。且看他说的是什么吧，因而，他说：“嗯，你说出来看看。”

王石基掰着手指说：“第一个小要求：你们得赶快组织拆迁，能让我在春节前开工预售商品房。”

钟玉保心想：到春节还有近两个月，拆迁量又不大，应该可以完成。于是他便答应：“这个没问题，我负责，春节前交净地给你。”

“第二个小要求：我请求分期付款，第一批55%的款项按期缴付，一分不少；第二批20%的款春节后正月十五缴付；第三批还剩25%的款半年后，到来年七月份付清。”王石基掰着第二个手指说。

钟玉保心里盘算着：第一批款到，把各种该付的款项付掉还有余钱，也不错。因而他说道：“行，就按照你说的分三次付款，但是后两批要按照银行利率收取利息。”

王石基一想也在理，便答应道：“行，照付利息。还有第三小点：就是两千五百万超得太多，场长能不能看在我为九龟城区做贡献的分儿上，给我做适当的减免，让我能喘过气来？”

钟玉保当即拒绝：“秃子啊，这个不好办，我一个人决定不了，得两套班子开会研究，研究我估计也通不过，你就死了这份心吧。”

但王石基并不死心，他仍缠着钟玉保说：“老大，我晓得你最关心我，烦你在会上多帮我说说，我这辈子不会忘记你的。”

“不是会上说说的问题哎，根本就没有人把你这个问题列到会议议程上去哎，你在这块儿跟我死缠有什么用嘿。”钟玉保说。

“老大，我晓得就你能救我，你要不救我，我活不到春节了。我要是死了，九龟的名声也不好听，你要是把我救活了，我还能鞍前马后为大哥效劳几年。”王石基装出一副可怜相说。

钟玉保想想也是，没的个秃子，这日子过得也没滋味。因而，他说：“这个事只有我去跟邓某人说拿到会上研究了，不过你不要抱多大希望，我估计他邓某人是不会同意的，他不同意，会上也就不可能通过。通不过你不要怪我，反正我保证帮你说好话，这总行了吧？”

王石基心想：你有这态度就行，不愁到时攻不下你这个堡垒。

此后几天，王石基积极筹款筹到四千万元，又把资产抵押给银行贷到了一千八百万元，如数地将第一批款项上缴到了财政账户上。而与此同时，铁器厂的拆迁开展得也很顺利，一个月不到，铁器厂地块上就只剩下几户民居和少量的职工宿舍没拆了。他们没拆的原因就是要价过高，没有与拆迁办达成协议。

拆成这种情况，按理说王石基应该高兴才是，但他却不无担心地对钟玉保说：“场长，按这个进度，恐怕年前拆不掉了。”

“怎么的啊？你头秃，眼睛也不瞎的，我拆那么一大片你看不到啊？”钟玉保对他的怀疑很不以为然。

“前边看起来是拆了大部分，但是那是公家的好拆，剩下的是私人的，要价又那么高，我看年前拆不掉。”王石基摇摇头说。

“你放心，不要怀疑我的承诺。我跟你讲，最后实在达不成协议，我开个推土机给他一气推，推得他地塌土平交给你。你放心，我现在就上楼去开书记办公会谈这个事，保证按时交地给你。”钟玉保说完便上楼开书记办公会了。

这天的书记办公会研究节前的几个事。

第一件事是抓党务的副书记洪光武汇报开廉政会的事。他说：“年关到了，这个时候往往是少数领导干部收礼、受贿问题的多发时段，因而，我们准备这两天召开一次全场党员领导干部反腐倡廉教育会议，以预防年前腐败问题的高发。”

这个问题一提出就遭到了钟玉保的反对：“你们真是吃饱饭撑的，廉政会什么时候不能开，偏要这个时候来凑热闹啊？你们晓得这个时候多忙啊？你们看看大门口那些一批一批上访的就晓得有多忙了，安全检查、工程欠款、工资欠发、客户走访、困难户慰问等等忙得人焦头烂额了，你们还开这种务虚的会。我建议实在要开放到春节后三月份再开！”

他这一顿牢骚顿时让小会议室冷了下来。

88

与会人员没想到,反腐倡廉就半天的会议,他如果没时间可以请假不参加,也没必要这么激烈地反对开这次会啊。

但会议室里也只静了片刻,纪委书记侯鸣放就发言了:“从目前我们查办的一些案子看,节前腐败是一个相当严重的问题,我们安排这次会的本意也就是想警示党员领导干部注意廉洁、过好年关,如果放到年后开,当然也有用,但也就失去了一个教育预防的关键时期。因此我还是赞成这两天就开。如果钟场长实在太忙就不参加吧。”

其他几个人发言都赞同侯鸣放的意见。

大家都发表了意见,邓远航小结道:“年关到来,领导干部首先要过好廉关。纪委安排这次警示活动很有必要,但是我觉得不能老用会议的形式。我建议这次改变一下教育形式,用一天时间,到省城去安排一次警示教育:上午半天参观省第一监狱,下午半天参观革命烈士纪念馆,回来后各人写一篇谈感想的文章。这样安排大家看怎么样?”

“这样效果更好!”“赞成!”“同意!”

见大家都表态赞成了,钟玉保也只好说:“既然大家同意,我也没意见。”

待与会人员都表了态后,邓远航又说道:“好,那就这么定了。时间就定在后天,钟场长如果在时间上有冲突,你就留在家里处理事情。”

这样说反而让钟玉保不好意思说不去了,但从心里讲他不愿去,他觉得到这两个地方:一个是关犯人的地方,一个是埋死人的地方,去了会沾上晦气,会给他带来倒霉的运象,但会上他又不好明说,因而便说了句拖尾巴的话:“去,接受这样的警示教育也是个机会,我争取去。只要那天大门口上访的人少,我一定去参加活动。”

邓远航说:“好,那就争取去。行,下面进行第二个议题,听取铁器厂改制情况的报告。”

钟玉保觉得这次铁器厂改制很成功,各方面都比较满意,因而他亲自汇报这个问题:“这次铁器厂改制,邓书记安排我总负责,我一下都不敢搭浆，日日夜夜盯住他们，关键时候亲自督战，现在看来这次改制非常成功，得到了上上下下的一致好评，省农垦、发改委、经委还要来搞专题调研，总结我们的经验。”他自吹自擂一番后，又把整个改制拍卖过程叙述了一遍，最后提出了两个问题：“最后还有几个问题请大家定一下。一个是王总的一亿多元分三批付款的问题；一个是拆迁还有几户钉子户，准备强拆的问题。”说完两个问题，他又做了仔细的解释，但他始终没有提王石基说的第三个退一部分购买款的问题，因为他知道，这个问题提出来如果被否决，那以后就一点回旋的余地都没有了，要想解决这个问题必须先私下里找人沟通过了再说。

对钟玉保提出的两个问题，几人发言时意见很不一致，有人赞成，有人反对，没形成倾向性意见。

最后邓远航总结说：“这两个问题，第一个问题，考虑到王石基资金筹措的困难，还要考虑到他开发也需要资金，我们也不能把人逼死了，这个问题就按钟场长的意见办，但国资公司要跟他签份协议，以免将来发生纠纷。第二个问题，我同意大多数人的意见，临近春节了，要让老百姓过一个快乐祥和的春节，对拆迁户还是要做耐心细致的工作，不能操之过急，不到万不得已时不要采取强拆措施，以免激化矛盾，造成不良后果。钟场长，你说呢？”

耐心细致，耐心细致！你就晓得说，你能，你去做做工作嘿，你去说服他们签字交钥匙嘿，三斤半个鸭子二斤半个嘴，就嘴能！钟玉保在心里这样抵触着，但也不好明着与邓远航发生冲突，只得表态说：“行嘞，我们再做工作吧，走一步看一步，先让他们过个安稳年吧。”

而事实上，钟玉保这次表态后就没再过问铁器厂拆迁的事。

当然，尽管钟场长没来督查拆迁的事，但拆迁办的同志还是主动积极地做工作的，他们一户一户地磨，也磨掉了大头，到约定交地这天，铁器厂这块地上还剩三户没签协议了。

这天，王石基早早就来到了铁器厂这块地上。他听说还有三户没拆，就想来看一下这三户处在什么位置，是否影响开工，如果不影响，明天就正式开工，一开工就可以预收购房款了，机器一响，黄金万两，到时就不愁钱了。

可他到工地上一看，傻眼了。这钉子户也真会钉，一块长方形的地，他们不集中钉在一头，偏偏在南北中三个要害处一处各钉一户，你想要从哪边先开工都没法动，一动就得拔钉子。他气得一个电话打给钟玉保：“场长，你们拆迁办的人也真会做工作啊！”

“那当然啦，我选的人那都是精兵强将啊。”钟玉保在电话那边说。

“也太精了些。”王石基说。

“怎么的啊？”钟玉保问。

“精得就跟除草机一样，他妈的隔一行拔一棵，隔一行拔一棵，留下那三行，就堵住我的挖土机。”王石基说。

听王石基这么说，钟玉保哈哈地笑了起来。他说道：“秃子，没想到你还蛮幽默的呢。好了，这样子，我现在就来安排人去做工作，叫他们集中力量再攻一户，确保你好开工。”

尽管钟玉保打了包票，拆迁办也做了大量工作，可那三个钉子户却纹丝不动，一条裂缝都没打开。

已经是腊月二十几了，离过年也没有几天了。但王石基还是想能开工就抓紧开一下工，开工了，工地上动起来了、热起来了，让街上的人看到，至少可以让他抓住一批春节期间想买房的钱袋子，同时也能稳住一些债主，让他们看到希望，不至于急着上门逼债。

因而，他上午到公司去看了一下就再次来到铁器厂地块。到这地块上他前后跑了两个来回，把那三家的门敲得咚咚响，没有人应答，这让他心灰意懒：这工地上只有碎砖瓦片，却空无一人，拆迁办的人更是鬼影子没见一个，那三颗钉子像三座碉堡一样立在那里岿然不动，这与街上比简直是一天一地。

街上车水马龙，人来人往。卖年货的大小商店里人满为患，人们争先恐后地送上大把钞票，拿走众多心仪的物品，路上的男女老少拎着、背着、挑着大包小包，喜笑颜开地一个店一个店转悠着。王石基心想：本来指望过年挖一堆票子的，现在这票子都被商店挖去了，我还挖什么票子哪？这票子挖不到，银行、砖瓦厂、沙场、钢厂都来跟我逼债，我拿什么去还呢？要过年了，总不能把我逼得像杨白劳一样到处躲债哎。他越想越怕，越想越气，这他妈的都是钟玉保说话不算数，拿了人家的钱不替人家办事！我非找他算账不可！不叫他把吃的都给我吐出来，我这个姓就倒过来写！

王石基这么想着便拔腿向场部大楼走去。

89

王石基气冲冲地到场部大楼找钟玉保算账,可走到了大楼的一楼大厅,他没再踏上一个楼梯,而是转身又回公司了。

回到公司坐到自己的办公室里他清醒了,他看到自己熟悉的环境,特别是看到架在老板桌上的那把跟随自己走南闯北风雨几十年的瓦刀,他知道自己的身份了。他扪心自问:你不就是一个瓦匠头子吗?你以为你有几个钱就抖起来啦?还气冲冲地去找场长算账呢,你不想在九龟混啦?

经过一番自省后,他开始考虑正常工作了。他把会计喊到办公室布置:“年前要付的钱有这样几笔:第一笔是职工工资,节前职工工资必须兑现,这一点过去没含糊过,今年也绝不含糊,靠欠工人工资发财的人他妈的都是人渣,我不做这种人;第二笔是关系户的红包,这个按去年的标准算;第三笔是欠的外账,欠的餐饮、住宿、娱乐以及建筑材料供应商的钱一律先付四成。照我这个说的,你匡算下子看有多大缺口,下午把账拿给我看。”

下午,会计把账拿来一看,王石基又傻眼了,连预计能收回的账款算上去,资金还缺口一千万!这一千万哪里来?找朋友借?上次买铁器厂借他们的钱还没还,这又是年关哪个有这么多闲钱借给你用?找银行贷款?做梦吧,银行都是嫌贫爱富的,你现在已没有一点资产抵押了,人家能不跟你催还前边的贷款就不错了,怎么可能再给你贷款?找哪个?没人找哪!有什么办法?没法想啊!要么跳楼,一死了之,什么账我也不管了。不行!我还有儿子还有孙子呢,我不能死,为了他们,我必须活着!走!还是去找钟玉保!

想到这儿,王石基小包一拎,门一带,快速跑下楼,上了车就朝场部开。他把车子开到公司大门外转了一圈,又掉头开回公司的院子里,下车,咚咚咚地跑上楼,再次坐到自己的老板椅上。

坐到椅子上,他自责起来:你真岁数大了,昏了头啦?去跟钟场长借钱,这样空着手去,你屁股给人家撅噢,什么时候找他办事能不带点玩意儿的啊?你磨他两分钱,至少要给他一分钱噻!何况又是过年哪。想到这儿,他立即喊来会计,吩咐道:“你去买一箱子茅台,要那个十五年的,还有四条软中华,下班前放到我车上。”

晚上,王石基吃过晚饭先打了个电话到钟玉保家,问场长是否在家,李晓星告诉他说在外接待客人呢。放下电话,他便开着车到九龟路,快到88号时往路边一停,熄了火坐在车上等。他趴在方向盘上,两眼盯着88号大门,一点都不敢松懈。一直等到近十点,才看到钟玉保拿钥匙开大门。他赶紧发动车子,在钟玉保刚把门开下来之时,他的车子已冲到了门口,人也站到了钟玉保面前。

钟玉保一看说:“哟,秃子啊?我估摸这两天你要来找我了。”

王石基一边从车上搬烟酒一边说:“我估摸这两天场长想我了,我这就来了。”说着随钟玉保进了房间。

“哟,茅台酒啊?乖,还是秃子懂我的心想,我这辈子没什么喜好,就喜好个烟酒,不像你们这些老板吃喝嫖赌抽,五毒俱全。我这个人什么赌啊女人啊,从来不碰。好,就放这块儿吧。来,坐。”钟玉保说。

王石基心想:不要吹牛了,哪个不晓得你在外头有女人啦?还把自己说这么干净做什么噢。但他哪里敢戳穿他,只是放下烟酒后说道:“哎,场长,你这个喜好绝对,至少不会犯法,顶多钱受点罪,人不会受罪。”

“你这说的我赞成。喝点小酒抽点烟是小事,不影响前途,赌啊嫖啊就是犯罪了,搞不好还能把自己弄到牢里去,那就不值得喽。”钟玉保说。

“是的,是的。这方面我要向大哥多请教学习呢。”王石基附和道。

“秃子啊,我知道你今儿个来找我什么事。”钟玉保说。

“就是来看看老大,也没什么事,有事也不大。”王石基说。

“是不是为铁器厂那几户拆迁的事?秃子啊,我跟你讲,我也尽力了,我本来是想开个推土机给他推得一塌土平的,可是他邓某人不让,叫我没的办法想。秃子啊,这下只有等过了年再解决了。”钟玉保说。

“场长,我也不是为拆迁的事来的。”王石基说。

“噢?那你是为什么事的啊?”钟玉保问。

王石基心想此时不说还等何时,于是他便直截了当地说:“场长,我是为钱的事来找你……”

没待王石基把话说完,钟玉保便抢着说道:“噢,钱啦,既然我们地没交给你,你那个20%的土地款也暂时不要缴了。”

“场长,那个钱你就是要,我也没有一分钱给你了。不瞒你说,我今儿个来就是来跟你借钱的。”王石基说。

“啊？你王石基什么时候穷得要借钱啦?”钟玉保吃惊地问。

“年关到了,不借钱裹不住脚了。这个时候场部要不借点钱儿给我,不光我年关过不去,场部也不得安身啦。”王石基说。

“怎么的啊?”钟玉保又问。

“欠工人工资,职工要去上访呢。”王石基说。

“要多少钱?”钟玉保再问。

“要一千万。”王石基说。

“秃子啊,你能不能把个牛皮再吹大些个哪？吹个几十亿,那样好上中央电视台,引起总理重视,好解决啊!”钟玉保讽刺他说。

“我没吹,就是一千万。哪个要多吹一分钱,走出大门就被九龟浪卷走。”王石基诚恳地说。

“那我办不到！你另请财神去!”钟玉保说。

两人正谈着,从另一屋出来一个小伙子。王石基一见便喊道:“哟,大侄子回来啦?”话刚说完,后边又跟出来一位姑娘。王石基便问道:“大侄子,这姑娘是你媳妇啊?”

钟玉保说:“还没结婚哪,儿子的女朋友。”

“什么女朋友,就是媳妇哎。叔叔第一次见面,要给红包。”说着从包里拿出一只红包递给那女孩说:“六千六,财富足。叔叔祝你们六六大顺。”

那女孩还不肯拿,钟玉保说:“好,拿着吧,这是爸爸的好朋友。谢谢叔叔。”

那女孩接过红包,道了声谢,便和小伙子又回里屋了。

目送两个孩子进里屋后,王石基羡慕地说:“郎才女貌,真是天生的一对。老大,你福气啊!”

“唉,福气,倒是福气,但有时也叹气。”钟玉保说。

王石基心想:真是蜜糖里蹲惯了,这么好的日子还叹气,那你要是过过我这日子不是要哭死啊？他问道:“咦,我就不懂了,场长,你儿子、儿媳都在上海大城市工作,工资拿得高高的,说给你添孙子就给你添孙子了,高兴还高兴不过来呢,哪里还有气叹呢?”

“秃子啊,还亏你是搞房地产开发的呢,你难道就看不出来我为什么叹气啊?”钟玉保反问道。

提到房地产,王石基恍然大悟,噢,难不成他是为儿子的新房叹气?

果真是这样的话,他的叹气倒是我的福气了,王石基似乎从中看到了希望。

90

王石基从“房地产”几个字中看到了他从场部这儿借到钱的希望,因而他没有直接回答钟玉保的问题,而是打算把话题一步步地引到自己想要的内容上:“老大,娶儿媳妇时可要把杯喜酒给我喝噢。”

“唉,娶儿媳妇呢,我倒想娶呢,可是眼前哪有这个条件啊?”钟玉保说。

“怎么的啊?女孩不同意?像大侄儿这条件,就是在上海滩也是百里挑一的啊,这女孩还能不同意?”王石基说。

“不是女孩不同意,她巴不得春节就跟我儿子结婚呢,可我们哪敢同意啊。”钟玉保说。

“老大,这就是你们不对了,多么好的一对,你让他们早结婚早抱孙子哎,还在这块儿推三阻四的做什么啊?”王石基说。

“我也巴不得早抱孙子呢,可是条件哪?”钟玉保说。

“老大啊,不是我说,你上上下下看看,在九龟还有哪一家子条件有你家这么好的?再谈条件,那就找个美国总统的伢子吧。”王石基故意逗他说。

“唉,你瞎说什么嘘。你是真不晓得还是故意跟我打哑谜啊?我实话跟你老弟说吧,就是麻雀子成家它还弄个窝呢,我堂堂场长的儿子结婚能不给他弄个窝吗?”钟玉保说。

“你早说嘘,那就赶快弄哎!这样子,老大,你要看得起我,只要你场长说一声,我带材料带队伍到上海去,在黄浦江边上给你儿子盖几间房子,一个月完成,包你们满意!”王石基表态说。

“秃子啊,你真是个土地主噢,你大概就没去过上海。你以为上海是你石龟分场的,说去盖几间房子就能盖几间房子的啊?你以为我九龟湖农场场长就是上海市市长的,说在黄浦江边盖房子就能盖的啊?”钟玉保嘲笑他说。

“不能盖,那就买啊!”王石基终于把钟玉保引向了自己想好的话题上。

“你真是嘴里含灯草,说得轻巧呢。买,几百万呢,买得起啊?我老两口子拿这点工资,不吃不喝一辈子也买不起那房子啊。兄弟啊,我告诉你,养个儿子高兴呢,但到娶媳妇时就犯死相了。就我这个儿子把女朋友带家来,我一半是笑一半是愁,整夜睡不着觉。”钟玉保说。

“老大,这个事也不是急的个事啊,长虫吃蛤蟆,得慢慢来啊,急了上火,反而会出事啊。”王石基说。

“我想慢慢来呢,可伢子等不及了,肚子里有了。你看把我愁得啊,真要生一场大病了。”钟玉保说。

王石基知道机会来了,他更晓得这下不是跟你场部借钱的问题,而是你场部给我降价的问题!于是,他说道:“老大,你不能这样子,你要是把身体愁坏了,那对我们九龟就是大损失啊。这样子,这个事交给我,我来出这个钱,保证帮你办得滴水不漏,叫你全家满意。”

“你?你刚才还跟我借钱呢,泥菩萨过河,自身难保了,又哪儿来的几百万到上海去买房呢?”钟玉保怀疑地问。

“小鸡不尿尿,各有各的去处。我借钱,那是一时救急的,等我开发的房子卖掉了,银子不是跟九龟湖开闸一样花花地淌来啦?老大,钱,你放心,绝对不算个事。”王石基说。

“那你让我想想。”钟玉保说着点了一支烟扑了几口,然后又说:“这样不好吧?”

“老大,你今儿个怎的啦?从来没看你这么扭扭捏捏过啊?有什么不好的?大侄儿是我看着长大的,现在要结婚了,我送他一份礼,这个哪个王法规定不准的啊?”王石基说。

“可,可你这礼也太大了,叫人承受不起啊!那不是几瓶酒几条烟的事啊!”钟玉保说。

“嗯哟喂,老大,从来没见过你这么怕过呢。要不这样子,你嫌礼大,你怕承受不起,你再送我一份大礼,咱们两个不就平衡了嘛。”王石基说。

“秃子啊,你是笑话我的啊?我要有能力送你这么大礼,我何至于为儿子房子犯愁呢?”钟玉保苦笑。

“老大,你要坐在你这家里,你是没有这个能力;但是你要坐在场长办公室里,你就是九龟最有这个能力的人喽。”王石基启发他说。

钟玉保又抽了几口烟后说:“秃子啊,我虽然急,但头脑还没急昏哪。

一个是私人的，一个是公家的，我还能分得清哪。”

“老大，你说你头脑没昏，我还说你真有点昏呢。耶，我们一不贪二不沾，哪个能把我们怎么啦？”王石基说。

“你意思是……？”

“借！”

钟玉保吐了一口烟说：“这倒是条路子。怎么借？”

“你从农场账上借一千五百万给我，我打个借条给你，解决职工欠薪、社会稳定问题；我再借五百万给你，你打个借条给我，解决儿子婚房、全家幸福问题，不是两全其美的事嘛。”王石基抛出自己的第一步方案。为什么称之为第一步方案呢？因为王石基还有后续的想法，他知道这里所谓的“借”，都不是真正的借，都是不要还的。他五百万不要还我，自不必说；我这一千五百万不还他，就必须让他从购买铁器厂的总价款中扣除掉。什么？你说钟场长不可能依我说叫扣除就扣除的啊？这你就不要烦了，只要他打了欠条给我，他不想给我扣除也得给我扣除，甚至还要比这一千五百万多免一些，这是乌龟咬屁股，肯定（啃腚）的事，你就不要担心了。当然这是后一步棋，待以后机会成熟再说。

对于王石基抛出的方案，钟玉保想接受，但又担心。想接受，是冠冕堂皇地打个借条可先把火烧眉毛的事解决了，把儿子的大事办了；担心的是背负着这笔巨额债务会压得他全家喘不过气来，弄不好还会被王秃子穿了牛鼻子，乖乖地被他牵着走，听他指挥。因而，他又点了支烟抽了两口说：“你容我再想想。”

这时里屋的准儿媳妇走了出来说：“爸，这还有什么好想的，人家买房子按揭那么高利息呢，叔叔借的这五百万又不要利息，多划算啊！你要怕还不起来，我们以后帮你一起还不就行了嘛。”

儿子也在旁边帮腔：“爸，早买房子早上算哎，迟买了房价又涨了，五百万还不够呢。”

妻子也说：“好歹是借的，又不是抢的偷的。”

王石基则趁热打铁说：“这两个伢子就是精明，你爸老说我秃精呢，还是他们说得有道理。现在房价一天一个价，噌噌地往上涨，五百万也不算个什么钱，今儿个能买套三室一厅的，明儿个说不定只能买个两室一厅、一室一厅了。”

妻子和准儿媳、儿子的话促使钟玉保最后下了决心。他急抽了两口烟,然后把烟头往烟缸里一拧说:“秃子啊,什么叫兄弟啊?急难的时候相互拉一把,这就是兄弟!行!就照你说的办!”

钟玉保这决心一下,赢得了其他四人的一阵掌声。

91

掌声过后,王石基说:“场长,那明天我就到场财政去办手续借钱了。”

“你等一下,我告诉你,你这个钱到场财政借还不合适,得到国资公司去借。我打个电话。”钟玉保说着拿起茶几上的手机给国资公司胡总打了个电话:“胡总,事情是这样的,我们场里差人家一建集团工程款没付,现在搞得人家资金周转十分困难,弄不好就会引起几百号农民工到省里集访,到那个时候我们就被动了。这样子,你先从账上划一千五百万给他们,记住一定要叫他打个欠条。”钟玉保挂了电话对王石基说:“行了,你明天到国资公司去办这笔钱吧。哎,伢子这个五百万怎么弄啊?”

王石基说:“这样子,大侄子把个银行卡号给我,我明天直接打到他卡上。”

“那借条呢?什么时候打给你?”钟玉保问。

“哎哟喂,你那个借条打不打无所谓啦,你记住就行了,跟弟兄算这么清做什么啊?”王石基说着站起来便要告辞。

钟玉保把他按坐下说:“不行!这个借条必须打给你。你不要借条那是要我命的。晓星,把纸跟笔拿来。”

李晓星把纸和笔放到钟玉保面前。钟玉保拿起笔就写了一张借一建集团五百万的借条,签上自己的名字,递给他们几人说:“你们看看,不要有什么不对的地方,被人家钻了空子。”

妻子、儿子、准儿媳传着看了一遍,三个人都觉得没有什么问题,便又传给了钟玉保说:“行了,就这样了。”

钟玉保接过借条拉近、推远来回又看了几遍,然后居中撕成两半,叠在一起又居中撕成两半,这样来回撕了几下,把借条撕成了纸屑。

妻子李晓星问:“没看到什么漏洞啊,你怎么把它撕了啊?”

“不行,以我名义打借条不行!”钟玉保说。

“你不打借条,那应该以哪个名义打啊?”妻子问。

“我考虑再三,觉得这个借条还得儿子打。”钟玉保说。

准媳妇不高兴了,她想:这是公公推卸责任了,想把债务推到我们身上了。于是,她说道:“什么啊?叫钟良臣打借条?爸,你是不要我们成家噢。”

李晓星见准媳妇生气了,便责怪钟玉保说:“你个死老头子,儿子结婚,买房子不是你这老子的事啊,你叫儿子打借条安的什么心啊?”

“真是头发长见识短,你们妇道人家头脑里就是少根筋。我跟你们讲,五百万是我借的,一点含糊都没有,只是我不方便打借条,叫儿子代老子签个字,账还是我认,这还不好理解嘛。”钟玉保说。

准儿媳想:这个公公不愧是场长,玩起花头精来不输任何人,良臣签字,他认账,我的公公哎,这是什么年代啦?你还玩这种小儿科的把戏,哪个陪你玩喽?于是,她说道:“爸,你叫良臣签字可以,但在借条上得加上一句话。”

“什么话?”钟玉保问。

“你们自己晓得,我不好说。”准儿媳说。

“伢子啊,我们家是民主的家庭,不管有什么话,不管什么人,都随便说。你在这儿住几天就晓得了,我们家不分长幼,没有忌讳。你有话尽管说。”钟玉保说。

“我不敢说,你叫良臣说。”准儿媳妇把钟良臣推到前边说。

“好,儿子啊,你就说。”钟玉保对儿子说。

儿子钟良臣莫名其妙,不知说什么。因而,他小声问女朋友:“你叫我说什么话?”

准儿媳在他耳边叽咕了一下后,他便对钟玉保说:“她说,得在借条上加上一句,此五百万由老爸还。”

“伢子,要加上这句话,我还要你签字打借条做什么哪?”钟玉保说。

“是的啊,我也在纳闷呢啊,这五百万到底算是我借还是我爸借呢?按理说,给儿子买婚房是爸义不容辞的责任,这五百万的借条应该由爸签字才是啊,爸怎么叫我签字的呢?”儿子钟良臣说。

“你们哪,都不了解老爸的良苦用心。老爸为什么不好签字?因为老爸怕有些人会拿着这个借条办我罪啊!”钟玉保说。

准儿媳心想:这老公公心计还蛮足的,又施出一计了,怕办你罪,那你就不怕办你儿子的罪吗？因而，她说道："爸，不要话说得那么吓人了。借个钱要办罪，那十三亿人中至少有十二亿人要办罪了。"

钟玉保想：这个死丫头心机蛮足的，将来良臣还真是做了她的良臣呢。但这个时候哪里顾得上去责备准儿媳啊，得先把这借条的事解决了，于是，他解释说："伢子，我这么跟你们说，这五百万是我借的，我还，但借条得良臣打。为什么？因为我跟王总是上下级关系，有利益关系，我打借条，将来不出事便罢，要是出事就是人家手上的证据啊！伢子，在九龟有人盯着你爸呢啊！"

准儿媳还是不能理解，她说道："民间借贷在中国是很普遍的事，如果有人想拿借条办你，那他也不会办倒你的。"

钟玉保见准儿媳还是不能理解，便说道："那这样子吧，良臣打五百万的借条给王总，我打个五百万的借条给良臣。这下你们放心了吧？"

王石基在一边看得不好意思了，他说道："行了，你们什么借条都不要打，我走了。"

"不行！借条必须要打，不打说不清！"钟玉保说。

最后还是按照钟玉保说的打了两张借条才结束了这场纷争。

王石基怀揣着钟玉保儿子钟良臣打的五百万元的借条，像是怀揣着一座金山似的，心里乐得像是吃了欢喜团子一样。他抬起握方向盘的右手在半空中扫了一下，然后放到嘴上亲了一下，再用这只手死劲儿地摁了一下喇叭，才让它回到方向盘上。他心想：从今往后你这只手就是如来佛的手了，他钟玉保就是比孙悟空还神，他也逃不过这只手掌心喽！

他知道，他钟玉保叫儿子打这个借条并不是要想还这个五百万的，他打这个借条只不过是打给纪委人看的，是保护他自己的。他也知道，这张借条对于他来说就是废纸一张，不做任何凭据的，他根本就不指望他钟玉保还一分钱的。但是这张借条却能给他带来一个意外的惊人的收获，那就是，从此后他王石基在九龟想开发哪块地就能开发哪块地了。

第二天上午，王石基带会计到国资公司办了借款一千五百万元的手续，打了借条，又到银行办了转账手续，并把五百万元转到了钟良臣的银行卡上。一切办停当后，他开始考虑给几个关系户和领导送年礼的事了。

每年到送年礼的时候，是他最心烦的时候，就为送什么东西让他伤透了脑筋，不同的领导有不同的脾性、不同的喜好，你要送得不对路，有时候或是送不出去，或是送出去了也等于白送。就拿邓远航和钟玉保一个书记、一个场长来说，两人的脾性简直是天壤之别。钟某人是来者不拒，高档烟酒、金银首饰，甚或是现金，他都喜欢，而邓大人则什么也不要，就像是不食人间烟火的铁人。这次，钟某人的年礼就算送过了，可邓大人的年礼是送还是不送呢？送，又送什么哪？

92

王石基想了好长时间也没想出给邓远航送什么既能送去又最合适的年货。他从现金到烟酒、金银、玉石、古董、邮票、字画、花卉等都想了个遍，又都一一给予了否决，最后还是想到了送书，不光是因为邓远航喜欢看书，还因为他有了上次送书的经验。对，就送书！想到这他驱车直奔九龟最大的书店。

到书店里，他尽挑那种又大又厚的书看，但他挑了一圈并不满意，一本也没看上，因为价格太低，最贵的也没超过二百元钱。他想：这种价钱，要是平时随便带一本给他还可以说，这送年货送个二百元的东西还不把人家大牙笑掉啊？王石基向书店全场扫了一眼，然后一拍屁股一边向外走一边自语说：看来还是不能送书，不如去看纪念币去。

走到门口，一个认识他的营业员一把拉住他说："哎，王总，这辈子也没见你光临过我们书店啊，是不是跑错了，把书看成砖头啦？"

"噢，小李啊，我告诉你，你还不要笑话你王爷，你王爷我今儿个还真是拎了钱来买书的。"王石基说着把皮包举起来晃了晃。

"咦，那怎么一本书没挑就走啦？我们这块儿可是全九龟品种最全的书店了，你要在这块儿挑不到书，别的书店也就不可能有了。你要买什么书？来，我来帮你找。"那李姓营业员说。

"我要买什么书啊？我要买最贵的书，你就直接告诉我你们这块最贵的书是多少钱，我想多花点钱。"王石基说。

那营业员心想：有钱了，烧得慌，我在这书店也有二三十年了，还没见过这种买书的人呢。人家来买书都是来挑有用的、可读的，他来买书，不问书名、内容，就是要最贵的，大概买回去也就是往书柜里一放，装点门面，冒充大公鸡罢了，好，我今儿个就给你推荐个最贵的。于是他一边说"你跟我来"，一边把王石基拉到了一个房间里。他指着地上四个大箱子说:“这套书最贵,全九龟就这么一套。”

“多少钱?”王石基问。

“两万一。”营业员说。

“叫什么名字啊?”王石基又问。

“《二十四史》。”营业员答。

“什么死、死、死,大过年的送死,不吉利,不吉利!”王石基摇着头说。

“说你没文化,你真是个大老粗。《二十四史》讲的都是帝王将相,你送给谁谁还不乐意要帝王将相啊?”营业员竭力推销。

“帝王将相,好,这个好!哪个当官的不想做帝王将相啊?好,给我搬上车,再开张发票。”王石基一边说一边去交钱。

王石基开着车载着《二十四史》直接来到场部大楼。

到场部大楼,他请几个保安帮他把四大箱书搬到邓远航办公室。

邓远航正欲出门,见保安搬来四只大纸箱子便问道:“这里装的是什么?哪个叫搬来的啊?”

王石基从后边跑到邓远航面前说:“邓书记,是我叫他们搬来的,是书哎。”

“书?你搬这么多书来干什么啊?难道你房子不卖了,干起了卖书的勾当了?”邓远航问。

“卖书能赚几个钱?哪能比得了我卖房子?我啊,其他什么也不干,我是刘备编草鞋,还干我的老本行。”王石基说。

“那你这搬四箱子书来是什么意思?”邓远航问。

“没的意思哎,就是送来让你看看,你看这个书怎么样?”王石基说。

“什么书?”邓远航问。

“说是什么《二十四史》啊。”王石基说。

“《二十四史》?你怎么想得起来买的?”邓远航边说边从一只箱子里拿出一本翻了起来。

“你听我说噻,是这杠子的,我今儿个没的事,到新华书店去买春联,就听两个营业员在那闲扯,一个说:一套《二十四史》八十本,进回来几个月了没一个人想买,还占着那么多的资金。另一个说:是的哎,还亏我们九龟是个文化之乡呢,一套《二十四史》书都卖不掉,是什么文化之乡啊?那一个又说:是的哎,满大街都是戴眼镜的四只眼,我看都是戴的墨镜、老花镜,假屁臭闻,其实都没文化。这一个又说:是的哎,要我看九龟没有一个能读懂这《二十四史》的人。我听了这些话便气不过,心想:你们不是九龟人啦?这么作贱九龟人做什么啊?我就不信这个邪,我今儿个就把它买回去,送给邓书记,让他读懂了把你们的嘴封起来。想到这儿我就跟他们说我要买。你猜他们什么反应?其中一个认识我的营业员说:哎,我现在真相信了,我们九龟是名副其实的文化之乡,你看连泥瓦匠都买《二十四史》读了,瓦刀上都闪着文化的光辉了,哪个再说我们九龟不是文化之乡我就跟他拼命!我也不跟他们理论,付了钱,搬了书,就奔你这儿来了。你说我今儿个这事做得对不对?"王石基一边编着故事,一边不时地观察一下邓远航的表情,见他也一边笑着一边翻书,便已感到大功告成了。

"很对!王总啊,你今儿个总算做了件文化人想做而没能力做的事,以实际行动维护了九龟的形象啊。"邓远航夸奖说。

"书记啊,你这话我有点听不懂,'文化人想做而没能力做'什么意思啊?"王石基掩饰着内心的喜悦说。

"噢,是这样的,实际上许多文化人是想拥有这套书的,但这书太贵,两万多元,与这些文化人一年收入差不多了,当真叫人家不吃不喝买这套书吗?再说了,像你们这些有钱人,买得起这套书,可又不愿读。这也是个矛盾啊。我想今后能不能考虑建立一个基金,每年给三十五岁以下的青少年发购书券,鼓励他们买书读书。"邓远航说。

"邓书记,你这个想法太好了。我第一个响应你的号召,每年给你这个基金捐十万元。虽然我没读什么书,但是我们一定要让我们的子孙多读书。"王石基表态说。

"好!我替九龟的青少年谢谢你!其实不光是要多读书,还要读好书,像你买的这套书,绝对是套好书。读史可以使人明智,可以知兴替,可以鉴以往知未来啊。好,你这可是办了件大好事啊。"邓远航爱不释手地说。

王石基心想:以前到你这儿送礼老是送不出,老是碰一鼻子灰,今儿个总算把你的山头给攻下了,终于找到开你这把锁的钥匙了。因而,他把发票放到邓远航的办公桌上说:"书记,你喜欢读,你就慢慢读吧,我也不打搅你了,以后我碰到什么好书,我还给你带。我就告辞了。"

王石基走后,邓远航喊来小凤几个人帮他把四箱子书拆开来放到后边的书柜上。一套《二十四史》八十册整整放满了四个格子,邓远航站在书柜前欣赏了一会儿就关门外出,待门锁上后忽然想起了书的发票,觉得应该把它放好,以后肯定有用,便又开门进屋,到办公桌前一看,发票则不见了。

93

邓远航要把书的发票收起来,是他心里突然有点疑疑惑惑的。他觉得这套书也有两万多元钱呢,如果纪委光从书的角度看,可能马马虎虎就过去了,但要是从它的价值看,也会认定是受贿的,所以他要回屋把发票收起来,怎么处理待下分场回来再说。

可他在办公桌里外、办公室地下前前后后找了个遍,也没找到那张发票,便又把小凤喊来。

“你有没有看到桌上那张图书发票?”邓远航问。

“没有注意哪里有发票啊。怎么,没有啦?那再找找看呢?”小凤说着便在地上找寻起来。

“我都找过了,没有。你去问问李晓阳和小黄,刚才他们在这儿帮忙的,看他们有没有见到发票。”邓远航吩咐道。

小凤出去一会儿回来说:“问了,他们两人都说没见到。但我怀疑是李晓阳藏起来了。”

“怎么见得?”邓远航问。

“我刚才问他时,他不但脸有点红,还有点闪烁其词的。”小凤说。

“只能说有这个嫌疑。”邓远航说。

“不是嫌疑,基本可以肯定。只不过我不知道他拿这张发票干什么,难不成他是要把这个发票拿到会计那块儿去报销,把钱拿上身?”小凤推测说。

“如果真是他拿的,这个里边还有些文章呢。”邓远航说。

“什么文章?”小凤问。

“你从他是钟场长的小舅子这一点上看,还看不出名堂来吗?再有,上次他也跟你争过主任这个位子,没争到还到我这儿吵了一气呢。你说他这口恶气没出,他能安稳吗?”邓远航分析说。

提起这些,小凤感到问题的严重了。她担心地说:“这个人素质很差,他把这张图书发票收起来，肯定有阴谋。有几次他都在办公室瞎说八道，说你在外边养情人，还说你收了人家的钱就把企业、宾馆三文不值二文地卖给了他们。”

“噢，他这么说？不过他越说，人家越不相信，因为外界人晓得他就是一张臭嘴，是个瞎说瞎讲的人。身正不怕影斜，一个清白的人，不是他散布几句谣言就能被抹黑的。当然，我们也不能老是被动挨打，我们也要主动采取一些相应的措施，以防局面失控。”邓远航说。

“采取什么措施呢？”小凤问。

“首先，你们办公室要加强政治纪律教育，要给他们上党课。党员干部的言行要符合党的政治原则，领导身边的工作人员更要遵守党的政治纪律，绝不能无原则、无根据地瞎说瞎讲，甚至散布谣言。经教育后如果还不改就交流出去。另外，为了不给人家抓把柄，你从我工资卡上拿两万元钱，把书款退给王石基。”邓远航一边说一边从抽屉里拿出工资卡给小凤。

小凤接过工资卡又把它放到办公桌上说：“我怀疑你这卡里还有没有两万元钱呢。先放着吧。加强政治纪律教育的事我们马上就抓，至于书款的事我来处理，你就不要管了。送一套书又不是送钱，这个怕什么啊？”

“哎，小凤啊，你这种想法很危险的啊。我告诉你，我开始也是这么想的，送的是书，是可以帮我增长知识、提高能力，不是什么坏事，因而当时我也就笑纳了。刚才发票不翼而飞倒警醒了我，收一套书，表面上看起来不是什么问题，但是从这套书的价值和送书的人来看，这都符合受贿罪的要件，这跟那些收人家古玩、字画、邮票、花草等等所谓的雅贿是一类货色，所以必须立即处理！”邓远航说着又拿起桌上的工资卡递给小凤。

小凤再次接过工资卡说：“这样子吧，书款我马上就退给他，但这套书也不是你个人买，而是由我们办公室买下来。”

邓远航想了会儿说：“这样也好。说老实话，这套书我真是喜欢，但你要真叫我自己拿钱去买，还真有点舍不得，而且这工资卡上还不晓得有没有这么多钱呢。这样吧，你们办公室把这套书作为办公室的资产登记下来，平时办公室同志要看也可以借阅，将来我调动或退休了，这套《二十四史》就留在办公室，我也不带走。”

新年的钟声已经敲响，远近的鞭炮声带着喧嚣的喜悦把新年送进了王石基的家中。家人正在欣赏着央视的春节联欢晚会，沉浸在节目的欢乐中。而王石基则坐在床上分析着在新的一年里他的建筑集团的运势。他先拿出一元钱的硬币来抛掷，抛到一元字样的算好运。他连续抛了十次，其中抛到一元字样的是七次。七上八下，他认为是财运大好，自然喜形于色。尤其想到将从铁器厂这块地上挖到大把的票子，他对新年的鸿运更深信不疑。但当他头脑中一闪过今年节前送礼的情况时，他心里又有点翻搅了，他感到他对新年的运势又有点把握不透了，不知新的一年的运势是向好还是向差了。

年前，他共给六个处级干部送年礼，这年礼轻重不一，钱物各异，但是都是经过深思熟虑，投这六人所好的。还好，当时有五个当场把礼收下去了，只有一人坚不收礼，五比一还算好运。可是后来又有两人，包括邓书记把礼又退了回来，这让他心里有点忐忑，三比三，收与不收的一半对一半，这让他在判断新年的运势时一点信心也没有。

他每年三十晚上都要在新年钟响的时候对新年的运势做一个预测，都能对全年的运势看得比较清楚，基本上没有失手过，但今夜他感觉到，判断这么多年了从来没有像今夜这样对一年的运势看不清爽，是吉是凶，是吉多凶少，还是凶多吉少，完全把握不准。

因而，九龟农场首富王石基新的一年就是在这种对前路迷迷糊糊的感觉中，对自己的命运不清不明的心态下开始的。

春节过后，王石基最关心的自然是铁器厂地块那三个钉子户的拆迁。过了正月十五，他天天到这地块上看一遍，看到的是那三户呈掎角之势把守着铁器厂，毫无松动的迹象。

他这样一看就是半年，半年下来这块地仍原封未动，这使他忍无可忍再次来到钟玉保办公室。实际上在这半年里，他没少找钟玉保，那茅台酒又送过三箱子了，他钟玉保也答应加大力度抓这块地的拆迁，并保证一个月之内完成任务，可一个月又一个月地过去，还是一户也没拆掉。他今天来找钟玉保就是想跟他摊牌，问他这块地交不交，不交，就叫他把钱退给他，他也不要这块地了。

王石基一站在钟玉保办公室门口就喊道："钟场长，像你这样搪我，真是到棺材里要债，逼死人喽，我没法活了。"

钟玉保心想：逼死人啦？你还真说对了呢，你要真什么时候把我逼到了墙角，你不死还真不行呢，不过现在你不能死，也没必要死，我还指望你做大贡献呢，因而，即使你用这种态度来冒犯我，老子今天还不跟你计较呢,不是不计较,而是时候未到。于是他装出一副心平气和的面孔说道:“石基啊,人不能气,气了伤肺,肺气炸了,人还有什么用哪?你先坐下,我给你倒杯水。”钟玉保说着去拿水瓶来倒水。

这时,王石基恢复了常态,他连忙走过去抢过水瓶说:“我自己来,自己来。叫你场长给我倒茶,不是折我寿吗?”

94

钟玉保看着王石基倒完水坐下了,便又继续说道:“我实话跟你讲,我为你这块地的拆迁可算是费尽了神、吃死了苦啊。我告诉你,那个拆迁办主任被我熊得鼻塌嘴歪,三个钉子户,拆了几个月拆不掉,我气得要把他的职务给撤了,换个能干的,可人家邓书记不同意,哪,你说,强拆他不同意,换人他也不同意,哎,你没听说过那个顺口溜吗?什么‘一把手说一不二,二把手说二不一,三把手说三道四’。人家是一把手,人家不同意我也没办法啊。”他是想用这样随口编造出来的话把王石基的怒气引向邓远航,让他怨恨邓远航。

可王石基并没被他的话牵着鼻子走,而是说:“钟场长,你们之间的事我们老百姓也烦不了,我烦的是你这块地到底怎么说,你给我个交代!”

王石基如此直接有点出乎钟玉保的预料,因而他说:“我晓得你问这话的意思,你不吵,容我想下子。”钟玉保说着点了一根烟抽了起来。

王石基见钟玉保抽完两支烟又点第三支了还没说话,便说道:“钟场长,烟抽多了也会醉的。其实事情很简单,不用抽这么多烟就能想出办法了。就是你跟我说一下,这块地你们场部还拆不拆?不拆,把钱退给我,拆,给我个时间。”

王石基在话里说“把钱退给他”,这让钟玉保搞不清到底是单退那五千万呢,还是连他儿子买房子的五百万一起退呢?要是连那五百万一起退到哪里退得出来呢,儿子已用那五百万买了房子,现在正在跟老子要钱搞装潢呢,哪里还有钱退?肯定是不能退钱,只有拆下去。于是他说道:“拆,必须拆下去!十天之内拔掉那三根钉子!”

“我也支持拆,但场部要讲诚信,从春节开始算,拖一天,你场部要跟我算一天损失。”王石基提出了进一步的要求。

钟玉保见王石基口气有所缓和,便说道:“秃子哎,这个大哥老早就跟你想好了,保证补偿你的损失,最后实在不行把拍卖价再往下降降不就有啦?我告诉你,你大哥我做场长,情愿我们场部吃亏,也不能让你吃亏的。”

“老大,有你这话我就放心了,我就回去等好消息了。”王石基说着站起来告辞了。

“你急什么啊?我还有话跟你说呢。”钟玉保等王石基坐回到原位上便继续说道:“哎,我问你,你们公司有没有装潢技术好的人?”

王石基一见他张这口就晓得他儿子的房子要装潢了,便说道:“是大侄儿的新房要装潢了吧?这还不是小菜一碟啊?这样子,你把大侄儿新房的地址告诉我,我亲自带人带材料去给他装潢,保证叫他们小两口满意!”

“这样子不好吧?”钟玉保故意显出欲推辞的架势。

“有什么不好的啊?我给大侄儿装潢房子有什么罪呢?”王石基说。

“那行,你去上海用点心做,等你回来,我一是把这块净地交给你,二是把儿子房子装潢的钱交给你。”钟玉保给王石基吃下了定心丸。

王石基带人带材料在上海三个星期基本上完成了钟玉保儿子房子的装潢任务,留下几个人扫尾,自己带其他人回到了九龟。可当他兴冲冲地来接受铁器厂那块地时,却让他再次掉进了冰窟窿,那三根钉子依然故我,没少一砖一瓦。他只有再到钟玉保办公室。

钟玉保自然也早有心理准备,他先开口道:“地的事,我马上跟你说,保证说得叫你快活。我先跟你说装潢的事,这次你辛苦了,我不能叫你白辛苦。你把装潢的总费用告诉我,我跟你把这个账先结下子。”

王石基抬头看看他,根本就不相信他会把装潢的账结清,他也没打算让他结这个账,因而,他说道:“算了吧,就算我送个大侄儿的贺礼吧。”

“噢,不行!不行!现在反腐倡廉工作抓得比较紧,我做场长的不能带头搞腐败。你说吧,不要客气。”钟玉保说。

“你要这么说,那我就告诉你,上海的总费用是三十万五千六百元。”王石基说。

钟玉保把手上的烟摁到烟灰缸里,然后说:“好,你明天开个发票过来,我把钱算给你。现在我跟你谈那块地的事。这块地拆迁拖得也太久了,给你造成了巨大损失,这是我们场部的责任,为了弥补你的损失,我决定:这块地价还是按原来的起拍价八千万元算账。”

听钟玉保说出“八千万”这个数字,王石基心里在发抖了,为什么发抖,惊喜和紧张挤压的。他惊喜,是他自己从来没有想到过用这么低的价拿下铁器厂那块地,看来今年的运势还是走强的;他紧张,是他怕钟玉保说话不算数,他刚才还说“一把手说一不二,二把手说二不一”呢,邓远航不同意,他说的这“八千万”的话能兑现吗?因而,他带着点颤音问:“真真真的啊?”

钟玉保看出了他脸上的疑问,因而他说道:“秃子啊,大哥什么时候骗过你的啊?我告诉你,他一把手说一不二,我也是说一不二的哎,我在场部也是一把手哎。我直接这么跟你说吧,你已经缴了五千万,借了一千五百万,你再缴四千五百万,铁器厂这块地就姓王了。”

“好,老大就是老大!说一不二,说一不二!我也表个态,到时房子砌好了,老大看上哪套给哪套。”王石基说。

“好,那个以后再说,先把眼前的事办了。你明天把我儿子买房借钱的借条、装潢的发票拿来,我一起跟你结清。”钟玉保认真地说。

王石基晓得这两项费用他都是不会给钱的,他即使给他也不能要,人家一下子给你减免了两千五百万,你已经赚大了,你还要这两笔小钱?不要!坚决不要!于是,他说道:“老大,那是小弟给大侄子的礼钱,哪个还作兴要回来的啊?以后不要再说这话了,就当没这个事一样。”

钟玉保想:不听曲子听评书,说得好听哎,那借条、发票在你手里揹着,怎么能跟没事一样呢?因而他说道:“不能,秃子啊,亲兄弟明算账,该算的账还是算的。你明天还是把借条和发票拿来吧。”

王石基看出了他的心思,他是不想把证据掌握在我这儿,他担心会有事出。其实这两张票据就在他的皮包里,他本来也是想把这两张票据捏在手里牵制住他钟玉保的,现在既然他要得这么急,那就先给他再说吧,好歹我公司还有账在,他想洗得干干净净也是不可能的。于是,他一边从包里拿票据递给钟玉保一边说:“老大,我带来了,给你,物归原主。”

钟玉保接过票据一边看一边想:我把这两张东西收下来,他会是什么态度呢?是坚决表示不要钱还是等着我拿钱给他呢?按理说,稍微有点头脑的人一定会是前一种态度,但眼前这个人秃精哎,万一他等着我拿钱那我不就现相了吗?我这办公室到处搜搜找找,充其量也就能找出个十来万,还不够他个零头呢,怎么办呢?想到这儿,钟玉保把目光从票据上移到了王石基的脸上。那张脸微展着,也看不出他是要钱还是不要钱啊。

王石基见钟玉保看他,便晓得他心里抓着挠着哪。他想,反正这个钱也不指望他还了,干脆爽快些吧。于是,他说道:“老大,这两张票据归你了,我们俩的账已结清了,你就不要把这个再放在心里了。”

听到这话,钟玉保便打开中间的抽屉把两张票据锁了进去。

95

看到钟玉保收好了票据,王石基才问道:“老大,那三户拆迁的事……”

没待王石基说完,钟玉保就抢着说:“噢,这个事你不要烦了,我早代你想好了。这样子,现在这块地是你的了,明天你就可以进场施工。”

“场长大人,你叫我怎么施工啊?那三颗钉子卡在那儿,我几台挖土机要不了几天就挖到他们那儿了,然后怎么弄?又停工啊?”王石基说。

“你这个人吧,个个都说你秃精呢,我看你这个时候就不如三岁伢子。我告诉你,你先给他断电断水,然后只管给我挖,就在钉子户周边挖,挖得他进不去出不来,机器吵得他心烦意乱,震得他坐立不安,看他能坚持多久。我就不信这个邪,还治不了这几个钉子户了。一切由我在后边顶着,你什么都不要怕。人不能被尿憋死了,城市建设不能被钉子户逼停啊。”钟玉保指点他说。

“怕,我自己倒不怕什么哎,我就担心那些家伙跑到场部来跟你闹,影响不好哎。”王石基说。

“我不怕,为了九龟的事业,我个人的声誉算什么啊?不过,你要真有这种担心,你明天先挖没有钉子的地方,后天集中几台机器在钉子周围挖,速战速决,在一两个小时内解决问题。”钟玉保说。

“为什么要到后天才拔钉子?”王石基问。

“后天是个好机会,我们几大员都要到省农垦开扩大会,他就是闹起来也没人睬他。”钟玉保说。

听到几个领导不在家,王石基又担心说:“那他们要缠住我闹,跟我拼命,我也难招架啊!”

“你就怕死,像你这么前怕狼后怕虎的你就不要赚钱了。好,这样子吧,你去找玉国,这方面他有经验,他不是在你公司有股份吗?叫他帮你一起把这个拦路虎解决掉。"钟玉保说。

两人正谈着,外边"咔嚓"一声响雷,震得门窗"嗒嗒"地响。钟玉保站起来走到前窗向外看看说:"要下雨了,你赶紧去准备,雨要下到明天,你还开不了工呢。"

王石基也走过来,他推开窗户想把头伸出去看看天况,因为他觉得在判断风云变化上钟玉保不如他。他推开窗户刚要向外伸头,突然一道闪电从窗前划过,随即又是一声响雷,吓得两人迅即向后连退几步。待心神稍停,王石基迅速过去拉上窗户,然后快速退回原位说:"这个天雨下不下来,这是热闪,天气闷热,干打雷不下雨。老天给我机会,我得抓紧时机开工了。我去找老四商量去了。"

王石基看风云是比钟玉保在行,第二天确实没下雨,因而他和钟玉国便带领三十多人、四台挖土机进场施工。一天下来画线、开槽,也快挖到南边第一家钉子户了。第三天,他们原班人马继续施工,这天是集中在南边第一家周围开挖。四台挖土机分别在这钉子户的东西南北四面同时开挖,到中午歇工时,这家钉子户基本已成孤岛了。

下午,省农垦扩大会总结阶段的大会在大会堂举行,正在进行大会发言。而此时在台上发言的正是九龟湖农场场委书记邓远航,他是第三个发言的,他发言的题目是:招商、改制、创业三轮齐转促发展,城区、集镇、村队三地共建创文明。这时,一位工作人员从后台上来递了一张纸给主持会议的陆书记。陆书记看完纸上的内容脸已拉了下来,他耐着性子等待着邓远航发言结束。

待邓远航发言一结束,还没待他走下台,陆书记把手上的纸条猛地往台上一拍,同时大声斥道:"你还促发展、创文明呢!人都被你们搞死了,还促什么发展,创什么文明?"

邓远航没看到有人送纸条上来,但他听得出来陆书记这火是冲着他的,不过他不知道这火具体是因什么引起的,他更不知道其中的"人被搞死了"是什么时候的事。他脸通红地站在台上完全不知所措,既不敢挪步向前到陆书记那儿把纸条拿过来看一下,也不敢走到台下第一排自己的位置上去,只是用一双疑惑的眼睛看着陆书记。

会场里台上台下几百人一会儿看看陆书记,一会儿看看邓远航,知道九龟出大事了,但不知出了什么事。

陆书记继续训道：“你那块地，我早就跟你讲过了，叫你交给有实力的港商开发，你刚愎自用，不听领导指示，偏要给你们本地的小老板开发，一个小泥瓦匠出身的瓦匠头子有什么实力开发那么大块地？现在事情出了，你还有什么理由？纪委给我查查，这里边有没有腐败！”陆书记敲了敲台子又说：“人死了，死者家属上访，场部没人问，现在死者家属开几辆手扶拖拉机到我这儿来上访了，你说你九龟做的什么工作？拿去，自己处理去！”说着又往台子上的那张纸条拍了一下，这一拍把那张纸条拍到了台前的地下。

邓远航正要上前去拿那张纸条，见那纸条飘到了地下，便又收住了脚。他想：我就是被你撤职，我也绝不弯腰去拾你的纸条，情况我知道了，我去处理。想到这儿他便掉头往台下走。

这时坐在台下的小凤见状赶紧小跑几步，从中间跨上台捡起那张纸条，又跳下台来找邓远航，准备把纸条送给他。而此时邓远航已叫上洪光武、侯鸣放朝会堂大门走去了。小凤见此赶紧一溜小跑跟了出去。

坐到车上，邓远航才从小凤手里拿过纸条看起来，看完纸条，他立即拨通了九龟湖农场公安局翟局长的电话。一拨通，他就把闷了一腔子的气冲着翟局长发了出来：“你是吃干饭的啊？在你眼皮子底下，拆迁工地上死了人你都不知道，要你这个局长干什么？你不要以为你是上面派下来的，你就不用对我们九龟负责了是不是？我告诉你，你不要麻里木谷的，你还是在九龟湖这块土地上做事的哎，你这样对九龟不负责任，你看我能不能建议上级把你调走！”

翟局长在电话那边好不容易等到邓远航一个停歇空间，赶忙解释道：“书记，事情我知道，我正在处理。”

“你知道？你知道为什么不报告，而让人家抢先报给了陆书记？”邓远航斥责道。

“我报告了。”翟局委屈地说。

“我手机一个电话都没有，你报告谁的啊？还嘴硬呢！”邓远航仍没饶他。

“我报告给了钟场长，他说他跟你在一起，他向你报告的。”翟局长说。

听到这话，邓远航才知道错怪了他，便说道：“好，这个事情我回去再查，你现在立即组织一部分干警到路上，把开手扶拖拉机来省里集访的人带回场部小礼堂,我们马上就到。”

“噢,书记放心,我已派人去追了。”翟局长说。

“你要亲自上,给我一定要注意工作方法,做耐心细致的劝阻工作,坚决避免与上访群众发生任何肢体冲突。”邓远航说完挂了电话。

车子里一阵沉默,谁也不敢说话。

96

轿车里空间本来就小,又坐了五个人,大家都觉得闷得慌。

邓远航觉察到了大家的异样,知道他们看到他们的班长被省农垦陆书记当众训斥心里不是滋味,个个坐在车上一动不动,气都不敢大口喘一下,都怕弄出响声来刺激到他的痛处。他想:这种低落的情绪太窒息人,会削弱九龟领导班子的战斗力,不能因自己一个人的情绪影响九龟整个班子的士气,特别是在车上这几个人,是他得力的干将,他们精神的状态会影响一大批干群的精神状态,因而首先得把他们的精气神提振起来。于是,他强抑着内心的不快,带着一副笑嘻嘻的样子说:“哎,你们今天怎么啦?一个个像霜打过的茄子一样,耷拉着个脑袋,没精打采的,是不是车子里太闷啦?来,窗子开下来透透气。”邓远航说着打开他这边的车窗。顿时一股热浪冲了进来,使车里又添加了闷热。

坐在前边的小凤掉过头来看看邓远航,看到他脸上那硬撑出来的笑容,越加感到心痛。她想:邓书记心里一定是痛如刀割的,平时他对下属心非常慈爱,从不在大庭广众之下批评人的,哪知那么照顾下属的一位心慈领导,自己却被他的上司在全场扩大会上当着几百人的面训斥了一顿,而且是在他代表九龟湖农场场委刚做了经验交流,站在台上被省农垦书记斥责的,就像一个小学生在黑板上答对了题,却被老师挂在黑板上当着全班同学的面猛抽了几个耳光,他内心的痛苦是可想而知的。此时,她想坐在后排的场委洪副书记、场纪委侯书记能说些话安慰一下邓书记,可他们两人个个都神色凝重地看着车外。不行,这样还不把人闷死呀!他们不说我说。于是,她说道:“邓书记,你还是把窗户关起来吧,外边太阳烘烘的,比车里还热呢。”

有人说话了,邓远航心里稍微好受些,他也希望通过这种闲聊把情绪调整过来，因而他便一边关车窗一边显得很轻松的样子说："所以啊，有时人就是这样，坐在空调车里觉得闷，以为外边的空气比车里好，哪知打开车窗更闷热，这就是不事先调查研究吞的苦果啊。"

"我觉得陆书记就是不搞调查研究的头子，他的领导作风太成问题。"小凤接着邓远航的话说。

邓远航知道小凤是想通过指责领导来安慰他，他理解她的良苦用心，但他也不能随意地跟她一起乱议论上级领导啊。因而，他说道："哎，小凤，私下里这些还是不要多说，领导的作风、水平怎么样自有历史去评判，有意见可以在会上提，你在这里给他提意见，他也听不到，不是白费口舌嘛。"

坐在中间一直没吭声的侯鸣放心里实际上也是很不平的，他想说些话安慰邓远航，一直也没找到合适的切入口，他怕说不好反而增添邓远航的不快，因而就没吱声。这会儿听他们说开了，他便接上来说道："我赞成小凤的话，我也认为他这种作风太粗鲁了，完全是大队支书的作风。"

"我也有所同感。远航真是心理素质好的，要是换了我，我不禁眼泪要向九龟湖一样往下流，而且还会瘫坐在台上。"洪光武也插话说。

邓远航接着说："光武，你这话我不相信，你做'小要饭的'那时受的委屈要比这大百倍千倍了，也没看你流过泪、吓瘫过啊？今儿个要换成你，你顶多上去装出一副可怜相向陆书记拱拱手说：陆大爷，都怪我，我错了，我马上回去保证把事情处理得干干净净。哈哈哈……"

车上人跟着都笑了起来。

待大家笑停，邓远航又说："开玩笑开玩笑，其实不管是哪个处在那种情况下也只能听训了，除了脾气特别火暴的，宁摔乌纱帽也不受那个气，能一甩手走出会场。"

"嗯，你不要说人了，这要是在插队那时，保准你一甩手就走。"洪光武说。

"哎，那时年轻气盛，很有可能会出现这种情况，现在受党教育这么多年，尊重领导这最起码的道理还是懂的。"邓远航说。

"嗯，说得好听，那最后陆书记叫你去拿那张纸条，你怎么不去拿，而是径直走下台了？"洪光武问。

"噢，本来我是想去拿的，后来发现他把那张纸摔到地下了，这太伤人尊严，因此，我也就拒绝去向他弯腰了，这可能又带有点年轻时的脾气了。”邓远航解释说。

“嘿，那也不是人家陆书记故意摔下去的噢，我在下面看得清清楚楚，那是他一拍，一阵风把那纸条带下去的。”洪光武说。

邓远航说：“噢，那就错怪他了。好歹小凤把我这过错弥补了，解了我的围，这是小凤的聪明之处，还要感谢小凤呢。现在看来光武推荐小凤当这个主任，还真是推荐对了呢。”

提到这儿，洪光武有点得意地说：“那是开玩笑的啊？我跟你多少年啦？我做‘小要饭的’时我们就是好朋友，就一起跟我这个大舅老爷斗争了，这么多年我还不晓得你喜欢什么事什么人嘛。哈哈哈……”

小凤也笑着说：“看来你们中午没吃菜，嘴里没咸，现在拿我咂味儿了。”

见车里的气氛好转了，洪光武便说道：“我想不通出了这个事，按程序处理呗，他一个堂堂的农垦书记又是在大会上，为什么发那么大火呢？不是有失他领导的形象吗？”

侯鸣放也说道：“是啊，出了这个事，你陆书记把邓书记喊到后台，交代一下，叫你回去处理不就行了吗？为什么要在大会上把这事情抖出来呢？”

邓远航知道，这个问题的真正原因还是铁器厂这块地，陆书记当时打电话给他，要他把这块地打折卖给方元本，而他坚持公开拍卖，结果方元本没竞争得过王石基，空手而归，陆书记因为这个事有块垒在胸一直排解不出来，这次正好碰上这个机会，把心中的块垒都变成泥丸砸向了他。当然这些话他不能跟他们说，说出去有犯自由主义之嫌，因而，他对他们说：“这个，你们也不要去深究了。出了这么大的事，放在哪个领导心里都是很气愤的，发那么大火也是可以理解的。同时，这也可能是他的领导艺术，他那样一可以压我们圆满地把事情处理掉，二可以警诫其他农场不再发生类似事件嘛。”

听到这话，小凤又不平了。她说：“这要叫领导艺术，我情愿不当领导也不学这个领导艺术。依我看，原因很简单，你当时把铁器厂不是拍卖，而是协议转让，我看他就不会发那么大火。”

“好，小凤，这个事也不要瞎猜疑了，陆书记对铁器厂公开拍卖还是很支持的。拍卖过后我向他汇报多得两千五百多万元时，他也还是点头赞赏的。”说到这儿邓远航的心情好多了，便也就此向他们布置了工作：“这个事我们不再议论了，下面我把处理这次死人事件的任务交代一下：这次事件发生在今天，今天是7月14号，我们就把它定为‘7·14’事件。处理这个事件，我任总指挥，玉保、光武、鸣放任副总指挥。同时成立三个小组，第一个是调查处理组，由光武召集公安、城建等相关部门组成，负责事件责任的认定和提出处理意见；第二个小组是安抚组，由鸣放召集信访、民政等相关部门组成，负责息访、赔偿和遗体安葬，鸣放你一到九龟就先到小会堂去接待死者家属；第三个小组是舆论宣传组，由小凤和宣传部召集相关舆论单位组成，负责接待外地媒体和引导舆论的工作。”邓远航交代完毕，深深地吐了口气，感觉心情舒畅多了。

97

很快洪光武负责的调查组就把这次事件的责任查清了。7月14日上午，王石基、钟玉国督促四台挖土机在最南边一户周边开挖，下午他们都没到场，只派了一个项目经理督战。下午只开挖了不到半个小时，处在孤岛上的那三间平房突然向南坍塌，房子里的一位老人随着砖瓦一起被埋进挖土机挖的壕沟里。半个小时后，老人被救出来送医院，在途中死亡。调查组认为最南边的挖土机司机向房屋掘进过多，对房屋倒坍负直接责任，项目经理现场监管不力，负间接责任。公安局已对两名责任人实施了强制措施。

侯鸣放负责的安抚组两天后也与死者家属达成了赔偿协议，死者家属同意三天后将死者遗体火化下葬。

小凤负责的宣传舆论组每天发布官方消息，对社会舆论进行了正确导向，同时与到九龟抢新闻的各路媒体也进行了有效沟通，除一家叫《农场近观》的报社记者外，其他记者均表示主要报道九龟湖农场场委、场部是如何处理“7·14”事件的，对舆论做正面引导。

对那位《农场近观》的姓刁的记者，小凤也做了大量工作，就是没做通，那位记者就是要对九龟湖农场场委进行曝光。小凤没法，只得来请示邓远航。

小凤推开邓远航办公室时，邓远航正在接听妻子黄洁青的电话。

前天，邓远航母亲确诊是胃癌，昨天，黄洁青母亲确诊是食道癌，都要动手术。本来，邓远航想把两位母亲送到省城大医院去治疗的，后来考虑再三还是请省城医生到九龟来做手术。刚才黄洁青来电话就是商量请医生的事。

放下妻子的电话，邓远航也没看小凤便直接拨通了关红琴的手机，请她联系一位外科医生来九龟做两台手术。

小凤听到邓远航家遇到这样的难事，便不忍心再给他添事，就悄悄地从邓远航办公室退了出去，回自己办公室再与刁记者沟通。

邓远航打完电话抬头见小凤不在办公室了，便站起来去开门。门一开进来的不是小凤而是一个挎着包的男人。

那人进办公室往椅子上一坐便一边递名片一边自我介绍说："邓书记，你不认识我，我姓刁，刁德一的刁，是《农场近观》的副总编。这是我的名片。"

邓远航接过名片看了下，不知道《农场近观》是个什么刊物，从来没看过也没听说过。

他正看着名片，小凤推门进来说："刁记者，我不是正跟你谈嘛，你跑书记这块儿干什么啊？"

"有些事不找一把手解决不了。我是记者，有采访书记的权利，怎么？你想剥夺我这个权利啊？"刁记者说。

邓远航放下名片对刁记者说："记者来九龟采访我们都欢迎，在九龟不存在剥夺记者采访权的问题。刁总编这次到九龟来有什么采访任务吗？"

"这次报社派我来，就是要我采写'九龟农场野蛮拆迁，八旬老人被活埋'的文章，在我们《农场近观》上刊登。"刁记者说。

邓远航心想：你这题目够损的，是要全国的网民声讨九龟，并置我于死地啊？到时你这文章一发表，各大网站一转载，我们就是倾九龟湖水也洗不清啊！他感到这个对手蛮毒怪的，不可等闲视之。因而，他说道："看得出来，刁总编是一个擅长抓新闻的高手啊。"

"哪里，哪里，雕虫小技，不足挂齿。"刁记者说。

"刁总编完成这篇文章还需要补充些什么材料吗？"邓远航不动声色地问。

"有啊，最后就采访你一下，看你是什么态度啦。"刁记者说。

"那你能不能先把文章给我学习下子，我好根据你的思路谈些你想要的东西啊。”邓远航说。

“这文章嘛也只是个题目,内容都在肚里呢。只等听了你的意见后,我就回去剪裁了。”刁记者说。

听他说文章并没有形成,邓远航心里有了点数,便问道:“噢,那你回去剪裁,这题目会不会剪裁呢?”

“当然会啊,我现在就看你的态度了,我的题目和文章都会根据你的态度而变化的,不是一成不变的。我听说你也是读书人,记者可以笔下生花,也可以笔下生疤,这个道理你肯定懂的。”刁记者说。

这下邓远航心里已经定下来了,眼前这个所谓的副总编不过是一个披着报刊外衣的“钱客”而已,看来他不是一定要来给九龟曝光,而是以曝光为要挟,冲着钱来的。于是,他继续套他说:“你过奖了,我只是喜欢翻翻书,对写文章的事不大明白。所以,我想向刁总编请教一下,什么时候可以笔下生花,什么时候又是笔下生疤呢?”

“这很简单,看记者的心情哎。记者的心情好,笔下就生花,记者的心情不好,笔下就生疤。”刁记者说。

“那什么情况下记者的心情好,什么情况下记者的心情不好呢?”邓远航问。

“这个,邓书记啊,我实话告诉你,记者的心情好不好,完全取决于你们这些采访对象。你叫我们心情好,我们心情就好,你叫我们心情不好,我们心情就不好,就只能笔下生疤,而且还在你伤疤上撒把盐,再使劲儿地搓几把,不痛得你钻心决不罢笔!”刁记者最后几句话像从牙缝里挤出来似的。

邓远航心想:真是个心狠手辣的家伙!他稍微停顿了一下继续问:“我这人不才,我还得请教你:像你来采访我,我怎么弄才能叫你心情好呢?”

“这个,书记啊,我也不能把我们记者看家的本领全告诉你,那样到时候我们连吃饭的家伙都不得了。这样吧,书记,你也忙,我也不耽误你的时间了,我先跟蒲主任交流,交流的结果由她跟你汇报就行了。”刁记者说。

“那行,你们先交流。蒲主任你看着办吧,尽量让刁总编的心情好起来。”邓远航这会儿想,这些人拿曝光来逼你,不就是想捞几个钱吗?这时还是花钱买平安吧,不能因为舍不得几个小钱把自己抛在全国舆论的风口浪尖上颠摔啊。

可他把刁记者送到门口回来看到桌上的那张名片，他花钱买平安的想法又发生了变化。他看到这个《农场近观》的报刊社就在省城，地址是“灵泉大街121号”，他想，叫关红琴派人去查一下不就行了吗？于是，他立即又给关红琴打了个电话，请她派人去查一下省城是不是有这么一个报刊社。

邓远航正在等关红琴的消息时，小凤过来汇报与刁记者谈判的情况了。

小凤说：“邓书记，这个家伙真是人如其名，刁得狠呢，狮子大开口，一下子要十万块。我跟他磨了半天嘴皮子，他只同意降两千块，还说低于九万八他拎起包就回省里，叫我们明天就看好消息，狂得狠呢。”

“不要着急，我已经请关总在省城查了。如果真有这个报社，真有这个刁记者，他这样子搞交易，他也是违规的。”邓远航说。

正说着，关红琴的电话来了。

98

关红琴在电话中说：“你指派我的两件事，都给你完成了。第一件事，医生我已给你请好了，人家明天下午过去，后天周六上午做手术。”

“那我明天下午派人派车去接。”邓远航说。

“你如果方便就派车来接，我在这儿等你。第二件事，你说的那个地址是个住宅小区，没有单位设在里边。门卫说，刁记者的来信都是由他们代收的。另外，我又叫人到出版局查了，全国没有《农场近观》的报社。”关红琴在电话里说。

邓远航放下电话对小凤说：“你看，差一点被骗了。你说这些记者，那些真记者都没什么架子，他们看重的真是新闻，这些假记者比哪个都狠，都横，他们看重的就是金钱。你去叫公安局来两个人。”

不一会儿，公安局翟局长亲自带两名警察过来了。邓远航把情况简单地给他们做了介绍，然后说：“你们先到隔壁办公室等，见机行动。蒲主任你去把那个刁记者叫过来。”

刁记者一跨进门就发脾气说：“邓书记啊，你这个女主任该撤掉了，这么妖艳又这么抠还能当主任啊，恐怕对你不利啊。”

“怎么？她得罪你啦？”邓远航问。

“我跟你直说了吧，她要我不刊登‘九龟农场野蛮拆迁，八旬老人被活埋’的文章，可一点血都不肯放，这怎么可能呢？”刁记者说。

“刁总编，中央三令五申不准搞有偿新闻，你们媒体也有你们媒体的规矩，你那文章登不登，也不是我们放了点血就能左右的。”邓远航说。

刁记者听出邓远航的弦外之音了，他就是一分钱不肯出了。不肯出钱，行！我再给你来点狠的，到时不叫你追着给钱，我就不姓刁！于是，他一边背包一边不紧不慢地说：“好，邓书记，我回去就在这一期《农场近观》上登出‘九龟农场野蛮拆迁，八旬老人被活埋’的文章，下一期再登一篇‘好色书记配妖艳女当主任’的文章，你就等着看吧。”说完就走出了门。

不一会儿小凤进来说：“被公安局带走审查了。真是的，现在什么人都有，记者也有假冒的，装得还跟个真的一样。”

“你有这个市场，他就有这个产业。现在一些领导干部好大喜功，热衷于搞形式主义、做表面文章，有芝麻大一点的亮点就希望记者把它吹成太阳，有巴掌大的疤痕，又希望记者把它说成针尖大的黑字。一些人看透了官场上这部分人的心理，便形成了这样一种赚钱的职业。”邓远航说。

“他真记者也好，假记者也罢，反正到你这块儿赚不到钱。不过，邓书记，在这个事上我倒要劝劝你，你也不能一点不注意宣传，过去酒香不怕巷子深，现在酒香也要多吆喝啊，我认为中央、省、省农垦的媒体该上的还是要上一些。”小凤说。

邓远航心想也是，一点不宣传，你九龟知名度也没有，人家也不知道你成年累月地做了些什么，做得怎么样。于是，他说道：“你这个意见可以考虑，但要注意三点：一是酒一定要香，一定要是好东西才能拿出去；二是不要那种广告似的，不能注水，更不能把丑的说成美的；三是不搞有偿新闻，你看一些地方整版整版地报道，那就是个文字，是没有多少人看的。”

“好的，这个我等会儿去跟宣传部商量。哎，邓书记，你刚才说请医生，有没有落实好？”小凤问。

“明天下午去接，后天上午做手术。”邓远航说。

“哪个去接？”小凤又问。

“我去啊！‘7·14’事件也处理好了，后天又是周六，我正好抽这个空去接一下。”邓远航说。

“用得着这么高规格吗？我帮你去接不就行了吗，还要劳你大驾？”小凤质疑。

“在两位生病的老母亲面前，我还有什么架子不能放下的？平时不能照顾她们，现在她们生这种病，在医疗上面我为她们出点力，也算是尽孝道吧。再说，我是什么大驾啊？在那些医疗专家面前你就应该无驾。”邓远航说。

“我是说用一号车去接医生是不是有点……那个了？”小凤是想提醒邓书记一下不要过于惹人注意，以免一些人说闲话，可因为是他两位老人得癌症，因为在书记面前又不敢说得太直白，便故意说得不明不白，让书记自己领会去。

邓远航想了会儿说：“那就用你们办公室的车去吧。”

“行。那我去接？”小凤征询说。

“不，还是我去。这样对人家医生尊重些，他动起手术来也会格外精心些。”邓远航说。

两人正谈着，桌上的电话响了。

邓远航接完电话对小凤说：“明天还走不了呢。省农垦办打来的，明天下午省农垦纪委调查组进驻九龟，农垦纪委书记田生富带队，省农垦陆书记亲自送他们过来。”

“那正好，明天你在家接待，我去帮你到省城接医生。”小凤说。

“不行，你走不了。明天要开干部大会，陆书记要做动员讲话。这样吧，明天我们家里去一个，你们办公室跟一个人去就行了，叫去的人和驾驶员注意保密，不要把母亲生病的事说出去。”邓远航说。

第二天下午在九龟湖农场干部大会上，省农垦陆书记向大家表明了这次省农垦调查组进驻九龟的目的，就是要查一查九龟湖农场在征地拆迁、企业改制等方面的腐败问题，对九龟的问题动一次外科手术，他要求九龟的广大干群本着对党、对九龟事业、对九龟干部负责的精神，畅所欲言，把该揭的问题揭出来，把九龟的毒瘤割掉，让九龟的政治经济健康发展。

起初，九龟的领导干部接到会议通知时还以为是推荐农场处级干部的，到会场参加会议后则疑云重重。这次九龟出了大事，省里外媒体虽从九龟湖农场场委、场部如何做好善后工作的角度进行报道的，但毕竟全国都知道了九龟拆迁死了人。这种情况下,省农垦派调查组来是应该的,但这架势却让人费解。召开干部大会,省农垦陆书记亲自到会讲话提要求,而会议既不叫与陆书记一起来的省农垦纪委书记田生富主持,也不叫九龟湖农场场委一把手邓远航主持,却叫隔了几层的九龟湖农场场长钟玉保主持,并且会上也没让邓远航讲话,只是让他坐在台上,似乎想让大家觉得这个调查组就是针对邓远航而来的。

小凤任场委办主任以来也参加接待过省农垦几个调查组,从来没开过这么大规模的会议,也没这么高级别的领导亲临会场讲话,更没见过撇开场委邓书记搞什么调查的,更让她感到不可思议的是开过会两位省农垦领导都拒绝参加九龟湖农场安排的晚宴。省农垦陆书记直接回省城了,纪委田生富书记借口说多日未回老家,散会后回石龟老家看看老岳父他们,剩下三名调查组成员也谢绝宴请径直到餐厅吃自助餐了。她因为有这许多问题想不透,又担心邓书记承受不了这些压力,便来到场部大楼想找邓书记问问情况。

邓远航不在大楼,小凤倒更担心了,她担心他到九龟湖大堤去。以前,邓书记只要心中郁闷,他都会到九龟湖大堤上,看看那烟波浩渺的湖水,听听那时疏时紧的湖风,他的心就会豁然开朗、平静如水。可是在这乌灯瞎火、电闪雷鸣的晚上,他到那里去该不会出什么事吧?想到这儿,她赶紧下楼向九龟湖大堤跑去。

99

此时,邓远航并不在小凤所想到的九龟湖大堤上,而是在医院的病房里。今天会场里的架势他看得十分真切,陆书记那话里的意思他也心知肚明,他知道他们为什么要这么兴师动众地把矛头对向他,表面上是查清“7·14”事件的责任,实际上是因没把汤厅长、陆书记几件打招呼的事情办成,他们要治一治他邓远航不听指挥的毛病,即使不把他整垮,至少也要吓他一身冷汗,让他以后知道不听他们话的后果。对他们这种伎俩,邓远航有点担心,但一点也不怕。他担心,是担心这样的调查影响九龟经济、社会的发展,因为陆书记在会上要求:调查组在九龟这些天所有科级以上领导干部不得外出,这就意味着这段时间没人出去招商引资、跑项目。他不怕，是因为他自己心里有数，在九龟的企业改制和征地拆迁中，他不贪不沾，没有攫取任何私利，因而非常坦然。

病房里两张病床上分别躺着邓远航母亲和黄洁青母亲。

妻子黄洁青看到丈夫这个时候过来感到很诧异："不是说省农垦陆书记带调查组来吗，你怎么不陪他们吃晚饭跑这儿来啦？"

邓远航不想把陆书记不肯在九龟吃晚饭的实话告诉妻子，怕她听了会担心瞎猜疑，因而就编了个话说："陆书记有事要回去，晚饭开得早，互相敬了几杯酒也就结束了。妈妈她们明天要做手术了，我怕她们紧张睡不着觉，来陪她们说会儿话。"

黄妈妈问邓远航："远航，刚才我在外边听人说，上边来人调查你，真有这回事啊？"

"没有，他们还是调查拆迁死人的事，没针对哪一个人。妈，你们放心，我不会有事的。"邓远航说。

黄妈妈又说："远航啊，你要真有什么问题，趁早跟组织说清楚，组织上会对你负责的。"

没待邓远航解释，邓妈妈抢着说："说什么啊？没的说的，我儿子我清楚，他没的问题。"顿了会儿，她又接着说："儿子啊，你们也要留神啊，现在这个社会，你们在外头做官，当妈的在家里也是心拎拎的啊，我看到电视说哪块儿的干部被抓起来了，我心里就担心我儿子。儿子啊，我告诉你啊，随便哪个的钱，你一分都不能收。妈也不要你一分钱，你要是没的钱用，妈给你。"

"是啊，人家都认为我们家有个当大官的荣耀呢啊，睡着了也要笑醒了呢啊，其实，我跟你妈一样啊，时常睡不着觉，就怕你一不小心被人拉下水啊。"黄妈妈又接着邓妈妈的话说。

邓远航本来是来安慰两位母亲，让她们睡个好觉明天有精神做手术的，没想到她们倒替他担起心来，他心里很不是滋味。两位母亲一生都很平凡，一辈子都勤恳为儿女，自己从不贪图享乐，黄妈妈早年守寡，更是清苦多年。现在两人都得了癌症，一下不谈自己的病，谈的还是儿子的为官做人，这不能不叫做儿子的感动。他竭力地抑制着向外涌的泪水说："妈，我晓得了，我不会拿人家的。你们现在什么也不要想，放宽心睡个好觉。"他正说着，手机响了，邓远航见是在省城工作的儿子的号码，便打开手机接电话，可刚打开接，儿子那边却挂了，再打过去，儿子的手机已关机了。

不一会儿，邓远航收到一条短信，上面写着："你儿子在我们手里，准备五十万元赎你儿子，如果报警就等着给你儿子收尸。"看完这个信心，邓远航手一抖，掌上的手机滑了出去，他赶忙伸出右手托住了手机。手机抓住了，邓远航头上的汗则滴了下去。

邓妈妈听到儿子的手机响了一会儿半天没说上话，便开口道："儿子啊，你有事你去忙去，小青在这块儿就行了。"

黄妈妈也说道："是的，你去忙去，你在这块儿也搭不上手。你走吧，场里的事要紧，赶快走吧。"

妻子黄洁青看得真切，丈夫那神态她觉得前所未有，十分反常，她断定刚才的信息传达的肯定不是什么好消息，她猜测是不是调查组收到告她丈夫的什么"人民来信"，或是他们怀疑丈夫有什么问题要找他对质。她想把他支到外边问个究竟，正好两个妈妈叫他离开，她便上前一边挽着丈夫的膀子一边说："走，听妈妈的，有我在这儿，你就放心地去做事吧。"她把丈夫挽到病房外边低声问："出什么事啦？你不要瞒着我。"

邓远航想：两位老人要她服侍，这个时候把儿子被绑架的事告诉她，她会崩溃的。因而，他深情地望着妻子说："没事，调查组找我去谈谈情况。你一个人辛苦了。"说完，邓远航快速离开了医院。

在路上，邓远航就打了三个电话。一个是打给本场公安局翟局长的，告诉儿子在省城遭人绑架的事，要他尽快与省城公安局联系设法营救他儿子；另一个是打给关红琴的电话，请她派人到儿子的单位和宿舍去找一下，看儿子是不是真的被绑架了；再一个电话是打给小凤的，叫她现在就到办公室。

邓远航来到场部大楼，小凤已到办公室了。

看到邓远航，小凤一边给他开办公室一边问："你在哪里的啊？我到处找你，还到九龟湖大堤上找了一圈呢。"

邓远航毫无表情、一声不吭地掏出手机，把那则信息给小凤看。

小凤看完信息"啊"了一声，两行泪水已滴了下来。她知道调查组来，邓书记有压力，但并不大，而儿子被绑架这件事却会给邓书记以致命的打击。顿了一会儿她问："要报案吗？"

"报了。"邓远航说。

"那我先来筹钱。"

"你怎么筹？五十万哪是个小数啊。"

“打电话给财政局长，叫他先垫付五十万。”

“怎么能用公款做你的私事，即使以后还了，那也是挪用。”

“那我打电话给王总，他有钱，跟你私交又深厚，先向他借五十万，他不会不帮这个忙的。”小凤提出这个路子后见邓远航没吱声，认为他是默认了，便给王石基打了个电话：“王叔、王总啊，我们办公室有个急事，急需五十万元钱周转下子，你能帮个忙吗？”

“哎呀，小凤啊，真算你看得起你叔，这个时候能想到我啊。你既然开口了，这个忙你叔是帮定了。”王石基在电话那边说。

“那万分感谢了王总。”小凤激动地说。

“不过哪，现在拿不出来。”王石基说。

“什么时候能拿出来？”小凤问。

“等我房子开盘的时候，有钱进账了，我借给你。”王石基说。

小凤心想：你那块地刚死了人，工程已被叫停了，什么时候让你开工还不知道呢，等你等到驴年马月呢啊？你明显地就是不想借嘛。于是，她骂道：“噢，那钱到时你留着买药吃吧。”说完挂了电话，还追骂了一句“奸商”。

100

小凤从王石基那儿没借到钱便又问邓远航：“要不我向钟玉国借五十万？”

邓远航心想：她是瞧不起她这个前夫的，他们离婚后她就没有正眼看过他，现在叫她低下头向他借五十万不是太委屈她了嘛，再说，万一她开口了，他要是借了，她不是要担一笔人情债吗？他要是不借，那她不是太难堪了吗？因而，他说：“算了，不要跟他借了。”

这时公安局翟局长电话来了，意思要立即准备五十万元，做两手准备。

邓远航想了下说：“这样子，你打电话叫农村信用社主任来一下，我回去一趟马上就来。”

邓远航从家里再到办公室时，农村信用社主任已坐在那儿等了。邓远航把手上的东西递给他说：“这些都抵押给你，看能不能贷款五十万元?”

信用社主任接过那沓东西一看,有一本房产证,有三张共十五万元的存单。他把那沓东西放到办公桌上说:“书记啊,你要钱用就叫蒲主任打个电话说一声,我明天就把五十万元送到你办公室来,还要这些抵押做什么啊,不是九龟湖上卖水,多此一举嘛。”

邓远航再次把房产证和存单交到信用社主任手里说:“该怎么办就怎么办,不能坏了你们的规矩。你抓紧点办,我明天上午十一点钟之前就要钱用。”

信用社主任说:“书记啊,你也太正统了,你要钱用,在九龟随便给哪个单位打个电话,人家还不把钱送来啊?反正是借的,又不是不还,你要这么认真做什么嗻。我这块儿还要利息,那个又不要利息,不是跟钱过不去嘛。”

“好了,你能特事特办、急事急办就不错了,不要说那么多了,你赶快照我说的去办吧,拜托你千万不能耽误时间。”邓远航说着把信用社主任送出了门。

这时关红琴也回电话了:“单位和宿舍都没找到,是不是出什么事了?”

邓远航不想把那个心痛的事告诉她,就随口说道:“没什么事,等等再说吧,有可能他在哪个同学那儿玩呢。”

“远航,你不能这么大意啊。我告诉你,我这右眼直跳,我觉得像是有什么事要出的样子。远航,是不是出什么事了?你不要瞒我噢,要是有什么难关,我们一起帮你渡过。”关红琴在电话那边说。

关红琴越说,邓远航心里越难受,到最后他是一边听着一边流泪。

小凤非常惊讶,她一直以为邓远航眼睛里没有泪腺,遇到再苦再难的事,没见他流过一滴泪。这是她第一次见到邓远航流泪,她知道男儿有泪不轻弹,只是未到伤心处,这次是彻底摧垮了他的神经。她想叫电话那边的关总不要再喋喋不休了,说下去也无济于事,只是平添悲伤。但她也没法制止远在省城的关总,只得陪着邓远航一起掉泪。

待关红琴说完,邓远航冷静地说:“没事的,也许很快他会有电话来的。你放心休息吧,有消息我会告诉你的。”

小凤看到邓远航挂了电话才松了一口气地说:“邓书记,明天调查组还要找你谈事呢,要不你先回家休息一会儿,有消息我第一时间告诉你。”

“不，你回去，我一个人在这儿坐一会儿。”邓远航说。

“都不要在这儿，我已在宾馆开了房间，配置了警察、车辆，安装了设备，现在你们都转移到那儿等电话。”公安局翟局长走进来说。

邓远航这才离开办公室随翟局长来到宾馆，他知道即使有床，他今天也注定是一个不眠之夜了。

同样感到今天是个不眠之夜的还有钟玉保。他今天的情绪就像九龟湖里的波浪一样，一会儿高上去，叫他感到踌躇满志，一会儿又落下来，让他有点心灰意懒。

下午开过干部大会，叫他主持会议，而叫邓远航陪坐，让他感觉到省农垦陆书记对他的关照，心里一阵惊喜，以致在台上主持时就嫌弃座下的主席台太小了，觉得已经容不下他钟玉保了。

会议结束后，邓远航好心留省农垦陆书记吃晚饭。陆书记则把手一挥说：“吃什么晚饭，你把工作做好，少给点气让我受就行了，还吃什么晚饭啦！”

在一旁的钟玉保见陆书记这样甩邓远航，心里很是高兴，终于有人一而再再而三地刷他的面子，让他尝到了当众挨批的滋味了。他还在心里说：你邓远航就不要跟人来往了，顶头上司来指导工作都留不下来，你还交什么朋友啊，去一边去，跟老大学学，看我是怎么把领导留住的。于是，他走到陆书记面前笑着说：“书记啊，你也要与民同乐呢，尝尝我们九龟湖里的野生甲鱼，我最近找了个九斤多重的野生甲鱼，等你个把月才把你等得来，再不吃就只有八斤了。书记，你就留下来与民同乐一次嘛，也让我们这些基层同志有一次喝酒的机会嘛。”

“哈哈哈，小钟啊，你这张嘴真会说话，说得就是叫人高兴。不过呢我今天还是不能在这块儿吃，不是不给你面子，主要是我在这块儿吃了，你们有些人还以为自己一点问题不得呢。这样吧，你那甲鱼已经从九斤到八斤了，等它到七斤时调查结论出来了，我来喝九龟的酒。”说着上了车。

尽管钟玉保冲着车窗里又喊了句“绝不会叫它到七斤的，我一定把它养到十斤等领导来”的话让车上的陆书记又笑了起来，但看到陆书记的车一溜烟地跑了，他还是不开心，因为陆书记也没给他面子，他也没能陪陆书记吃上这顿饭。

不过很快他心情又好了起来，陆书记在路上给他打了个电话说：“小钟啊，你不要有气啊，我不是不给你面子，我主要还是要给邓远航施加压力，你不要放在心里，下次我专门来找你喝酒，吃你那个十斤重的九龟湖野生甲鱼。”

这使他又得意起来，人家省农垦书记，正厅级领导专门为吃饭的事打个电话来表示歉意，这真是天大的面子了。人一辈子还要什么呀，这就够了，受到上级领导如此的尊重，九龟还有什么人啊？他邓远航能吗？他能接到上级领导找他要酒喝的电话吗？做梦去吧，他，他这辈子就等着领导甩他吧。

但不一会儿又一个电话却让他提不起精神来了。

电话是汤厅长打来的，他在电话中说：“小钟啊，告诉你一个消息噢。”

钟玉保一听这话以为是九龟湖的班子要变动了，把邓远航调走了，让他钟玉保当九龟湖农场场委书记了，因而他有点按捺不住激动的心情问：“什么好消息啊？”

“也算是好消息吧，我光荣退休了。”汤厅长在电话里说。

“啊？”钟玉保不相信汤厅长这么快就退出了政治舞台，他的退休也预示着钟玉保失去了一座靠山，因而，他带着点颤音问道：“这是真的啊？我们基层群众都想你干下去呢！”

汤厅长没有回答他的问话，而是继续顺着自己的思路说道：“小钟啊，我退休后，别的都放心，就是不放心你，所以，我特地打个电话给你，要提醒你两句。第一句呢，你要管好你的嘴，该说的说，不该说的一个字都不能往外吐，要让它烂在心里。第二句呢，你要管好你的手，能碰的可以碰，不能碰的，像高压线这些东西绝对不能碰，我不在位了，没人罩住你了，你千万不能再随心所欲地胡碰了，碰了高压线就没人救你了。你要好自为之。”

钟玉保与汤厅长结束通话后，手里汗直滴，连手机都被汗水浸湿了。他觉得汤厅长的话第一句好理解，就是叫他不要说与他汤厅长来往的事。但他的第二句话却让他打不到底，难不成我碰过高压线，被你救下过吗？汤厅长的话已让他有点心神不宁，而接下来的事更让他惴惴不安。

101

让他愈加不安的是省农垦陆书记不在这吃晚饭回省城后，省农垦纪委田书记留下来了也不肯在宾馆吃晚饭，而要到石龟分场去吃晚饭，并且还是坐王石基的车去。钟玉保再三劝田书记在九龟宾馆吃晚饭，田书记还是坐到了王石基的车上。

钟玉保见田书记上车了也敏捷地坐到了副驾驶位子上。

田生富见钟玉保也坐上了车便心生不快，他赶他说："钟场长，你不要去了，我是好长时间没回来了，去看看老岳父，在家里陪他们吃个饭。"

钟玉保则厚着脸皮说："田书记，我跟石基是弟兄，你老岳父就是我老岳父，你陪他们吃个饭，我也去孝敬孝敬他们。石基，你说是吧？"

田生富是个不苟言笑的人，他一向不喜欢钟玉保这种样子，这会儿他见钟玉保像个癞皮狗一样地窝在那里，还没待王石基策应钟玉保，他便打开车门一边下车一边说道："行，那你去孝敬去，我不去了。"

钟玉保弄个没趣，乖乖地从前门下车请田生富上车，并给他关上车门，目送着王石基的车载着田生富出了宾馆大门。他看到田生富走比刚才陆书记走还难受，心里更不安。为什么？

因为这田生富跟他们钟家有过节。那是在"文革"期间，田生富为争取到北京接受毛主席检阅的名额到钟家送老母鸡，在钟家抓老母鸡时，不知是鸡还是谁把桌上领袖的石膏像刮到地下摔坏了，因此被钟玉保爸爸钟大同连叱带骂，受到惊吓得了精神分裂症。更可怕的是，在抓老母鸡时，田生富居然在钟大同的床底下拉出了钟玉保的金银细软和金龟。那是钟玉保从九龟寺、石龟塔中和堆集在公社会议室里破"四旧"收缴物品中偷拿出来的，不知田生富还记不记得这个事，如果他还记得，那他钟玉保的把柄就在他手里攥着哪。

还因为这田生富跟王石基是连襟。王石基对他钟玉保是知根知底，就连钟玉保家里冰箱里有什么菜他都知道得一清二楚，这会儿他们连襟在一车上能不说些他钟玉保的话题吗？再如果王石基一高兴喝了几杯酒下去，那酒后吐真言，他在省农垦纪委书记面前还不把他进出 88 号大院和场长办公室的情况吐得一干二净吗？乖乖不得了，如此下去，不是成了指瓠子摘冬瓜了吗？陆书记想整的是邓远航，结果邓远航没整着，他田生富却把我逮住了！乖乖，不能玩，不能让田生富有这样的机会，不能在这里等死，得赶快想办法化解！

钟玉保打了几个电话，召集家里几个人：二弟钟玉卫、三弟钟玉国、妹夫洪光武、小舅老爷李晓阳到小蔡酒楼三楼小聚。

这几人虽然不知大哥今天请客是什么意思，但大哥一声令下他们自然不敢不来，很快前三人都到了，只有他的小舅老爷李晓阳还没到。

他们打了会儿牌，见李晓阳还没来，钟玉保便吩咐开始。待几人坐定，酒斟满后，他端起酒杯故作镇定地说："兄弟好长时间不在一起聚聚了，今儿个没的事，喊你们来一起喝几杯。来，先喝一口。"待喝完第一口酒，他又说道："今儿个没的外人，都是家里弟兄，酒尽量喝，话随便说，大家都不要见外。"

二弟钟玉卫朝桌上几人看看，认为老大现在有权有势了，请他们吃顿饭也是应该的，他也看不出大哥另有什么意思，便端起酒杯站起来说："谢谢大哥，我先敬你一杯酒，表示感谢。"

三弟钟玉国也站起来敬了杯酒表示感谢。

他们俩刚敬过酒，李晓阳从外边进来了。他一进来就端起桌上的酒杯站在那里说："各位大哥，各位领导，我来迟了先自罚一杯。"喝完杯中酒，他拿过酒瓶给自己斟满酒，举杯对着钟玉保说："大哥，我这杯酒敬你。我敬你的这杯酒是祝贺你，我预祝你早日到我们三楼当家做主。"

听到这话，洪光武很是惊讶，这个场委办的混事小子怎能这样瞎说？虽然平时他喜欢说些小道消息，但这个事不是随便瞎说的啊，他从哪里看出来老大要当书记的呢？难道就凭下午老大主持了会议这个事？想到这儿，洪光武轻微地摇了下头没说话，也没敬酒，只是在那里一边独自吃菜一边观察着桌上的走势，待看好风向再升帆也不迟。

钟玉保听了小舅老爷的话从心底里往脸上高兴，他巴不得小舅老爷这嘴就是老佛爷的嘴，一说就灵，借这次调查组的东风，把邓远航刮走，把他自己送到三楼做主人呢。但是，他这种心情很快就被先前心中的不安挤走了，现在他又觉得小舅老爷是在嘲笑他了。因而，他说道："你光喝酒没吃菜啊？嘴里没味儿拿姐夫咂起味儿来啦？"

李晓阳赶忙又站起来解释说："姐夫，你给我十个胆我也不敢拿你咂味儿啊。我说的是真的，那是迟早的事。你们要不相信，我可以跟你们赌个咒：这次要是大哥当不了书记，我就从场部大楼顶上跳下去！"

钟玉保心想：他再开玩笑，也不能拿自己的命开玩笑啊！他在省农垦办公室有几个朋友，也许他是从他们那儿得到什么消息了，因而他问道："那你凭什么说得这么硬气哪？"

李晓阳坐下说："你们莫急噻，听我慢慢跟你们说哎。你们以为我在场委办是混日子的啊？我也是上下通吃的人哪，我省委办公厅、省农垦办公室那些朋友交了玩的啊？有用的哎！”

钟玉保知道他这个舅老爷吹起牛来不着边，因而他有点不耐烦地说：“好了，你先不要吹了，你就说说你有什么根据。”

李晓阳夹了个菜塞到嘴里咕哝着说：“这还看不出来啊？下午的会应该是邓远航主持的，却叫大哥主持了，说明什么啊？”李晓阳吞下嘴里的菜继续说道：“明摆着的嘛，说明大哥要当书记啊！”

钟玉卫、钟玉国两个小兄弟点头称是，从心里佩服李晓阳的头脑。洪光武则微微地摇了下头，并从心里说了句：也只是个嘴尖皮厚腹中空的家伙。

钟玉保开口说：“我以为你有上头的内部消息的呢，原来也是凭空猜测的。我主持会议多呢，到今儿个也没把我主持成场委书记啊。尽撮空！”

“哎，大哥，这次绝对不是撮空，哪个要撮空就从场部大楼顶上栽下去摔死。”李晓阳有点发急地说。

“你总要有个理由噻！”钟玉保说。

“我告诉你理由噢，这次省农垦调查组就是来调查邓远航的。”李晓阳说。

“你怎么晓得的？”钟玉保问。

“省农垦办一个朋友告诉我的，他就是陆书记身边的人，消息绝对可靠，一点都不搭浆。”李晓阳说。

听这话洪光武有点信了，但还是不清楚人家邓远航究竟有什么东西给他们调查呢？他想：这次调查组虽是陆书记指派的，但组长却是田生富，而田生富是讨厌钟玉保且跟邓远航关系又是不一般的，如果人家邓远航没有什么原则性的问题，田生富会反过来调查钟玉保，他钟玉保能保证自己的屁股是干净的吗？我只怕到头来，野兔没逮着顺带打了一只野鸡！因而，这时他才开口说道：“据我这么多年与邓远航的交往，我觉得他是一个干净的人，没有什么辫子抓在人家手里。调查组查他也是白查。”

“你们以为他是金身，刀枪不入啊？我告诉你们，我抓着他的小辫子呢。”李晓阳不屑地说。

此话一说，桌上另四人都瞪大眼睛盯着他，似乎要从他的脸上盯出邓远航的问题来。

102

见四人盯着自己，李晓阳不讲话也不回避，只顾把盘子里的油炸花生米一个一个地数进嘴里。

那四人起初还耐心地用目光跟着他的筷子一上一下地移动，等待着他的爆料。可大家只见盘子里的花生米在渐渐地减少，也不见他说一句话，便熬不住了。

钟玉保不耐烦地说："你这么多花生米下去也该有屁了吧，不管怎么，你倒放个屁让我们听听嚜。"

李晓阳放下筷子说："我跟你们讲，我原来对他还是非常尊重的，我有许多事情要感谢他，可自从去年他不让我当办公室主任，而让那个骚女人做主任后，他在我眼里的形象就一落千丈了，我在办公室就成了你们的卧底了。我这个人就是这样，他过去对我有九十九个好，没用！只要有一件对我不好，我就翻脸不认人，天王老子都没用，我非逮住他的软肋把仇报了不可。"说完拿起筷子又数起了花生米。

洪光武原来就觉得李晓阳这个人无知又是个无赖，听了他这句话后觉得他又多了个阴险毒辣的脾性，有这人在身边真是可怕。

钟玉保急于知道他到底掌握了邓远航一些什么问题，便耐着性子说："嗯，你说给大哥听听，他到底有些什么问题？"

李晓阳又数了几个花生米进去，然后停住手说："我跟你们讲，他问题大呢。"

"到底有哪些问题嚜？"钟玉保催道。

李晓阳放下筷子掰着手指说："你们听着，我告诉你们，说起来吓死人呢。他有公款私用、公车私用、公人私用、养情人的问题，最严重的是受贿！"

"你不急，你一一地给我们解释一下。"钟玉保说。

李晓阳说："好的，你们听着。公款私用、公车私用什么意思啊？他母亲和丈母娘明天开刀，从省里请的专家，用办公室车去接的，这叫公车私用吧？叫我跟他哥一起接的，这叫公人私用吧？还有刚才我为什么来迟啊？安排医生吃饭，我签的办公室的字，又给医生五千块钱红包，这是公款私用吧？就凭这些，不照样地把他办了啊？把他办了，大哥，你不是做书记了吗？大哥，你做了书记，一定得把场委办公室主任这个位子给我坐啊！”

钟玉卫说：“他原来屁股上也有屎啊。”

洪光武心想：你这个龟仔子也确实够阴的，人家母亲开刀你给人下套，真是个阴缺鬼。

钟玉保则夸奖说：“不错，你确实是个有心人，像你这样的人不当办公室主任确实是委屈你了。嗯，你再说，还有呢？”

李晓阳又说：“还有你们都晓得的，养情人就是养的办公室主任蒲星凤嘛。”

还没待李晓阳再说下去，钟玉国就插上来说：“我说这个骚女人跟邓远航有关系，她还嘴硬不承认呢，这下她赖不了了吧？”

洪光武觉得他说得太随意，便问了句：“你把他们抓奸在床了吗？”

李晓阳说：“没有，不过一对男女整天在一起，不干那事，还能做什么啊？”

洪光武批评他说：“晓阳啊，没有根据的话不要瞎说，说出去人家要打你嘴的。男女在一起就要做那事，可能你会的，人家不一定。”

钟玉保也知道这只是他的猜测而已，没什么证据，但他没有指出他的不是，而是继续催问：“嗯，你再说，他受贿的事是怎么回事？”

“我告诉你们，他受贿两万多块钱，铁证如山！”李晓阳说。

“啊？有这事？”洪光武心里有点没数了。

钟玉保兴奋得拍了下桌子说：“好，这可是坐牢的数额啊！他收的是哪个的钱？有录像吗？”

“录像倒没有，但我亲眼看到的，他收的是王石基的贿。”李晓阳说。

洪光武立即质疑说：“你亲眼看着，他们俩还敢当着你的面送钱、收钱？你是傻子，还是他们是傻子啊？”

“真的，哪个有半句假话，就叫他从场部大楼顶上摔下摔死！”李晓阳说。

钟玉保心想：他当着人家拿钱，不要说是邓远航不会做的，就是我也不可能接那个钱的啊。尽管他根本不信有这个事，但他还是鼓励李晓阳把这个事说得更真实些，因而，他纠正小舅老爷说：“看来他收王秃子两万块钱是事实，只不过不是在你眼皮子底下收的，他们是在背地里私下交易的。”

“不,是在我眼皮底下交易的,不光是在我眼皮底下,还在小凤、小黄的眼皮底下交易的。”李晓阳坚持说。

“这怎么可能呢? 哪有这样收贿的? 不合常理嘛。”钟玉保也开始怀疑了。

洪光武则说:“晓阳啊,你的嘴不要再硬了。我可以肯定地说,他要么收的是赞助款,要么收的就不是钱。”

“哎,你这个腚是啃对了,他收的不是钱。”李晓阳说。

“那收的是什么啊?”钟玉保急切地问。

“是书,什么《二十四史》。”李晓阳答道。

“你早说噻,你要是做人家个卵子还把人坠死了呢! 一盘花生米被你数进去了,我以为你能嚼个什么东西出来呢,嚼半天就嚼这么个东西出来! 收书要是受贿,九龟的干部都受贿了呢,哪个没收过书啊?”钟玉保生气地说。

“大哥,你这话不对,干部收书,那是上面发的、单位买的,收的也是少的。他那个收书不一样哎,是开发商送的,一次性两万多块钱呢,数额特别巨大呢。”李晓阳解释说。

洪光武心里有数,如果认真起来,这确实是受贿,依党纪国法处理是不冤枉的,但他此时不愿向他们说这个事。他与邓远航有长时间很好的私人关系,因而他虽是钟玉保的妹婿,但他一向讨厌他这个大舅老爷搞个小团体去整邓远航,所以,他现在觉得自己的处境很尴尬。不听大舅老爷的吧,大舅老爷又要怪罪,听他的和他们一起去整邓远航吧,他又于心不忍,与其在这左右为难,不如一走了之。于是,他掏出手机给妻子钟玉家发了个信息:“有几个人灌我酒,我要醉了,你打个电话来,就说你发晕病要到医院。”

钟玉保没注意洪光武发信息,他只顾给李晓阳交代说:“嗯,你这次表现不错,虽然是花生发霉了,剥开了你还算是个人(仁)。你这样子,你把你刚才说的,什么公车私用、公人私用、公款私用这‘三公’的问题和养情人、受贿两万多块钱的事,一起整理个材料,今晚上连夜写成一封‘人民来信’,一式三份,今夜就寄送出去,先到宾馆揣到调查组房间一份,另两份扔到邮局的信箱里,一份寄给省农垦陆书记,一份寄给省纪委。”

“不得话,我吃过饭就到办公室去写。我告诉你,我恨死他了,早就想把他拉下马，让大哥上了。”李晓阳说。

洪光武心想：钟玉保要整邓远航并不奇怪，他们钟家跟邓家已闹了两代了，你李晓阳过去一直受邓远航的关照和帮助，就因为场委办主任没当成就对人家反目成仇，真是个忘恩负义的东西、养不熟的白眼狼。他正想着，手机响了。然而，他并没接，故意站起来敬钟玉保酒而让手机在口袋里叫得叽叽的。

103

钟玉保见他手机响了半天不接还来敬酒便说道：“酒等下子敬，你先接电话。”

洪光武这才放下酒杯，掏出电话来看了一下说：“哟，是家里的。喂，啊？好，你不要动，我就来。”

“什么事，这么一惊一乍的啊？”钟玉保问。

“家家发晕病，我得赶快回去看看。大哥，不好意思我先走了。”洪光武说着已到了门口。

钟玉保则冲着他的背部喊了句：“不行的话，不能耽误，要赶快送医院噢。”

洪光武走后，剩下四人又喝了几杯酒。快差不多结束了，钟玉保赶李晓阳走了：“晓阳，你今儿个跑两场子了，也吃饱喝足了，再喝，‘人民来信’就写不起来了。去，你现在就到办公室写去，今儿个要确保完成，明儿个一早打个电话告诉我事情完成的情况。”

待李晓阳走后，钟玉保对两个小弟兄说：“他们走了，现在都是亲兄弟了，我告诉你们，大哥现在才能把心里话跟你们说呢。”

两个小兄弟赶忙从两边把头伸向大哥。

二弟钟玉卫说：“大哥，你有什么话就说吧，我们听你的。”

小弟钟玉国也说：“打虎还是亲兄弟，打仗得用父子兵。大哥，你有什么事尽管吩咐，只要让你坐上场委书记的交椅，你叫怎么做就怎么做。”

“先不谈当什么书记了。大哥跟你们说噢，这次上级调查组来，外边的人都认为是整邓远航的，其实，如果这次我们弄不好，整的就不是他姓邓的而是你们大哥我啊！”钟玉保说。

钟玉国不解地问:“陆书记不是跟你很好吗？怎么整你不整他呢?”

“可是田生富跟他关系好哎。”钟玉保说。

“他的官比陆书记小,怕他什么啊?”二弟钟玉卫说。

“官场上的事你们不懂,官场上县官不如现管是硬道理。陆书记官是大呢,但他不负责具体查案子,田生富官是比他小呢,但查哪个、查到什么程度那全是他一句话啊。”钟玉保指教他们说。

“大哥又不得什么把柄在他手里,你怕他什么啊？他就把九龟挖地三尺,查个底朝天,与大哥有什么相干啦?”小弟钟玉国说。

钟玉保朝两个弟弟看了看说:“唉,你们啦,做小弟做惯喽,从来都是只要老大关照,哪里知道老大的苦衷噢。”

二弟钟玉卫问:“听大哥这话的意思,难不成大哥也有点问题?”

“是啊,难不成大哥也拿了人家一点小钱?”小弟钟玉国也问。

钟玉保又看了看两个小弟,心里在考虑要不要把自己的事告诉他们,告诉他们吧,这两个人也没有更好的智慧去帮你想办法,不告诉他们吧,又到哪里去找到比他们更可靠的人呢？权衡再三,他还是决定依靠钟家军打胜这场保卫战。于是,他对他们说:“兄弟啊,这么多年,你们只知仰仗老大的权势,躲在老大的翅膀下看老大的风光,但是看不到老大的难处噢。”

二弟钟玉卫说:“大哥,这是我们的不对。”

小弟钟玉国说:“大哥,你有什么难处说出来,我们帮你!”

“帮我？那给你们大侄儿在上海买套三居室的房子,你们帮得了吗?”钟玉保问。

两个小弟相互看看,然后都摇摇头。二弟钟玉卫说:“上海房子那么贵,我们这做小本生意的,哪能买得起啊?”

“咦,大哥,良臣的房子不是买好了吗,还要买什么啊?”小弟钟玉国说。

“是买好了,也装潢好了,结婚的日子也定下来了。但是你们晓得钱是哪里来的啊？凭你哥你嫂子这点工资能置得起来啊?”钟玉保说。

“那钱是哪里来的啊?”两个小弟同时问道。

“哪里来的啊？王秃子的!”钟玉保说。

“他的啊？那一点鸟事都没有。大哥,你放心,我给你打包票,保证王秃子一个字都不向外吐。”小弟钟玉国拍着胸脯说。

“你不要把胸脯拍肿起来了，没用的，你包不了的哎。你晓得王秃子、田生富什么关系啊？打断骨头还连着筋，连襟哎，他们俩现在就在石龟分场上一起喝酒呢。那王秃子酒量又不行，被田生富那么一灌，还不酒后吐真言啊？可能话早已到田生富耳朵里了。”钟玉保说。

“那就揣点钱给田生富，把他的嘴封住，叫他到此为止！”小弟钟玉国说。

“没用，没用的！你们不晓得这个田生富，这个人是个真正的共产党员，他是不吃那一套的，而且还跟我们钟家有怨恨，正好逮住你个污点，还不往死里整啊？”钟玉保说。

“那怎么办呢？”小弟钟玉国问。

三人沉默了一会儿，二弟钟玉卫说：“我有个办法。”

“什么法子？”钟玉保问。

二弟钟玉卫走到门口开门向外看了看，然后走到大哥、小弟中间低头小声地说：“我开个大货车去撞他们，把他们撞伤了，让他们只顾得了治他们的伤，顾不了整大哥。”

又是一阵沉默。过了会儿，钟玉保说：“也只好这样了。但是你要注意两点：一是不能撞得太重，绝对不能把人撞死；二是你自己要保护好自己，不能把自己弄出什么问题来。”钟玉保说。

“大哥，你放心，我和国子去办，就在九龟湖大堤上把这个事办了，保证把这个事做得干干净净，绝不露半点破绽。做完了我们去向你报告。走，国子，迟了来不及了。”二弟钟玉卫说着拉着小弟钟玉国走出了包间。

吃到这时，包厢里就剩下钟玉保一个人了。看着满桌的残羹冷炙，他心里升起一种莫名的紧张，自己也不知道担心什么。他担心两个小弟毛手毛脚撞过了头撞出两条人命来，那事情就没法收场了；他又担心他们几人中有人把他们在这儿密谋的事泄露出去，那他也逃不了一劫；他还担心一切措施都失灵，到头来他还是被田生富揪了出来。正因为有这些担心，他没有抬屁股走路，而是一人面对着桌上的几只空酒杯苦思冥想，看看还能不能想到确保万无一失的路子。他想到把做场长以来收的钱悄悄地退回去，但很快被自己否决了，那可是一笔不小的数字啊，哪儿来那么多钱呢？他又想到干脆到邓远航或是田生富那儿主动把问题说清楚，然后订出退款计划，一年内退清，也许这样能保住自己的公职，级别上，正处保不住至少还能保住个副处。可一想不行，这口气他吞不下去。他比邓远航先进入政界，到最后他邓远航升为副厅，而他自己降为副处，反差太大，不行！更何况，田生富他们还不一定掌握他这么多问题，甚至于他们一点情况都不晓得呢，我这一去坦白，不是自投罗网吗？不行！绝对不行！最后，他想到还是去省农垦找陆书记一趟，抢先一步先告邓远航一状，再检举田生富包庇邓远航，并与邓远航同流合污的事，让陆书记把田生富调回，另派个组长来。想到这儿，他端起面前的酒杯一饮而尽，然后昂头挺胸走出了包厢。

104

钟玉卫拉着钟玉国走出酒店后对他说："你开小车到石龟分场路口那儿等，我开大货车在你前面十公里处的九龟湖大堤上等。他们的车子一出石龟分场你就给我发个信息，发过后就没你事了，下面就是我的事了。"说完两人分头走了。

钟玉卫开了个货车到九龟湖北堤上时已是晚上九点多钟，他把车靠边停下，熄了大灯，大堤上顿时漆黑一片，什么也看不清，连堤上两边的树木都看不清楚。他只得闭着眼睛，坐在车上等待着钟玉国发过来的信号。

钟玉国把小轿车停在石龟分场通向九龟湖大堤的拐弯处，坐在车里两眼瞪得大大的监视着分场出来的车辆。半个小时过去了，没见王石基的车子开过来，他继续监视。十点了，王石基的车子还没来。渐渐地，他眼也酸了，人也困了。起初他还强撑开眼睛提醒自己不能睡觉，睡觉就把大哥的大事误了。可是越向后越打不起精神来，终于慢慢地趴在方向盘上睡着了。

不知过了多长时间，他听到手机响了才懒洋洋地坐正了接电话。

钟玉卫从大堤上打来了电话："国子啊，他们的车过去没过去啊？"他也不知道王石基的车是否已经回城，因为他刚才也打了个盹。

钟玉国答道："没有，没有吧？"

钟玉卫说："马上十一点了，这么迟没来不应该啊。要不你到龙皮匠家门口看看，看他们的车还在不在门口。"

钟玉国挂了手机，开车到龙皮匠门口一看，没有车子。又绕到他家东边的皮鞋厂大门向里看，也没有。他便一边开车上九龟湖大堤一边通知钟玉卫说直接到宾馆看看他们是不是回房间了。两人到宾馆总台一问，才知人家已回来一个多小时了。没法，只得去向大哥复命。

钟玉保见两个弟弟耷拉着个脑袋空手而归，便骂开了："你们两个窝熊！胸脯拍得叮当响，绝对把事办成呢，办在哪里啦？窝囊废！我恨不得一人给你们一拳！"

妻子李晓星已经睡着了被丈夫的骂声吵醒，便起来看个究竟，见他正骂着两个弟弟，就上前劝阻说："有什么话不能好好说啊，偏要在这夜深人静的时刻里骂娘，怕左邻右舍的听不到是不是？"

见妻子插嘴，钟玉保更加来气，说："去去去，你个妇道人家管什么闲事啊，睡你的觉去！"

李晓星好心来劝和，却被丈夫一戗，便也生气地说："你们做什么见不得人的事，要瞒着我啊？哪个不晓得这深更半夜做事的，不是偷就是盗啊。我劝你们都回去睡觉去，不要做那些亏心事。我告诉你们，阴谋诡计搞不得，搞阴谋诡计的人觉睡不着，寿命还短。"

钟玉保知道她又不上路子瞎嚼了，怕她在这块儿嚼个没完没了误了他的大事，便忍了口气缓和地说："好了好了，我们声音小些个，不影响你。我跟他们有个生意上的事商量下子，你先去睡。"钟玉保说着把妻子推进了里屋。

钟玉保走回来也不再大声地骂他们了，他知道他就是骂到天亮，他们两个也不会有什么长进，那事情也得不到解决。因而他低声说："你们看怎么弄吧？"

听大哥问这话，两人都以为是问怎么处罚他们的，两人忙不迭地表态。

二弟钟玉卫说："大哥，你再骂吧，我们晓得错了。"

小弟钟玉国说："大哥，你揍我们一顿吧，这样子我们才长记性，不再犯了。"

钟玉保又好笑又好气，他说道："打你们、骂你们能把事情打成骂成啊？我是叫你们想想还有什么补救的法子！"

二弟钟玉卫说："大哥，你说，你说怎么弄，我们就怎么弄。"

小弟钟玉国说："大哥，这下你就是叫我监视一夜，我眼眨都不眨一下。"

钟玉保想了会儿，对他们说："还监视呢，再监视下去，你哥就被你们监视进去了。”

小弟钟玉国着急地问：“那怎么办？”

二弟钟玉卫则说：“要不，我现在就到宾馆把他闷掉算了！”

小弟钟玉国也附和说：“我赞成，我跟二哥一起去。”

“放屁呢，我告诉你们，从今往后不准你们再动田书记一根汗毛，你们动他一下，我找你们算账！”钟玉保说。

两个小弟疑惑了，刚才还叫用车撞他们的，现在怎么连一根汗毛都不准动了呢？钟玉卫问道：“大哥，是不是我们没完成任务，你气糊涂了，说气话了？”

“我没糊涂，你们这么莽撞才糊涂呢。这个事这样，今晚你们都回家睡觉，明天你们都早点起来，见到人就说王石基因为债台高筑、银行贷不到款、房产开发不了，得抑郁症了。”钟玉保重新给两个小弟布置了任务。

两个小弟又不懂了，说他生病有什么倒头用啊？钟玉国忍不住问道：“大哥，我们又不得魔法，就是说一万句王秃子得抑郁症了，人家没得病还是没得病哎。你要想叫他生病，不如我去弄个小野狗咬他下子，让他得狂犬病算了。”

“少废话，你们按照我说的去做就行了，不要自作聪明乱弹琴，我跟你们讲噢，再出了差错，后果是不得了的噢。”钟玉保要求说。

尽管不理解大哥的意图，两个小兄弟还是回去睡了一觉，一大早起来就照大哥说的做了，他们在上班的路上、在单位逢人便说王石基得了抑郁症，但那些不熟悉王石基的人也没把这个消息当回事，只是“噢”一声，听在耳里而已；那些熟悉王石基的人也只是表示一种惊异，然后发出阵阵唏嘘罢了。

但消息传得却很快，一传十、十传百，不到一个时辰九龟城区不少人就都已知道这个事了。不多时又传到王石基本人的耳朵里了。

王石基觉得这几天天公有点奇怪，每天早上连续打几个闷雷就没有下文了，天不下雨，人的汗直淌。今儿个早上也是，他刚打开办公室的门，就听见天上一连串的雷声，就像那种从山顶上往下滚的炸弹一样，此起彼伏一阵雷声后就是闷热的天气。雷声过后，会计就来问他得抑郁症的事。

刚一听到这个事，王石基只是“呵呵”一笑，心想这些人也真是闲得无聊，怎么想得起来咒我害病的呢？我这身体不是好好的、棒棒的吗？想着还用两手在左右胸脯拍打了几下，又拿起桌上的瓦刀上下砍了几下，然后自言自语道:说我害病呢,要不是计划生育,我偏要再生出几个伢子来,让你们看看我五十多岁的人身体硬朗不硬朗?说完便哈哈大笑起来。

他笑了会儿又想:这人也怪,你要是恨我嘛,你就咒我得了肺癌、肝癌这些不治之症,快要死了不就行了吗?怎么咒我得抑郁症的呢?这抑郁症是什么病哪?从字面上看也不是什么大病,顶多就是个情绪低落吧。要说情绪低落我倒有过,但我们是从苦日子里熬过来的,碰到再麻烦的事、再难解的结,我情绪都不会低落到哪块的,我都会想尽办法去解决的。奇怪,这个人说我情绪低落到底想做什么呢?

王石基想不通,便叫公司办公室主任到电脑上查一查,这抑郁症到底是个什么东西。

不一会儿,办公室主任递给他一张纸,上面写道:"抑郁症是一种非常严重的精神类综合征,是众多情绪感受失常的并发状态。它的主要症状是情绪绝望,沮丧悲伤,还有丧失兴趣、疲倦、焦虑、厌食或暴食、失眠或嗜睡等等。严重的患者还会萌生强烈的'生不如死'的消极自杀的念头和言行。"

看完这些内容,王石基的心脏跳速突然加快了,呼吸也有点急促起来,手也抖抖的竟然拿不住那张纸,使那张纸飘到了地上。

105

王石基紧张起来,是因为看到了最后一句中的"自杀"两个字。他想:难不成这咒我得抑郁症的人就是为了这两个字?那么这人是什么人哪,他要我自杀做什么哪?是想我开发的铁器厂这块地?不可能!我就是自杀了,我老婆还在啊,她可以继续开发,不可能让给别人啊?是想我的财产?也不可能!我老婆对我是忠贞的,她不可能与外人合谋来夺我财产的,更何况我儿子还做着分场场长呢,财产不可能旁落的。是那几个拆迁户这样咒我吗?不对!跟他们都达成了协议,而且我还答应买楼盘时再多付给他们一些的,我这要自杀了,那多给的钱他们不也是得不到了吗?不会的,他们不会盼我早死的。那是哪个呢?王石基实在理不出个头绪,便走出办公室,开车出了集团大楼,他想奔场部大楼找邓远航,或到九龟宾馆找他大连襟田生富,他认为他们有头脑、见识多,定能看出其中的玄机。

邓远航昨天一夜就没睡，一直在宾馆与几名警察等待着绑匪的电话，可是一直到天亮也没等到。他在宾馆吃了早饭就来到办公室，准备把几个事情处理一下，等五十万元现金拿到后就到省城去。

昨天一夜，他就一直在寻思，到底是什么人绑架他儿子的？他想：如果单纯是为财的，那他儿子还有命，如果是为寻仇的，那他儿子就命悬一线了。如果为寻仇是寻儿子的仇、他的仇，还是父辈的仇？寻儿子的仇和父辈的仇可能性都比较小，儿子刚从校园进入社会，不至于在很短的时间里就跟人家结成这么深的仇恨；父亲工作几十年肯定得罪过一些人，土改时他还镇压过反革命分子，可能会结下怨仇，但时间也过去几十年了，要寻仇也早寻了，也不至于等到那代人已老态龙钟，甚至于有的已撒手人寰了再来寻仇吧？那十有八九是冲着我来的。这些年，我得罪过一些人，拒绝过一些人的无理要求，跟一些同志也产生过矛盾，但所有这些都不足以让那些人想到要用这种违法的方式解决问题啊。

其实，要说同志之间的矛盾，矛盾程度最深、时间最长的应是我们钟邓两家啊。父子两代人的恩仇可谓年代之久，他钟家总想把邓家打压下去，可见结怨之深。说是有矛盾这么久、这么深，但从他邓远航这一方来说早已把它放下了，也早就力求避免与他钟玉保发生任何不快的言行冲突了，只是从官职上说，此前数年他一直在钟玉保之下，后钟玉保因受贿被降职，两人一直平级，去年开始他当上了书记，位列钟玉保之上了。难道他记恨这个？即使记恨这个，他一个堂堂的场长也不至于出此下策，到铤而走险的地步啊？

一夜未眠，一夜未想出个所以然。但不管对方是为财还是为仇，他得赶快带钱到省城去，以便情况紧急时能来得及处理。因而，早上，他一进场部大楼就直接上二楼去钟玉保的办公室。

他去找钟玉保两个目的，一是跟他打个招呼，告诉他，他今天要到省城去，因为上级规定书记、场长不能同时离开本地，所以他要去告知一下；二是他去找他，看看他是否有什么不正常的地方，从而判断他是不是绑架儿子的背后黑手。

钟玉保见到邓远航这么早出现在他办公室门口心里确实有些紧张，竟然直朝邓远航背后望，连一句客套话都没说。待确定只是邓远航一个人后，钟玉保才稍微镇定地说："出什么事了吗？这么早！"

钟玉保的表现让邓远航顿生疑窦。他想:他见到我何以这么超出平常,竟然说出“出什么事”的话,我倒要来找个话来敲敲他,看他会有什么更糟的表现。于是,邓远航接着钟玉保的话说:“还好,天帮忙,人努力,还在我们掌控之中,否则昨晚要出大事了!”说到后边几个字,他还特地加重了语气。

“啊?都在你掌控之中?不会的吧?”钟玉保一阵紧张,额头上汗珠也冒了出来。不过,他毕竟是官场老手,很快觉得自己有点失态,便一边拿抽纸擦汗掩饰自己一边故作镇静地微笑着说:“你说这机关事务局多教条,不到上班时间,空调就不开,这么热的天,一早就叫人汗淌淌的。唉,你说我们现在岁数大了,就听不得哪块儿出事,一听说哪块儿出事,这心啊就拎拎的,这汗啦就冒冒的。事没出就好,在你掌控中更好。需要做什么,你尽管说。”

邓远航心想:尽管你话说圆了,但你开始的问话,你头上的汗珠也足以说明你心里的鬼不少,至于这鬼与绑架案有没关系,那只有等省城的公安破了案再说了,今儿在这儿也不能下什么结论了。于是,他说道:“钟场长,我来是跟你说一下,我今天要到省城去一趟,调查组在这儿,你在家注意跟他们配合好。”

钟玉保听到这话,心里动开了:他到省城去?没听说省里有什么会啊,难不成他也是感到了调查组的压力,去省城找省里领导帮他解除这个压力的?他如果解除压力,我的压力就加大了,不要最后把我拉出来当替死鬼噢。不行!绝对不能让他成行,我得抢在他前面,先去找领导,先把我的压力减下来再说。于是,他说道:“哎呀,邓书记,我也正要跟你请假呢。一大早省农垦办打个电话来,说陆书记叫我去一趟。要不家里临时叫光武负责一下?”

陆书记找他?陆书记有事怎么会越过他这个书记而找他场长呢?难道陆书记真是有意要把我撇开了?且不管这些,看看再说,即使他陆书记要调我职我也无所谓了,先把眼前两人同时要外出的事定下来再说。于是,他说道:“这个不好吧?光武不是不能在家负责,关键是上面有明文规定我们俩不能同时外出,我们不应违反规定。你到陆书记那儿中午能不能回来?”

“哎呀,这个就不得数了。也许他上午找我谈个把小时,高兴起来留我吃个饭,我们做下级的也不好拒绝,你还不晓得陆书记这个人呢,他就欢喜跟我喝酒,我不得办法推。还有如果中午酒喝得高兴,他说不定又拉住我谈半天呢。所以,你叫我说多长时间,真不好说,时间掌握在领导手里哪,谁叫我们是下级呢?”钟玉保编着这些话说,一是让邓远航感到他和陆书记的关系有多密切,二是让邓远航断了今天去省城的念头。

邓远航见如此,也不想把儿子被绑架的事跟他说,因为他想:如果他是背后的黑手,他本身就知道;如果他跟绑架案无关,告诉他也无济于事。因而,他说道:“那行,你的事要紧,你先去吧。”

邓远航回到三楼自己的办公室,叫来办公室主任蒲星凤。

昨晚他哥哥就打电话告诉他,叫他如果看到李晓阳副主任说声感谢,说人家李主任一下午陪着去省城接医生,晚上又安排晚饭,还把五千元的红包也付了,既热情又辛苦。

邓远航并不知道叫李晓阳去安排这些事,他要知道是不会同意他去的。所以,小凤一进来,邓远航就批评说:“我们岁数大了,头脑糊涂了,你这么年轻,头脑也不管用啦?怎么想得起来叫李晓阳去省城接医生的呢?”

“车子是他管的,他说他要到省委办公厅送个材料,我就让他去了。我当时想,他去是公事,接医生就是顺带,也就不存在公车私用了。怎么?出什么差错啦?”小凤说。

“也没什么大事,但他这个人你又不是不知道,他是个沾哪儿哪儿就有事的人物。以后做事要多留个心眼儿。行了,你把他喊过来,把一些事跟他当面结清了,免得以后节外生枝。”邓远航交代说。

106

小凤喊来李晓阳,邓远航指着沙发叫他们两人坐。

你不要看李晓阳在外边说话硬卡卡、神气六国的,可他一到书记办公室看到邓远航那威严的面孔,他心里还是有点惧怕的,当然他今天更是心虚,因为昨晚他按照大姐夫钟场长的指令,写好了检举他邓远航的“人民来信”连夜发了出去。因而,当小凤喊他过来时,他脸涨得通红,两眼不敢正视邓远航;当邓远航叫他们坐时,他竟然朝后退了两步坐到了沙发扶手上。

他这样的举动引起了邓远航的怀疑，莫不是他做了亏心事？昨天下午本来没安排他跟车去接医生，他偏要去，他去了一趟，晚上儿子就被绑架了，是不是他与其姐夫钟玉保共同密谋的呢？得盘问盘问，看他是否与绑架案有关。因而邓远航仔细地打量了他一下，见他眼神游移、精神萎靡，便说道："好，你昨天功劳不小，成日带夜地干了一件好事，我得感谢你。不过，干了好事应该精神焕发，你怎么这么萎靡不振的啊？是不是怕我不表扬你反而批评你啊？"

听邓远航这么说，李晓阳吓得不清。他想：昨晚在办公室写"人民来信"，肯定被机要局人看到了，并且向邓远航告密了，现在他晓得了不承认就罪加一等了，因而赶忙站起来有点语无伦次地说："书记啊，没有、没有，我事没做好，我没做好事，书记啊你批评我吧，我做得不对。"

李晓阳这种反应更增加了邓远航对他的怀疑，因而，邓远航又继续话中带话地说："李主任，我们在石龟中学就熟悉了，我这个人的脾气你是知道。我历来都是功过分明的，功是功，过是过，功不抵过，过也不能抹功，你做的好事我会表扬，你做得不好的事，我是肯定要批评的。还有一点，就是我受不得别人蒙骗，特别是身边人，如果哪个背着我做什么事，那这个人绝对是没有好结果的。"

小凤也施压："是啊，李主任，主动说出来跟组织上查出来，结果可是一个天一个地啊！"

李晓阳心想：他们都说到这份儿上了，不坦白就没机会了，赶紧吧！于是他对邓远航说："邓书记，我对不起你，你以前对我那么关照，我却恩将仇报，在你背后捅刀子，我不是人，你处罚我吧！"

背后捅刀子？是不是指的就是绑架我儿子的事呢？如果是，那儿子就有救了，如果不是，他指的是什么呢？不管是不是，他这里边有鬼是肯定的，我且用一语双关的话问一问他，看他如何反应。于是，他问道："好，有勇气承认错误，值得肯定。不过你还没坦白他的去向是哪里，你必须把这个问题说清楚！"说到最后，邓远航加大了嗓音。

"邓书记，我全告诉你：昨晚我写了你的'人民来信'，一共抄了三份，三份的去向，一份昨晚塞到田书记房间里了，还有两份塞到邮政局门口的邮筒里，可能他们还没开箱呢，不行，我现在去找他们，把它们拿回来烧了。"李晓阳一口气说出了他昨晚忙了一夜忙出的这三封"人民来信"的去向。

“李晓阳，我早晓得你平时在外边发邓书记的牢骚，但没想到你竟然堕落到这种程度，做这种下作的事，真不是个东西。就是养个狗，它还知道看门口呢，你忘恩负义，猪狗不如！”小凤气得直骂。

李晓阳这一交代使邓远航既尴尬又痛恨。他尴尬的是他分析有误，且干预有错。他原以为他即使不是参与了绑架，至少也做了其他损公肥私的事，哪知他干的是写“人民来信”的事。他想：写“人民来信”是他个人的权利，我作为一名场委书记怎么可以去干涉和指责他呢？即使他检举的是我本人，我也不能剥夺他写“人民来信”、向上级组织反映问题的权利啊。他痛恨的是他一直关心、信任的身边人竟然向他放起了黑枪，就像一条养熟了十几年的已经成为家庭一员的狗，忽然有一天跳出来撕咬主人，把主人咬得鲜血淋漓，这不能不令人切齿。但他又一想，身边人鸣不平也是他的权利，尽管矛头是对着自己的，又是在上级调查组进驻九龟的节骨眼上，但作为九龟的当家人必须显示出自己宽广的胸怀，抱着“有则改之，无则加勉”的态度，容忍下属向上级反映自己的问题。因而，这个事就到此为止，不管他写的什么内容都不必再追究下去了，对与错、是与非、真与假，由组织调查判断。于是，他对李晓阳说：“好，这个事就这样了，你放心，我也不会追究你什么。下边我跟你说第二件事。”

听说还有第二件事小凤有点自责了。她想：这个李晓阳真是不可救药了，还有第二件事，这真幸亏邓书记发现得早，如果发现迟了，这颗定时炸弹真要在领导身边引爆了，那可怎么得了啊？小凤啊小凤，你的政治敏锐性也太低了，这个卧底隐藏在领导身边这么久，你竟然没发觉，这是你这办公室主任的失职噢。

李晓阳听了邓远航的话有点后怕了，心想：人就不能做坏事，一做坏事，天下的坏事全朝你头上垛，得赶紧跟书记解释清楚，千万不能替别人背黑锅。于是，他说道：“邓书记啊，一人做事一人当，我做的事我全说出来了，这第二个事跟我一点关系也没有，我绝对没参与。你不能把坏事全朝我身上贴啦？”

“怎么跟你一点关系没有啊？跟你关系大呢。来，我跟你算账。”邓远航说。

算账？乖乖，不得了了，拜堂听到乌鸦叫，这辈子算倒了霉了，哪个叫你小小蚍蜉扳人家大树，自不量力的呢？哪个叫你一个小主任跟人家大书记斗的呢？斗啊，斗出好处来了吧？听那个鬼姐夫的话呢，听啊，听出纰漏来了吧？真是蚂蚁碰上大公鸡，活该啊！活该！只有听凭书记惩罚了，大概要把我降到股级，撵我滚蛋了，不管是斩是剐，你就受着吧！想到这儿，李晓阳嘟囔道："书记，是我对不起你的，你发落吧。"

"你不要瞎想，没那么严重，我这个人是不报复人的。我跟你讲，昨天，用办公室公车去给我办了私事，我应该付钱。喏，这是二百元钱，到时叫办公室开个收据给我。拿着！"邓远航说着把两张百元的票子递了过去。

李晓阳两手抖抖地伸过去一边接票子一边说："我那信上写这个是写了玩的，你就不要当真了，书记用个车子算多大个事噻，给什么钱噻。"

邓远航没接他的茬，继续说道："还有，我不知道请医生来还要给红包，你替我考虑了，应该感谢你。喏，这是五千元钱，小凤，你替他数一下。"他说着又把手上的一沓钞票递给小凤。

"书记啊，这个钱我是看望两位奶奶的哎，这个钱你也给我，叫我无地自容噻，我再啬抠，不能一点人情礼都不出噻？再说，我那信上写是写了这个事，是没话找话说，也没说不能收人情礼哎。"李晓阳一边低声说一边看着小凤数钱。

邓远航仍没理睬他，又继续说道："晚上你安排了一桌饭，喝掉了一瓶白酒，这个账也应该由我来付。喏，这是一千元，你等会儿就到饭店把账结掉，开个发票给我，过来按实多贴少补。"邓远航说着把一千元又递了过去。

李晓阳不肯伸手接这一千元，他说："书记啊，这个钱我不好拿，我就请他们吃个饭都不能啦？何况还有我参加吃的，一瓶白酒我自己得喝掉六七两了，那要算钱，我也只能收你三折的钱啊。"

"拿着，不要说那么多了，你吃也是应该的，你陪我家老大一起去接医生，也很辛苦，就算我感谢你，请你吃这顿饭的吧。"至此，邓远航把因两位母亲生病该李晓阳的账都一一跟他算清了。

算完账，李晓阳感叹道：人啊就不能背地里整人，四处都是眼睛，你整人啊，人家都看得清清楚楚，你看我写他的几条，他全晓得了，看来我还是太嫩了，大姐夫也不是他的对手噢。

107

邓远航送走小凤和李晓阳,正准备打电话给公安局翟局长问问省城那边案子有没有什么眉目,洪光武又推门进来了。

昨晚,钟玉保他们几个密谋整邓远航,洪光武左右为难,从亲戚关系上讲,他应该站在家里人这边,但从他与邓远航自小建立的友谊说,他又不愿陷入其中,卷入他们的风波,因而他设法提前离开了小蔡酒楼那个是非之地,就想谁也不得罪,自己求个心静。

可回到家后还是未得到清静,妻子钟玉家一见他就是连串的问话:“平时都不想早回家,今儿个跟什么人吃饭,怎么弄的叫老婆装病喊你回家的啊？难不成那些人都是你很讨厌的人,看到就要吐啊？”

“吐啊？我哪敢啊！你说跟什么人吃饭的啊？跟你钟家三兄弟,还外带你大哥的一个舅老爷。”洪光武答道。

“都是家里人啊,你怎么酒喝不下去的啊？难不成他们还欺负你这个外姓？”钟玉家又问。

“没有,他们对我好着呢,就是我今晚不想跟他们喝酒。”洪光武说。

“不想跟他们喝酒,你倒说个理由出来噻。”钟玉家说。

“他们说的话我不想听,他们做的事我不愿参加。”洪光武说。

“什么话你不想听,什么事你不愿参加啊？”钟玉家问。

“他们在谋划整邓远航的事。”洪光武把钟玉保他们密谋的事抖了出来。

“啊？都是几十年的老同学、老朋友、老同事,为什么要整人家？难不成远航做了书记后欺负我大哥了？”钟玉家吃了一惊,她想不通几个兄弟为什么要这样做。

“欺负你大哥？你大哥那种人是人家能欺负得了的吗？他不欺负人家就谢天谢地了,还人家欺负他呢,怎么可能！”洪光武说。

“那远航有什么把柄抓在他们手里了吗？”钟玉家又问。

“什么把柄？在我看都是些鸡毛蒜皮、摆不上台盘的事。说他什么公车私用、公款私用、公人私用,充其量几千块钱,你说,一个场委书记一年用个几千块钱不是小意思啊？他们还当成令箭去告人家呢。”洪光武说。

"就这几个小事还告人家,真是小家子气。我去找他们,叫他们不要吹鼓手赶集,没事找事做。"钟玉家说着就要出门。

洪光武拉着她说:"你不要急嘍,还有呢。他们还说他在外边养情人呢。"

"他远航养情人?他养哪一个?"钟玉家不相信地问。

"他们说是小凤。"洪光武说。

"小凤?你相信这事?"钟玉家带有责问的口气说。

提到这事,洪光武自然是不信的,但他觉得邓远航在妻子钟玉家心里的形象过于纯洁高大,因而他想就此让邓远航的形象缩小些,所以他说道:"怎么说呢?人是会变的,他职位变了,小凤又在身边,有不得这事就很难说了。"

钟玉家对丈夫没有旗帜鲜明地维护邓远航的形象很不高兴,因而就以他为例来说事:"照你这样子说,你从办公室主任、宣传部长到副书记,职位也变了,那肯定在外边也养了情人了?"

洪光武的脸唰地一下全红了,他心想幸亏早与二凤断了关系,要是不断被你晓得那还得了?他略微镇定了一下说:"你把你丈夫看成什么人了?"

"你要不可能,那人家邓远航更不可能!"钟玉家说。

"是啊,我也这么想哎。只是,他把小凤弄到身边,外界人有怀疑哎。古人不是说,李下不整冠,瓜田不纳履嘛。"洪光武说。

"你还说这个呢,我怎么听人说,小凤做办公室主任是你和大哥极力推荐的呢?你们不是故意给人家设套吧?"钟玉家问。

不能再提这个,提到这个又涉及二凤了,因而,洪光武赶快岔开话题说:"好,不说这个了。昨晚他们还提到他一件事,我觉得倒蛮严重的。"

"什么事?"钟玉家问。

"说他受贿两万多元钱,就这一笔就可以办他罪了!"洪光武说。

"啊?这是真的假的?要是真的这可怎么得了?"钟玉家担心地问。

"不过,也不要过于紧张,关键要看他是怎么处理的。"洪光武说。

"怎么处理的才不得罪呢?"钟玉家又问。

洪光武对钟玉家这么关心邓远航很不是滋味,心想这么多年过去了她心里仍然牵挂着他,他到底比你老公强多少呢?因心里不太高兴回答钟玉家的话,因而态度也就不好了:"你烦那么多神干什么?他收的是书,又不是钱,你担的什么心啦?”

“噢,书啊?你早说噻,这算什么受贿噻,看你把我吓得汗都出来了。不过,这个也像是邓远航,收书我相信他会的,收钱他是绝对不会的。”钟玉家一边擦汗一边说。

“他受贿,你把汗吓出来,倒是什么理啊?”洪光武问。

“那你说的,我们是一个院子长大的,一路同学,又一起插队,不管哪个要出个什么问题,另一个总是要替他担心的啊。”钟玉家说。

“那我告诉你,干脆叫你担心担到底,收书也是受贿,收开发商两万多块钱的书已经可以判刑了。”洪光武不快地说。

“啊?还是要判刑啊?你不要吓唬我噢。”钟玉家捂着胸口说。

“是真的!是板上钉钉的事!是一定要判刑的!”洪光武加重语气说。

“那怎么办呢?老公啊,你帮着想想办法吧。”钟玉家似乎觉得只有自己的丈夫才能救邓远航。

“怎么办啊?很简单哎,叫他把书搬到会议室去就行了呗。”洪光武说。

“那老公啊,你不能见死不救啊,你现在就去找邓远航,叫他把书搬到会议室去。”钟玉家一边说一边来拉洪光武。

洪光武拉开钟玉家的手说:“你这么关心邓远航是不是有点过啦?我问你,我要是受贿了,你会不会像对待邓远航一样地对待我?”

“你呀,我告诉你,你要是因为收贿被抓进去,第一天进去,第二天我就跟你离婚,你趁早打消这个念头。”钟玉家的意思是提醒丈夫不能碰那个高压线,哪知丈夫却把意思理解偏了。

洪光武心想:邓远航受贿,你千方百计要去救他,我要是受贿,你立马就离婚,几十年的感情就这么被随意地撂进了九龟湖,真是我和你的“刎颈”之交,还不如我和二凤的“吻颈”之交呢,想起来真叫人寒心啦,早知你这种感情,我还不一定要跟二凤断了来往呢。

钟玉家见丈夫不说话也不肯走,便又催道:“你这人怎么这样子的啊?你小时要饭,人家对你也不薄,你插队时,人家也很关照你,现在人家遇到了个坎,你怎么坐视不管,不拉人家一把的呢?”钟玉家说。

洪光武有点不耐烦地说:“你把你丈夫看得也太高大了?你以为这么个小事我能看出来,他邓远航看不出来?他自己不会自保?”

“这倒也是，他不比你笨，这个问题他应该想得比你好。那睡觉吧，你明早上班去提醒他一下。”钟玉家最后要求道。

108

早上一上班，洪光武就准备来找邓远航提收书的事了，见他们在谈事，他就没打搅，这会儿看小凤他们出来了，他才走进邓远航的办公室。一进邓远航办公室，洪光武就四处寻找起来。他只在书柜上看到了两本，其他地方没看到。

邓远航见他进来什么话不说，只是东张西望、四处找寻，便问：“你是不是有什么宠物跑过来啦?”

“远航啊，你真会开玩笑，你什么时候看我养过什么宠物的啊？你晓得的，我的最宠是《资本论》，别的没有。”洪光武说。

“没有，你左顾右盼的，眼睛像扫描仪一样来回扫什么扫啊?”邓远航开玩笑说。

“我啊？是扫书！是不是在哪个门关着的柜子里?”洪光武问。

“什么书?”邓远航反问。

“你收的开发商的书，《二十四史》。”洪光武说。

“你想看啊？要看去向办公室李晓阳借去，在他们办公室那儿保管呢，我这儿只有两本。”邓远航指着书柜说。

“噢，在他们办公室那儿挺好的，这就没事了。”洪光武说。

“怎么？那书有什么问题吗?”邓远航问。

“远航，我告诉你有人就这个书的事说你受贿呢。咱们是多少年的感情了，我能看着你在阴沟里翻船吗？我就是来提醒你这个事的。”洪光武说。

“那谢谢你，不过这个书上没问题。书款是办公室打专项向财政要的，书由他们办公室登记在册并负责保管，哪个要看都可以到他们那儿借，至于王石基的两万多元钱也早已由他们办公室退还给他了。你放心，没事的。”邓远航说。

“这个我放心了，但还有一件事老是在心里压着，我怕影响你的形象，坏了你的名声。”洪光武说。

“什么事?”邓远航问。

“就是小凤主任的事。”洪光武说。

“她不是干得很好的吗?怎么,社会上有什么反映吗?”邓远航问。

“不是有她的反映,而是有你的反映。”洪光武说。

“有我什么反映?”邓远航问。

洪光武有点不好意思说,他考虑了一会儿,还是开口说道:“说你们俩……”

邓远航一摆手说:“你不要说了,我知道了。光武,你我相识几十年了,你扪心自问,我能做这个事吗?”

“你有那个贼心也没那个贼胆,你这个人我了解,你不按常理出牌,出格的事做了不少,但我是绝对相信你不会做这种出格的事的。但是没做,不等于社会上不说。远航,我承认当时我是竭力推荐小凤做办公室主任的,现在看来这样安排还有欠考虑的地方。”

“你推荐得不错啊,人家主任不是当得很好吗?没有辜负你的希望啊。”邓远航褒扬他说。

“她当主任是没有话说的,只是对你的形象产生了些不良影响。我看适当时候还是把她的工作动一动。”洪光武建议说。

“不是因为人家自身问题,而是因为我形象的原因动人家的工作,是不能服人的啊!”邓远航说。

洪光武觉得必须把他的思想说通,尽早安排小凤离开办公室,于是他劝道:“远航,我们是老朋友,我跟你说心里话,我只想说两句话:一句话是,这么漂亮的一个单身女人在你身边做主任,社会上的人说你闲话你是堵不住人家的嘴的,即使你堵住人家的嘴,万一日久生情,真出了事怎么办?”

“光武,你把我看成什么人了,遇到单身美女就会出事?”邓远航打断洪光武的话责问。

“远航,我不是说你一定会出事,我是说假如遇到特定情况,比如酒喝多了,大脑糊涂控制不住自己了,就很难说不出事了,我们都是男人啊。第二句话,你是九龟的一把手,你的形象就是九龟的形象,为了维护你的形象,我们可以不考虑其他人的感受。我就这两句话,请你三思。”洪光武说。

两人正谈着,小凤敲门进来说:“调查组要这两年场委会、两套班子会的会议记录。”

“拿给他们，赶快送去。”邓远航说。

“还有，田书记问你现在有没有时间，他想请你去谈谈。”小凤又说。

“行，我现在就去。光武，你说的事我们再交流。另外，我中午可能要去省城去办点事，如果钟场长没回来，家里的事你就多问问。”邓远航交代完就到宾馆去了。

此时，钟场长正在回来的路上。

早上，他抢邓远航之先要出差，就是想通过找陆书记来影响调查组的工作。他兴冲冲地往省农垦赶，期待着陆书记的热情相迎，为此他还在包里揣了两万元钱，准备送给陆书记以进一步拉近他们的关系。可是当他到省农垦办公大楼时则有点失望了，办公室一位秘书告诉他，陆书记接待客人去了没有时间接待他，来了叫他打个电话给他。

钟玉保心想也好，领导忙，没时间当面请教，电话里说说也行。于是，他拨通了陆书记的电话：“陆书记啊，我是小钟哎，你在哪里？我去找你。”

“有事电话里简单说几句，我正忙哪。”电话那边传来陆书记很冷的话语。

钟玉保心里一凉，没过去那么热情了嘛。但他还是厚着脸皮争取着：“就一分钟，领导你给我一分钟就行了。”

陆书记不耐烦地问：“什么事啊？”

钟玉保心想在电话里不能把要求查邓远航的事说出来，这个事只有当面说，现在的关键是能让他跟我见上一面。怎么达到这个目的呢，只有用钱开路了。于是他硬着头皮说：“领导啊，你的两万元奖金在我这块儿呢，我来送给你的。”他想，他陆书记就是再忙，听到这两万元“奖金”，他肯定会留时间跟我见面的，说不定中午还叫我跟他陪客呢。

然而，他想错了，陆书记不但没吃他这一套，而且还在电话里把他批评了一通：“小钟啊，我告诉你，你不能老靠这一套去获取领导的信任，要像人家邓远航那样靠踏踏实实地干去塑自己的形象。念你的旧情，我提醒你，有人反映你问题的信到我这儿了，我压在这儿没转呢，检举你在企业改制中收他十万元现金，我告诉你，你自己的屁股你自己擦吧！”说完挂了电话。

陆书记对钟玉保的态度为什么出现这种一百八十度大转弯呢？原

来，陆书记昨天下午一回来就收到了方元本的检举信，后来又听说他的后台汤厅长退休了，再加上他今天接待省委常委文秘书长时，文秘书长向他问到了邓远航的情况，因而他对九龟党政领导的态度自然就发生了变化。

109

钟玉保哪里知道陆书记态度变化的原因，他见陆书记那边挂了电话，在心里骂：他妈的，一个场长想见一个省农垦书记都这么难见，官僚主义到什么程度了，我还给过你两只金龟呢，你怎么这么快态度就变化了呢？真是狗脸不长毛，翻脸不认人啦？不见？不见就算，下次你想见老子，老子还不见你呢！

在回家的路上，他对陆书记的态度又有了变化，心想：毕竟人家还把检举信的事透露了给你，说明他还是关心你的。人家把消息透露出来，就是叫你把这事处理干净哎，否则是坐大牢的罪哎。怎么处理呢？只有把十万元退到省农垦纪委书记田生富那儿才有用啊。这样提拔当书记坐到邓远航那个位子是不可能了，弄不好又要降到副处了。想到这儿，他大骂方元本，这个龟仔是个害人精，插队时差点要了我的命，现在又断了我的政治生命，恨只恨我心太软没有早对他下毒手！原来觉得邓家可恶呢，现在看来这方家最可恶。妈的，你姓方的等着，等我度过这个困难时期，我绝饶不了你。可眼前怎么办呢？陆书记叫我自己擦屁股，这屁股怎么擦呢？他方元本的这十万元好办，退掉就行了，但王秃子那五百万怎么退呢？退钱？买个印钞机连夜印也来不及啊，把上海房产过户给王石基？可儿子、儿媳正在东南亚度蜜月呢，什么手续也办不起来哎。他实在想不出个好办法，便叫驾驶员把车直接开到石龟分场的九龟寺。

这九龟寺在近代被毁是钟玉保当红卫兵那个年代，那时他为了争得去北京天安门接受检阅的名额，带头拆九龟寺、砸石龟塔，他那时的收获是得到了去北京的名额，又收藏了八只金龟，这八只金龟后来被他陆续送出，为他在仕途上的升迁做出了不小的贡献。

前几年，九龟农场重修了九龟寺，住持正是当年的小和尚同仁师父。这同仁师父当时亲眼见到钟玉保他们带领红卫兵查抄、拆砸九龟寺，逼死师父觉仁的全部事实，但他们出家人讲究放下，因而他早放下了过去寺被毁的事。九龟寺重修后，钟玉保也来过多次，每次来，同仁住持都笑脸相迎，有求必应。

今天钟玉保再次来到九龟寺与以前各次都不相同，过去来不是检查工作就是征求意见，这次来则是问路的。因而，他一来就拉着同仁进了他的书房问："大师，你给我看看，我这段时间有没有什么灾啊？"

"钟场长，你忘啦，我们出家人是不给人看相预测未来的。"同仁住持说。

"那进了你寺庙，你总得让我心里有所觉悟啊！"钟玉保说。

"如此，你随老衲前往大雄宝殿烧香，佛会显灵。"同仁说着把钟玉保带到大雄宝殿。

钟玉保恭敬地请了三支香来到如来佛前立定，掏出打火机点燃手上的香。可立在这神圣的地方不知是他想起了四十年前老和尚觉仁，还是想起了砸石龟塔时的那声惊雷，心里有些发怵，拿香的手竟然也有点抖，点香时就是点不着，那香光冒黑烟。折腾了几分钟才把手上的三支香点着插进香炉。然后，慢慢退后，缓缓跪下，虔诚地磕了三个长头，又站起来双眼微闭、双手合十对着如来佛，口里念念有词说了一通，待三支香烧尽才抬步离开，来到一直在旁边看他烧香的同仁住持面前。

同仁住持问他："得到佛的心灵感应了吗？"

钟玉保心想：感应？除了被烟熏得想咳痰以外，心里没别的感受。但在这庄严的氛围里他没说出心里的想法，而是紧闭着嘴不吱声。

同仁住持又说："场长请，再到老衲处喝杯茶。"

来到同仁的卧室兼书房，钟玉保感到心脏一阵紧缩。原来这书房跟四十年前觉仁和尚的书房一模一样，没有丝毫的不同，只是物是人非，主人由觉仁变成了同仁。他清楚地记得他从这书房里拿走了三只小金龟，他想：今天，他再次来到这里，如果刚才那三支香烧得灵验的话，觉仁老和尚会不会显灵来跟他索要那三只小金龟呢？如果那样的话，我情愿不要那三支香烧得灵验，以阻止觉仁老和尚灵魂的降临。

待同仁住持把一杯茶递到他面前时，他端起呷了一口说："同仁师父，我感觉到我刚才的香没烧好。"

同仁住持惊讶地问："噢？你是怎么感觉到的呢？"

"因为你刚才问我有无感应，我一点感应不得，所以觉得刚才的香烧得不好。你看如何呢？"钟玉保其实怕香烧得好使觉仁老和尚显灵来跟他要小金龟,所以才主动地另找个理由说香烧得不好。

“好,场长,你真是个自知之明的人,如此,你定会逢凶化吉。”同仁说。

“啊?真不好啊?”真要从同仁住持嘴里说出他刚才的香烧得不好,他又紧张起来了,害怕刚才烧的香真会有什么不好的暗示,因而,他追问了一句。

同仁住持没有直说,只是点点头。

钟玉保仍不相信,便说道:“三支香不是烧得一干二净嘛,怎么还不好?”

同仁住持喝了口茶说:“场长刚才烧香时手发抖,说明你心里有惧怕不能排解;你点香时,几次黑烟上冲点不着,冒黑烟点不着为凶也;香点着了,落灰时香向外弯曲落灰,且落的是黑灰,白吉黑凶黄发福,曲直外弯为破财。由此看来,你这个香烧得很不好,为凶多吉少啊!”

“啊?那怎么办啦?大师,有破解的办法吗?大师,你这次如果帮我逢凶化吉,我回去拨款二百万给你们寺庙!”钟玉保害怕起来。

“场长不要紧张,佛门就是做善事的,老衲会帮你渡过劫难的。”同仁说。

“有什么法子可施?”钟玉保急切地问。

“从现在起,你不能离开佛门一步,一直到下一个太阳出来方可离开。”同仁住持给他指路说。

钟玉保想:调查组已在九龟,检举信已到陆书记手里,看来灾祸是降了,不躲一躲是不行的了,而佛门是普度众生、救人于危难之中的地方,看来只有在这个地方能把这场灾祸躲过去了。于是,他对同仁住持说:“谢谢大师指路,小的遵命,夜宿九龟寺。”

“老衲还有话交代,场长在这清净之地,心里只能忏悔过去的罪恶,而绝不能再产生新的邪念。否则,佛门虽广,但不度无信、无愿、无缘之人。佛祖欺不得,阿弥陀佛。”同仁住持交代说。

起初,钟玉保还能遵守同仁住持的教诲,心无旁骛地潜心看书,到吃过午饭,他的心就不安分起来。他觉得在这里躲,也可能有用,但只是个消极被动的办法,要彻底地消除自己这场灾难,还必须采取一些积极主动的措施。因此,他打电话叫来了钟玉卫、钟玉国两个弟弟,跟他们密谈了一会儿,确定由他们在今晚彻底解决王石基那五百万的问题。

两兄弟回到场区就约王石基晚上吃晚饭,吃过晚饭“擦皮鞋”(一种由三人用纸牌赌博的形式)。王石基听他们说“擦皮鞋”,要在平时他是不答应的。说实话,他这个人除了好色外,赌博他是没有瘾的。但今天,钟家两兄弟一喊,他就满口答应了。他想,人家不是说我得了抑郁症吗?我就要从他们那儿挖点票子过来,让他们看看我王某人是不是得了抑郁症,是不是正常人。

110

王石基早上搞不懂外边人为什么传他得抑郁症后,他就到场部大楼找邓远航,想请他帮着分析一下。他到三楼,邓远航正在钟玉保办公室,邓远航从二楼走楼梯上三楼时,他则走电梯下一楼了。

王石基一出电梯门又碰上急匆匆要去找陆书记的钟玉保。

“哎,王总,听说你得抑郁症啦?怎么搞的啊?”钟玉保故意把声音说得很大,让满大厅的人都听到。

王石基苦笑:“我自己也不晓得我怎么得这个病的,你看我像吗?那纯粹是外边人他妈的瞎嚼白舌头的!”

“哎,你不能骂人噢,人家指出你得这个病是关心你哎。我看你挺像得的是抑郁症。我跟你讲噢,这个病就像喝酒的喝醉了,你说他醉了,他偏说没醉。你现在就是这样,人家说你有抑郁症,你偏说没有,其实是真有。”钟玉保说。

“钟场长,你也相信这些鬼话?我真没有得抑郁症!”王石基强调说。

“你看,这就是抑郁症,还蛮严重的呢。这样吧,我马上到湖上去,先给你把医院联系好,明后天你就到湖上去住院治疗,不能再拖了,拖到想自杀那后果就严重了。”钟玉保说着走出大厅上了车。

钟玉保车走了,王石基还站在那里看着远去的车子。门卫上来说:“王总,你这病还真不轻呢,你赶快听钟场长的话,先到我们九龟医院去看看吧。”

王石基没搭理他,径直来到宾馆找田生富了。

田生富听了他说的情况后警觉起来了,他害怕有人想谋害他,因而问道:“你说老实话,他有没有收过你的钱?”

王石基这时还想保护钟玉保，因而摇摇头说：“绝对没有，这个不能瞎嚼，人家是个绝对廉政的好干部。”

“好，我现在也没的时间跟你查证这个，有没有以后会清楚的。有一条我告诉你，你要想保护好你自己，你现在必须把有关送礼的账本转移到你最信任的人那儿保管，不能还放在会计那儿了。”田生富交代说。

这一点，王石基回来后照着做了，他把记有与钟玉保资金往来的那个账本从会计那儿调出来交给了老婆。

这会儿钟家两弟兄约他吃晚饭、打牌，他都去，就是要让更多的人看到他是一个健康的人。

钟家两小兄弟把他约到小蔡酒楼三楼喝酒。钟玉国先开口说：“王总，今儿个高兴，铁器厂这块地经过一阵折腾，今儿个总算正式开工了，我们兄弟特地备些薄酒给你祝贺。”

王石基二话没说，从桌上拿起酒瓶给自己杯子里倒了满满一两酒，然后放下酒瓶，端起酒杯一饮而尽。喝完酒，他用手把嘴一抹骂道：“他奶奶的，就是哪个龟仔，说我得了抑郁症，你们兄弟说，我像得抑郁症的人吗？抑郁症的人能这么喝酒吗？不信，我再喝一杯给你们看看，哪个抑郁症能像我这样喝酒的？”说完又给自己倒满一杯，端起酒杯就要喝。

钟玉卫一把夺下他的酒杯说：“王总、王总，好酒要慢慢品，不能喝多，喝多了擦皮鞋擦不成了。”

钟玉国也说：“王总，你跟社会上那些谣传较什么真啦？我告诉你，要说你得抑郁症，那我就是抑郁症晚期了，简直瞎放屁嘛。行了，不要计较了，吃菜。”

“不行，你们俩兄弟给我证明，你们说，我是不是抑郁症？”王石基坚持说。

两兄弟说：“我们给你证明，你绝对不是抑郁症。行了，吃菜吧。”

“不行，你们俩兄弟明天到场部大楼、到九龟大街上给我去说：王石基很健康，没得抑郁症！我给你们开工资，一天五百元。”王石基说。

钟玉国说：“行，我们明天一个人带个高音喇叭，带个铜锣，大街小巷地喊：王总不得病，绝对不是抑郁症。”

钟玉卫说：“对，再带把剪刀，哪个再说王总是抑郁症就剪他的嘴。行了吧？来，现在吃菜。”

王石基这才高兴地说：“还是你们俩小弟兄了解我。好，来，今儿个你王大哥跟你们弟兄俩好好喝一下,来,干杯!"

三人喝到九点多要到茶社去打牌,王石基说:"花那个钱做什么啊?我那六楼现成的棋牌室,有人保卫还有人倒茶,多好的交易啊。走,到我那块儿去。我打个电话,叫他们把空调开好,茶烧好,再叫他们上街买个大西瓜。"王石基的酒虽有点儿喝多了,但头脑还清醒,他想:在满大街还认为他有抑郁症时必须要注意自身安全,今晚躲在自己的办公大楼里有保安保卫当然是很安全的了,可以放心地跟他们俩小兄弟玩一把了。

在他们正准备到建筑大厦六楼"擦皮鞋"时,邓远航正带着五十万元坐在出租车上被劫匪调来调去呢。

上午,邓远航到田生富那里谈话出来时就收到了劫匪的信息,叫他把钱准备好,晚上八点左右在省城赎人。接到这个信息,他就通知公安局翟局长与省城公安联系做好准备,叫小凤把五十万元用帆布袋子装好带着,自己则到医院看两位母亲的手术情况。他到医院时,两台手术均已做完,两位母亲都已回到了病房,只是还不太清醒都睡着。他也没叫醒她们,对妻子说:"她们看上去还不错,倒是你脸色不好看,是不是太累了?"

黄洁青说:"我还好,我看你心神不宁的,是不是有什么事瞒着我?"

"没有,就是工作太忙,顾不了你们,叫你受累了,有点不好意思。"邓远航说。

"你工作要紧,我这里也没什么,过几天她们出院就好了。我在这里忙,也顾不了你,你照顾好自己,注意休息,不要把身体弄垮了。"妻子含着泪水说。

"嗯,我没事,我马上陪医生吃个便饭,下午我正好要到省里办事,顺便送他回去。"邓远航说。

公安局翟局长接到邓远航的电话后就带着几个人去省城了。下午,邓远航、小凤送医生回家,五点多也到了关总的九龟湖国际大酒店。他们刚歇下来,劫匪信息就到了,叫晚上七点坐出租车到汽车总站交钱赎人。他们赶紧一边安排工作餐,一边布置警力,待吃完工作餐便奔赴汽车站。省城公安局安排了六辆商务车,每辆车里有七名警察,两辆车跟着邓远航坐的出租车,另四辆机动安排。

邓远航六点半就到汽车总站等了,等到七点一刻又收到信息叫十分钟后到火车站交钱。邓远航赶快打的到火车站,到火车站等了几个十分钟也没有人来要钱。到近八点时又叫到汽车南站,邓远航又打的穿城往南奔。这样来回转换了好几个地方,把邓远航折腾得精疲力尽。

近九点时又叫到环城路东边的立交桥上交钱。邓远航分析可能又是假的,在那上边交钱,劫匪难以逃脱,但也不排除劫匪再安排在附近易逃跑的地方交易。因而,他建议公安部门重新调整布置,留下一辆车跟随他,其余五辆车布置在立交桥前边的道口和下边的高速上。布置好后,邓远航拎着布袋站到了立交桥上。

111

今晚是农历十五,一轮明月辉映着路灯,把立交桥照得清清楚楚。邓远航想,劫匪肯定不敢在桥上做交易。闷热的天气蒸得他汗流浃背,他一边抹着汗一边在桥上来回走动,四处张望,焦急地等待着劫匪出现。这时,他又收到一条信息,叫他站到北边的栏杆靠左边处,把钱从桥上撂到桥下的高速公路上。劫匪果然狡猾,如果公安的力量都布置在环城路上,那就没法到下边的高速上抓劫匪了。幸亏他们早有预料,提前到下边的高速公路上布置了警力。

邓远航先给翟局长发了个信息,然后来到北边的栏杆处,伸出头向桥下看,桥下靠左边停着一辆轿车,旁边有个人向上招手,但看不清车的牌照和人的脸。他把装着五十万元钱的布袋伸出栏杆外但没有松手。他在犹豫到底把不把它撂下去,撂下去了,劫匪不放人或者已经撕票了怎么办?但不撂下去又怎么办呢?现在与劫匪也没法联系,他们每次发完信息就关机,让你没法跟他们沟通。正犹豫着,信息又来了:快撂!一分钟之内不撂下来,就等着给你儿子收尸吧!邓远航没法,只得牙一咬,手一松,将自己拿房产、存折抵押贷来的五十万元丢了下去。

钱袋撂下去后,他赶忙伸头向下看。只见车旁的那人一把捡过袋子,一步跨到车里,车飞也似的溜了。看到消失的劫匪,邓远航瘫坐在桥边,掏出手机,两眼紧盯着机屏,似乎要从里边把儿子盯出来。

过了有十分钟,他的手机响了,是儿子的,赶快接听,是儿子的声音,说已被他们放出来了,正在回宿舍。此时,邓远航什么话也说不出来,泪水伴着汗水唰唰地往下滴。

这时他的车和翟局长的警车过来接他了。翟局长告诉他,劫匪抓住了，主谋是方元本，他要求跟你见一面。邓远航随他们来到沿江派出所，在审讯室里隔着不锈钢栅栏与方元本见面了。

邓远航见到他没有吱声，倒是方元本先开口说："我要跟你见面，就是要向你表达歉意，说声对不起你，本来是要绑钟玉保的龟儿子的，不料他出国了，才顺便绑你儿子的。"

"为什么要搞绑架？"邓远航冷冷地问。

"绑你儿子没有理由，绑他儿子是因为他拿了我的钱没给我办事。"方元本说。

"方元本，你要知道，你送他钱、你搞绑架都是违法犯罪，你没有理由为你这些罪行辩护。"邓远航严肃地说。

"我知道，我犯下的罪，我自己去接受惩罚。"方元本说。

"方元本，你要知道，自己欠下了债赶紧要还，如果赖账，以后会有更大的账单等着你还！"邓远航说。

"邓书记，我违法是违法了，但不能把我说得一无是处啊。我是个硬气的人，是从来不赖账的啊。"方元本说。

"你不懂吗？我告诉你，你第一次欠债是什么时候？是在龟岛插队的时候，不管钟玉保有什么过错，你用凿子把他凿成重伤，你就是违法，你就必须受到法律的惩罚！可是你受罚了吗？没有！你逃跑躲避惩罚，这不是赖账吗？后来，你从深圳回九龟了，按理应主动到公安机关自首接受惩罚，但你大哥利用当九龟湖农场场委书记的权力，把你的罪行一笔勾销，让你彻底地把这笔账赖了。正因为你有了这笔赖账，你就有了后来在深圳做违法违规生意的欠债，就有了向公务人员行贿的欠债，就有了搞绑架的欠债！账欠得越来越多、越来越大，到现在五十多岁了被抓进来算总账了，为什么？你就恨你大哥吧，是他害你欠的债像滚雪球一样不断膨胀的。记住，欠的债是一定要还的！而且越早还越好，这样付出的代价最小！"邓远航一口气说了这么多，似乎把两天来压在心头的气都吐了出来。

虽然已是晚上十点钟了，但关红琴还是在九龟湖国际大酒店为邓远航准备了一桌丰盛的酒宴，要为他解解乏、压压惊。

从那天在省农垦开会表态发言时遭到陆书记当众斥责开始，到处理拆迁死人事件，到上级调查组进驻，到两位母亲住院动手术，到儿子被绑架等等一系列的事情，压得邓远航喘不过气来，搞得他心力交瘁、疲惫不堪，关红琴安排一桌酒席自然正合他的心意，因而他毫不客气地坐下来就自斟自饮起来。

很快邓远航就有了醉意,关红琴又叫开了房间让他们休息,翟局长则执意要回九龟。于是小凤送翟局长他们下楼,关红琴则把邓远航送到客房。

进了客房,关红琴忙着烧水,邓远航则打开电视机,拿着遥控器斜躺在床上胡乱地调着频道。

关红琴插好水壶的插头坐到邓远航对面的椅子上说:“哎呀,现在看来,你们这些做领导的也真不容易。”

邓远航对关红琴说:“关……姐,就算你……理解我了,我……想辞职来帮你管理,怎么样?”

从心里讲,关红琴当然希望邓远航来帮他,但从现实上讲是不可能的,一个共产党的场委书记辞职到私营企业干,不谈别的,舆论上他就受不了,因而,她问道:“你这说的是实话,还是醉话?”

“你……以为我醉了吗?我……没醉。我心里有这种念头。”邓远航似醉非醉地说。

“怎么有这种念头的呢?放着堂堂的书记不当,到我这私营企业来,是多大的人才浪费啊!”关红琴说。

“怎么说呢?可能是压力太大吧。”邓远航说。

“到我们这私营企业,就没的压力啦?”关红琴一边问一边去倒茶。

“跟……你在一起,天……大的压力也不算……什么。”邓远航说。

关红琴端来一杯茶放到邓远航面前的床头柜上说:“那就一言为定,你来当总经理。”

邓远航突然抓着关红琴的手说:“一……言为定!关姐,跟……你在一起!”

关红琴顺势往他旁边一坐说:“这些年,外边的人看我很风光,活得自由自在,其实,我内心的孤独他们是不知道的。远航,只有你理解我,这下好了,你来了,我就不孤单了,我……”她正说下去,她感觉到他抓住她的手松开了,耳朵里也听到了打鼾声。她侧身一看,他已睡着了。“唉,看把你累的!你还是赶快到我这块儿来享享福吧!”关红琴一边自语一边给他的皮鞋脱掉,把他两腿搬到床上,盖上薄被,然后就站在床边看着他。

小凤进来看到这情景便说道:“他这几天也太累了,让他睡吧。”两人便熄了灯,带上门,各自去休息了。

邓远航一觉醒来已是深夜一点多钟。他口干舌燥想喝水,便抬身把床头柜上的一杯茶喝光了,但还不解渴,又起来把食品柜上的一瓶矿泉水喝了。再躺下睡时,怎么也睡不着。不光是因为肚子里的水胀人,还有手上有一股暗香在撩拨他,撩得他心中有一种欲火在向上升,驱使他想拥抱这个香味的主人。他把两只手放在鼻子上使劲地嗅了几下,想从中判断出这个香味是小凤的,还是关红琴的。闻了几次还是没有分清,没有办法他便从两人的职责去分析,认为小凤是办公室主任,最后送他进客房的应该是小凤,而因此他认定这撩人的香是小凤的香。于是,他拿起手机拨通小凤的手机说:"你……过来下子。"

112

打完小凤的电话,邓远航便焦急地等待着她的到来。他躺在床上想:外边人到处说小凤是我的情人,甚至还有人把这个事当成我的罪状写信到省里、场里检举我,我告诉你们,从今往后我不再担这个虚名了,还有几分钟小凤就要成为我名副其实的情人了。

正在等待小凤来临之际,邓远航的手机显示来信息了。他想:定是小凤打扮好过来叫开门了。但他打开一看,信息却是妻子黄洁青发来的。她写道:"老公,我知道你已睡觉了,但我还是给你发个信息,就是无聊。陪着妈妈她们,一刻也不敢睡觉,但愿她们睡得香。"读完这个信息,邓远航眼睛湿润了,他头脑中显现出了两位母亲挂着吊针躺在病床上,妻子坐在旁边的椅子上,竭力睁开眼睛观察着她们的动静,他觉得妻子太辛苦、太劳累了,回去应该花钱请个护工帮帮她,不能把她再累病了。

这时传来了轻微的敲门声,邓远航这时又想起了给小凤的电话。但现在他不敢去开门了,他不但已经没有了刚才的那种激情,还为刚才那种想法感到了羞耻。他想:如果真要按照刚才的想法做了,他怎么能对得起深爱自己的妻子?怎么能对得起敬仰自己的关姐和小凤?怎么对得起场委书记这个头衔?怎么对得起党多年的教育和培养?

外边又响起了轻微的敲门声,邓远航没法,还是起来去开了门。

门一开,一股幽香直冲邓远航的脑门,一尊美女图映入了他的眼帘。那红红的薄唇里露出两排整齐的白牙,那舒展的细眉下送出两汪深邃的柔情,那黑色的套裙里显出高耸的黑白相间的内衫,那从内衫里延伸向上的白嫩坡道上正散发着诱人的暗香。站在眼前的如此非凡的美女,谁能挡住她的诱惑?谁不想将她揽入怀中?

“书记,你找我?”小凤启动她那皓齿低声问。

邓远航将右手抬起,然后向下猛地一甩说:“回九龟!”

“什么啊?快两点了。”小凤仍低声说。

“回九龟!”邓远航抬高声音说。

“噢,我去叫驾驶员。”小凤恍然醒悟地跑了。

坐到车上,奔驰在路上,邓远航对小凤说:“小凤,你不能再在办公室了。”

“为什么?我工作做得不好吗?”小凤问。

“不是不好,是工作需要,你当主任也有一年半了,应该出去锻炼锻炼了。”邓远航回答的是官样理由,其实他心里想的是另一码事。他想到的是:对于一个壮年男人来说,小凤的诱惑力太大了。本来,他以为自己是刀枪不入的铜墙铁壁,任何美色在他面前都会黯然失色,所以当时尽管妻子、关姐、侯鸣放等反对他把小凤安排在身边做主任,他还是坚持安排了,现在看来,自己这个所谓的铜墙铁壁已经生锈,在美色面前再也不是什么固若金汤了,在特殊情况下,比如饮酒过度、情绪亢奋、遭受打击等等情况下则会不攻自破。危险啊!危险!小凤啊你赶快离开办公室吧!

小凤并不知道这些天邓远航内心是怎么样的,情绪是怎么变化的,但从一个与他接触多年的单身女人角度去看,她感觉到他在极力压制着他内心对她的感情,而她只不过是为了维护他场委书记的形象,为了不破坏他幸福的家庭而不愿捅破这层窗户纸罢了,否则,她会放任自己对他感情的流露,爱她之所爱,以求自己的幸福。这会儿听到邓远航的这种解释,她自然不信,但也不反驳他,只是笑着说:“那就听书记安排吧,再怎么调,总不会把我调出九龟吧!”

两人正谈着,公安局翟局长打电话告诉邓远航:建筑集团王总从建筑大厦六楼顶跳楼自杀身亡,我已带警察到现场。

小凤听到这消息说:“昨天上午才听说他得了抑郁症,今天凌晨就跳楼自杀,病情发展怎么这么快的呢?”

驾驶员插话说:“拆迁死了一个人,开发又缺资金,压力太大了,不自杀,他没法收场啊。”

“恐怕不是这么简单！我和王总从小在一起长大，这个人我了解，他是个身板柔软、折不断的人，遇到再大、再难的事，他跑、他躲有可能，但绝对不会自杀。这个里边定有文章。”邓远航分析说。

果然，翟局又来电话说：王总系他杀，钟家三兄弟有杀人嫌疑，正在审查。

听到这个情况后，邓远航觉得事情重大，便对小凤说：“小凤，你叫家里发通知，凌晨四点开场委会，并请田生富他们调查组参加，通知翟局长汇报案情进展情况。”

凌晨四点开场委会这在九龟建场史上还是头一次，虽然是大家熟睡之时，但大家来得比较准时，唯独钟玉保迟迟未到。邓远航问办公室秘书怎么回事，秘书说：打他手机，他是关机，打他家里电话，他爱人说他昨天就没回家。最后问其驾驶员才获知他在九龟寺。

昨天中饭前，钟玉保与两个弟弟密商完事情后，在九龟寺吃了顿素餐，虽然没什么油水，但偶尔吃一次也没什么，吃过了午休却让他受罪了。同仁住持的卧室里没有空调，六月里气温那么高，这让体型肥胖的钟玉保受不了，躺在床上怎么也睡不着，后来，他把席子拿下来往门口的地上一铺，干脆就在地上睡了。还好，午觉总算混过去了。

可是下午又难熬了。同仁住持叫他在书房里潜心读书，他哪里是读书的料？书房里书倒不少，可没有一本是他喜欢读的。

同仁住持说：“我这里几千本书，难不成场长选不出一本喜欢读的？”

他则大言不惭地对同仁住持说：“我们领导干部信仰的是马列主义，读的都是他们的书，你这里牛鬼蛇神……”他刚吐出这词觉得这是当年他们拆九龟寺用的词，现在哪能用，便赶快改口说：“噢，不，你们这里都是鬼啊神的书，我们领导干部怎么能读呢？”

“场长有所不知，我这里的书都是谈人生、讲来世、说道理的书，场长现在有机会不读，以后会后悔的。”同仁住持说。

“你是大师，我不好说你，其实，要谈人生啊，我把我的人生总结总结，比你这里边哪本书都高强。我跟你讲啊，你们长期在这个寺庙里生活，圈子小，就跟井底之蛙一样，不知道外边的世界多精彩。我不说别的，就说念经吧，你不要以为只有你们会念经，其实我们念起经来比你们好。你只晓得念你的佛经，你哪里晓得我们念的经要比你们多多少倍哪。你看噢，我们念马列主义的经，念社会主义的经，念市场经济的经，念改革的经，念发展的经,念稳定的经等等很多很多的经,我都说不全,我也不管那么多,我就念好一个经就行了。”钟玉保也不管说得对不对,他只想让同仁大师觉得他尽管不读他这里的书,但他懂的并不比他同仁和尚少。

同仁住持问:“噢? 场长只要念好哪一种经,便能牵一发动全身了呢?”

“我跟你讲,我们这些做领导的,最主要的是念好官场的经。”钟玉保说。

“那你念好了吗?”同仁住持问。

“瞧你这问的,我不念好,我能坐稳场长这个位子?”钟玉保反问道。

“我看你是没念好,否则你怎么会到我这寺里来的呢?”同仁住持说。

“瞧你说的,你到你前殿里看看,哪个和尚念经时没的个冲盹的时候啊? 一冲盹就把经念歪了呗。”钟玉保说。

钟玉保书看不下去,便拉着同仁住持陪他在这儿闲谈,这样时间倒也过得很快,不知不觉就谈到了日薄西山。

113

晚上是钟玉保最难熬的。晚上吃第二顿素食,对于天天酒肉穿肠的钟玉保来说,一看到那桌斋饭就恶心吃不下去了,因而,他只喝了碗稀饭就什么也不想吃了。天热、肚饥、孤独这几样加在一起,他哪里还睡得着觉呢? 翻来覆去到晚上九点多,他悄悄地起身,偷偷地溜出寺庙,跑到了九龟湖大堤上。

一轮圆月在九龟湖上空的乌云里穿梭,让九龟湖两岸一会儿笼罩在白黄的光环中,一会儿又覆盖在黑暗的乌云里。他看看九龟湖里的波浪、看看九龟湖大堤上的九只大湖龟,忽然想起了四十年前的小时候,他与邓远航、家家、何萍浪在丁和美家的牛棚里听当时的卖糖的、后来做九龟湖农场场委书记的小二刘说大书。他清楚地记得他讲的三国名将邓艾在九龟湖屯田的故事,可惜邓艾后来被钟家人害死了。为了证明他们钟家不是害死邓艾的那个钟家,他还和邓远航在雪地里打了一架,打得邓远航鼻血直流呢。当时,他就发誓他们钟家一定要比他邓家发达,可是如今他邓远航却压在了他的头上,使他真后悔当时在雪地里没把他邓远航打残了,免得几十年来跟他斗得很惨。

他正想着，月亮被乌云彻底捕获了，湖面上一片漆黑，只听到呼呼的风声、哗哗的浪声，且越来越大，他站在大堤上都有点站不稳了。忽然一声炸雷响起，轰轰地向远处传去，一个闪电在九龟湖上划下，落进了湖中，闪出一道巨浪，冲向空中。在这一瞬间，他又仿佛看见了大堤上那九只大湖龟迅速蹿入湖中与那巨浪展开了搏斗。不好了，暴风雨要来了，汛期到了，是赶快准备抗洪的时候了。

他不敢在大堤上久留，赶紧一路小跑躲进了九龟寺。

躺到床上听着外边的雷声、风声，他更是睡不着，更让他担心的是他怕那年跳湖自杀的觉仁老和尚显灵，从屋里哪个角落里冒出来找他算账，因为他睡觉的这地方就是当年觉仁和尚睡觉的地方，也就是他在破“四旧”时拿走三只小金龟的地方，他怕他来跟他要小金龟。他就这样担心着，也不知在床上折腾到了几点，他才终于迷迷糊糊地睡着了。

他虽然睡着了，但他担心的事还是出现了。觉仁老和尚真的走到他的床边来找他了。

觉仁老和尚问：“钟家大保子啊，你这么肮脏的身体不跳到九龟湖洗一洗，怎么能躺到贫僧的床上呢？”

钟玉保一惊，心想：这老和尚不是被装在那两口大缸里封起来了吗，这会儿怎么钻出来的呢？也没时间细想了，赶紧回答他话吧，于是他说道：“师父，这是您徒弟同仁住持安排的，不能怪我啊。”

“这个不能怪你，但是你带头把贫僧的寺庙拆了，这你总要认罪吧？”觉仁又问。

“师父，这也不能怪我，您老人家晓得的，当时那个形势，就是我不带头拆您这九龟寺，他邓小二子也会带头拆的啊！”钟玉保想把话题引到邓远航身上。

“哼，你就是只死鸭子，嘴硬！人家邓远航在你们要拆寺庙之前就送信给我了，哪像你这么恶毒啊！”

啊？原来他邓小二子还是个告密者啊！老和尚哎，你早说嘍，你早说，我那个时候就把他批倒批臭了，哪里还让他有今天啊？钟玉保心里这么想，但处在这个环境下，他嘴上却不敢这么说，他只是对觉仁说：“师父，您有所不知，其实我没有你想的那么坏哎，我们那时红卫兵对你做的事，实属无奈哎。”

“实属无奈？那人家邓远航搜到的‘四旧’都交到公社了，你怎么把我的三只小金龟揣到自己口袋里带回家藏起来啦？你这不是躺在棺材里想金条，是个贪心鬼吗？”觉仁和尚问。

“师父，我不是贪心，您那三只小金龟是个艺术品，我拿过来是为了欣赏它们、保护它们，您说不能眼睁睁地看着它们遭受破坏噻。”钟王保告白说。

“欣赏保护？说得多好听啊？那你欣赏保护几十年了，现在该物归原主，还给我了吧？”觉仁和尚说。

“师父，您现在不能找我要了，您要找向智勇、汤厅长、陆书记他们要去，他们拿去欣赏了。”钟玉保说。

这可把觉仁和尚说气起来了，他一把抓住钟玉保的衣服领厉声说：“你这是强盗逻辑！大保子啊，贫僧告诉你，你死到临头还不思悔改，拒不认罪，全把责任往别人身上推，贫僧告诉你，贫僧也不要你认罪服法了，贫僧今儿就带你走了。”觉仁说完拎起钟玉保往自己背上一背就要出门。

钟玉保连忙求饶：“师父、师父，且慢，我认错，我认罪，我不是人，我干尽了坏事。”

“好，既然你认罪，你现在就说说你这辈子做了哪些坏事？”觉仁和尚说。

“师父，我认罪，我来说，可是请您把我放下，我气喘不过来说不出话来了。”钟玉保在觉仁背上手舞足蹈地说着。

觉仁和尚随手把钟玉保又放到床上说：“好，你说！”

“我说，我不应该带头拆九龟寺、砸石龟塔，把几千年的文化给砸了，我有罪。”钟玉保虽然心里不服，但嘴上只有承认自己所做的坏事。

“嗯，这是一条，还有呢？”觉仁和尚说。

“还有，不应该处处跟邓小二子作对，老写他‘人民来信’，跟他过不去。”

“仅仅是跟他过不去吗？”

“噢，不光是过不去，还处处打压他，压制他，就是不想让他跑到我前面，让他超过我们钟家。”

“嗯，还有哪？”

“还有不应该为割资本主义尾巴残酷打击白丽红、方元本，让他们的身体和财产受到重大损害。”

“嗯,还有哪?”

“还有就是我这个人不应该贪色、贪财、贪权,贪到最后实际上都是一场空,跟你们佛教一样徒有虚名,最后都归结为无。”

“你不懂佛教不要亵渎佛教,我们的空跟你追求的东西是有天壤之别的。”

“那是那是,我追求的到头来都是竹篮打水一场空,是真正的空,是零蛋,是吃鸭蛋那个零蛋的空。”

“既然你晓得是一切归于零,你为什么还那么不顾廉耻地去追求它呢?”

“师父,这也不能怪我,我也没办法,这是我父亲的遗传,钟家的特征。我只能是这种表现了师父。”

“贫僧看你这种人是病入膏肓,无可救药了。贫僧跟你这种人计较也太伤贫僧的形象了。贫僧就再问你一句,你还有什么重大罪恶?”

“师父,我这辈子做的事跟你也说了不少,你再叫我说,那些小事我就是说到天亮也说不完,你一定要让我说,我就慢慢说,不过你能等到天亮吗?”钟玉保这时才想起他觉仁老东西早在四十年前就投湖自杀了,现在出现在他面前的不过是他的鬼魂,而这鬼魂是等不到天亮的,天一亮他不走也就显原形了,也就成了一堆白骨了,因而他故意跟他慢慢地磨时间。

“你这个龟仔子,想跟贫僧耍花招,贫僧现在就带你走!”觉仁和尚再次抓住他的衣服领说。

114

钟玉保被觉仁和尚一拎又喘不过气来了,他赶忙再次求饶:“师父、师父,轻些个,轻些个,我快断气了。”

觉仁和尚松开手说:“那你老实点,还有什么罪行赶快交代!拣重要的说,那些鸡毛蒜皮的事早给你记在那儿呢。”

钟玉保心想:那叫我说什么哪,哪些事你记下了,哪些事你没记呢?他吃不准,只有试探着问道:“那王秃子的事你没记吧?”

觉仁和尚再次抓住钟玉保的衣服领说:“严肃些,不准拿人家的缺陷开玩笑!”

钟玉保一想不好，说漏嘴了，平时喊秃子喊惯了，哪知这和尚也是个秃子。想到这儿，他再次告饶：“师父，师父，松一松，松一松，小的气没了，小的有眼不识泰山，不应该说秃子让您生气，小的发誓，从今往后绝不再说半个秃子。”

觉仁和尚松开手说：“那你快说，还有什么大罪？”

钟玉保被追问得没法，只好又说：“还有就是王秃……不，就是对王总的罪！”

“王总是哪个？”

“就是那个小秃……啊不是，就是那个瓦匠头子。”

“什么罪？”

“他在我身上花有几百万。”

“难道你没回报他吗？”

“我九龟的财政花在他身上有几千万！”

“你认为这个账花得上算吗？”

“不上算！”

“那你怎么摆平这个事？”

“我代表场委和场部结束了他的生命。”

“啊？你这个恶魔！你滥杀无辜，还代表场委、场部？看来是结束你生命的时候了！”觉仁和尚说着举手就向下劈。

钟玉保见状连忙两手上举挡住觉仁和尚的手说：“大师且慢，你等我把话说完再劈我也不迟。”

觉仁和尚把手竖在那里说：“好，你说，你还有什么话要说？”

钟玉保放下两手说：“师父，你听我说，王石基不是无辜的，我杀王石基，是为官除害。”

“此话怎讲？”觉仁和尚问。

“师父，你有所不知，此人头上有块尖骨，是专门用来破财政捣干部的。”钟玉保说。

“破财政捣干部怎么讲？”觉仁和尚又问。

“就拿铁器厂这块地来说吧，他破了我农场财政几千万的资金。”钟玉保说。

“那捣干部又捣谁了呢？”觉仁和尚再问。

“捣我啦！他花五百万给我儿子买房子，花三十万装潢，不谈别的，光这两笔他就把我搞倒了。”钟玉保说。

“人家送你,你为什么不拒绝?”觉仁和尚继续问。

“师父哎,那没法拒绝啊,你不晓得王秃子这个瓦匠头子头多尖呢啊,你就是金身他也要把你刺得浑身是洞啊!这个人要是留住他,他还会捣其他干部,直至把九龟的干部全部捣完了,包括邓远航啊!所以不杀他不足以平官愤啦。”钟玉保说。

“苍蝇不叮无缝的蛋,他该死,你更不能活,你这就跟我走吧。”觉仁和尚说完手起掌落,一掌劈在钟玉保的气管处。

只听钟玉保“啊”的一声惊醒了,他醒来时从头到脚都冒着冷汗,他坐起来摸脑袋,还很完整,向周边看看什么也没看到,知道刚才自己做了一场噩梦,心有余悸地骂了一句:“他妈的死和尚,死了多少年了还阴魂不散,还来吓老子一回,死了还害人,死秃驴!”然后挪了块地方又躺下,不一会儿鼾声又响起来了。

在钟玉保大汗淋漓惊醒之时,九龟湖农场临时场委会在钟玉保缺席的情况下正式开始了。

会上公安局的同志汇报了案件的基本情况:昨晚王石基与钟家两兄弟在建筑大厦六楼棋牌室“擦皮鞋”,赌到近一点,王石基嫌棋牌室里烟雾太呛人,便提出到楼顶阳台上吹吹风,呼吸一下新鲜空气。

钟家弟兄俩尾随王石基上了楼顶。钟玉卫把王石基引到北边的围栏边,说要他欣赏月光下的九龟湖。王石基刚走到围栏处,钟玉卫便迅速蹲下,趁王石基立足未稳之时,搬起他的双脚抬起后猛地往围栏外的楼下一扔,只听“扑通”一声,王石基已重重地摔在了地上。此时,钟玉卫叫上钟玉国一起边跑下楼边喊道:“不好了,王总自杀喽,跳楼自杀喽。”待他们跑到楼下的院子里时,院子里的保安已在一边拨打了120和110,一边抢救王石基了。急救医生来抢救时诊断已死亡,便放弃了抢救。钟家弟兄俩见王石基已死亡便趁乱想从大门溜走,被保安阻留。警察到现场时,王石基妻子向警察说了他的留言和一本账册。后经对钟家两兄弟审问,初步查明,钟家三兄弟涉嫌谋杀王石基,现已对钟玉卫实施了拘捕,钟玉国罪责较小,可以对他采取监视居住,但因钟玉保未到案,怕他通风报信,便暂时也采取了强制措施。

听完案情介绍,邓远航说:“大家知道,昨天早上街上就传说王石基得抑郁症了,就开始为制造王石基‘自杀’的假象准备舆论了,据钟玉卫、钟玉国交代:前天晚上,钟家三兄弟就在小蔡酒楼谋划这个事了,本来是想撞车制造车祸的,如果撞车得逞,那田书记也要遭遇不测了,因为错过撞车的机会,他们才又在钟玉保家和九龟寺里决定让王石基'自杀'的。这个事钟玉保是主谋,他为什么要谋杀王石基?因为王石基向他进行了大量的贿赂,因而对他也必须采取强制措施。这个事向大家通报一下,大家要从这个案件中吸取惨痛的教训。什么时候对钟玉保实施强制措施,田书记正在向省农垦陆书记请示,待省农垦党委决定。"

田书记请示了陆书记,陆书记又临时召集了省农垦党委会,同意先由省农垦纪委对钟玉保实施"双规"。

接到了省农垦的决定,邓远航、田生富他们便立即研究如何对付钟玉保的方案。最后确定:兵分两路,田生富、邓远航带省农垦纪委、九龟湖农场纪委的四名同志乘一辆面包车于清晨六点之前到九龟寺对钟玉保执行"双规";另一路由洪光武、侯鸣放带九龟湖农场纪委、九龟检察院的同志于清晨六点半到钟玉保办公室和九龟路 88 号查找赃物。

叫洪光武带队去抄他大舅老爷的家,真是让他倒吸了一口凉气。他感谢邓远航对他还没嫌弃,不但没叫他回避,还叫他参与其中,说明没把他归到钟玉保一类,为此,他心里稍有宽慰。但回过头来一想,此次执行任务风险很大,可能会弄个四处不落好:岳父、岳母、妻子和嫂子都会怪罪他,一可能怪他事先不透风,二可能怪他手下不留情;组织上也会责备他,责备他搜查不细、赃物收缴不全。因而,以致邓远航他们第一组已出发好一会儿了,他们这一组还在会议室里坐着按兵未动呢。

此时,洪光武思想很矛盾,组织上真要是严厉惩罚钟玉保,他一点都不感到奇怪,也一点都不同情,他觉得那是他罪有应得,他心里所想的是有点对不起李晓星。他觉得钟玉保做违法犯罪的事,李晓星虽与他是夫妻,但她也没有与他同流合污,不能把她也当成罪犯一样地对待,不能让她一大清早一点准备都没有家就被抄得一干二净,无论如何得给她透露点消息,让她有所准备,给她自己的后半生留点盘缠。因而,他借口上厕所给李晓星打了个电话,告诉她六点半钟去抄她家。

因为这个电话,洪光武、侯鸣放这一组在钟玉保家只查了些高档烟酒和字画,其他现金和金银细软一概都没查到,倒是在钟玉保办公室除了查到不少烟酒之外,还查扣了十二万元现金。

115

邓远航、田生富他们一组人员到九龟寺时，九龟寺的大门已经打开，他们顿时紧张起来，担心钟玉保已经溜出了九龟寺大门。他们走进大门，同仁住持正在院里打拳。

邓远航赶忙上前问道："同仁师父，钟玉保是否还在寺里?"

同仁住持见邓书记带一帮人进来似觉有什么大事，便没有回答他的话，而是反问道："邓书记，你们场长、书记先后造访九龟寺，是又要拆掉九龟寺，还是要扩建九龟寺呢?"

邓远航今儿个没有时间跟他谈这个事，他赶紧靠到同仁住持的耳边小声叽咕了几句，向他简单地说明了来意。

"啊? 那快，跟我来，我叫他太阳出来后走的，按平常太阳早出来了，今儿个阴天没的太阳，不晓得他是否还在呢! 走，快点走!"同仁住持一边说一边在前边小跑着把邓远航他们朝后院带。

到同仁住持的书房外，他们停住了脚步。在外边还能隐约听见里边传出来的鼾声，这时同仁住持才放心地朝邓远航点了点头。

邓远航、田生富和两级纪委的四人进去时，钟玉保还在睡梦中。待省农垦纪委的两位同志一边一个分别抓住他左右臂时，他还大叫一声："大师，且慢，我还有话要说。"

这时田生富对他说："有话要说，到省农垦纪委说去。我现在向你宣布省农垦党委的决定:因钟玉保同志涉嫌严重违纪，农垦党委决定即日起对其采取'双规'措施。走，起来，主动跟我们走。"

听了田生富的宣布，他抬头一看墙上的挂钟才六点四十，他又看看窗外，天上乌云密布，他心想:钟家完了。他没有反抗，起身便下了床。站在床前一看:邓远航站在那里，他便对他说："邓小二子，你终于灭了钟家，但是这不是你的本事，你看看天上的乌云，这是我们钟家命该如此，是天灭我钟家! 我告诉你，要不是昨夜觉仁那死和尚来搅乱我的觉，我今晨早起床走了，要不是今天阴天，太阳没出来，我也早起床走了。"

邓远航对他说："钟玉保，你记住，在九龟没有谁要灭你钟家，我告诉你:如果一棵树自己先从根烂了，你不想叫它灭亡，它也是逃脱不了灭亡的命运的。我还要告诉你,不是觉仁和尚搅了你的觉,而是你自己四十年前对九龟寺、对觉仁和尚做了亏心事,因而你躺在曾经是觉仁师父躺过的地方便心神不宁、心生暗鬼,是你自己捉弄了自己;也不是天要灭你,而是你要灭天,因为你赶走了心中的一片天,你便无拘无束,随心所欲,把道德的天、党纪的天、国家法律的天抛到了九霄云外,你才落到今天这个下场,你还怨什么天?尤什么人?你自己承受吧!"

省农垦纪委的两位同志一边一个夹住他的左右膀向外走,走到门外他看到同仁住持说:"你们这些秃驴都是骗子,我这辈子就栽在你们秃子手里。那个王秃子送钱送东西,拿他娘老子赌咒绝对不向外吐一个字,结果怎么样?他妈的纪委不是全晓得了吗?你这个秃子也是的,振振有词地说在这儿住一夜可以躲过这场灾祸,结果怎么样?看到了吗?他妈的不要再骗人了!"

"是福不是祸,是祸躲不过。善哉,阿弥陀佛。"同仁住持说。

这时洪光武、侯鸣放他们也赶到石龟向邓远航、田生富汇报查抄钟玉保家和办公室的情况。

听了汇报后,邓远航说:"不对,你们是查得不细还是有人泄露了消息?他家应该有八只小金龟怎么没搜出来?那是破'四旧'时他拿的。"

"对,我也在他家看过,而且不止这八只小金龟,还有大量的金银首饰,比地主老财家还多呢,你们怎么没查出来?你们还要再去搜,不行对他老婆进行审问。"田生富说。

后来一审,李晓星不仅交出了那些金银细软和部分现金,还把洪光武打电话给她的事也说了出来。

一个多月后,省农垦陆书记再次来九龟开干部大会。这些天,九龟地区连续阴雨,九龟湖农场内湖河水位暴涨,九龟湖水闸又全线拉闸放水,全场干群正在抗御入夏以来的第二次洪水。

陆书记这次在会上宣布了三项事情:第一项宣布,九龟湖农场原场长钟玉保因涉嫌违法犯罪已移交检察机关侦查。第二项宣布处分决定,邓远航因对九龟湖农场发生的一系列案件负有领导责任,给予党内警告处分,洪光武因在查办钟玉保案件中有走漏消息行为,给予党内严重警告处分。第三项宣布九龟湖农场班子调整情况:侯鸣放拟提名为九龟湖农场代场长人选,洪光武提名为九龟农场职工代表大会主席人选,蒲小凤拟提名为九龟湖农场副场长人选。

这次干部大会后，因抗洪任务重，邓远航不想留陆书记在这儿吃晚饭，偏偏陆书记这次主动提出来留下来吃晚饭，说要与九龟的新班子吃一顿酒，弥补上次没留下来的缺憾。席间，他问邓远航："远航啊，你跟省委常委文秘书长怎么认识的啊？他上次到我们农垦调研时一再提到你呢。"

邓远航心想：看来，你这次是因文秘书长的面子才留下来吃饭的，也才把我留在书记这个岗位上的啊？既然这样，我还把我们之间的关系说淡些哪。于是，他说："也没什么特殊关系，就是同在办公室系统写材料认识的。"

陆书记端着酒杯说："哎，我看不一般啊，他说每年都要到你这儿一两次，下次他来要记住通知我啊。远航啊，我跟你说啊，我这个人脾气不好，火上来控制不住，像上次在大会上训斥你，很不应该，请你多理解啊。还有，本来这次是不想给你处分的，后来有些同志不服，而且他们还提出要给你降职处分硬是被我拦住了，最后象征性地给你这么个处分。好歹这两年你们九龟经济、社会发展在全省农垦系统还是首屈一指的，将功抵过，到年底就把你这处分给撤销掉。你放心，我保证，不影响你提拔使用。来，我们俩喝一杯。"

酒席散了，送走陆书记，邓远航即和洪光武、小凤也上了车，他们要到码头乘小汽艇到九龟湖北岸巡堤，因为北堤防洪标准差，多次出现险情。在车上，小凤对邓远航说："我就看不上陆书记这种人，嘴上一套，做的又是一套，伤了人，还出来做好人。他钟玉保受贿、杀人，是他自己的事，你也不是没做工作，你发的那个'三守三严禁'的文件、搞的警示教育难道不是对全场干部的严格要求吗？你已仁至义尽了，凭什么还要给你处分？"

"哎，小凤，你马上也是两套班子领导了，以后说话更要严谨一些了。处分这事以后不要再提了。在老钟这个事上，我作为班长，我是有责任的。过去，年轻时，职位比他低，还敢与他身上的歪风邪气做斗争呢，现在做了他的领导，却没有了过去的那种斗志，滋生了老好人的思想，对他一些小违纪、小违法的问题听之任之，没有提醒他，更没能把他监督好，以致让他一步步地滑向了犯罪的泥潭。这我有责任，我对不起钟玉家和李晓星，上级处分我不冤枉。"邓远航说。

听到邓远航说对不起钟玉家和李晓星，站在旁边的洪光武心里酸溜溜的，他知道她们俩对邓远航是有感情的，一直是维护他、支持他的，可他当了九龟湖农场场委一把手后不但没能保护好钟玉保，却让他陷入了牢狱之灾，她们自然是伤心不已的，但这又能怪邓远航多少呢？要说责任，我这个做妹婿的更有责任。于是，他说道："远航，也谈不上对不起，要说对不起，是我对不起他们。其实，我是看着钟玉保在犯罪道路上一步一步地向下走的，可我既没阻止他，也没有拖拽他。为什么能这样见死不救？说起来，你们要笑话我呢，就是因为我那'小要饭的'经历、'小要饭的'性格：我肚子饿，人家给我吃，我就说人家好；我肚子饿，人家不给我吃，我就说人家坏；我肚子饱了，就不管别人坏还是好了。这些年，我衣食无忧，职位也不错，因而对他的问题也就熟视无睹、充耳不闻了。我现在真恨死了我当'小要饭的'那段经历了。"

小凤见他们都动了感情，便岔开话题说："好了，过去的事就让它过去吧。好歹这次陆书记对九龟还蛮负责，给你配了个跟你完全团结一致的场长，以后九龟应该不会有什么大事出了。"

"哎，小凤啊，话不能这么讲。上级给我配个与我言行完全一致的场长也未必是好事啊！钟玉保与我有间隙，我把他当作一个对着我的摄像头，时时刻刻提醒我严于律己，最终使我没向犯罪的道路上滑一步，这是我的大幸，但我没能成为他的摄像头，这又是我的遗憾。侯鸣放同志是我多年的老同学、老同志，他和我搭班子，应该会给九龟政坛带来一股温暖的春风。但你要知道，在春风里生活，对个体素质要求甚高，稍不留神，轻则伤风感冒，重则会得严重的传染病啊。"邓远航说。

"但我还是认为没有人作对，总比有个像钟玉保那样处处跟你作对的好。"洪光武说。

"是啊，人与人还是要互相尊重、互相帮助，那种天天总要想方设法挤压人家、打击人家的人，最终会把自己挤到不成人形的！不过，完全没有人作对的环境，就当今而言既不现实，也没必要，你想，一个好艄公不经风浪，他能成为好艄公吗？"邓远航望着九龟湖面深情地说。

三人说着登上水利局的小汽艇向北岸驶去。九龟湖湖面上风浪很大，小汽艇高低起伏落差也很大。这让邓远航想起了四十年前在丁和美家牛棚里听卖糖的小二刘说大书的情景。他仿佛看到了三国时邓艾将军的大船正乘风破浪驶来，突然九龟湖上狂风巨浪兴起，打碎了官船，邓艾等人一个个被巨浪卷走，忽然冒出九只大湖龟斗巨浪救将士，把邓艾等人一一背上了岸。

邓远航凝视着神话般的九龟湖，心里在问：邓艾大将军真是那九只大湖龟救起来的吗？他想：如果真是的话，那应该说那九只大湖龟就是邓艾将军多年练就的一身真本领、硬功夫，就是他对九龟湖奇风奇浪规律的把握！由此可见，人必自救才能有九龟的相救，说到底九龟就是那能自救的人的大脑、胸膛、手掌、脚板和肩膀！

不一会儿，小汽艇靠上了北岸，从汽艇上射出的光望去，九龟湖大堤上到处都搭着帐篷和芦席棚，九龟广大的干部群众已经镇守在大堤上了。同样镇守大堤的还有近处匍匐在九龟湖北堤上上千年的那九只大铁龟，它们迎着汽艇上的灯光正冲着邓远航笑呢，似乎在对邓远航说：有我们在，这九龟湖大堤你就放心吧！

邓远航也笑着对他们说：是啊，有大堤上那成千上万的党员干部和人民群众镇守，你们才有底气，我才放心啊！

2015 年 2 月 20 日完稿于办公室

图书在版编目(CIP)数据

看谁更好 / 公常平著. — 北京 ：中国文史出版社，2021.3

（跨度小说文库）

ISBN 978 - 7 - 5205 - 2254 - 0

Ⅰ. ①看… Ⅱ. ①公… Ⅲ. ①长篇小说 - 中国 - 当代 Ⅳ. ①I247.5

中国版本图书馆 CIP 数据核字(2020)第 172503 号

责任编辑：薛媛媛

出版发行：**中国文史出版社**

社　　址：北京市海淀区西八里庄路 69 号院　邮编：100142

电　　话：010 - 81136606　81136602　81136603（发行部）

传　　真：010 - 81136655

印　　装：北京新华印刷有限公司

经　　销：全国新华书店

开　　本：720 × 1020　1/16

印　　张：22.25　　　字数：348 千字

版　　次：2021 年 3 月第 1 版

印　　次：2021 年 3 月第 1 次印刷

定　　价：69.80 元